भूख का व्याकरण

भूख का व्याकरण

हेर्टा म्युलर

अनुवाद

नमिता खरे और राजेन्द्र डेंगले

वाणी प्रकाशन

वाणी प्रकाशन
4695, 21-ए, दरियागंज, नयी दिल्ली 110 002

शाखा
अशोक राजपथ, पटना 800 004

फ़ोन: +91 11 23273167 फ़ैक्स: +91 11 23275710

www.vaniprakashan.in
vaniprakashan@gmail.com

BHOOKH KA VYAKARAN
by Herta Müller

Originally Published as *Atemschaukel* by Carl Hanser Verlag
Translated from German to Hindi by Namita Khare & Rajendra Dengle

ISBN : 978-93-5072-726-3
Fiction

प्रथम संस्करण

मूल्य : ₹ 495

The translation of this work was supported by a grant from the Goethe-Institut which is funded by the German Ministry of Foreign Affairs.

शुभम् ऑफ़सेट, दिल्ली-110 032 में मुद्रित

वाणी प्रकाशन का लोगो मक़बूल फ़िदा हुसेन की कूची से

अनुवादक की ओर से

हेर्टा म्युलर के उपन्यास का मूल शीर्षक जर्मन में 'आटेमशाऊकेल' है। यह दो शब्द 'आटेम' और 'शाऊकेल' से बना सामासिक शब्द है जिसका अर्थ हिन्दी में होगा साँस और पींग। इसी तरह के कई 'अजीब' शब्द इस उपन्यास में पढ़ने को मिलेंगे, जिन्हें हमने हिन्दी में बरकरार रखा है, जैसे 'दिल-फावड़ा' और 'भूख-देवदूत'।

'आटेमशाऊकेल' एक सत्रह वर्षीय रोमानियाई जर्मन लड़के लियो आउबॅर्ग, की जीवन गाथा है, जिसे द्वितीय विश्व युद्ध के बाद नाज़ी काल में रोमानियाई-जर्मनों की भागीदारी की सजा के रूप में यूक्रेन के किसी श्रम शिविर में भेज दिया गया है। हेर्टा म्युलर इस उपन्यास के अंत में साम्यवादी दौर का ऐतिहासिक विवरण देती हैं।

नुल्लपुंक्ट– शून्यांक– जर्मन में होलोकॉस्ट के अनुभव को वर्णित करता है। श्रम शिविर का कठिन अनुभव–जिससे लियो का व्यक्तिगत जीवन भी जुड़ा हुआ है, वह उसके जीवन के शून्य को वर्णित करता है। दरअसल यह बन्द रास्तों वाली गली है। लियो के श्रम शिविर से पहले की यादें, उसके शिविर में अत्यन्त कठिनाई में बिताये पाँच बरस, मौत एवं भय की परछाईं से घिरे अपने भविष्य के बारे में घोर निराशा इसके अहम पहलू हैं। जीवन की ऐसी विषम परिभाषाएँ हमारी स्थान और काल की समझ को छिन्न-भिन्न कर देती हैं। इसी तरह इस उपन्यास की भाषा भी यथार्थ को दर्शाने वाला वह साधन नहीं बन पाती है जिससे कोई भी समझदार अथवा सामान्य व्यक्ति भाषा के दर्शन की तह में जा सके। शायद पाठकों को यह अजीब भी लगेगा कि हेर्टा म्युलर लेखन के पारम्परिक मानकों को एकदम दरकिनार कर देती हैं, जैसे कि वे बहुत ही कम विराम चिह्न उपयोग में लाती हैं या एक के बाद एक विभिन्न काल एक साथ प्रयोग करती हैं, जो किसी भी पाठक के लिए उपन्यास की भाषा से ताल-मेल बैठाने वाली समझ के लिए चुनौती हो सकते हैं। लेखिका दृश्यों को सूक्ष्मता से और विस्तार में वर्णित करती हैं और इन्सान के शरीर को भी अन्दर और बाहर से, पेड़े-पौधों, जीव-जन्तुओं,

वास्तुकला और प्राकृतिक दृश्यों और सामान्य जीवन में खाने-पीने की वस्तुओं को किसी कोलाज की तरह या शायद किसी अमूर्त संस्थापन कला के नमूने की तरह जोड़ती हैं। ऐसे वर्णन आश्चर्यजनक रूप से अतियथार्थवादी हैं और तब भी स्थानीय संस्कृति में रँगे हुए हैं। म्युलर की लेखन-कला फ्रांसीसी लेखक मार्सेल प्रुस्त के उस वाक्य की याद दिलाती है कि 'उत्तम साहित्य एक अलग किस्म की भाषा में लिखा जाता है'। हेर्टा म्युलर भी इस तरह से सभी पाठकों को आयातित रूपकों का मतलब निकालने के लिए प्रेरित करती हैं।

आटेमशाऊकेल एक अत्यन्त शक्तिशाली साहित्यिक कलाकृति है, जो पाठक को चारों ओर से बाँध लेती है और उसे मनुष्य के उस शून्य के अनुभव की तरफ ले जाती है, जो मानवता के आधुनिक इतिहास के एक अँधेरे कोने में बसा हुआ है, और साथ-ही-साथ उसे भाषा की सम्भावनाओं और अलक्षित क्षितिजों से परिचित करा देती है।

नीलाभ जी को उनके बहुत ही महत्त्वपूर्ण सुझावों के लिए हार्दिक आभार, हमारे जे. एन. यू. के साथियों, पल्लवी, शैलेश, नवीन, शिव प्रकाश, कर्मवीर और कुलदीप को तत्पर सहयोग के लिए और वाणी प्रकाशन के सम्पादकीय विभाग को निरन्तर सहायता के लिए धन्यवाद।

अनुक्रम

सामान बाँधने के बारे में

सब कुछ जो मेरे पास है, मैं अपने साथ लेकर चलता हूँ।
अथवा : मेरा सब कुछ अपना मैं अपने साथ लेकर चलता हूँ।

सब कुछ जो मेरे पास था, उसे मैं लेकर चला हूँ। मेरा अपना तो कुछ था ही नहीं। या तो वह मूलतः किसी और उद्देश्य से बना था या फिर किसी और का था। सूअर की चमड़ी से बना सूटकेस एक ग्रामोफ़ोन का केस था। डस्ट कोट पिताजी का था। मखमली कॉलर वाला शहरी ओवरकोट दादाजी का। झोले जैसी निक्कर चाचा एडविन की। घुटने से टखने तक टाँगों को ढँकने वाले चमड़े के पट्‌टे पड़ोसी, हॅर कार्प के। हरे ऊनी दस्ताने मेरी फिनी-आंटी के। सिर्फ मदिरा सरीखा लाल रेशमी स्कार्फ और जरूरी सामान का डिब्बा मेरे अपने थे– पिछले क्रिसमस की भेंट।

जनवरी 1945 में युद्ध अभी जारी था। इस डर से कि जाड़े के दौरान ही मुझे पता नहीं कहाँ रूसियों के पास जाना पड़े, हर एक मुझे कुछ देना चाह रहा था जो शायद काम आये, जबकि उसका कोई फायदा नहीं था– क्योंकि दुनिया की किसी भी चीज का कोई फायदा नहीं था। क्योंकि मैं पक्के तौर पर रूसियों की सूची में था। हर एक ने मुझे कुछ दिया था और उतने भर से मान लिया था कि काम पूरा हो गया। और मैंने हर उस चीज को लिया था अपनी सत्रह साल की उमर में–यह सोचते हुए कि यह प्रवास सही समय पर हो रहा है। रूसियों की सूची में नाम का होना जरूरी नहीं था, लेकिन अगर इसमें कुछ बहुत परेशानी वाली बात न हो, तो यह मेरे लिए बल्कि अच्छा ही था। मैं इस छोटे शहर के अंगुश्ताने जैसे घेरे से दूर जाना चाहता था जहाँ हर पत्थर में आँखें थीं। डर की जगह मुझ में यह दबा हुआ उतावलापन था और एक पश्चाताप की भावना, क्योंकि जिस सूची के कारण मेरे रिश्तेदार इतने परेशान थे, वही मेरे लिए एक स्वीकार्य स्थिति थी। वे घबरा रहे थे कि परदेस में मेरे साथ कुछ बुरा होगा और मैं ऐसी जगह जाना चाह रहा था, जहाँ मुझे कोई जानने वाला न हो।

मेरे साथ तो बुरा हो चुका था। एक निषिद्ध चीज़, जो विचित्र, गन्दी, बेशर्म

और सुन्दर थी। यह वाक़या था एरलेन पार्क का, एकदम पीछे, छोटी घास वाली पहाड़ियों के पीछे। घर लौटते समय मैं पार्क के बीच, उस गोलाकार बारहदरी में गया था, जहाँ छुट्टी के दिन बैण्ड अपने संगीत कार्यक्रम पेश किया करते थे। मैं कुछ देर वहाँ बैठा रहा। लकड़ी की बारीक नक्काशीदार जालियों से आने वाला प्रकाश चुभ रहा था। मैं उस अर्थहीन, गोल, चौकोर और विषम चौकोर कारीगरी के डर को देख रहा था, जो सफेद लताओं की चंगुल में बँधी थी। वह मेरी अपनी उलझन तथा मेरी माँ के चेहरे पर झलकते डर का प्रतीक थी। इसी बारहदरी में मैंने शपथ ली : मैं इस पार्क में कभी वापस नहीं आऊँगा।

जितना ज़्यादा मैं अपने आपको रोकता, उतना ही जल्दी मैं वहाँ पहुँच जाता– दो दिन बाद।

पार्क में हुई ये भेंटे राँदेवू कहलाती थीं।

दूसरे राँदेवू के लिए मैं उसी पहले वाले आदमी के साथ गया। उसका नाम था **अबाबील**। दूसरा कोई नया ही था; उसका नाम था **देवदार**। तीसरे का नाम था **कान**। उसके बाद आया **धागा**। फिर **मैना** और **टोपी**। उसके बाद **खरगोश**, **बिल्ली**, **घोमरा**। फिर **मोती**। सिर्फ हमें पता था कि कौन-सा नाम किसका है। पार्क जंगली जानवरों के आने-जाने का रास्ता था और मैं जानवरों जैसी अदला-बदली में लग गया। गर्मियों के दिन थे; भोजवृक्ष पर सफेद खाल; मोतिया और एलण्डर की झाड़ियों में जंगली पत्तियों की हरी अभेद्य दीवार बन रही थी।

प्यार की अपनी ऋतुएँ होती हैं। शरद ने पार्क को विराम दिया। पेड़ों के तन नंगे हो गये। राँदेवू–वे भेंटे हमारे साथ नेपच्यून ताल चली गयी। लोहे के फाटक पर उसका अंडाकार हंस वाला चिह्न टँगा हुआ था। हर हफ़्ते मैं वहाँ एक ऐसे शख्स से मिलता, जो मुझसे दुगनी उमर का था। वह रोमानियाई था। शादीशुदा था। मैं नहीं बताऊँगा उसका नाम क्या था, और यह भी नहीं कि मेरा नाम क्या है। हम ऐसा समय तय करके मिलते थे कि काउंटर पर नीले रंग के शीशे की केबिन में बैठी औरत, चमकते पत्थर से बनी जमीन, बीच में गोलाकार खड़ा खम्भा, दीवार की टाइलों पर उकेरे लिली के नमूने, नक्काशीदार लकड़ी से बनी सीढ़ियाँ– किसी को यह आभास भी नहीं होता था कि हम मिलने वाले हैं। हम औरों के साथ ताल में तैरने जाते थे। जहाँ सॉना के कैबिन थे, वहीं हम मिला करते थे।

उस समय, कैम्प के पहले और मेरे घर लौटने के बाद भी, 1968 तक, जब मैंने देश छोड़ा, हर राँदेवू के लिए जेल हो सकती थी, कम-से-कम पाँच साल, अगर मैं पकड़ा जाता। कुछ पकड़े भी गये थे। पार्क या ताल में से निकलकर,

एक निर्मम सुनवाई के बाद सीधा जेल। वहाँ से नहर के पास वाले बंदी-शिविर में। आज मुझे पता है – नहर से कभी कोई वापस नहीं आया। अगर कोई वापस आया भी तो चलती-फिरती लाश बनकर, अकाल वृद्ध और ख़त्म, दुनिया के किसी प्यार के लायक नहीं।

और कैम्प के दौरान– अगर कैम्प में पकड़ा जाता– तो मैं मर गया होता।

पाँच साल कैम्प के बाद मैं सड़कों की भीड़-भाड़ में से गुजरते हुए दिमाग़ में उन्हीं शब्दों को दोहराता रहता, जो पकड़े जाने पर मैं कहने वाला था : **रँगे हाथ पकड़ा गया**– इसी आरोप के विरुद्ध मैंने हज़ारों बहाने और जवाब तैयार कर रखे थे। मैं निःशब्द सामान बाँधकर चलता हूँ। मैंने अपने आपको इतनी गहराई तक और इतने समय तक मौन में बाँधकर रखा है कि मुझे खुद को शब्दों में खोलना नहीं आता। मैं अपने आपको केवल अलग से बाँधता हूँ, जब मैं मौन खोलता हूँ।

पिछली राँदेवू-गर्मी में एक दिन, पार्क से घर तक का फासला और लम्बा करने के चक्कर में मैं संयोग से पियाता मारे– बड़े चौक वाले– होली ट्रिनिटी गिरजे में जा पहुँचा। इस संयोग ने प्रारब्ध का रूप ले लिया। मैंने आने वाले काल को देखा। बाजू वाली वेदी के साथ एक खम्भे पर स्लेटी रंग का ओवरकोट पहने खड़े सन्त ने कन्धे पर ओवरकोट के कॉलर की जगह एक भेड़ को लपेट रखा था। गर्दन पर लपेटी हुई यह भेड़ मौन है। ऐसी चीज़ें होती हैं जिनके ऊपर भाष्य नहीं करते।

लेकिन मुझे पता है कि मैं किस चीज़ के बारे में बात कर रहा हूँ, जब मैं कहता हूँ कि गर्दन पर लपेटा मौन मुँह के मौन से थोड़ा अलग होता है। कैम्प में गुजरे समय के पहले, उसके दौरान और उसके बाद, पच्चीस साल मैंने भय में गुजारे हैं, सरकार से और परिवार से। दो तरह के पतन से, कि सरकार मुझे एक अपराधी के नाते बन्द करती और परिवार मुझे लांछित होने के नाते त्याग देता। सड़कों की भीड़-भाड़ के बीच मैंने दुकानों की, ट्राम की, घरों की खिड़कियों के शीशों में, फव्वारों और जौहड़ों में ताक कर देखा है, हैरान कि क्या मैं पारदर्शी तो नहीं हूँ।

मेरे पिताजी ड्रॉइंग टीचर थे और जब वे **जलरंग** शब्द का इस्तेमाल करते तो मैं, नेपच्यून ताल को दिमाग़ में लिये ऐसे सिकुड़ता, जैसे किसी ने लात मारी हो, उस शब्द को पता था कि मैं कहाँ तक पहुँच चुका था। मेरी माँ खाना खाने के समय कहती थी : आलू को काँटे से मत भोंका करो, वे टूट जाएँगे, चम्मच लो, काँटा गोश्त के इस्तेमाल के लिए है। मेरा सिर फटता था। गोश्त की यह क्या बात कर रही है जबकि बात आलू और काँटे की चल रही है। किस गोश्त की बात कर रही है ये। राँदेवू ने तो मेरे गोश्त की ऐसी की तैसी कर दी थी। मैं अपने

ही घर में चोर था। शब्द अकस्मात गिर रहे थे और मैं पकड़ा जाता था।

मेरी माँ और खासकर मेरे पिताजी— उस छोटे शहर के सारे जर्मनों की तरह— सुनहरे बालों और घुटने तक आने वाली सफेद जुराबों के सौन्दर्य में विश्वास रखते थे। हिटलर की मूँछों के चतुर्भुज में और हमारे, ट्रांससिल्वेनिया के सॅक्सन लोगों के आर्यवंशी होने में। मेरा रहस्य—अगर केवल शारीरिक नजरिये से देखा जाए—तो सबसे घृणास्पद था; और एक रोमानियाई का संग करने की वजह से उसमें जातीय लांछन भी जुड़ गया था।

मैं परिवार से बाहर जाना चाह रहा था, भले ही वह कैम्प की तरफ ही क्यों न हो। मुझे अफसोस सिर्फ अपनी माँ के कारण हो रहा था, क्योंकि उसको पता नहीं था कि वह मुझे कितना कम जानती है। मेरे घर छोड़कर चले जाने के बाद वही मुझे ज्यादा याद करने वाली थी, न कि मैं उसे।

गिरजे के भीतर गर्दन में खामोशी की भेड़ को लपेटे उस सन्त के साथ वाली सफेद दीवार के एक कोने में उत्कीर्ण मैंने एक उपदेश खुदा हुआ देखा था :

कालचक्र को ईश्वर ही चलाता है।

अपने सामान को बाँधते हुए, मैंने सोचा : यह उसी सफेद कोने का काम है, यही काल है, जिसको अब गति मिल चुकी है। उसे इस बात की ख़ुशी थी कि मुझे युद्ध में शामिल नहीं होना पड़ रहा है, उस बर्फ वाले मोर्चे पर। एक पागल के से उत्साह से मैं सामान बाँधने में जुट गया। मैंने किसी चीज़ से अपने आपको नहीं बचाया। चमड़े के पट्टे, झोले जैसी निक्कर, मखमली कॉलर वाला ओवरकोट— कोई भी चीज़ मेरे नाप की नहीं थी। बात उस काल की थी जिसको गति मिल गयी थी, न कि कपड़ों की। इन चीज़ों के साथ या किन्हीं और चीजों के साथ प्रौढ़ तो किसी-न-किसी तरह बनना ही था। मैंने सोचा, चाहे यह जगत किसी के लिए भले ही कोई जलसा हो, लेकिन जिसे भी भीषण जाड़े में रूसियों के यहाँ जाना पड़े, उसे हास्यास्पद नजर आने के बारे में सोचने की ज़रूरत नहीं।

दो हवलदारों की एक गश्त उस सूची को लिये घर-घर जा रही थी; एक रोमानियाई और एक रूसी। मुझे अब याद नहीं है कि क्या उस गश्ती ने हमारे घर में **कैम्प** शब्द का उच्चारण किया भी था। और अगर नहीं किया था, तो **रूस** की जगह कौन-से दूसरे शब्द का। और अगर किया था, तो उस शब्द ने मुझे डराया नहीं था। युद्ध काल और गर्दन में लिपटे अपने रँदेवू के बारे में मौन के बावजूद मैं अपनी सत्रह साल की उम्र को लेकर अभी तक एक स्पष्ट, मूर्ख बचपने में फँसा हुआ था। मुझे चुभते थे जलरंग और गोश्त जैसे शब्द। **कैम्प** जैसे शब्द के लिए मेरा दिमाग बहरा था।

उस दिन खाना खाने के समय जो आलू और काँटे की बात चली थी और माँ ने मुझे गोश्त शब्द से पकड़ा था तो मुझे वह बात भी याद आयी जब मैं छोटा था और नीचे आँगन में खेल रहा था और माँ बरामदे की खिड़की से चिल्लाई थी : अगर तुम अभी तुरन्त मेज पर नहीं आये, अगर मुझे तुम्हें दुबारा आवाज देनी पड़ी, तो तुम वहीं रह सकते हो, जहाँ तुम हो। लेकिन मैं और थोड़ी देर नीचे ही रुका रहा, तो जैसे ही मैं ऊपर आया, वह बोली थी :

अब तुम अपना बस्ता बाँधकर दुनिया मैं पैर रख सकते हो और जो तुम्हारे मन में आता है वह कर सकते हो। यह कहते हुए वह मुझे कमरे के भीतर घसीट कर ले गयी। उसने मेरा बैग लिया और उसमें मेरी ऊनी टोपी और जैकेट ठूँस दी। मैंने पूछा : मगर मैं जाऊँ भी तो कहाँ, मैं तो तुम्हारा बच्चा हूँ।

काफ़ी लोगों का कहना है कि सामान बाँधना ऐसा काम है जो अभ्यास से आता है; आदमी यह अपने आप सीखता है, जैसे गाना या प्रार्थना करना। हमारे पास न तो अभ्यास था, न ही सूटकेस। जब मेरे पिताजी को मोर्चे पर रोमानियाई जवानों के साथ जाना पड़ा, तो बाँधने के लिए कुछ सामान ही नहीं था। फौजी बनने पर सब कुछ मिल जाता है; वह वर्दी का हिस्सा होता है। लेकिन सिवा सफर के लिए और ठंड से बचने के लिए हमें पता नहीं था कि हम किस लिए सामान बाँध रहे हैं। सही चीज़ अपने पास नहीं होती है, हम कुछ जुगाड़ कर लेते हैं। जो गलत है वही आवश्यक बन जाती है; जो आवश्यक, वही फिर सही, सिर्फ़ इसलिए कि अपने पास वह चीज़ है ।

मेरी माँ ने ग्रामोफोन को बैठक से उठाया और रसोई की मेज पर रख दिया। पेचकस लेकर मैंने उस ग्रामोफोन केस का सूटकेस बनाया। सबसे पहले मैंने डिस्क और उसको चलाने वाली मोटर को हटाया। उसके बाद उस छेद को, जहाँ हैंडल था, एक कार्क से बन्द कर दिया। लोमड़ी जैसे लाल रंग के मखमली अस्तर को वैसे ही छोड़ दिया। भोंपू के सामने बैठे कुत्ते वाले तिकोने लेबल **हिज़ मास्टर्स वॉइस** को भी मैंने नहीं निकाला। इस बक्से के सबसे नीचे मैंने चार किताबें रखीं : कपड़े की बाइंडिंग में फाउस्ट, जरथुष्ट्र, पतला-सा वाईनहेबर और आठ सदियों की चुनी हुई कविताओं का संग्रह। किताबों के ऊपर आया ज़रूरी सामान का डिब्बा। उसमें : एक बोतल टॉयलेट वाटर, एक बोतल **टार** का आफ्टर शेव लोशन, एक शेविंग सोप, एक रेजर, एक शेविंग ब्रश, एक फिटकरी, एक साबुन, एक नाखून काटने की कैंची। डिब्बे के साथ मैंने रखा एक जोड़ा ऊनी जुराबें (भूरी, रफ़ू की हुई), एक जोड़ा, घुटने तक आने वाली जुराबें, लाल-सफेद चारखाने वाली फलालेन की एक कमीज़, दो इलास्टिक वाले जाँघिए। सबसे ऊपर आया वह नया रेशमी स्कार्फ,

ताकि वह मुचड़ न जाए। यह मदिरा सरीखे लाल रंग का था, चारखाने की बुनावट वाला; कभी चमकता, कभी खुरदुरा। और सूटकेस भर गया।

उसके बाद फिर पोटली में बाँधा : एक कम्बल, जो वैसे दीवान पर बिछाया हुआ था (ऊनी, आसमानी और बदामी चारखाने वाला, राक्षसी बड़ा– लेकिन गर्म नहीं रखता था), और उसके अन्दर लपेटा हुआ एक डस्ट ओवरकोट (बारीक़ चित्तीदार, काफी पहना हुआ) और एक चमड़े के पट्टों का जोड़ा (पुरातन, प्रथम विश्वयुद्ध काल का, खरबूजे जैसा पीला, फीते के साथ)।

उसके बाद टिफिन, जिसमें थे : स्कांदिया ब्राण्ड हॅम का पेस्ट, चार सैंडविच, क्रिसमस के बचे हुए एक-दो बिस्कुट, एक पानी का फ्लास्क– कप के साथ।

उसके बाद मेरी दादी ने उस ग्रामोफोन सूटकेस, उस पोटली और उस टिफिन को घर के दरवाजे के साथ में रख दिया। उन दो हवलदारों ने कहा, आधी रात को आएँगे, उसी समय वे मुझे उठाने वाले थे। सामान घर के दरवाजे के साथ तैयार पड़ा था।

उसके बाद फिर मैंने कपड़े पहने : लम्बा जाँघिया, फलालेन की कमीज़ (बादामी व हरे चैक), झोले जैसी निक्कर (स्लेटी, जैसाकि पहले ही बताया– चाचा एडविन की), जैकेट– ऊन की बुनी आस्तीनों वाली, ऊनी जुराबें और बोकांटशेन– लेस वाले बूट। फिनी-आंटी के वे हरे दस्ताने पहनने लायक स्थिति में मेज पर पड़े थे। मैंने अपने बोकांटशेन बाँध दिये, और उसी दौरान मुझे याद आया कि मेरी माँ ने बरसों पहले गर्मी की छुट्टियों में झीलों, पहाड़ियों और चरागाहों से भरे वेंच इलाके में अपने हाथ की सिली हुई नाविक पोशाक पहनी थी। सैर करने के दौरान उसने मैदान में लम्बी घास में अपने आपको गिराया और मरने का नाटक किया। मैं उस समय आठ साल का था। इतना डर कि आसमान घास में गिर पड़ा। मैंने आँखें बन्द कर लीं, ताकि मैं देखूँ नहीं कि वह मुझे कैसे निगल जाता है। माँ उछल कर खड़ी हो गयी; उसने मुझे झकझोरा और कहा : तुम मुझे चाहते हो न, मैं तो अभी जिन्दा हूँ।

बूट बँध चुके थे। मैं मेज पर बैठ गया और आधी रात का इन्तजार करने लगा। और आधी रात का समय भी आ गया, लेकिन गश्त को देरी हो गयी। और तीन घंटों को गुजरना था, यह शायद ही कोई बरदाश्त करता। फिर वे आ गये। माँ मुझे वह मखमली कॉलर वाला ओवरकोट पहनाने लगी। मैं उसमें घुस गया। वह रो रही थी। मैंने वे हरे दस्ताने चढ़ाये। लकड़ी के बने हमारे उस गलियारे में, बिल्कुल वहाँ, जहाँ, गैस का मीटर लगा हुआ है। मेरी दादी बोली : **मुझे पता है, तुम वापस आओगे।**

मैंने इस वाक्य को कोई प्रायः सोच समझ कर नहीं, मन में बैठा लिया था। मैं तो ऐसे ही उसको कैम्प में लेकर चला गया। मुझे पता ही नहीं था कि वह मेरे साथ चल रहा है। लेकिन ऐसा वाक्य स्वतंत्र होता है। उसने साथ ले गयी किताबों से ज्यादा मेरे अन्दर काम किया। **मुझे पता है, तुम वापस आओगे**—यह वाक्य दिल-फावड़े का साथी और भूख-देवदूत का प्रतियोगी बनने वाला था। चूँकि मैं वापस आ गया हूँ, मैं यह कह सकता हूँ : ऐसा वाक्य किसी को जिन्दा रख सकता है।

रात के 3 बजे, 15 जनवरी 1945 के सूरज के उगने के पहले, गश्त ने मुझे उठाया। ठंड बढ़ रही थी -15 डिग्री तापमान था। हम तिरपाल की छत वाले ट्रक में सुनसान शहर में से गुजरते हुए प्रदर्शनी हॉल पहुँच गये। यह सॅक्सन लोगों का त्योहार इत्यादि मनाने का हॉल था। और अब कैम्प के लिए लोगों के इकठ्ठा होने की जगह। हॉल में लगभग 300 लोगों की धक्का-मुक्की चल रही थी। जमीन पर बिस्तर और होलडॉल पड़े थे। रात भर गाड़ियाँ आती रहीं, आस-पास के गाँवों से भी, और इकठ्ठा किये हुए लोगों को उतारती रहीं। सुबह तक उनकी संख्या 500 तक पहुँच गयी थी। इस रात कुछ गिनना ही बेकार था, कुछ समझ में नहीं आ रहा था। प्रदर्शनी हॉल में पूरी रात बत्ती जलती रही। लोग इधर-उधर भाग रहे थे, जान-पहचान के लोगों को खोज रहे थे। कोई बता रहा था कि रेलवे स्टेश्न पर बढ़इयों की ड्यूटी लगा दी गयी है। वे पशुवाहक डिब्बों में लकड़ी के नये फट्टे ठोक रहे हैं। और कुछ कारीगर रेलगाड़ी में तोप जैसी अंगीठियाँ बना रहे हैं। कुछ दूसरे डिब्बों के फर्श पर आरी से शौचालय के लिए मोरी बना रहे हैं। आँखें फाड़-फाड़ कर दबी हुई आवाज़ में खूब बातें हो रही थीं और आँखें बन्द कर दबी हुई आवाज में खूब रोया जा रहा था। हवा में पुराने ऊन, पसीने में डूबे डर और चरबी वाले भुने हुए गोश्त, वनीला बिस्कुट और दारू की बू थी। एक औरत ने अपने सिर से रूमाल हटाया। वह यकीनन गाँव की थी, उसकी चोटी सिर के पीछे दोहरी करके सींग की कंघी से सिर के बीचोबीच अटकाई हुई थी। सींग की कंघी के दाँत उसके बाल में लुप्त हो गये थे, महज़ उसके धनुषाकार किनारे के दो कोने छोटे नुकीले कानों जैसे उभरे हुए दिखाई दे रहे थे। और उस मोटी चोटी के साथ उसके सिर का पिछला हिस्सा एक बैठी हुई बिल्ली जैसा दिख रहा था। मैं खड़ी हुई टाँगों और सामान के ढेर के बीच एक दर्शक की तरह बैठा रहा। एक-दो मिनट के लिए मुझे नींद ने बेहोश कर दिया और मैं सपना देखने लगा :

मेरी माँ और मैं कब्रिस्तान में एक नयी कब्र के सामने खड़े हैं। उसके ऊपर बीच में लगभग मेरी ऊँचाई का रोएंदार पत्तों वाला पौधा, उगा है। उसके डंठल पर चमड़े के हैंडल वाली फली है, एक छोटा-सा सूटकेस। फली थोड़ी सी

खुली हुई, अन्दर लोमड़ी जैसे लाल रंग के मखमल का अस्तर। हमें पता नहीं है किसकी मौत हुई है। माँ बोलती है : ओवरकोट की जेब से खड़िया निकाल। मेरे पास तो खड़िया है नहीं, मैं बोलता हूँ। जैसे ही मैं जेब में हाथ डालता हूँ, उसमें दर्जीवाली खड़िया का एक टुकड़ा हेाता है। माँ कहती है हमें सूटकेस पर एक छोटा नाम लिखना चाहिए। चलो **रूथ** लिखते हैं, इस नाम की हम किसी औरत को नहीं जानते। मैं लिखता हूँ **रूट**—चिरनिद्रित।

सपने में मुझे स्पष्ट हो गया था कि मैं मर चुका हूँ, लेकिन यह बात मैं अपनी माँ को नहीं बताना चाह रहा था। मैं एकदम चौंक कर उछल पड़ा, क्योंकि एक अधेड़ आदमी एक छतरी लिए मेरे पास होल्डॉल पर बैठ रहा था और मेरे कान में कह रहा था : मेरा साला अभी आना चाहता है, लेकिन हॉल को सिपाहियों ने घेरा है, वे उसको आने नहीं दे रहे हैं। हम तो अभी शहर के भीतर ही हैं, फिर भी वह यहाँ नहीं आ सकता है, न ही मैं घर जा सकता हूँ। उसकी जैकेट के हर चाँदी के बटन पर उड़ता हुआ एक पंछी, जंगली बत्तख— नहीं, एक एलबेट्रॉस जैसा। क्योंकि सीने पर का सलीब— जैसे ही मैं आगे की तरफ झुका— एक लंगर बन गया था। उसकी छतरी उसके और मेरे बीच सैर करने वाली छड़ी सरीखी खड़ी थी। मैंने पूछा : क्या आप इसे साथ ले जा रहे हैं। वहाँ यहाँ से भी ज्यादा बर्फ गिरती है, वह बोला।

किसी ने हमें नहीं बताया था कि हमें हॉल से कब और कैसे स्टेशन पहुँचना होगा। मैं तो कहना चाहूँगा, कब इजाज़त मिलेगी, क्योंकि मैं तो सबसे उतावला हो रहा था रूसियों के पास जाने के लिए— भले ही पशुवाहक डिब्बे में, ग्रामोफोन केस लेकर और गले में मखमली कॉलर पहने हुए। मुझे अब याद नहीं आ रहा है हम किस तरह स्टेशन पहुँचे। पशुवाहक डिब्बे के अन्दर घुसने के लिए ऊँचा चढ़ना पड़ता है। जिस तरह हम लोग चढ़े—वह भी मैं भूल गया हूँ, क्योंकि हमने इतने दिन और इतनी रातें उन डिब्बों में सफर किया था मानो हम हमेशा से ही उन्हीं डिब्बों में रहे हों। मुझे यह भी याद नहीं है कि कितने समय तक हम चलते रहे। मैं तो समझता था लम्बे सफर का मतलब है बहुत दूर जाना। जब तक हम चल रहे हैं, हमें कुछ नहीं होने वाला। जब तक हम चल रहे हैं, अच्छा ही है।

मर्द और औरत, जवान और बूढ़े, बर्थ की सीट पर सामान रखे हुए—बातें करना, चुप रहना, खाना और सोना। दारू की बोतलें घूम रही थीं। जैसे ही सफर की आदत पड़ी, वैसे ही यहाँ-वहाँ गपशप के साथ इधर-उधर हाथ मारने की कोशिश शुरू हो गयी। एक आँख से देख, दूसरी से अनदेख।

मैं ट्रूडी पॅलिकॅन के बगल में बैठा कह रहा था : मुझे तो वैसे ही लग रहा है

जैसे मैं स्कीइंग के लिए कार्पेथियन पवर्तो में बालिया झील के पास किसी केबिन में हूँ जहाँ हाईस्कूल की एक आधी क्लास को हिमस्खलन ने हड़प लिया था। हमारे साथ वैसा नहीं होगा, वह बोली, हमने तो स्कीइंग का सामान ही साथ नहीं लिया। एक ग्रामोफोन केस पर सवार आदमी पूरा दिन और पूरी रात सवारी कर सकता है, तुम तो उस रिल्के को जानते हो ना, ट्रूडी पॅलिकॅन अपना घण्टी की शक्ल वाला ओवरकोट पहने, जिसके फर के बने कफ कुहनी तक पहुँचते थे, बोली। आस्तीनों के भूरे-भूरे फर के सिरे, जैसे दो छोटे-छोटे आधे पिल्ले हों। ट्रूडी पॅलिकॅन कभी-कभी दोनों हाथ एक-दूसरे की आस्तीनों में डालती और फिर उन दो आधे कुत्तों का एक पूरा छोटा कुत्ता बन जाता। उस समय तक तो मैंने स्टेपी देखे हुए नहीं थे, वरना मुझे वे गिलहरी जैसे जीव ही याद आते जिन्हें हम स्टेपी-कुकुर बुलाते थे। ट्रूडी पॅलिकॅन से हल्के गरम आड़ की खुशबू आती थी, मुँह से भी, पशुवाहक डिब्बे के तीसरे, चौथे दिन भी। वह अपने ओवरकोट में बैठी– जैसे ट्राम में कोई भद्र महिला दफ्तर जा रही हो– मुझे बता रही थी कि उसने अपने आपको लगातार चार दिन पड़ोसी के बगीचे में शेड के पीछे एक गड्ढे में छुपाकर रखा था। लेकिन फिर बर्फ गिरनी शुरू हुई, घर, शेड और गड्ढे के बीच पड़ने वाला हर कदम दिखने लगा। उसकी माँ के लिए अब चोरी-छुपे उसके लिए खाना लाना सम्भव नहीं हो रहा था। पूरे बगीचे में पैर के निशान दिखाई देते थे। बर्फ ने उसकी चुगली की, उसको अपनी आड़ से बाहर आना पड़ा, स्वेच्छा से, बर्फ से मजबूर। इसके लिए मैं बर्फ को कभी माफ़ नहीं करूँगी, वह बोली, अभी-अभी गिरी हुई बर्फ की नकल नहीं की जा सकती, बर्फ को उस तरह नहीं सँवारा जा सकता कि वह बिल्कुल अछूती लगे। मिट्टी के साथ यह मुमकिन है, रेत और बल्कि घास के साथ भी, अगर तुम कोशिश करो तो। और पानी तो खुद इस तरह से सँवारता है, पता भी नहीं चलने देता कि कब कुछ निगल लिया। और हवा तो वैसे हमेशा स्वभाव से ही अपने आपको सँभालती आयी है, क्योंकि उसको कोई देख नहीं सकता है। सब, सिवा इस बर्फ के, चुप्पी बनाये रखते हैं–ट्रूडी पॅलिकॅन बोली। यह मोटी बर्फ सबसे बड़ी गुनहगार है। वह भले ही शहर में गिरी हो, जैसे कि उसको पता था, वह यहाँ है, जैसे यह उसके अपने घर का मामला हो। लेकिन वह बर्फ तुरन्त ही खुशी-खुशी रूसियों के काम में लग गई। इस बर्फगद्दारी के कारण मैं यहाँ हूँ।

रेलगाड़ी चल रही थी 12 या 14 दिन, अनगिनत घंटे, बिना रुके। फिर वह रुकी रही अनगिनत घंटे, बिना चले। किसी भी समय, हम कहाँ थे, हमें पता नहीं चलता था। सिवा उस समय के जब कोई ऊपर वाली बर्थ से फोल्डिंग खिड़की की झिर्री से स्टेशन का नाम पढ़ कर सुनाता : **बुज़ाऊ**। डिब्बे के बीच

लगायी तोप जैसी अंगीठी बुड़बुड़ाने लगती। दारू की बोतलों का चक्कर लगना शुरू हो गया। सबको चढ़ी थी, किसी-किसी को दारू, बाकियों को अनिश्चितता। या फिर दोनों।

उन शब्दों में : **रूसी पकड़ ले गये** क्या छुपा था, अपने दिमाग में वैसे तो आ रहा था, लेकिन जहन में उतर नहीं रहा था।

दीवार के साथ वे हमें तभी खड़ा कर सकते हैं, जब हम वहाँ आ पहुँचे हों, अभी तो हम गाड़ी में हैं। हमें अभी तक दीवार के सामने खड़ा करके गोली नहीं मार दी गयी थी— जैसा कि नात्सी प्रचार से हमें पहले से ही पता था— यह बात हमें लगभग बेफिक्र कर रही थी। आदमी उस पशुवाहक डिब्बे में पीकर मस्त होना सीख रहे थे। औरतें सीख रही थीं—गा-गा कर मस्त होना :

जंगल में है ज़ायडेलब्लास्ट खिली
गड्ढे में अभी तक है बर्फ पड़ी
और जो तुमने मुझे लिखी
वह चिट्ठी, मुझे बेचैन कर गयी

बार-बार लगातार वही एक गीत गाना, फिर पता चलना ही बन्द हो गया कि सच में गाना गाया जा रहा है या नहीं, क्योंकि हवा गा रही थी। वह गाना धड़कता हुआ दिमाग में घुस गया और गाड़ी की आवाज के साथ मिल गया— पशुवाहक-डिब्बे-का-उदास-नग्मा और समय की रफ्तार का किलोमीटर गीत। यह गीत मेरे जीवन का सबसे लम्बा गीत बन गया, पाँच साल तक औरतों ने उसे गाया, जब तक कि वह गीत भी घर के लिए उतना ही तड़पने लगा, जितना हम सब तड़प रहे थे। डिब्बों का दरवाज़ा बाहर से सीलबन्द था। चार बार उसे खोला गया— रोलर वाला स्लाइडिंग दरवाजा। हम अभी रोमानियाई जमीन पर थे और दो बार एक आधी, लम्बाई में आरी से काटी हुई नंगी बकरी डिब्बे के अन्दर ढकेल दी गयी। बर्फ से पूरी जमी हुई, डिब्बे की जमीन पर धड़ाम से गिरी। पहली वाली बकरी को तो हमने समझा था कि यह जलावन है। हमने उसको तोड़कर उसके टुकड़ों को जलाया। वह इतनी कंकाल थी कि उससे कोई बदबू भी नहीं आ रही थी। वह अच्छी जली। दूसरी बकरी के समय **पास्ट्रामा** शब्द चला, सूखा गोश्त। हमने अपनी दूसरी बकरी को भी जलाया और उसका मज़ाक उड़ाया। यह भी उतनी ही कृश और नीली थी जितनी कि पहले वाली, डरावनी हड्डियों का ढाँचा। हमने उसका मज़ाक उड़ाने में जरा जल्दबाजी ही की थी, हम अपने आप को बहुत बड़ा समझ रहे थे—जब हम उन दोनों दयावान रोमानियाई बकरियों की खिल्ली उड़ा रहे थे।

हमारी असली औकात की समझ समय के साथ बढ़ती गयी। इतनी-सी जग़ह में सारे छोटे-छोटे काम हो रहे थे—बैठना, उठना। सूटकेस में कुछ खोजते रहना, उसको खाली करना, फिर भरना। दो टँगी हुई चादरों के पीछे शौच जाना। हर छोटा काम दूसरे छोटे काम को साथ ले आता था। एक पशुवाहक डिब्बे में हर वह चीज़ सिकुड़ जाती जो आपको औरों से अलग बनाती है। वह ज्यादा औरों के बीच जीती है, बजाय अपने आप में। दूसरे के बारे में अलग से खयाल करना बिल्कुल जरूरी नहीं था। हरेक हर दूसरे के लिए था, जैसा घर में होता है। हो सकता है कि आज मैं यह जो बात कर रहा हूँ, सिर्फ अपनी ही बात कर रहा हूँ या फिर अपने बारे में बिलकुल ही नहीं। हो सकता है कि पशुवाहक डिब्बे की तंगी ने मुझे इतना पालतू बना दिया था, क्योंकि मैं वैसे ही दूर जाना चाह रहा था और मेरे सूटकेस में अब भी खाने का काफी सामान था। पशुओं जैसी भूख हम सबको जल्द ही कैसे घेरने वाली थी—इसकी हमने अभी कल्पना भी नहीं की थी। कितनी बार, अगले पाँच बरसों में, जैसे ही भूख-देवदूत हमारे ऊपर बार-बार मँडराता, हम उन बर्फ से जमी हुई नीली बकरियों जैसे दिखते और उनका शोक मनाते।

रूसी रात हो चुकी थी, रोमानिया पीछे रह गया था। घंटे भर के पड़ाव के दौरान हमने कुछ बड़े झटके महसूस किये। हमारी गाड़ी के पहियों की धुरी पर चौड़ी रूसी पटरियों के लिए, स्टेपी की चौड़ाई वाले नये पहिए लगाये जा रहे थे। इतनी सारी बर्फ ने बाहर रात को रोशन कर दिया था। इस रात खुले मैदान में तीसरा पड़ाव था। गश्त देने वाले रूसी सैनिक चिल्लाये **उबोर्नया**। सभी डिब्बों के सभी दरवाजे खोल दिये गये। हम एक के पीछे एक नीचे बर्फ में कूद गये और घुटनों-घुटनों तक अन्दर फिसल गये। हमें पता चला—भाषा न समझने के बावजूद—कि उबोर्नया का मतलब है सामूहिक शौचगमन। ऊपर, एकदम ऊँचाई पर, गोल चन्द्रमा। हमारे चेहरों के सामने से साँस पैरों तले की बर्फ जैसी सफेद निकल रही थी। हमें तैयार मशीनगनों ने घेर रखा था। और अब : पैंट उतारो।

यह फ़जीहत, दुनियाभर की शर्मिन्दगी। कितना अच्छा था, कि यह बर्फमय प्रदेश हमारे साथ इतना अकेला था, कि कोई नहीं देख रहा था, वह हमें किस तरह एक-दूसरे से लगभग सटे हुए वही एक क्रिया करने पर मजबूर कर रहा था। मुझे शौच तो लगी नहीं थी, लेकिन फिर भी पैंट नीचे कर मैं उकड़ बैठ गया। कितना बेकार, और शान्त था रात को यह प्रदेश, किस तरह वह हमारी फ़जीहत कर रहा था जब हम अपनी शारीरिक जरूरतें पूरी कर रहे थे। कैसे ट्रूडी पॅलिकॅन ने मेरे बायीं तरफ अपने घंटी की शक्ल वाले ओवरकोट को कन्धों के ऊपर उठाकर अपनी पैंट को टखनों तक नीचे किया, कैसे उसके जूतों के बीच से वह फुसफुसाहट सुनाई दी,

कैसे मेरे पीछे ऐडवोकेट पाउल गास्ट प्रेशर देते समय उच्छवास छोड़ रहे थे, कैसे उनकी पत्नी हाइड्रून गास्ट की आँत अतिसार से टर्र-टर्र कर रही थी। कैसे सभी ओर वह नरम-गरम बदबूभरी भाप हवा में तुरन्त चमकती हुई बर्फ बन जाती थी, कैसे इस बर्फमय प्रदेश ने हमारे साथ अपना दारूण व्यवहार किया और हमें नंगे पिछवाड़ों और उनकी आवाजों के साथ अकेला बना दिया। कैसे और कितनी दुःखी हमारी आँतें इस सामान्यता में हो गयी थीं।

ऐसा लगता है कि उस रात मैं नहीं, लेकिन मुझमें शायद एक भय प्रौढ़ बन गया। शायद मामूलीपन सिर्फ़ ऐसे ही, इसी तरह हकीकत बन जाता है, क्योंकि हम सब, सारे-के-सारे, शौच करते समय, कुदरती तौर पर रेल की पटरी की तरफ ही मुँह किये बैठ जाते थे। चन्द्रमा को हम सब अपने पीछे रखते, पशुवाहक डिब्बे के खुले दरवाजे पर से हम कभी नज़र नहीं हटाते थे, हम उसके आश्रित बन चुके थे, जैसे किसी कमरे के दरवाजे के होते हैं। हमें यह अजीब डर था कि यह दरवाजा हमारे बिना बन्द हो जाएगा और गाड़ी हमारे बिना चल पड़ेगी। हमारे बीच से एक उस दूर तक फैली रात में चिल्लाया : लो जी, ये रहे हम टट्टी करते हुए सॅक्सन लोग, पूरा ढेर लगा हुआ है। अगर यह नाले में से बहता नीचे की तरफ जाता है तो केवल नाला ही नहीं बहता है। है कि नहीं, जिन्दा रह कर तुम सब खुश तो हो। और वह हँसने लगा– खाली, बक़वास हँसी। सब उससे थोड़ा दूर हट गये। फिर उसे जगह मिल गयी और उसने एक नट की तरह हमें अभिवादन करके ऊँची और गम्भीर आवाज में दोहराया : है कि नहीं, जिन्दा रह के तुम सब खुश तो हो।

उसकी आवाज में एक गूँज थी। कुछ लोग रोने लगे, हवा काँच-सरीखी बन गयी। उस आदमी का चेहरा पागलपन में डूबा हुआ था। उसके जैकेट पर गिरी थूक काँच जैसी बन गयी थी। उसी समय मैंने सीने पर वह चिह्न देखा, यह वही एलबेट्रॉस के बटन वाला आदमी था। वह एकदम अकेला खड़ा था और एक बच्चे की आवाज़ में सिसक रहा था। उसके पास अब रह गयी थी सिर्फ़ वह गन्दी बर्फ। और उसके पीछे चन्द्रमा के साथ वाली जमी हुई दुनिया, जैसे कोई एक्सरे।

इंजन ने केवल एक बार दबी हुई आवाज में सीटी दी। इतना गहरा ऊऽह मैंने पहले कभी नहीं सुना था। सब अपने-अपने दरवाज़े की तरफ भागे। हम डिब्बे में चढ़े और गाड़ी आगे चल पड़ी।

उस आदमी को तो मैं बगैर उसके सीने के चिह्न के भी पहचान जाता। लेकिन मैंने उसे कैम्प में कभी नहीं देखा।

हाज़िरी-साग

किसी भी चीज के, जो हमें यहाँ कैम्प मे मिली थी, बटन नहीं होते थे। बनियान, लम्बा जाँघिया इनको गाँठ लगाकर बाँधने के लिए हरेक के दो-दो नाड़े हुआ करते थे। तकिये के गिलाफ़ के दो गुना दो नाड़े। रात में तकिये का गिलाफ़ तकिये का गिलाफ़ हुआ करता था, दिन में वह बन जाता था एक कैनवास का थैला, जिसको हम जरूरत पड़ने पर हर काम के लिए– जैसे चोरी करने और भीख माँगने के लिए– अपने पास रखते थे।

हम चोरी, काम के पहले, उसके दौरान और उसके बाद करते थे, केवल भीख माँगते समय नहीं, जिसको हम बोलते थे, फेरी लगाना– और न ही बैरक में पड़ोसी से। और वह कोई चोरी नहीं थी, जब काम के बाद घर आते समय कूड़े के ढेरों को पार कर हम जंगली पौधों में से कुछ नोच-तोड़ कर अपना थैला भर लेते थे। मार्च के महीने में ही गाँव से आयी औरतों ने पता लगाया था कि कँटीलेदार पत्तों वाले उस जंगली पौधे का नाम **लबदा** था। हमारे यहाँ भी साल के शुरू-शुरू में इसको जंगली पालक की तरह खाया करते हैं और यह कहलाता है **हाज़िरी-साग**। हम उस पंखाकार पत्तोंवाली जंगली घास को भी काटकर लाते थे, यह था जंगली सोया। फिर एक ही जरूरी चीज़ की कमी रह जाती थी, वह था नमक। नमक बाज़ार में चीजों का विनिमय करके ही हासिल करना पड़ता था। यह सलेटी और रोड़ी जैसा खुरदुरा होता था, इसे पहले कूटना पड़ता था। नमक बड़ी सम्पत्ति के बराबर था। हमारे पास इस जंगली पालक को बनाने के दो तरीके थे :

जंगली पालक के पत्ते, जाहिर है नमक लगाकर, कच्चे खाये जा सकते हैं, जैसे कि सलाद के पत्ते खाते हैं। जंगली सोया के पत्ते एकदम बारीक नोचकर उसके ऊपर नमक छिड़क देते हैं। या जंगली पालक को डंठल समेत नमक के पानी में उबालते हैं। चम्मच से पानी में से निकालने पर वह एक सनसनीख़ेज़ झूठा पालक बन जाता है। उसके पानी के साथ पिया जा सकता है, एक क्लियर सूप की तरह या ग्रीन टी की तरह।

साल के शुरू-शुरू में हाज़िरी-साग नाजुक होता है, पूरा पौधा केवल उँगली की ऊँचाई का और रूपहला-हरा होता है। गर्मी की शुरुआत में यही पौधा घुटने तक आने लगता है, उसके पत्ते उँगली जैसे बन जाते हैं। हर पत्ता अलग दिख सकता है, एक अलग दस्ताने जैसा, सबसे नीचे हमेशा एक अँगूठा होता है। ऐसा रूपहला-हरा हाज़िरी-साग एक ठंडा पौधा होता है, साल के शुरू-शुरू में खाने लायक। भरी गर्मी में सावधान रहना पड़ता था, उस समय हाज़िरी-साग जल्दी से बढ़कर ऊँचा हो जाता है, घनी टहनियों से भर जाता है, उसके डंठल कड़े और लकड़ी-सरीखे हो जाते हैं।

खाने में गारे जैसा कड़वा लगता है। उसका पौधा कूल्हों तक ऊँचा होता है, उसके मध्य-भाग के मोटे डंठल को घेरनेवाला एक ढीला-सा गुच्छा बन जाता है। गर्मी में उसके डंठल और पत्तों पर रंग चढ़ने शुरू हो जाते हैं, पहले गुलाबी रंग से शुरुआत होती थी, फिर वह बदल जाता था खून के रंग में, फिर लाल-नीला-सा और पतझड़ में गहरे नीले जैसा गाढ़ा हो जाता। सब टहनियों के छोरों पर मंजरी की मालाएँ बन जाती, जैसे कि बिच्छू घास में होती हैं। फर्क सिर्फ़ इतना ही कि इस बिच्छू घास की मंजरियाँ नीचे की तरफ़ झुकने के बजाय टेढ़ी खड़ी ऊपर की तरफ देखती हैं। इन पर भी रंग चढ़ता था– गुलाबी से गहरा नीला तक।

यह विचित्र है कि जब हाज़िरी-साग पर रंग चढ़ना शुरू होता है और वह बिल्कुल खाने लायक नहीं बचता, उसी समय वह एकदम सही मायने में सुन्दर बन जाता है। फिर वह अपने सौन्दर्य से सुरक्षित सड़क के किनारे खड़ा रहता है। हाज़िरी-साग खाने का समय गुजर चुका है। लेकिन भूख का नहीं, जो हमेशा आदमी से बड़ी होती है।

क्या कहा जाये उस पुरानी, सदा बनी रहने वाली भूख के बारे में। क्या कोई कह सकता है कि एक ऐसी भूख भी हो सकती है जो तुम्हें भूख का मरीज बना दे। वह आदमी हमेशा और ज्यादा भूखा रह जाता है जिसको पहले से एक भूख लगी हो। यह हरदम नयी भूख, जो बिना मिटाए बढ़ती ही जाती है और उस पुरातन, चिरकालीन और कठिनाई से काबू की हुई भूख के भीतर कूदती है। कौन कैसे इस जग में जिये, जबकि वह अपने बारे में कुछ नहीं कहना जानता सिवा इसके कि उसको भूख लगी है। जब कि वह और किसी चीज़ के बारे में सोच भी नहीं सकता। तालू सिर से बड़ा होता है, एक गुम्बद, ऐसी ऊँची जगह पर और खोपड़ी के अन्दर तक की आवाज को सतर्क सुनने वाला।

जब भूख बरदाश्त से बाहर हो जाती है तो तालू ऐसे खिंचता है, जैसे खरगोश की ताज़ा ख़ाल चेहरे के पीछे सुखाने के लिए तान दी गयी हो। गालों में झुर्रियाँ

पड़ जाती हैं और वे फ़ीके रोम से ढँक जाते हैं।

मैं कभी कह नहीं पाया कि क्या उस कड़वे हाज़िरी-साग की आलोचना की जाये कि अब कोई उसे खा नहीं सकता, क्योंकि वह लकड़ी जैसा और कड़ा बन गया है। क्या हाज़िरी-साग को पता है कि वह अब हमारी और हमारी भूख की सेवा में नहीं है, बल्कि भूख-देवदूत की। वह लाल मंजरियों की मालाएँ भूख-देवदूत के गले का गहना हैं। पतझड़ की शुरुआत से लेकर तब तक जब पाला पड़ना शुरू होता था, हर दिन हाज़िरी-साग अपने आपको और सुन्दर बनाता, जब तक कि वह एक दिन बर्फ में जम कर दम नहीं तोड़ देता था। ये जहरीले सुन्दर रंग थे, जो आँख में चुभते थे। वे मंजरियाँ, उनकी लाल रंग की असंख्य मालाएँ, हर सड़क का छोर भूख-देवदूत को सजाने में लग जाता। उसने गहने पहने हुए थे और हमारा तालू इतना ऊपर जा चुका था कि चलने की आवाज मुँह में गूँजती थी। मस्तिष्क में एक ऐसी पारदर्शिता जैसे बहुत ज्यादा प्रखर प्रकाश निगल लिया हो। ऐसा प्रकाश, जो मुँह में अपने आपको देखता है, फिर बड़े प्यार से तालू की काकलों में खिसकता है, वहाँ फूल जाने तक रुकता है और फिर दिमाग में चढ़ जाता है। फिर एक समय ऐसा आता है कि तुम्हारे सिर में दिमाग़ नहीं केवल भूखगूँज है। भूख-दुख के लिए कोई सही शब्द नहीं है। आज के दिन मेरा भूख को यह दिखाना अभी भी बाकी है कि मैंने उससे छुटकारा पाया है। मैं शाब्दिक अर्थ से सच में खुद जीवन को खाता हूँ, जब से मुझे भूखा नहीं रहना पड़ रहा है। मैं खाने के स्वाद में बन्द किया जाता हूँ जब मैं खाता हूँ। मेरे कैम्प से घर वापस लौटने के बाद से, साठ साल से, मैं भूखेपन के खिलाफ़ खाता आया हूँ।

मैं उस हाज़िरी-साग को देखता था, जो खाने लायक नहीं रह चुका था, और कोशिश करता था किसी और चीज़ के बारे में सोचने की। गर्मियों के अन्त समय की थकी हुई गर्मी के बारे में, बर्फीले जाड़े के आने के पहले। लेकिन उसकी जगह अब मैं आलू को याद करता था, जो थे नहीं। और उन औरतों को, जो कल्ख़ोस– किसानों की कोऑपरेटिव– में रहती थीं और हो सकता है अपने सूप में रोजाना नये आलू पाती थीं। इसके अलावा उन पर खुन्दक खाने की कोई वजह नहीं थी। वे मिट्टी के मकानों में रहती थीं और उनको हर दिन हमसे बहुत ज्यादा समय तक काम करना पड़ता था– सूरज के उगने से लेकर उसके डूबने तक।

हाज़िरी-साग पकाने का समय था। **हाज़िरी-साग** एक अजीबोगरीब शब्द है जिसका कोई भी मतलब नहीं है। **हाज़िर**—यह शब्द, जब किसी और शब्द के साथ नहीं जुड़ा होता था, तो हमें बिल्कुल परेशान नहीं करता था। क्योंकि यह नहीं

कहता था– **हाज़िर हो,** यह कोई आज्ञा देने वाला साग नहीं था, बल्कि सड़क के किनारे वाला एक शब्द था। किसी भी हालत में यह शाम के बाद आज्ञा देने वाला शब्द था – एक आज्ञा पार साग, मगर कतई आज्ञा देने वाला साग नहीं। **हाज़िरी-साग** को पकाने के लिए कई दफ़ा काफी इन्तजार करना पड़ता था, क्योंकि पहले हाज़िरी लगानी पड़ती थी, जो कभी खत्म होने का नाम ही नहीं लेती थी, क्योंकि कोई हिसाब कभी सही नहीं हुआ करता था।

हमारे कैम्प में पाँच आर.बी. थे– **राबोची बताल्योन**– पाँच लेबर बटालियन। उनमें से हर एक कहलाती थी ओ.आर.बी.– अदेल्ना राबोची बताल्योन, जिसमें 500 से 800 तक कैदी हुआ करते थे। मेरी बटालियन का नम्बर था 1009, मेरा बिल्ला नंबर था 756।

हम कतार में खड़े हो जाते थे– सावधान। क्या शब्द है हमारी सूजी हुई आँखों वाली, बड़ी-बड़ी नाक वाली, उभरे हुए गालों वाली, जीर्ण-शीर्ण रेजिमेंट के लिए। पेट और टाँगें भूखेपन से फूल गयी थीं ।

पाला या अंगारे जैसी गर्मी की आग, सारी शामें सिर्फ सावधान ख़ड़े-खड़े बीत जातीं। सिर्फ जुओं को हम पर इधर-उधर जाने की इजाजत थी। हमारी कभी खत्म नहीं होने वाली गिनती के दौरान वे पीकर टल्ली हो जा सकतीं थीं और हमारे जीर्ण-शीर्ण गोश्त पर परेड लगा सकतीं और घंटों तक सिर से लेकर हमारे नीचे के भागों तक रेंग सकती थीं। कई बार ये पूरा पी पा कर हमारे कपड़ों के रूई के अस्तर में सो जाती थीं, और हम फिर भी सावधान खड़े होते थे। और कैम्प कमांडो शिष्टवानयोनोव अब भी चिल्ला रहा होता था। उसका पहला नाम हमें नहीं पता था। सिर्फ तवारिश शिष्टवानयोनोव। डर से हकलाने के लिए काफ़ी लम्बा था, जब इसको लेते थे। तवारिश शिष्टवानयोनोव इस नाम पर तो मुझे हमेशा याद आती थी हमें उठा कर ले जाने वाली रेलगाड़ी के इंजन की धकधक। और वह चर्च का सफ़ेद कोना : **कालचक्र को ईश्वर ही चलाता है**। हो सकता है कि उस सफेद कोने के सामने घंटों तक हमें सावधान खड़े रहना था। हड्डियाँ लोहे जैसे भारी हो जाती थीं। जैसे ही शरीर पर से गोश्त खत्म हो चुका होता है, तो हड्डियों को लेकर चलना भारी पड़ने लगता है, वह तुम्हें जमीन के अन्दर खींचता है।

हाज़िरी के दौरान, सावधान में खड़े होते वक्त मैं अपने आपको भूलने और श्वास को उच्छवास से अलग न करने की कोशिश करता रहता था। और आँखों को ऊपर ले जाने की, बिना सिर को उठाये। आसमान में बादलों के बीच एक ऐसे कोने को ढूँढ़ने की कोशिश करता जिस पर मैं अपनी हड्डियाँ टाँग सकूँ। जब मैं अपने

आप को भुला देता और उस आसमानी खूँटी को ढूँढ लेता था, वह मुझे जकड़ कर रखती। कई बार एक भी बादल नहीं हुआ करता था, सिर्फ एक आलसी नीलापन, खुले पानी जैसा।

कई बार एक अकेला बादलों का कम्बल मिला करता था, विरक्त सलेटी।

कई बार बादल भागा करते थे, और कोई भी खूँटी स्थिर नहीं रह पाती थी।

कई बार बारिश आँखों में चुभती थी और मेरे कपड़ों को बदन से चिपकाती थी।

कई बार पाला मेरी आँत को चबाकर टुकड़े-टुकड़े कर देता था। ऐसे दिन में आसमान मेरे आँख के डेलों को ऊपर की तरफ घुमाता और वह हाज़िरी उनको नीचे की तरफ खींचती– हड्डियाँ ऐसे ही ढीली मुझ अकेले के अन्दर टँगी होतीं।

कापो, तूर प्रिकुलिच हमारे और कमांडेंट शिष्टवानयोनोव के बीच इठलाया करता, उसकी उँगलियों में से सूचियाँ फिसल जातीं थीं, जिनके पन्ने बार-बार पलटने से घिस गये थे। हर बार, जब वह एक नम्बर पुकारता था, उसका सीना एक मुर्गे जैसा फड़कता था। उसके हाथ अब भी एक बच्चे जैसे थे। मेरे हाथ कैम्प में बढ़ गये थे। चौकोर, कड़े और दो फट्टों जैसे सपाट।

अगर हममें से कोई हाज़िरी के बाद अपना पूरा साहस इकट्ठा करता और नचाल्निकों में से किसी एक को या कैम्प कमांडेंट शिष्टवानयोनोव को ही पूछता कि हम कब घर लौट सकते हैं तो वे सिर्फ़ कहते थे : **स्कोरा दामोइ** मतलब जल्द ही निकलने वाले हो।

यह रूसी **जल्दी ही** हमसे दुनिया का सबसे लम्बा समय चुरा लेता था। नाई ओसवाल्ड एन्येटर से तूर प्रिकुलिच अपनी नाक के बाल और नाखून भी कटवाता था। यह नाई और तूर प्रिकुलिच कार्पेथियन पर्वतों के– यूक्रेन के त्रिदेशीय कोने वाले एक ही इलाके के थे। मैंने पूछा कि क्या इस इलाके में अक्सर नाई के यहाँ अच्छे ग्राहकों के नाखून भी काटे जाते हैं। नाई बोला : नहीं, उस त्रिदेशीय कोने वाले प्रदेश में ऐसा नहीं होता है। यह तूर की खासियत है, हमारे यहाँ की नहीं। हमारे यहाँ तो हर पाँचवा आदमी हर नवें के बाद लेते हैं। क्या मतलब, मैंने पूछा। नाई बोला : जरा सा बाल्मुक। क्या मतलब, मैंने पूछा। वह बोला : जरा सी बदमाशी।

तूर प्रिकुलीच शिष्टवानयोनोव की तरह रूसी नहीं था। उसको जर्मन और रूसी आती थी, मगर वह रूसियों के साथ था, हमारे नहीं। वह भी कैम्पवासी ही था, लेकिन कैम्प प्रशासन का ऐडजुटैंट था। वह हमारे कागज़ पर श्रमिक दल बनाता और रूसी आज्ञाओं का अनुवाद करता। और उसमें जर्मन में अपनी खुद

की आज्ञाएँ और जोड़ देता था। कागज़ पर पर्यवेक्षण के लिए वह बटालियन नम्बर के साथ हमारे नाम और कैम्प नम्बर जोड़ता था। हर एक को अपने नम्बर दिन-रात याद रखने पड़ते थे और यह भी कि हम सिर्फ नम्बर छाप थे और कोई आम लोग नहीं।

तूर प्रिकुलीच हमारे नाम के साथ वाले खाने में लिखता था कल्ख़ोस, फैक्टरी, मलबा-हटाई, रेत की खेप, रेलवे लाइन, निर्माण स्थल, कोयले की खेप, गैरेज, कोयले की भट्टियों की कतार, मलबा, तहखाना जो कुछ नाम के साथ जुड़ता था, उसी पर सब कुछ निर्भर हुआ करता था कि क्या हम सिर्फ़ थकने वाले थे, चकनाचूर, या फिर एकदम खत्म होने वाले थे। कि क्या काम के बाद फेरी के लिए समय और ताकत बचा पायेंगे। कि क्या सबकी नज़रों से छुपकर कैंटीन के पीछे रसोई के कूड़ेदान में हम कुरेदा-कुरेदी कर सकेंगे।

तूर प्रिकुलीच कभी काम पर नहीं जाता है, वह किसी भी बटालियन, ब्रिगेड, पाली में नहीं है। वह राज करता है, इसीलिए वह चुस्त और खडूस है। जब वह हँसता है, तो इसके पीछे कुछ होता है। उसकी हँसी का जवाब हँसी से दो, जो कि करना ही पड़ता है, तो तुम्हारा मज़ाक उड़ाया जाता है। वह हँसता है, क्योंकि उसने तुम्हारे नाम के पीछे ब्रैकेट में कुछ नया लिख दिया होता है, कुछ और घटिया। कैम्प के मैदान के बीच बैरकों में से मैं उसको झाँसा दे देता हूँ, इतनी दूरी पर रहना पसन्द करता हूँ, जहाँ से बात करना सम्भव नहीं है। वह चमकते हुए जूतों को दो पेटेंट लेदर की छोटी थैलियों जैसे एकदम ऊपर से नीचे पगडंडी पर लाकर रखता है, जैसे कि उसके शरीर में से रिक्त समय उन तलवों के बीच में से होकर बाहर निकल पड़ता हो। उसकी नजर से कोई चीज़ नहीं छूटती। कहा जाता है कि उसकी भूली हुई चीज़ भी एक आज्ञा बन जाती है।

नाई की दुकान में मेरा तूर प्रिकुलीच से कोई मुकाबला नहीं, वह जो चाहता है कहता है, उसके लिए कुछ भी खतरनाक नहीं है। बल्कि यही बेहतर है जब वह हमें चोट पहुँचाता है। वह जानता है कि उसके लिए हमें नीचा दिखाना जरूरी है ताकि सब कुछ जैसे था बना रहे। वह गला तानता है और हमेशा नीचे की तरफ बात करता है। उसके पास अपने आप पर फिदा होने के लिए सारा दिन होता है। मुझे भी वह पसन्द है। उसका शरीर एक खिलाड़ी जैसा, पीतल जैसे पीली आँखें और तेज नजर, छोटे, ब्रूच की तरह चेहरे से सटे हुए कान, चीनी-मिट्टी की ठोड़ी, तम्बाकू के फूल की पंखुड़ियों जैसी गुलाबी नासिका, उसका गला मोमबत्ती के मोम जैसा। वह अपने आप को कभी गन्दा नहीं करता, यही उसकी खुशी है। और उसकी खुशी उसे जरूरत से और ज्यादा सुन्दर बनाती है। जो

भूख-देवदूत को नहीं जानता है, वह हाज़िरी स्थान पर आर्डर दे सकता है, कैम्प की चौड़ी सड़क पर इठला सकता है, नाई की दुकान में कुटिलता से हँस सकता है। लेकिन वह किसी के साथ बात नहीं कर सकता। मैं तूर प्रिकुलीच के बारे में बहुत कुछ जानता हूँ, जो बात उसको पसन्द नहीं है, क्योंकि मैं बेया त्साकेल को अच्छी तरह से जानता हूँ। वह उसकी प्रियतमा है।

रूसी भाषा में दिये जाने वाले हुक्म कैम्प कमांडेंट के नाम तवारिश शिष्टवानयोनोव जैसे सुनायी देते थे, ख, श, छ, श्च का एक चरमराना और टरटराना। उन हुक्मों का मतलब तो हमारी कभी समझ में भले ही नहीं आया हो, लेकिन वह तिरस्कार। आदमी को तिरस्कार की आदत पड़ जाती है। समय के साथ वे हुक्म बन गये थे सिर्फ एक नियमित खँखारना, खाँसना, छींकना, नाक साफ करना, थूकना, बलगम निकालना और थूकना। ट्रूडी पॅलिकॅन कहती थी : रूसी भाषा को भारी ठंड लगी है।

जब बाकी सारे लोग हाज़िरी के समय सावधान स्थिति में अपने आप को पीड़ित करते थे, पाली वाले कामगारों ने, जो हाज़िरी बाहर कर दिये गये थे, कुएँ के पीछे कैम्प के एक कोने में अपने चूल्हे जलाये होते थे और उसके ऊपर पतीले, जिनमें हाज़िरी-साग और दूसरी दुर्लभ चीजें, जिनके लिए ढक्कन की जरूरत थी, ताकि कोई उन्हें देख ना पाये। चुकन्दर, आलू, यहाँ तक कि जुआर भी, जब विनिमय का बढ़िया धंधा हुआ हो – दस चुकन्दर एक जैकेट के, तीन माप जुआर एक पुलोवर के, आधा माप चीनी या नमक एक जोड़ा भेड़ के ऊन से बनी जुराबों के बदले।

स्पेशल खाने के लिए पतीलों को ढक्कन की सख़्त जरूरत थी। ढक्कन बिल्कुल थे ही नहीं। शायद टीन का एकाध टुकड़ा, वह भी शायद केवल ख़्यालों में। कैसे भी, किसी-ना-किसी चीज़ का ढक्कन हम बनाकर ही छोड़ते थे। और फिर ऐंठ में कहते थे : इस पर एक ढक्कन रखना जरूरी है। जबकि ढक्कन कभी था ही नहीं, केवल ढक्कन की बात करने का एक तरीका बाकी बचा था। शायद याद्दाश्त ढक जाती है, जब याद नहीं रहता, कि ढक्कन किस चीज़ का बना था और जब कभी नहीं, या हमेशा, क्या फर्क़ पड़ता है कि किस चीज़ का बना, एक ढक्कन हुआ करता था।

कुछ भी हो, कैम्प के कोने में, कुएँ के पीछे, शाम होते समय, पन्द्रह से बीस अलाव ही ईंटों के बीच भभका करते थे। बाकी सबके पास कैंटीन वाली खुराक के अलावा निजी खाना पकाने के लिए कुछ भी नहीं हुआ करता था। कोयले से धुआँ निकलता था, पतीलों के मालिक हाथ में चम्मच लिये पहरा देते थे। कोयले

की कोई कमी नहीं थी। बर्तन कैंटीन के हुआ करते थे, लोकल घटिया माल स्लेटी भूरी तामचीनी और टीन के घिसे-पिटे, पिचके हुए। अहाते में वे पतीले बन जाते थे, कैंटीन की मेज पर वे तश्तरियाँ होते थे। जब किसी का खाना पकाना खत्म होने को आता था तो दूसरे पतीलों के मालिक चूल्हे पर कब्ज़ा करने का इन्तजार करते थे।

जब मेरे पास पकाने लायक कोई चीज़ नहीं हुआ करती थी, तो धुआँ मेरे मुँह के अन्दर रेंगता था। फिर मैं जीभ को अन्दर खींचता था और खाली चबाता रहता था। मैं थूक को शाम के धुएँ के साथ खाया करता था और ब्राटवुर्स्ट के बारे में सोचता रहता था। जब मेरे पास पकाने लायक कुछ भी नहीं हुआ करता था तो मैं पतीलों के पास जाता था और ऐसे करता था जैसे मैं सोने के पहले कुएँ पर दाँत माँजने जा रहा हूँ। लेकिन टूथब्रश मुँह के अन्दर डालने के पहले मैं दो बार खा चुका होता था। आँख की भूख के साथ मैं वह पीली आग खाता था और तालू की भूख के साथ वह धुआँ। मेरे खाना खाने के दौरान मेरे चारों ओर सन्नाटा हुआ करता था और उस पार फैक्टरी से कोयले की भट्टियों की घरघर सुनाई देती थी। जितनी जल्दी मैं कुएँ के पास से भागना चाहता था, मेरी चाल उतनी ही धीमी हो जाती थी। उस आग से मुझे अपने आपको घसीटकर दूर करना पड़ता था। कोयले की भट्टियों की घरघर में मुझे पेट की गुड़गुड़ सुनाई देती थी– शाम के सारे नजारों को भूख लगी होती थी। काला होकर आसमान जमी़न पर झुकने लगता था, और मैं बैरक के अन्दर बल्ब की पीली बत्ती के अन्दर लड़खड़ाता हुआ चला जाता था।

दाँत माँजने का काम बगैर टूथपेस्ट के भी हो जाता था। घर से साथ लाया हुआ तो कब का ख़त्म हो चुका था। और नमक इतना क़ीमती था कि कोई उसे थूक नहीं सकता था, वह तो एक ख़जाने जैसा था। मुझे नमक और इसकी क़ीमत याद है। टूथब्रश बिल्कुल नहीं। अपने जरूरी सामान के थैले में मैं इसे साथ लेकर चला था। लेकिन वह कोई चार साल टिकने वाला नहीं था। और एक नया टूथब्रश अगर मैंने खरीदा भी था तो पाँचवे और आखिरी साल में ही, जब हाथ में पैसा आया था, हमारे काम के लिए नकदी। लेकिन मेरा नया टूथब्रश, अगर वह सच में था, मुझे नहीं याद आ रहा है। शायद उस पैसे से मैंने नये कपड़े खरीदने चाहे थे, न कि एक टूथब्रश। मेरा पहला पक्का टूथपेस्ट, जिसे मैं घर से साथ लेकर आया था, वह था **क्लोरोडोंट**। इस नाम को मैं याद रहूँगा। वह टूथब्रश, पहला पक्का वाला और दूसरा शायद वाला, मुझे भूल चुके हैं। वैसा ही मेरी कंघी का किस्सा है। मेरे पास एक जरूर होनी चाहिए थी। वह शब्द **बैकेलाइट** मुझे याद

है। युद्ध के अन्त में हमारे घर में सारी कंघियां बैकेलाइट की थीं।

क्या यह मुमकिन है कि मैं घर से साथ लायी हुई चीज़ों को भूल गया हूँ बजाय उनके जो कैम्प में हासिल की गयीं। और अगर यह सच है, तो इसी कारण कि वह मेरे साथ चल पड़ीं थीं। कि वह मेरी थीं, और मैं उनको तब तक इस्तेमाल करता रहा जब तक उन्होंने काम करना बन्द नहीं कर दिया था और उसके आगे भी, मानो मैं उनके साथ कहीं और नहीं, बल्कि घर पर ही था। क्या यह मुमकिन है कि मुझे औरों की चीज़ें ज्यादा अच्छी तरह याद हैं, क्योंकि मुझे उनको उधार लेना पड़ा था। मुझे अच्छी तरह से याद हैं वे कैम्पवाली टीन की कंघियाँ। 'जूँ-काल' में वे बाहर निकलती थीं। फैक्टरी में टर्नर और फिटर उनको बनाते थे और औरतों को भेंट करते थे। वे टीन की बनी होती थीं। असमतल दाँतों वाली और हाथ में और सिर पर गीली सी महसूस होने वाली, क्योंकि उनसे एक ठंडी साँस चलती थी। अगर उनको जोर-जोर से चलाओ तो वे जल्द शरीर की गर्मी को ग्रहण करती थीं, तब उनसे मूली की तीखी गन्ध आने लगती थी। वह गन्ध हाथ में रह जाती थी जबकि कंघी को हमने कब का रख दिया होता था। उन टीन की कंघियों से बाल में घोसले बन जाते थे, खींचना और घसीटना पड़ता था। कंघियों में बाल ज्यादा रह जाते थे और जुएँ कम।

लेकिन जूँ कंघी करने के लिए चौकोर, दोनों तरफ दाँत वाली सींग की कंघियां भी होती थीं। गाँव की लड़कियाँ उनको घर से लायी थीं। एक छोर पर मोटे दाँत माँग निकालने और बाल बनाने के लिए, दूसरी तरफ एकदम बारीक दाँत जूँ-कंघीकरण के लिए। सींग से बनी ये कंघियाँ ठोस थीं और हाथ में भारी लगती थीं। बाल अच्छी तरह से खींचे जाते और सपाट रहते। सींग की ये कंघियाँ गाँव की लड़कियों से उधार ली जा सकती थीं।

साठ साल से मैं रात को उन कैम्प वाली चीज़ों को याद करना चाहता हूँ। वे मेरे सफरी झोले की चीजें हैं। कैम्प से घर लौटने के बाद से ही बिना नींद की रात काले चमड़े से बना झोला है। और यह झोला मेरा दिमाग़ है। मुझे साठ साल से यह नहीं मालूम कि मैं इसलिए सो नहीं पाता, क्योंकि मैं उन चीजों को याद करना चाहता हूँ, या उन चीजों की याद मुझे सोने नहीं देती। या फिर मैं उनके साथ ऐसे ही छेड़खानी करता रहता हूँ, क्योंकि मैं वैसे ही सो नहीं पाता हूँ। ऐसे या वैसे इस बात पर मैं जोर देना चाहूँगा कि रात मेरी इच्छा के विरुद्ध अपना काला झोला भरती रहती है। मैं अपनी इच्छा के खिलाफ याद करने पर मजबूर हूँ और अगर मेरे लिए यह एक मजबूरी भी हो, बल्कि मेरी यह इच्छा हो, तब भी मैं नहीं चाहूँगा कि मुझे चाहने पर मजबूर होना पड़े।

कभी-कभी कैम्प की चीजें मुझ पर हावी हो जाती हैं, एक के बाद एक करके नहीं, बल्कि जत्थों में। इसीलिए मैं जानता हूँ कि इन चीजों को, जो मेरा पीछा कर रही होती हैं, मेरी याद से बिल्कुल मतलब नहीं है– या सिर्फ उसी से ही मतलब नहीं है– बल्कि सिर्फ मुझे परेशान करने से मतलब है। जैसे ही मुझे याद आता है कि मैं सिलाई का सामान जरूरी सामान के थैले में साथ लेकर चला था, रूमाल बीच में घुस जाता है, जिसके बारे में मुझे याद नहीं है कि वह कैसा दिखता था। इसके साथ आ जाता है एक नाखून साफ करने का ब्रश, जिसके बारे में मुझे याद नहीं है कि वह मेरे पास कभी था भी कि नहीं। उसके साथ एक जेब में रखने वाला आईना भी था कि नहीं। उसके साथ हाथ घड़ी, जिसके बारे में मैं नहीं जानता कि यह कहाँ से आयी, अगर मैं उसको साथ लेकर चला था। ऐसी चीज़ें, जिनका मेरे साथ कोई सम्बन्ध नहीं था, मुझे खोजती रहती हैं। रात को वे मुझे निर्वासित करना चाहती हैं, कैम्प वाले घर ले जाना चाहती हैं। क्योंकि वे जत्थों में आती हैं, वे सिर्फ़ दिमाग़ में नहीं रुकती हैं। मेरे पेट में ऐसा दर्द होता है जो तालू तक पहुँचता है। साँस की पींगें एक-दूसरे को धकेलती हैं और मेरा जी ऊपर को होने लगता है।

दाँत-कंघी-सुई-कैंची-आईना-ब्रश एक ऐसा ही राक्षस है, जैसे भूख एक राक्षस है। और ये चीजें तुमको नहीं सता सकती थीं, अगर भूख एक चीज होती।

जब मुझे रात को ये चीज़ें सताती हैं और मेरा गला घोंटती हैं, तब मैं खिड़की को एकदम से खोल देता हूँ और अपना सिर खुली हवा में निकाल देता हूँ। आसमान में चन्द्रमा एक गिलास ठंडे दूध जैसा खड़ा है, वह दूध मेरी आँखें धो डालता है। मेरी साँस दुबारा अपनी ताल ढूँढ पाती है। मैं उस ठंडी हवा को तब तक निगलता रहता हूँ, जब तक मैं कैम्प से बाहर नहीं हो जाता हूँ। उसके बाद मैं खिड़की बन्द कर देता हूँ और फिर से लेट जाता हूँ। बिस्तर को कुछ नहीं पता होता है और वह गर्मी देता है।

कमरे के अन्दर की हवा मुझे देखती है, उसमें से गर्म आटे की गन्ध आती है।

सीमेंट

सीमेंट कभी पूरा नहीं पड़ता था। कोयला जरूरत से ज्यादा था। ईंटें, रोड़ी और रेत भी काफ़ी थे। सिर्फ़ सीमेंट हमेशा खत्म हो जाता था। वह अपने आप ही कम होता जाता था। अपना ख़याल रखना पड़ता था सीमेंट के सामने, वह एक डरावना सपना बन सकता था। सिर्फ़ अपने आप ही नहीं, अपने आप में भी सीमेंट ग़ायब हो सकता था। फिर सब कुछ सीमेंट से भरा होता, और कोई सीमेंट बाकी नहीं होता।

सुपरवाइजर चिल्लाता था : सीमेंट पर ध्यान देना होगा।

फोरमैन चिल्लाता था : सीमेंट को बचाना होगा।

और जब हवा चलती थी : सीमेंट उड़ने न पाये।

और जब बारिश गिरती थी या बर्फ : सीमेंट को गीला नहीं होने देना है।

सीमेंट की बोरियाँ कागज़ की होती हैं। सीमेंट की बोरियों का कागज़ एक पूरी भरी हुई बोरी के लिए बहुत ही पतला होता है। बोरी को एक अकेला आदमी या दो जन मिलकर उठा सकते हैं, पेट के सामने या उसके चारों कोनों को पकड़कर– वह फटती है। फटी हुई बोरी लिये फिर कोई सीमेंट को बचा नहीं सकता। एक सूखी फटी हुई बोरी से आधा सीमेंट जमीन पर गिरता है। एक गीली फटी हुई बोरी में आधा सीमेंट काग़ज से चिपक जाता है। कोई इसे बदल नहीं सकता– जितना सीमेंट तुम बचाते हो उतना ही ज्यादा सीमेंट अपने आप को खर्च कर डालता है। सीमेंट सड़क की धूल, कोहरे और धुएँ जैसा छल है– वह हवा में उड़ता है, जमीन पर रेंगता है, चमड़ी पर चिपक जाता है। हर जगह वह देखने को मिलता है और कहीं भी पकड़ में नहीं आता।

सीमेंट को बचाकर रखना होता है, लेकिन सीमेंट के मामले में ध्यान अपनी ओर ही होना जरूरी है। तुम इस बोरी को प्यार से उठाते हो, फिर भी सीमेंट हमेशा कम ही होता जाता है। तुम्हें गाली खानी पड़ती है कि तुम अर्थव्यवस्था पर लगी जोंक हो, फासिस्ट, विध्वसंक और सीमेंटचोर हो। उस शोर से तुम लड़खड़ाते हो और खुद को बहरा बताते हो। गारे की गाड़ी को तुम एक तिरछे

फट्टे के ऊपर से धकेलते हुए मिस्तरी के पास पहुँचाते हो। फट्टा झूलता रहता है, तुम गाड़ी को कस कर पकड़े हुए अपने को सँभालते हो। इस झूलने के दौरान तुम आसमान में फेंक दिये जा सकते हो, क्योंकि तुम्हारा खाली पेट दिमाग पर सवार होता है।

सीमेंट के चौकीदारों के वहम का क्या मतलब। बेगार मजदूर होने के नाते तुम्हारे पास सिवाय बदन पर फुफाइका—रूई के अँगरखे और बैरक में एक सूटकेस और एक खटिया के अलावा कुछ भी नहीं था। कोई सीमेंट की चोरी क्यों करे। उसे कोई भी आदमी चोरी के माल की तरह नहीं, बल्कि एक तापदायक, पीछा न छोड़ने वाली गन्द की तरह साथ लेकर चलता था। हर दिन तुम्हारी वह अँधी भूख होती, लेकिन सीमेंट कोई खा नहीं सकता है। तुम ठंड से बर्फ बनते हो या गर्मी में पिघलते हो, लेकिन सीमेंट न गर्मी पहुँचाता है, न ठंडक। वह वहम को हवा देता है, चूँकि वह उड़ता है, रेंगता है, और चिपकता है, चूँकि वह जंगली खरगोश जैसा स्लेटी, मखमली और निराकार, बिना वजह गायब हो जाता है।

निर्माण-स्थल, कैम्प के पीछे था, घोड़ों के अस्तबल के साथ, जिसमें अब काफी समय से कोई घोड़ा नहीं सिर्फ़ नाँदें बची थीं। रूसियों के लिए छः घर बनाये जा रहे थे, एक घर में दो परिवार, हमें बताया गया था। हर घर में तीन कमरे थे। लेकिन हर घर में कम-से-कम पाँच परिवार रहेंगे हमने सोचा, क्योंकि फेरी लगाते समय हम उन लोगों की गरीबी देखते थे और वे काफी सारे दुबले-पतले स्कूल के बच्चे। लड़कियाँ और लड़के, एक समान बाल साफ मुंडे हुए, सब हल्के नीले रंग की पोशाक पहने हुए, जो पीछे नाड़ों से बाँधी जाती हैं। हमेशा जोड़ी बनाकर, हाथ पकड़कर, बत्तखों की-सी कतार में, कदमताल करते हुए, शौर्य गीत गाते हुए, निर्माण स्थल के पास वाले कीचड़ में से गुजरते। पीछे और आगे एक मैडम— मौन रखे, गोल-मटोल, खड़ूस नजर से यहाँ-वहाँ देखती हुईं, जहाज जैसे अपने कूल्हे हिलाती हुईं।

निर्माण-स्थल पर आठ ब्रिगेड थीं। वे नींव के लिए खुदाई करती थीं, ईंटों और सीमेंट की बोरियों को उठाकर यहाँ-वहाँ ले जाती थीं, चूने और कंक्रीट के मिश्रण को चलाती थीं, नींव भरती थीं, मिस्तरियों के लिए गारा बनाती थीं, उसको डोली में उठाती थीं, ठेले में डालकर काम की जगह तक पहुँचाती थीं, दीवारों के लिए घोल बनाती थीं। वे छः मकान सब एक साथ बन रहे थे, ऐसी भाग-दौड़, सब इधर-उधर हो रहा था, और काम तो कुछ खास हो नहीं रहा था। मकानों के ढाँचों पर मिस्त्री दिखाई देते थे, गारा और ईंटें भी, लेकिन दीवारें बढ़ रही हैं, यह दिखाई नहीं दे रहा था। इस काम में चक्कर यही था— पूरा दिन ताकते

रहो, तुम्हें दिखाई नहीं देगा कि दीवारें कैसी बढ़ती हैं। तीन हफ्ते बाद फिर वे एकदम ऊँची होती हैं, तो वे जरूर बढ़ी होंगी। शायद एक रात में, अपने आप, जैसे चन्द्रमा। सीमेंट कैसे गायब हो जाता है– यह जैसे समझ के बाहर है, वैसे ही दीवारें बढ़ती हैं। तुम्हें हुक्म मिलते रहते हैं, तुम कुछ शुरू करते हो, तुम्हें वहां से भगाया जाता है। तुम पर थप्पड़ और लातें पड़ती हैं। मन-ही-मन तुम जिद्दी और उदास हो जाते हो और बाहर—बेशरम और डरपोक। सीमेंट मसूड़ों को जख्म दे-दे कर खा जाता है। जब तुम मुँह खोलते हो, तो होंठ सीमेंट की बोरियों के कागज़ की तरह फटते हैं। तुम मुँह बन्द रखकर आज्ञा का पालन करते हो।

किसी भी दीवार से ऊँचा बढ़ता रहता है सन्देह। इस निर्माण-स्थल-उदासी में हरेक दूसरे पर शक करता है, कि सीमेंट की बोरी उठाते समय दूसरे को हल्का वाला छोर मिलता है, कि वह तुमको इस्तेमाल कर रहा है और खुद को बचा रहा है। हरेक को चीखकर नीचा दिखाया जाता, सीमेंट उसके साथ चालाकी करता, निर्माण-स्थल उसको धोखा देता। ज्यादा-से-ज्यादा, जब कोई मर जाता है, तब फोरमैन कहता है : ज़ाल्का, ओचिन ज़ाल्का, दुख, बहुत दुख की बात है। उसके तुरन्त बाद वह अपना स्वर बदलता है और कहता है, न्नीमान्ये,– सावधान।

तुम पिस रहे होते हो और अपने दिल की धड़कन सुनते हो और : सीमेंट को बचाना होगा, सीमेंट पर ध्यान देना पड़ेगा, सीमेंट बिल्कुल गीला नहीं होना चाहिए, सीमेंट बिल्कुल उड़ने ना पाये। लेकिन सीमेंट खुद को बिखराता रहता है, अपने आप को ऐसे ही उड़ाता रहता है और हमारे साथ महाकंजूसी करता है। हम वैसे जीते हैं जैसे सीमेंट चाहता है। वह एक चोर है, उसने हमारी चोरी की है, न कि हमने उसकी। और यही काफी नहीं, सीमेंट से तुम घटिया बन जाते हो। जैसे ही वह अपने आपको बिखेरता है, सीमेंट शक को बोता है, सीमेंट एक षड्यंत्रकारी है।

हर शाम घर के रास्ते पर, सीमेंट से आवश्यक दूरी पर निर्माण-स्थल की तरफ पीठ किये हुए, मुझे पता चला था कि हम एक दूसरे को धोखा नहीं दे रहे थे, बल्कि रूसी और उनकी सीमेंट सभी के साथ धोखा कर रहे थे। लेकिन चाहे मैं इसे जानता था, अगले दिन फिर वही शक वापस आ गया। और यह बात सब ने महसूस की। उन्हें भी मुझ पर शक था। और यह बात मैंने महसूस की। सीमेंट और भूख-देवदूत आपस में मिले हुए हैं। भूख छिद्रों को जबरदस्ती खोलती है और रेंगते हुए अन्दर घुस जाती है। जैसे ही वह अन्दर आ गयी, सीमेंट ने उसे चिपका कर बन्द कर दिया, तुम सीमेंट-बन्द हो गये।

सीमेंट मीनार में सीमेंट जानलेवा बन सकता है। वह 40 मीटर ऊँची, बिना

खिड़की की, खाली होती है। लगभग पूरी ही खाली, लेकिन तुम उसमें डूबकर मर सकते हो। मीनार के आकार की तुलना में वे बचे हुए छोटे-छोटे ढेर हैं, जो बोरियों में नहीं भर दिये गये और खुले में पड़े हुए हैं। हम उनको नंगे हाथों से बाल्टियों में इकट्ठा करते हैं। है तो पुराना सीमेंट, लेकिन एकदम गन्दा और चुस्त। वह फुर्तीला है, हम पर घात लगाने के लिए तैयार, सलेटी और चुप, हमारी ओर घिसटता हुआ आता है, इतना तेज़, कि हम अपनी जगह से हिल या कहीं भाग भी नहीं सकते हैं। सीमेंट बह सकता है, और वह फिर पानी से ज्यादा तेज चलता है, और उससे ज्यादा सपाट। तुम सीमेंट से पूरे घेर दिये जा सकते हो और डूब सकते हो।

मुझे सीमेंट-बीमारी लग गयी। हफ्तों तक मैंने हर जगह सीमेंट को देखा है : साफ आसमान था, समतल रंगा हुआ सीमेंट, बादलों से भरा आसमान, सीमेंट के अम्बारों से भरा हुआ। बारिश आसमान और धरती को अपने सीमेंट से बने धागों से जोड़ती थी। मेरा स्लेटी दाग वाला टीन का मग्गा सीमेंट का था। पहरा देने वाले कुत्ते सीमेंट की खाल पहने हुए, और वे कैंटीन के पीछे वाले रसोई के कूड़े के चूहे भी। केंचुए बैरकों के बीच एक सीमेंट के मोजे में रेंगते हुए। वे शहतूत के पेड़, इल्ली के तंतुकोशों से जुटे हुए, रेशम और सीमेंट की कंघियां। मैं उनको, जब सूरज की रोशनी प्रखर हो जाती थी, अपनी आँखों के सामने से हटाना चाहता था, लेकिन वे वहाँ थे नहीं। और हाज़िरी चौक पर कुएँ के तट पर शाम के समय एक सीमेंट से बना पंछी बैठा करता था। उसका गीत किरकिरा, एक सीमेंट से बना गाना। ऐडवोकेट पाउल गास्ट उस पंछी को पहले से जानता था, एक कॅलॅन्डरा लार्क। मैंने पूछा : क्या वह हमारे यहाँ भी सीमेंट से बना होता है। हमारे यहाँ वह दक्षिण से आता है, यह कहने से पहले वह हिचकिचाया।

वह दूसरी बात मैंने उसे पूछी नहीं, क्योंकि तुम उसे दफ्तर के कमरों में टँगी तस्वीरों में देख सकते थे और लाउडस्पीकर से सुन सकते थे : स्तालिन के गाल की हड्डियाँ और उसकी आवाज ढले लोहे की बनी थी, लेकिन उसकी मूँछ शुद्ध सीमेंट की थी। कैम्प में तुम हमेशा हर काम से गंदे हुआ करते थे। लेकिन सीमेंट जैसी कोई निर्लज्ज पीछे पड़ने वाली गन्द नहीं थी। सीमेंट को धरती की धूल की तरह ही टाला नहीं जा सकता है। यह नहीं दिखता कि वह कहाँ से आता है, क्योंकि वह आ चुका होता है। भूख के अलावा आदमी के दिमाग में केवल घर की याद ही सीमेंट जितनी चपल होती है। यह भी तुम पर वैसे ही डाका डालती है—और तुम इसमें भी डूब कर मर सकते हो। मुझे लगता है कि आदमी के दिमाग में केवल एक चीज़ सीमेंट से ज्यादा चपल होती है— डर। और

केवल यही वजह मैं खुद को दे सकता हूँ, कि गर्मी के शुरू-शुरू में निर्माण-स्थल पर मैंने सीमेंट के बोरे के पतले भूरे कागज के टुकड़े पर चोरी-छुपे यह लिखना क्यों जरूरी समझा था :

सूरज चढ़ा धुँधलके में
पीला मक्का,
कोई समय नहीं

इससे ज्यादा मैंने नहीं लिखा, क्योंकि सीमेंट को बचाना ज़रूरी है। असल में मैं कुछ बिल्कुल अलग लिखना चाहता था :

गहरा और ढला हुआ और लगभग लाल मँडराता
हुआ आधा चन्द्रमा आसमान पर
अस्त होता हुआ

इसे मैंने फिर छोड़ दिया था, चुपके से मुँह के अन्दर उसे कह डाला था। उसी समय यह चकनाचूर हो गया, दाँतों में सीमेंट किरकिराया था। फिर मैं चुप रहा था।

कागज़ को भी बचाना ज़रूरी है। और अच्छी तरह से छुपाना। जो भी लिखे हुए काग़ज के साथ पकड़ा जाता है, वह पिंजरे के अन्दर किया जाता है– सीमेंट का एक खत्ता, ग्यारह तल्ले जमीन के नीचे, इतना छोटा कि तुम केवल खड़े रह सकते हो। मल-मूत्र की बदबू और कीड़े-मकोड़ों से भरा। ऊपर से लोहे की एक जाली से बन्द।

शाम को घर के रास्ते पर कदमों की धपधप में मैं बार-बार अपने आपको कहता था : यह सीमेंट कम ही होता जाएगा, यह अपने आप गायब होने वाला है। मैं भी तो सीमेंट का बना हूँ और कम होता जाऊँगा। क्यों मैं गायब नहीं हो सकता हूँ।

वे चूना-पत्थर औरतें

निर्माण-स्थल पर आठ ब्रिगेडों में एक है चूना-पत्थर औरतों की।

वे चूना-पत्थर से भरी घोड़ागाड़ी को खींचती हैं– पहले घोड़ों के अस्तबल के साथ वाली ऊँची चढ़ाई पर, फिर नीचे जहाँ मकान बन रहे हैं, उस जगह के छोर तक, जहाँ जले हुए कोयले की राख को गिराने के लिए गड्ढा बना है। यह गाड़ी एक विषम चतुर्भुज जैसी बनी लकड़ी की बड़ी पेटी है। पाँच-पाँच औरतों को धुरी के हर सिरे पर कन्धे और कूल्हों पर लपेटी हुई चमड़े की पट्टियों से जोता जाता है। एक सन्तरी साथ-साथ चलता है। खींचते-खींचते इन औरतों की आँखें गीली हो जाती हैं और मुँह आधा खुला रह जाता है।

इन चूना-पत्थर औरतों में से एक है ट्रूडी पॅलिकॅन।

जब बारिश स्टेपी को हफ्तों तक भूल जाती है और गड्ढे के आसपास के कीचड़ की पपड़ी निकलती है, तब कीचड़ की मक्खियाँ ढीठ बन जाती हैं। ट्रूडी पॅलिकॅन कहती है, कीचड़ की मक्खियाँ आँखों का नमक और तालू का मीठापन सूँघ लेती हैं और तुम जितने ज्यादा कमजोर होते हो, उतना ही ज्यादा पानी आँखों में आ जाता है और उतनी ही ज्यादा मीठी तुम्हारी लार बन जाती है। ट्रूडी पॅलिकॅन को एकदम पीछे जोता जाता था, क्योंकि आगे के लिए वह बहुत ज्यादा कमजोर थी। अब कीचड़ की मक्खियाँ आँखों के छोर पर नहीं, बल्कि आँख के डेले पर, और होंठों पर नहीं, बल्कि मुँह के अन्दर बैठ जातीं। ट्रूडी पॅलिकॅन लड़खड़ाई। जैसे ही वह मुँह के बल गिर गई, गाड़ी उसके पैरों की उँगलियों पर से चली गयी।

आगंतुकों का समाज

ट्रूडी पॅलिकॅन और मैं, लियोपोल्ड आउबॅर्ग, हॅरमानश्टाट् से थे। जब हमें उस पशुवाहक डिब्बे में चढ़ना पड़ा था, उसके पहले हम एक दूसरे को नहीं जानते थे। आरतूर प्रिकुलिच और बेयाट्रिस त्साकेल, मतलब तूर और बेया, एक दूसरे को बचपन से जानते थे। उनका घर था पहाड़ी इलाके के एक गाँव लूगी में, जो कार्पेथियन-यूक्रेन के तीन देशों से बने त्रिकोण में बसा था। उसी इलाके, राखीव्ह से, वह नाई ओसवाल्ड एन्येटर भी था। अकॉर्डियन बजाने वाला कोनराड फॉन्न भी उसी त्रिदेश-त्रिकोण से था, एक छोटे शहर जूखोलोल का रहनेवाला। ट्रक वाला मेरा हमसफर कार्ली हाल्मॅन था क्लाइनबेचकेरेक का रहने वाला, और आलबेर्ट गियोन, जिसके साथ बाद में मैं मलबे के तहखाने में था, आराद का रहने वाला था। एक सारा काउंत्स, हाथ पर रेशमी रोमवाली, वुर्मलॉख की थी, जबकि दूसरी सारा वांडश्नायडर, जिसकी अनामिका पर मस्सा था, कास्टेनहोल्त्स् की रहने वाली। ये दोनों कैम्प के पहले से एक दूसरे को नहीं जानती थीं, लेकिन लगता था जैसे बहने हैं। कैम्प में वे दो त्सिरीस के नाम से जानी जाती थीं। इरमा फाईफर एक छोटे शहर देता की, तो वह बहरी मित्सि, यानी कि आनेमारी बेर्ग, मेडिआश की थी। ऐडवोकेट पाउल गास्ट और उसकी बीवी हाइड्रून गास्ट ओबरविशाउ के थे। ड्रम बजानेवाला कोवाच आंतोन बनात प्रांत के पहाड़ी इलाके में कारान्सेबेश गाँव का रहने वाला। काथारिना ज़ायडेल, जिसको हम बोलते थे सन्तरी-केटी, बाकोवा की थी। वह मन्दबुद्धि थी, पाँच साल के पूरे अर्से के दौरान उसको मालूम नहीं था कि वह कहाँ है। कोयले की दारू पीकर मरनेवाला मशीनमैन पीटर शील बोगारोश का था। वह गानेवाली लोनी, इलोना मिश, लुगोश की। दर्जी हॅर रॉएश गुट्टेनब्रुन् का वगैरह वगैरह।

हम सारे जर्मन थे और घर से उठाये गये थे। कोरीना मार्कू को छोड़कर, जो बोतलों जैसे घूँघर वाले बाल, फर कोट, पेटेंट लेदर के जूते और मखमल की पोशाक पर लगे बिल्ली के ब्रूच के साथ कैम्प में आयी थी। वह रोमानियाई थी और उसको बुज़ाऊ में रात को रेलवे स्टेशन पर हमारी गाड़ी के गार्डों ने उठाया

और उस पशुवाहक डिब्बे में रखा था। लगता है वह सूची पर एक खाली जगह को भरने आयी थी, एक औरत की जगह लेने के लिए, जो प्रवास के दौरान मर गयी थी। यह फिर तीसरे साल में एक रेल की पटरी से फावड़े से बर्फ को हटाते समय ठंड से मर गयी। और डेविड लोम्मर, जिसको ज़िथर-लोम्मर के नाम से बुलाया जाता था, क्योंकि वह ज़िथर बजाता था, वह यहूदी था। क्योंकि उससे उसकी दर्ज़ी की दुकान छीन ली गयी थी, एक मास्टरजी के रूप में वह देश भर घूमता रहता और अच्छे घरों में आता-जाता रहा। उसकी समझ में यह नहीं आता था कि वह रूसियों की सूची में बतौर जर्मन कैसे आया था। रहनेवाला था वह बुकोविना के दोरोहॉय का। उसके माता-पिता और उसकी बीवी चार बच्चों के साथ फासिस्टों के कब्जे से भागे थे। कहाँ गये—यह उसको नहीं पता था, और उनको भी नहीं पता था कि वह उठाये जाने से पहले भी कहाँ था। वह ग्रोसपोल्ड में एक अफसर की बीवी के लिए एक ऊनी पोशाक सिल रहा था, जब उसको उठाया गया।

हम सब किसी युद्ध में नहीं थे, लेकिन रूसियों के लिए जर्मन होने के नाते हिटलर के गुनाहों के हम जिम्मेदार थे, वह ज़िथर-लोम्मर भी। उसको साढ़े तीन साल कैम्प में गुजारने पड़े। एक दिन सुबह एक काली गाड़ी निर्माण-स्थल के सामने आकर रुकी। दो अजनबी उत्तम काराकुली टोपी पहने उतरे और फोरमैन के साथ बातें करने लगे। फिर वे ज़िथर-लोम्मर को गाड़ी में बिठाकर चल पड़े। उस दिन से बैरक में ज़िथर-लोम्मर का बिस्तर खाली पड़ा है। उसके सूटकेस और उसके ज़िथर को बेया त्साकेल और तूर प्रिकुलिच ने शायद बाज़ार में बेच डाला है। बेया त्साकेल बोली, वे काराकुली टोपियों वाले कीव से आये ऊँचे दर्जे के पार्टी के लोग थे। वे ज़िथर-लोम्मर को ओडेसा ले गये थे। वहाँ से उसको जहाज में रोमानिया भेजा गया था।

उसके देशवासी होने के नाते नाई ओसवाल्ड एन्येटर अपने आपको तूर प्रिकुलिच से पूछने की इजाजत दे सकता था, ओडेसा क्यों। तूर बोला : लोम्मर का यहाँ क्या काम, वहाँ से वह जहाँ मर्जी जा सकता है। तूर की जगह मैंने नाई को कहा : कहाँ जाना चाहिए उसको, उसके घर में तो अब कोई नहीं बचा है। तूर प्रिकुलिच ने उस समय अपनी साँस रोकी हुई थी, ताकि वह हिले नहीं। नाई उसके नाक के बाल को एक जंग लगी हुई कैंची से काट रहा था। जब दूसरे नासापुट का काम भी हो गया, तो उसने ठोड़ी पर गिरे बालों को ब्रुश से चींटियों की तरह हटाया और खुद को आईने से आधा मोड़ लिया ताकि प्रिकुलिच नहीं देख पाये कि वह आँख मार रहा है। खुश हो, उसने पूछा। तूर ने कहा : अपनी

नाक से तो जरूर ही। बाहर अहाते में बारिश रुक गयी थी। अन्दर आने वाली सड़क पर डबल-रोटी का ठेला गढ़ैय्यो में से खींचा जा रहा था। हर दिन वही एक आदमी डबल-रोटी के ढेर लिये उस ठेले को कैम्प के फाटक के भीतर खींच कर कैंटीन के पिछवाड़े तक लाता था। डबल-रोटी हमेशा एक सफेद चादर से ढकी हुई होती थी, जैसे मुर्दों का एक ढेर। मैंने पूछा डबल-रोटीवाले की क्या रैंक है। नाई बोला, कोई भी नहीं, यह वर्दी उसको या तो विरासत में मिली है या चोरी की है। इतनी सारी ब्रेड और इतनी सारी भूख के साथ उसको वर्दी तो चाहिए ही— इज्जत का सवाल है।

इस ठेले के दो बड़े लकड़ी के पहिये और दो लम्बी लकड़ी की बाँहें थीं। वह उस बड़े ठेले जैसा था, जिसको लेकर हमारे यहाँ चाकू-छुरी को धार लगाने वाले सड़कों पर घूमा करते थे, एक जगह से दूसरी जगह, पूरी गर्मी के दौरान। डबल-रोटी वाला लँगड़ाता था, जब वह गाड़ी से एक कदम दूर हो जाता था। उसकी एक टाँग लकड़ी की बनी थी, नाई ने बताया फावड़े के हत्थों को कीलों से जोड़कर। डबल-रोटी वाला मेरे मन में ईर्ष्या पैदा करता था। उसकी एक टाँग भले ही कम हो, लेकिन डबल-रोटी उसके पास भरपूर थी। नाई भी उसको देखता रहता था। वह केवल आधी भूख को ही पहचानता था। हो सकता है कि डबल-रोटी वाले के साथ उसकी कुछ मिली-भगत थी। तूर प्रिकुलिच भी, जिसका पेट भरा रहता था, डबल-रोटी वाले को देखता रहता था। हो सकता है, उसके ऊपर नजर रखने के लिए, या फिर ऐसे ही खोये-खोये अन्दाज़ में। मुझे पता नहीं क्यों, लेकिन ऐसा लगता था कि नाई तूर प्रिकुलिच का ध्यान डबल-रोटी की गाड़ी से कहीं और खींचना चाहता था। वरना मुझे और कोई वजह दिखाई नहीं देती कि जब मैं स्टूल पर बैठ गया तो उसने ऐसा क्यों कहा : कैम्प के अन्दर हमारा यह कैसा अजीबोगरीब आगंतुकों का समाज है। सब लोग कई जगह से आये हुए, जैसे किसी होटल में, जिसमें तुम कुछ समय तक रहते हो।

जब मकान बन रहे थे उस समय की बात है। **आगंतुकों का समाज, होटल,** और **कुछ समय तक** इन लफ्जों का हमारे साथ क्या सम्बन्ध था। नाई कैम्प प्रशासन का आदमी नहीं था, लेकिन उसको कुछ खास अधिकार मिले थे। वह अपनी दुकान में रह और सो सकता था। हम बैरक और सीमेंट वालों का दिमाग यह सब कुछ सोचने के काबिल नहीं रहा था। हालांकि दिन में ओसवाल्ड एन्येटर की दुकान सिर्फ उसी की नहीं हुआ करती थी, हम लोग आते-जाते रहते थे। उसको हर भूत की कटिंग करनी और दाढ़ी बनानी पड़ती थी। कुछ आदमी रो पड़ते थे, जब वे खुद को आईने में देखते थे। हर महीने उसको देखना पड़ता था

कि हम कितना और झुककर उसके दरवाजे से अन्दर आते थे। उन पाँच बरसों में उसको हमेशा पक्का पता था कि कौन अब भी आ रहा है, लेकिन आधा मोम का बन चुका है। और कौन नहीं आ रहा है, क्योंकि या तो वह काम से थका और घर की याद में बीमार था, या मर चुका था। मैं नहीं चाहता था कि यह सब मुझे कभी बरदाश्त करना पड़े। लेकिन दूसरी तरफ ओसवाल्ड एन्येटर को कोई ब्रिगेड या कोई निर्दयी सीमेंट-दिन को सहना नहीं पड़ रहा था। और न ही तहखाने में रात की पाली को। वह हमारी गिरावट में घेर लिया जाता था, लेकिन सीमेंट के बेहद धोखे से बचा हुआ था। हमें उसको दिलासा देना पड़ता था कि हम उसका शोषण कर रहे हैं, क्योंकि हम और कर भी क्या सकते थे। क्योंकि भूख ने हमें अन्धा और घर की याद ने बीमार बना दिया था, हम समय से और अपने आप से बाहर हो गये थे और हमारा दुनिया के साथ रिश्ता खत्म हो चुका था। यानी कि दुनिया का हमसे।

तब मैं कुर्सी से एकदम उठकर खड़ा हो गया और चिल्लाया कि मेरे पास उसकी तुलना में सिर्फ़ सीमेंट की बोरियाँ थीं, कोई होटल नहीं। और फिर मैंने कुर्सी को लात मारी कि वह लगभग गिर गया, और कहा : आप यहाँ होटल मालिकों में से एक हो, हॅर एन्येटर, मैं नहीं।

लियो, बैठ जाओ, वह बोला, यह आप-आप क्या लगा रखा है, हम तो एक दूसरे को तुम बोलते हैं। तुम्हें गलतफहमी हुई है, उस मालिक का नाम है तूर प्रिकुलिच। और तूर प्रिकुलिच ने अपनी गुलाबी जीभ मुँह से बाहर निकाली और अपनी गर्दन हिलायी। वह इतना मूर्ख था, उसको लगा उसकी खुशामद हो रही है, उसने शीशे में देखते हुए कंघी से अपने बाल बनाये, कंघी में फूँक मारी। उसने कंघी को मेज पर रखा और कैंची को कंघी के ऊपर, फिर कैंची को कंघी के साथ और फिर कंघी को कैंची के ऊपर। फिर वह चला गया। जैसे ही तूर प्रिकुलिच चला गया, ओसवाल्ड एन्येटर बोला : तुमने देखा, वही मालिक है, हमारी डोर उसी के हाथ में है, मेरे नहीं। वापस बैठ जाओ, उन सीमेंट की बोरियों के साथ तुम मौन रख सकते हो, मुझे हर एक के साथ कुछ न कुछ बात करनी पड़ती है। खुशी मनाओ, कि तुमको अभी भी पता है–होटल क्या चीज होती है। ज्यादातर लोगों के लिए तो सब कुछ, जो वे अब तक जानते हैं, काफ़ी समय से कुछ और ही है। सब कुछ कैम्प को छोड़कर मैंने कहा।

मैं फिर उस दिन दुबारा स्टूल पर नहीं बैठा। मैं अड़ा रहा और चला गया। उस समय मैंने यह नहीं माना होता, मैं तूर प्रिकुलिच जितना ही घमंडी था। मुझे गर्व हुआ कि एन्येटर, जिसके लिए यह बिल्कुल जरूरी नहीं था, मेरी तरफ दोस्ती

का हाथ बढ़ा रहा था। जितना ज्यादा उसने मुझे मनाया, उतना ही अड़ियल मैं बिना दाढ़ी बनाये निकल पड़ा। चेहरे पर खूँटी लिए तो सीमेंट और भी ढींठ बन जाता है। पूरे चार दिन बाद मैं दुबारा उसके पास गया और उस स्टूल पर बैठ गया, जैसे कुछ हुआ ही नहीं हो। मैं निर्माण-स्थल के काम से इतना थका हुआ था कि उसके होटल से मुझे कोई फर्क नहीं पड़ने वाला था। नाई ने भी उस बात का जिक्र फिर नहीं किया।

हफ्तों बाद, जब डबल-रोटी वाला खाली ठेले को कैम्प के फाटक की तरफ खींच कर ले जा रहा था, तब मुझे वह होटल फिर से याद आया। उस समय वह मुझे अच्छा लगा। घृणा और क्रोध के खिलाफ काम करने के लिए मेरे लिए यह जरूरी था। रात की पाली में सीमेंट उतारने के बाद एक बछड़े की तरह मैं सुबह की हवा में भागा-भागा आया। बैरक में और तीन लोग सो रहे थे। जितना गन्दा मैं था, वैसे ही मैं बिस्तर में घुस गया और खुद से बोला : यहाँ इस होटल में किसी को चाबी की जरूरत नहीं, रिसेप्शन नहीं, खुले में रहो, जैसे स्वीडन में होता है। मेरी बैरक और मेरा सूटकेस हमेशा खुले होते हैं। जो कीमती चीज़ें मेरे पास थीं—वे थीं चीनी और नमक। तकिये के नीचे मेरी सूखी हुई, मुँह से बचाई हुई डबल-रोटी पड़ी है। यह बड़ी सम्पत्ति है और खुद अपने ऊपर नजर रखती है। मैं स्वीडन में रहने वाला एक बछड़ा हूँ, और एक बछड़ा हर बार वही करता है, जो वह होटल के अपने कमरे के अन्दर आने पर करता है— वह सब से पहले अपने तकिये के नीचे देखता है, कि वह डबल-रोटी वहाँ है कि नहीं।

मैं आधी गर्मी भर में सीमेंट के साथ और स्वीडन में एक बछड़ा था, मैं दिन की या रात की पाली से आता और मन में होटल-होटल खेलता रहता था। कभी-कभी मैं अपने अन्दर ही अन्दर हँस पड़ता था। कभी-कभी वह होटल एकदम से अपने आप में, यानी कि मुझमें, ढह जाता था, और मेरे आँसू निकल पड़ते थे। मैं अपने को संभालना चाहता था, मगर मैं अपने आपको अब नहीं पहचानता था। वह दुष्ट शब्द **होटल**। पाँचों साल हम उसके बहुत नजदीक ठहरे हुए थे— **हाज़िरी में**।

लकड़ी और रूई

दो प्रकार के जूते थे : गमबूट का मतलब ऐश। लकड़ी के जूते मतलब कहर, केवल तल्ला लकड़ी का होता था– दो उँगली बराबर मोटी फट्टी। ऊपरला एक स्लेटी बोरी का कपड़ा, एक पतले चमड़े के फीते से लपेटा हुआ। चमड़े के फीते के बगल-बगल से कपड़ा कील से तल्ले में ठोंका हुआ। क्योंकि बोरी का कपड़ा कील के लिए बहुत कमजोर था, वह हमेशा फटता रहता था, सबसे पहले एड़ियों पर। लकड़ी के जूते ऊँचे होते थे, उनमें फीता कसने के लिए छल्ले लगे थे, मगर फीते ही नहीं थे। एक पतले तार को घुसा कर, घुमाकर, उसके दोनों छोरों को कस दिया जाता था। छल्लों के आस-पास भी कुछ ही दिनों बाद कपड़ा फट जाता था।

लकड़ी के जूतों में तुम पैर की उँगलियों को नहीं मोड़ सकते। तुम अपने पैर जमीन से उठाकर नहीं चलते, तुम टाँगों को ढकेलते हो। घसीटने से घुटने जम जाते थे। इतना सुकून मिलता था, जब लकड़ी के तल्ले एड़ियों पर टूट जाते थे, पैरों की उँगलियाँ थोड़ी सी मुक्त हो जाती थीं, और तुम घुटनों को थोड़ा बेहतर मोड़ सकते थे।

लकड़ी के जूतों में दाहिना-बायाँ नहीं होता था और सिर्फ़ तीन साइज, एकदम छोटे, भयंकर बड़े और बहुत ही कम मझोले साईज के। तुम्हें कपड़ों की कोठरी में तिरपाल लगे लकड़ी के ढेर में से अपने लिए दो समान साइज के जूते ढूँढ़कर निकालने पड़ते थे। बेया त्साकेल तूर प्रिकुलिच की प्रियतमा थी और हमारे कपड़ों की मालकिन। वह कील से अच्छा कसा हुआ जोड़ा ढूँढ़ निकालने में कुछ-कुछ लोगों की मदद करती थी। दूसरों के लिए तो वह अपनी कुर्सी, जूतों के ढेर के नजदीक ढकेलती थी और बिना खुद को झुकाए, ध्यान देती थी कि कुछ चोरी न हो जाए। वह खुद अच्छे चमड़े के जूते पहनती थी और जब बर्फ़ीली ठंड पड़ती थी, तब नम्दे वाले, घुटनों तक के बूट। अगर उसको गन्द में से गुजरना होता वह उसके ऊपर गमबूट चढ़ाती थी।

कैम्प प्रशासन की योजना के मुताबिक लकड़ी के जूते आधा साल चलने

चाहिए, मगर तीन-चार दिन के बाद एड़ियों पर कपड़ा फट जाता था। हर कोई कुछ अदला-बदली का धन्धा करके अलग से गमबूट की व्यवस्था करने की कोशिश करता था। वे लचीले थे, हल्के थे, पैर से एक हाथ बड़े। तुम्हारे पास चिथड़ों के बहुत सारे आवरण एक के ऊपर एक चढ़ाने के लिए काफी जगह हो जाती थी, जिन्हें हम जुराबों की जगह पहना करते थे। चलते समय गमबूट के बाहर न आये, इसलिए पैर को तुम एक तार के टुकड़े से तल्ले से बाँधते थे। ऊपर टखने पर उसको कस दिया जाता था। जहाँ यह तार की गाँठ टखने पर बैठती थी, वह एक ऐसी नाजुक बिन्दु थी, जहाँ पैर हमेशा झुलसे और जख़्मी हुआ करते थे। और इसी जख्म पर तुम्हारा जाड़े का पहला फोड़ा निकलता था। लकड़ी के जूते और वे गमबूट जाड़े के दौरान चिथड़ों के साथ हमेशा ठंड से चिपके रहते थे और वे चिथड़े तुम्हारी चमड़ी के साथ। हालाँकि गमबूट लकड़ी के जूतों से और ज्यादा ठंडे थे, लेकिन वे महीनों चलते थे।

काम के कपड़े, और दूसरे कोई कपड़े थे ही नहीं, मतलब कैम्प के कपड़े, कैदियों की वर्दी हर छह महीने पर बाँटी जाती थी। पुरुषों और महिलाओं के कपड़ों में कोई फर्क नहीं हुआ करता था। लकड़ी के जूतों और गमबूट के अलावा काम के कपड़े होते थे अंतरवस्त्र, रूई से बना अँगरखा, दस्ताने (काम के लिए), चिथड़े (पैरों के लिए), चद्दर, तौलिया और साबुन की बट्टी से काटा हुआ एक टुकड़ा, जिससे सोडियम की तेज़ बू आती थी। चमड़ी पर वह जलता था, जख़्मों से उसे दूर रखना ही बेहतर था।

अन्तरवस्त्र बिना ब्लीच किये हुए कैनवास से बने थे : 1 लम्बा जांघिया, टखनों पर और पेट पर नाड़े वाला, 1 छोटा जांघिया नाड़े वाला, 1 बनियान नाड़े वाली। यह सब मिला कर बनता था दिन-रात-गर्मी-सर्दी अन्तरवस्त्र।

रूई से बना सूट कहलाता था फुफाइका, एक आड़ी धारियों वाला गद्देदार सूट। फुफाइका-पैंट मोटे पेटों के लिए 'वी' कट और टखनों पर चुस्त मोहरी नाड़ों वाली। सिर्फ़ आगे पेट पर एक बटन और दाहिने-बायें दो जेबें। फुफाइका-जैकेट बोरी के आकार का, ऊँचे कॉलर के साथ, जो कहलाता था रूबाश्का कॉलर, कलाई पट्टी पर एक बटन, सामने एक बटनों की कतार और बाजुओं में ऊपर से चिपकाई गयी दो चौकोर जेबें। सिर ढाँकने के लिए पुरुषों और महिलाओं की एक जैसी फुफाइका टोपी, कान-ढक्कन के साथ, उस पर नाड़े।

फुफाइका-रंग नीला-स्लेटी या हरा-स्लेटी, डाई का जैसा भी असर पड़ा हो। एक हफ्ते बाद वैसे भी वह सूट गन्द से सख्त और काम से भूरा बन जाता था। फुफाइका एक अच्छी चीज थी, बाहर सूखी सर्दी में सबसे ज्यादा गरम कपड़े,

जब जम रही बर्फ कौंधने लगती और साँस चेहरे पर जमने लगती। और तेज गर्मी में फुफाइका की चौड़ाई हवा को चलने देने के लिए और पसीने को सुखाने के लिए पूरी पड़ती थी। लेकिन गीले मौसम में फुफाइका एक मुसीबत थी। रूई बारिश और बर्फ को पूरी तरह सोख लेती थी और हफ्तों तक गीली रह जाती थी। तुम्हारे दाँत किटकिटाते, शाम तक तुम अच्छे खासे ठंडे हो जाते। बैरक में 68 खटियों, 68 कैदियों उनके 68 रूई आवरणों, 68 टोपियों, 68 जोड़े पैरों के चिथड़ों और 68 जोड़े जूतों सहित हवा भाप छोड़ती थी। और हम जगे हुए लेटे-लेटे पीली बत्ती को ताकते रहते, जैसे उसके अंदर पिघलती बर्फ हो। और पिघलती बर्फ के अंदर में वह रात की बू, जो हमें जंगल की मिट्टी से ढँकती और सड़े हुए पत्तों से।

रोमांचकारी दिन

काम के बाद मैं कैम्प लौटने के बजाय रूसी गाँव में भीख माँगने चला गया। **उनिवॅरमाग**—दुकान का दरवाजा खुला था। पर वह खाली थी। दुकानदारिन काउंटर पर रखे एक छोटे दाढ़ी बनाने वाले आइने के सामने झुकी हुई थी और अपने सिर में जूँ खोज रही थी। आईने के बगल में रेकार्ड प्लेअर बज रहा था, टा ऽ ऽ ट ऽ टा ऽ ऽ। घर पर रेडियो में मैंने उसको सुना था, युद्ध की खास खबरों के साथ लिस्ट का रचा संगीत।

मेरे पिताजी ने 1936 में ही बर्लिन के ओलम्पिक खेलों के लिए उस हरी बिल्ली की आँख वाले ब्लाउपुंक्ट रेडियो को खरीदा था। इन रोमांचकारी दिनों के लिए—उन्होंने बताया था। ब्लाउपुंक्ट की कीमत तो वसूल हो चुकी थी, बाद में आनेवाला समय और भी रोमांचकारी साबित हुआ। तीन साल बाद की बात है, सितम्बर की शुरुआत और फिर से वे ठंडे खीरे के सलाद के दिन, छाँह में बरामदे पर। कोने में छोटी मेज पर रखा ब्लाउपुंक्ट, दीवार पर उसके साथ टँगा वह बड़ा यूरोप का नक्शा। ब्लाउपुंक्ट से निकलता वह टा ऽ ऽ ट ऽ टा ऽ ऽ, खास खबरें। पिताजी ने कुर्सी को यूँ घुमाया, टेढ़ा किया कि उनका हाथ रेडियो के बटन तक पहुँच जाये, और आवाज को बढ़ाया। सबने बोलना और छुरी-चम्मच से ठकठक करना बन्द किया। यहाँ तक कि हवा भी बरामदे की खिड़की में से सुनने लगी। जो 1 सितम्बर को शुरू हुआ था, उसको मेरे पिताजी ब्लित्सक्रीग कहते थे। माँ कहती थी पोलैंड की लड़ाई। मेरे दादाजी पुला से चलकर एक खलासी लड़के के रूप में जहाज में पूरी दुनिया का चक्कर लगा चुके थे और एक संशयवादी थे। उनको दिलचस्पी सिर्फ इसी में थी कि—अंग्रेज इस बारे में क्या कहते हैं। पोलैंड की बात निकली तो वे एक और चम्मच खीरे का सलाद लेना और चुप रहना पसन्द करते थे। मेरी दादी कहती थी कि भोजन एक पारिवारिक चीज़ है और रेडियो वाली राजनीति के साथ उसका मेल नहीं बैठता।

मेरे ड्राईंग टीचर पिताजी ने रंगीन ठेंपी वाली आलपिनों पर छोटे-छोटे लाल तिकोने विजय ध्वज लगा दिए थे और उन्हें ब्लाउपुंक्ट के बगल वाली ऐशट्रे में

रख दिया था। 18 दिन पिताजी अपने झंडों को नक्शे पर पूर्व की तरफ सरकाते रहे। फिर तो हुई, दादाजी बोले, पोलैंड की छुट्टी। और उन झंडों की और गर्मियों की। दादी ने उन झंडों को नक्शे से उखाड़ा, पिनों से अलग किया और पिनों को अपने सिलाई के डिब्बे में वापस रख दिया। और ब्लाउपुंक्ट चला गया बेडरूम में, मेरे माता-पिता के यहाँ। तीन दीवारों से मुझे सुबह-सुबह रेडियो म्यूनिख का अलार्म सुनाई देता था। उस प्रोग्राम का नाम था सुबह का व्यायाम और घर की जमीन ताल में थरथराने लगती थी। माँ और पिताजी ब्लाउपुंक्ट वाले व्यायाम शिक्षक के इशारों पर व्यायाम करते और मुझे वे भेजते थे हफ्ते में एक बार प्राइवेट व्यायाम क्लास में। विकलांग बच्चों के लिए व्यायाम, क्योंकि मैं कुछ ज्यादा ही मोटा था और मुझे एक जवान के माफिक बनना चाहिए था।

कल एक खास काम से आये हुए, केक की तश्तरी जितनी बड़ी, हरी टोपी वाले अफसर ने, हाज़िरी-चौक में एक भाषण दिया। यह भाषण शान्ति और **फूसकुल्तूर** के बारे में था। और तूर प्रिकुलिच को उसे बीच में रोकने की इजाजत नहीं थी, वह एक वेदज्ञ सेवक की तरह, भक्तिभाव से, खड़ा रहा और बाद में उसने भाषण का विषय संक्षेप में बताया : फूसकुल्तूर हमारे दिल को मजबूत बनाती है। और हमारे दिलों में धड़कता है समाजवादी सोवियत गणराज्यों का दिल। फूसकुल्तूर मजदूर वर्ग की ताकत को फौलादी बनाती है। **फूसकुल्तूर** द्वारा सोवियत यूनियन कम्युनिस्ट पार्टी की ताकत और जनता के सुख और शान्ति में खिल उठता है। अकॉर्डियन वादक कोनराड फॉन्न ने जो तूर प्रिकुलिच का देशबंधु था, मुझे समझाया—यहाँ असल में बात हो रही है फ्यूसिशे कुल्तूर और उसकी ताकत की, यानि व्यायाम की संस्कृति की और अफसर ने जरूर गलती से फूसकुल्तूर शब्द को उठाया होगा और तूर की हिम्मत नहीं कि वह उसकी गलती को सुधारे।

फूसुकुल्तर के बारे में मैं विकलांग व्यायाम-क्लास में जान गया था और स्कूल में लोक-संस्कृति-बृहस्पतिवार को। हाई स्कूल के छात्र होने के नाते हमें हर बृहस्पतिवार को स्वदेश-संध्या के लिए हाज़िरी लगानी पड़ती थी। स्कूल के मैदान पर हमसे ड्रिल करवाई जाती, लियो, खड़े हो जाओ, दीवार पर चढ़ो, उकड़ूँ बैठो, लियो, बाँहें मोड़ो, खड़े हो जाओ। दाहिना-बायां, मार्च, गीत गाओ। वोटान, वायकिंग, जर्मेनिक विजय गीत। शनिवार या रविवार को हम लोग कतारों में मार्च करते शहर से बाहर निकलते थे। पहाड़ियों की झाड़ियों में हम सिर को डालियों और पत्तों से ढँककर कामोफ्लाज की तालीम लेते, उल्लू और कुत्ते की आवाज निकालकर दिशाज्ञान प्राप्त करते और बाँहों पर लाल और नीले ऊनी फीते

लगाकर झूठ-मूठ की जंग लड़ते। जिसने दुश्मन से फीता छीना, समझो उसको मार डाला। जिसके पास सबसे ज्यादा फीते, उस हीरो को सेवंती के चटक लाल फूल से सम्मानित किया जाता।

एक बार मैं ऐसे ही लोक-संस्कृति-बृहस्पतिवार में नहीं गया। यह इतना आसान नहीं था। उसके पहले वाली रात में एक बड़ा भूकंप आया था। बुखारेस्त में एक किराये पर चढ़ा मकान गिर गया था और उसने कइयों को अपने नीचे दबा दिया था। हमारे यहाँ शहर में सिर्फ चिमनियाँ गिरी थीं और हमारे यहाँ घर में केवल स्टोव के दो पाइप जमीन पर गिरे थे। इसी का मैंने अपने लिए बहाना बना दिया। व्यायाम-शिक्षक ने कुछ भी नहीं पूछा, लेकिन मेरे दिमाग में वह विकलांग व्यायाम अपना असर दिखा चुका था। मैंने इस बग़ावत में उस सबूत को देखा कि मैं सचमुच एक विकलांग था।

मेरे पिता इन रोमांचकारी दिनों में सॅक्सन के पारम्परिक पहनावे में लड़कियों और महिला जिमनैस्टों की तस्वीरें खींचा करते थे। इसी मकसद से उन्होंने अपने लिए एक लायका भी खरीदा था और वे बने थे रविवार-शिकारी। सोमवार को मैं उनको मारे हुए खरगोश की खाल उतारते हुए देखता रहता। खाल उतारने के बाद इतने नंगे, हल्के नीले, अकड़े हुए और लम्बे खींचे हुए, वे खरगोश खम्बे पर कसरत करने वाली सॅक्सन की महिला जिमनैस्टों के जैसे दिखते।

उन खरगोशों को खाया जाता था। फर को ओसारे की दीवार पर कील से ठोक दिया जाता और सूखने के बाद पड़छत्ती में एक टीन की सन्दूक में रखा जाता। साल में दो बार हॅर फ्रांकेल उनको उठाने आ जाते थे। फिर उनका आना बन्द हो गया। इससे ज्यादा किसी ने और जानना भी नहीं चाहा। वे यहूदी थे, लाल-सुनहरे बाल, लम्बे, पतले, लगभग एक खरगोश जैसे और वह छोटा फॅर्दी राइश और उसकी माँ, जो हमारे यहाँ नीचे अहाते में रहते थे, वे भी अब नहीं थे। ज्यादा किसी ने जानना नहीं चाहा।

यह आसान था, कुछ नहीं जानना। बॅसअरेबिया और ट्रांसनिस्त्रिया की प्रान्तों से शरणार्थी आते रहते थे। उनको रहने के लिए जगह दी जाती थी। वे कुछ समय रुकते और फिर चले जाते थे, और आते थे जर्मन राइश के सैनिक, उन्हें रहने के लिए जगह मिलती, वे कुछ समय रुकते और फिर चले जाते थे, और पड़ोसी और रिश्तेदार और शिक्षक जंग में जाते थे– रोमानियाई फासिस्टों या हिटलर के यहाँ और कुछ मोर्चे से छुट्टी पर आते थे, बाकी नहीं। और कुछ बदमाश थे, जो खुद को मोर्चे से बचाते, लेकिन घर पर मस्ती करते और वर्दी में बॉल में नाचने और कॉफी हाउस में जाते थे।

साइंस का टीचर भी रायडिंग बूट और यूनिफॉर्म पहनता, जब वह हमें समझाता कि लेडी स्लिपर एक काई का रूप है। और एडेलवाइस। एडेलवाइस एक पौधे से कुछ बढ़कर, एक फैशन था। सब हवाई जहाज और टैंकों के मॉडलों के, हथियारों के, अलग-अलग जाति के एडेलवाइस और एनत्सिआन के बिल्ले और ब्रूच, तावीज़ जैसे पहनते थे। मैं उनका संग्रह करता, अदल-बदल करता और सारे पदों को अच्छी तरह याद करता। सबसे अच्छे लगते थे मुझे लैंस नायक और नायक। मुझे लगता नायक का मतलब है– 'प्रेमी'– क्योंकि हमारे यहाँ घर में राइश का नायक डीटरीश रहता था। मेरी माँ छत पर सन बाथ ले रही थी और यह डीटरीश झरोखे में से दूरबीन लिये उसको घूर रहा था। और मेरे पिताजी बरामदे में से उसे– वे ले आये घसीटकर उसे अहाते में और उसकी दूरबीन को ओसारे की दीवार पर हथौड़ी से तोड़ डाला। मेरी माँ एक झोला भर कपड़े बगल में दबाकर दो दिन के लिए मेरी फिनी-आंटी के पास चली गयी। इससे ठीक एक हफ्ता पहले ही डीटरीश मेरी माँ को उसकी सालगिरह पर दो मोक्का कप भेंट कर चुका था। इसके लिए जिम्मेदार मैं ही था, मैंने ही उसको बताया था कि माँ मोक्का कपों का संग्रह करती है, और उसके साथ चीनी मिट्टी के सामान की दुकान में गया था। वहाँ मैंने डीटरीश को दो कप चुनकर दिखाये, जो मेरी माँ की पसन्द के होते। वे हल्के गुलाबी थे, जैसे उम्दा कुरकुरी के बने हों, चाँदी की किनारी और पकड़ पर एक चाँदी की बूँद।

मुझे सबसे अच्छे लगनेवाले बिल्लों में दूसरी जगह पर था बॅकेलाइट का बना एक एडेलवाइस, फॉस्फरेस के लेप वाला, जो रात में चमकता, जैसी कि अलार्म घड़ी।

साइंस का टीचर युद्ध में चला गया और वापस नहीं आया। लैटिन का टीचर युद्ध से छुट्टी मिलने पर लौटा और हमसे मिलने स्कूल आया। वह डेस्क पर बैठा और उसने लैटिन की एक क्लास ली। वह जल्द खत्म हो गयी– और उससे जैसा कि उसने सोचा था एकदम अलग तरीके से। एक छात्र, जो काफी बार सेवंती के फूलों से सम्मानित हो चुका था, शुरुआत में ही बोला : सर, बताइए, मोर्चे पर कैसा होता है। टीचर ने अपने होंठ चबाये और बोला : जैसा तुम सोचते हो, वैसा नहीं। और फिर उसका चेहरा इतना अकड़ गया और हाथ ऐसे काँपने लगे जैसे हमने उसको कभी नहीं देखा था। जैसा तुम सोचते हो, वैसा नहीं, उसने दोहराया और फिर उसने सिर मेज पर टिका दिया और अपनी बाँहें कतरनों से बनी एक गुड़िया की तरह कुर्सी के नीचे लटका दीं और वह रोने लगा।

रूसी गाँव छोटा है। जब तुम भीख माँगने जाते हो, तो आशा करते हो कि

कैम्प के किसी और भिखमंगे से मुलाकात न हो। सभी कोयले को लेकर भीख माँगते हैं। अगर तुम सच्चे भिखमंगे हो तो तुम अपने हाथ छुपाते हो। तुम कोयले का एक टुकड़ा, कपड़े में, एक सोते हुए बच्चे की तरह गोदी में लेकर चलते हो। तुम एक दरवाजा खटखटाते हो, और अगर वह खुलता है, तो तुम कपड़ा हटाते हो और दिखाते हो कि तुम्हारे पास क्या है। मई से लेकर सितम्बर के बीच तक एक टुकड़े कोयले का भविष्य कुछ अच्छा नहीं होता है। लेकिन तुम्हारे पास सिर्फ कोयला ही होता है।

मैंने एक घर के बगीचे में पिटुनिया देखे, एक पूरी क्यारी भरे हल्के गुलाबी कप, चाँदी की किनारी के साथ। आगे चलते हुए मैंने आँखें बन्द कीं और कहा **मोक्का कप** और अक्षरों को मन में गिना : दस। और फिर मैंने दस कदम गिने, उसके बाद बीस– दोनों कपों के लिए। जहाँ मैं खड़ा रहा, वहाँ लेकिन कोई घर नहीं था। मैंने एक सौ तक गिना– पूरे दस मोक्का कपों के लिए, जो मेरी माँ घर में शेल्फ में रखा करती थी, और मैं तीन घर आगे निकल चुका था। बगीचे में कोई पिटुनिया नहीं थे। मैंने पहला दरवाजा पहले खटखटाया।

गाड़ी में सफर करने के बारे में

गाड़ी में सफर करना हमेशा एक खुशकिस्मती की बात थी। नम्बर एक : जब तक तुम सफर में हो, तुम पहुँचे नहीं होते। जब तक तुम पहुँचे नहीं होते, तुमको काम नहीं शुरू करना पड़ता है। गाड़ी में सफर का मतलब आराम का समय।

नम्बर दो : जब तुम गाड़ी में सफर करते हो, तुम ऐसे प्रदेश में आते हो, जिसे तुम्हारी बिल्कुल परवाह नहीं होती। पेड़ न तुम पर चिल्लाता है न तुम को मारता है। पेड़ के नीचे जरूर यह हो सकता है, लेकिन पेड़ इस बारे में कुछ नहीं कर सकता।

कैम्प में हम जब पहली बार आये तो **नवा-गरलोफ्का** यही हमारी जानकारी के लिए एकमात्र पता था। यह कैम्प का नाम हो सकता था या एक शहर का, या पूरे इलाके का। फैक्टरी का नाम यह नहीं हो सकता था, क्योंकि उसका नाम था **कक्सोचिम-ज़ावोत**। और कैम्प के अहाते में, पानी के नल के पास, एक ढले लोहे का किरिलिश अक्षरों वाला मेनहोल का एक ढक्कन पड़ा हुआ था। अपने स्कूल में सीखी ग्रीक भाषा की मदद से मैंने किरिलिश अक्षर **द्नीपरापित्रोव्स्क** जोड़ लिए थे, और यह एक नजदीकी शहर या सिर्फ रूस के दूसरे छोर पर एक फाउंड्री हो सकती थी। जब तुम कैम्प के बाहर आ जाते थे, तो तुम्हें अक्षरों की जगह विस्तीर्ण स्टेपी और स्टेपी में बसे गाँव दिखाई देते। इस कारण भी गाड़ी में सफर करने का एक मज़ा था।

ट्रांसपोर्ट ड्यूटी वाले हर सुबह कैम्प के पीछे गैरेज में गाड़ियों पर तैनात किये जाते, ज्यादातर जोड़ों में। कार्ली हाल्मॅन और मुझे मिली एक चार टनवाली **लांसिया**, तीसरे दशक का मॉडेल। हम गैरेज की पाँचों गाड़ियों को जानते थे, उनकी अच्छाइयों और बुराइयों को भी। लांसिया ठीक थी, ज्यादा ऊँची नहीं और पूरी टीन की बनी, लकड़ी का जरा भी अंश नहीं। पाँच टनवाली **मान** इससे घटिया थी, उसके पहिये तुम्हारे सीने तक आते। और उस बढ़िया लांसिया के साथ था वह तिरछे मुँह वाला ड्राइवर कोबेलियान। वह अच्छे स्वभाव का था।

जब कोबेलियान बोलता **किरपीच**, तो हम समझ जाते की आज हमें लाल

पकी हुई ईंटें उठाने जाना है और उस सीमाहीन स्टेपी के बीच से सफर करना है। अगर रात में बारिश हुई होती तो खड्डों में पड़े जली हुई कारों और टैंकों के अवशेष चमकते। स्टेपी-कुकुर पहियों के सामने से छलांग लगाते। कार्ली हाल्मॅन कोबेलियान के साथ कैबिन में बैठता था। मैं ऊपर डाले पर खड़ा रहना पसन्द करता और कैबिन की छत को पकड़े रखता। दूर से एक सात मंजिल की लाल ईंटों से बनी खाली खिड़कियों के छेदों वाली बिना छत की बैरक दिखायी देती थी। एक खंडहर जैसी, क्षेत्र में एकदम अकेली, लेकिन अत्याधुनिक। हो सकता है कि यह किसी आधुनिक कालोनी का सबसे पहला ब्लॉक था, जिसका काम एक ही रात में एकदम से रोक दिया गया था। हो सकता है कि छत ढालने के पहले ही युद्ध हो गया था।

सड़क कुबड़ी थी, लांसिया खड़खड़ाती हुई बिखरे हुए अहातों को पार करती। कइयों में कूल्हों तक ऊँची बिच्छू घास उगी हुई थी, और उनमें खड़ी लोहे की खाटें, जिन पर सफ़ेद मुर्गियाँ बैठी हुई थीं, बादलों की चिंदियों जैसी कंकाल। मेरी दादी ने कहा था बिच्छू घास वहीं उगती है जहाँ लोग रहते हैं, और गोकंटक सिर्फ वहीं जहाँ भेड़ें होती हैं।

मैंने इन अहातों में इन्सानों को कभी नहीं देखा। मैं लोगों को देखना चाहता था, जो कैम्प में नहीं रहते, जिनके पास एक घर है, एक बाड़, एक अहाता, एक कमरा कालीन के साथ, और क्या पता कालीन को साफ़ रखने वाला डण्डा भी। मैंने सोचा जहाँ कालीनों की पीटकर सफाई होती है वहाँ बेशक शान्ति होगी, वहाँ का जीवन सुसंस्कृत होता है, वहाँ लोगों को शान्ति से जीने दिया जाता है।

कोबेलियान के साथ सबसे पहले सफर के दौरान मैंने एक अहाते में एक रोलर वाला कालीन का स्टैंड देखा था। उस पर टाँग कर पीटते समय तुम कालीन को आगे-पीछे खींच सकते हो और इस स्टैंड के साथ एक बड़ा, सफ़ेद तामचीनी का बना पानी का जग रखा था। वह अपनी चोंच, पतली गर्दन और भारी पेट को लिए एक हंस जैसा दिख रहा था। इतना सुन्दर कि मैं हर सफर में स्टेपी के बीच खाली हवा में भी एक ऐसे कालीन के स्टैंड को ढूँढता रहता। फिर कभी मुझे कालीन का स्टैंड या हंस देखने को नहीं मिले।

इन शुरू-शुरू के अहातों के बाद एक छोटा शहर शुरू हो जाता, गेरूए-पीले घरों वाला, जिनकी दीवारों का प्लास्टर झड़ता और जिनकी छतें जंग लगे हुए टीन की होतीं। डामर के अवशेषों के बीच छुपी हुई ट्राम की पटरियाँ दिखतीं। इन पटरियों पर बीच-बीच में, दो पहियों वाली डबल-रोटी फैक्टरी की गाड़ियों को खींचते हुए घोड़े। गाड़ियाँ एक सफेद चादर से ढँकी हुई थीं, कैम्प वाली

हथगाड़ी की तरह। लेकिन उन भूखे, अधमरे घोड़ों को देखकर मेरे मन में सवाल आता था कि क्या इन सफेद चादरों के नीचे डबल-रोटी पड़ी है या भूख से मरे लोगों की लाशें।

कोबेलियान ने बताया : शहर का नाम है नवा-गरलोफ्का। क्या शहर का नाम वही है जो कैम्प का है, मैंने पूछा। वह बोला : नहीं, कैम्प का नाम वही है जो शहर का है। यहाँ पर नाम-पता बताने वाले कहीं भी कोई बोर्ड नहीं थे। जो गाड़ी चलाता था और यहाँ पहुँचता था, जैसे कोबेलियान और लांसिया, उसको जगह का नाम पता था। और जो परदेसी था, वह नाम पूछता था जैसे कार्ली हाल्मॅन और मैं। और जिसको पूछने के लिए कोई नहीं मिलता था, वह यहाँ तक नहीं पहुँचता था और न ही उसको यहाँ कुछ काम होता।

उन पकी हुई ईंटों को हम उठाते थे शहर के पीछे से। उनको चढ़ाने में डेढ़ घंटे का समय लगता है। अगर तुम दो जने हो और लांसिया को लेकर ईंटों के बिल्कुल नजदीक पहुँच सकते हो। तुम एक साथ चार ईंटें उठाते हो, उनको एक-दूसरे के साथ दबाकर, एक छोटे अकॉर्डियन की तरह। तीन बहुत कम और पाँच बहुत ज्यादा हो जाती हैं। पाँच तुम उठा सकते थे, लेकिन फिर बीच वाली फिसल जाती। तुम को एक तीसरे हाथ की जरूरत पड़ती उसको पकड़ कर रखने के लिए। ईंटों को पूरे डाले में साथ-साथ, बिना कोई बीच में जगह छोड़े, बिछाया जाता है, तीन-चार तहों की ऊँचाई तक। पकी हुई ईंटों की एक अच्छी टंकार होती है, हर एक दूसरे से थोड़ी अलग बजती है। उनकी लाल धूल हमेशा एक जैसी होती है और कपड़ों पर बैठ जाती है, लेकिन सूखी। ईंटों की धूल तुम्हें सीमेंट की धूल की तरह अपने घेरे में नहीं लेती और कोयले की धूल जैसी चिपचिपी भी नहीं होती। ईंटों की धूल मुझे मीठी लाल मिर्च की याद दिलाती है, जबकि उसकी कोई खुशबू नहीं होती।

वापसी में लांसिया कभी खड़खड़ाती नहीं थी, इतनी भारी जो बन चुकी होती थी वो। उसमें हम चलते थे दुबारा उस छोटे शहर नवा-गरलोफ्का के बीच में से, ट्राम की पटरियों के ऊपर से, फिर से शहर के पहले आनेवाले उन अहातों से गुजरते हुए, उसी सड़क पर से, उन्हीं स्टेपी के बादलों की चिंदियों के नीचे से, कैम्प तक। और फिर कैम्प को पार कर निर्माण-स्थल पर।

उतारने का काम चढ़ाने के काम से जल्दी हो जाता था। तुमको ईंटों की तहें जरूर लगानी पड़तीं, लेकिन इतनी भी बारीकी से नहीं, क्योंकि वे ज्यादातर अगले दिन ही उठाई और मिस्त्रियों के पास पहुँचाई जाती थीं।

जाना-आना, चढ़ाना-उतारना– सब को जोड़कर दिन में दो खेप हो पाती

थी। फिर शाम हो जाती थी। कभी-कभी कोबेलियान गाड़ी में दुबारा चल पड़ता था, बिना कुछ कहे। कार्ली और मुझे पता था कि यह एक प्राइवेट सफर था। हम ईंटों का सिर्फ एक स्तर डाले के आधे हिस्से में बिछाते थे। और वापसी में उस सात मंजिलों वाली कॉलोनी के अवशेष के पीछे, नीचे की तरफ मुड़ते। वहाँ घरों के चारों तरफ पोपलर की कतारें थीं। बादल भी इस समय शाम से ईंटों जैसे लाल होते थे। बाड़ और लक्कड़ शेड के बीच में से हम कोबेलियान के अहाते में पहुँच जाते थे। एक झटका लेकर गाड़ी रुकी, और मैंने अपने को कूल्हों तक गंजे, शायद पूरी तरह सूख चुके एक फल-वृक्ष के नीचे खड़ा पाया, जिसपर पिछली या उसके पहले की गर्मी के सिकुड़े हुए फल लगे थे। कार्ली चढ़कर मेरे पास आया। दिन के आखिरी प्रकाश ने हमारे चेहरे के सामने फल लटकाये और कोबेलियान ने हमें ईंटे उतारने के पहले उनको तोड़ने की इजाज़त दी।

वे फल लक्कड़ जैसे सूखे थे, मुँह में उनको खूब घुमाना और चूसना पड़ता था, तब जरूर वे चैरी जैसे लगते। अगर तुम उनको अच्छी तरह चबाते, तो उनकी गुठली जीभ पर एकदम गरम सपाट हो जाती। इन रात-चैरियों का एक मजा था, लेकिन वे भूख को और बढ़ाती थीं।

घर के रास्ते पर रात स्याही की बनी थी। देर से कैम्प पहुँचना अच्छा था। हाज़िरी खत्म हो गयी होती, खाना कब का शुरू हो चुका होता था। देगची में ऊपर का पतला सूप औरों में बँट चुका होता था। कुछ गाढ़ा मिलने की सम्भावना ज्यादा होती।

लेकिन कैम्प पहुँचने में अगर बड़ी देर हो गयी, तो बुरा हाल होता। फिर सूप खत्म हो चुका होता। फिर तुम्हारे पास जुँओं के साथ आनेवाली लम्बी सूनी रात के सिवा और कुछ नहीं होता था।

कठोर लोगों के बारे में

बेया त्साकेल ने कुएँ पर हाथ धो डाले हैं और अब वह कैम्प की बड़ी सड़क से आ रही होती है। वह मेरे पास टेक-वाली बेंच पर बैठ जाती है। आधी खुली आँखों से वह नीचे की तरफ देखती है जैसे चोरी-छिपे कुछ देख रही हो। उसकी नजरें कनखियों की तरफ घूम जाती हैं और उनमें भैंगेपन का पुट आ जाता है। वह भैंगी नहीं है, वह अपनी नज़रों को इसलिए ऐसे घुमाती है, क्योंकि उसको पता है, कि यह उसको औरों से अलग करती है। इतनी विशेष बनाती है कि मैं मंत्रमुग्ध हो जाता हूँ। वह बोलने लगती है, बस ऐसे ही बोलने लगती है। वह तूर प्रिकुलिच की तरह तेज़ रफ्तार से बोलती है, सिर्फ उस जितने सनकीपन से नहीं। अपनी तिरछी नजर को वह फैक्टरी की ओर घुमाती है, शीत-मीनार बादल को देखती है और उन त्रिदेशीय पहाड़ों के बारे में बताती है, जहाँ यूक्रेन, बॅसअरेबिया और स्लोवाकिया इकट्ठा हो जाते हैं।

वह धीरे-धीरे अपने इलाके के पहाड़ों को गिनाती है, निचले तात्र और बॅस्किड जो तीसा नदी के उद्गम पर यूक्रेनी कार्पेथियन पर्वतों में मिल जाते हैं। मेरे गाँव का नाम लुगी है, वह कहती है, एक काशाओ के पास छुपा हुआ गरीब गाँव। वहाँ के पहाड़ हमारे सिर के भीतर झाँकते रहते हैं, हमारे मर जाने तक। जो वहाँ रुक जाता है, वह पागल बन जाता है, काफ़ी लोग चले जाते हैं। इसी कारण मैं भी कॉलेज में दाखिल होने के लिए प्राग की तरफ चल पड़ी।

वह बड़ी शीत-मीनार एक अम्मा है, वह अपना लकड़ी का आवरण अपने कूल्हों पर एक कमरपट्टी जैसे पहनती है। ऐसी तंग स्थिति में इस अम्मा के मुँह से दिन-रात सफ़ेद बादल निकलते रहते हैं। और वह भी चले जाते हैं, जैसे बेया त्साकेल की पहाड़ियों से वे लोग।

मैं बेया को ट्रांससिल्वेनिया के पहाड़ों के बारे में बताता हूँ, वे अब भी कार्पेथियन ही हैं, मैं कहता हूँ। सिर्फ़ हमारे यहाँ पहाड़ों के गोल गहरे ताल होते हैं। कहा जाता है, यह सागर की आँखें हैं, इतनी गहरी कि उनका तला काले

सागर के साथ जुड़ा हुआ है। जब तुम इन पहाड़ियों के ऐसे एक ताल में झाँकते हो, तो तुम पैरों को लेकर पहाड़ पर और आँखों को लेकर सागर के किनारे होते हो। मेरे दादाजी कहते हैं, यह कार्पेथियन पर्वत जमीन के नीचे काले सागर को गोदी में लिए हैं।

फिर बेया आरतूर प्रिकुलिच के बारे में बोलती है कि वह उसके बचपन का हिस्सा है। कि वह उसी गाँव का है और उसी सड़क पर रहता था, बल्कि उसके साथ स्कूल में एक ही बेंच पर बैठता था। तूर के साथ खेलते समय उसको घोड़ा बनना पड़ता था और तूर उस गाड़ी को हाँकता था। और वह गिर पड़ी थी और उसकी टाँग टूट गयी थी, लेकिन यह बाद में ही पता चला था। तूर ने उसको चाबुक से आगे भगाया था यह कहकर कि वह गड़बड़ कर देगी, क्योंकि वह अब घोड़ा बनना नहीं चाह रही थी। ढलान तेज थी, वह बोली, जब कोई तूर के साथ खेलता था, तो वह हमेशा से एक परपीड़क था। और मैं उसको बता रहा हूँ शतपद-खेल के बारे में। बच्चों को दो शतपदों में विभाजित किया जाता था। एक को दूसरे को खड़िया से खींची लकीरों के ऊपर से अपने पाले में खींच के लाना होता था, क्योंकि वह उसको खा जाना चाहता है। दोनों शतपद में बच्चों को एक दूसरे के पेट को पकड़ रखना और पूरी ताकत से खींचना पड़ता था। तुम्हारे लगभग टुकड़े-टुकड़े हो सकते थे, मेरे कूल्हों पर चोटें आयी थीं और मेरे एक कन्धे की हड्डी उतर गयी थी।

मैं कोई घोड़ा नहीं हूँ, और तुम कोई शतपद नहीं हो, बेया बोलती है, अगर तुम वह हो, जिसका तुम नाटक कर रहे हो, तो तुमको इसकी सजा मिलती है, जैसे यह कोई कानून हो। और ऐसे कानून से तुम बाहर नहीं आ सकते, भले ही तुम घर से बाहर प्राग चले जाते हो या कैम्प में, मैं कहता हूँ हाँ, क्योंकि तूर साथ आता है, बेया कहती है। वह भी पढ़ाई करने निकला था, मिशनरी बनना चाहता था और बना नहीं। लेकिन प्राग में वह रुक गया, सब छोड़कर व्यापार करने लग गया। पता है, छोटे गाँव के और यहाँ तक कि प्राग के कानून भी कठोर होते हैं, बेया कहती है, इसीलिए तुम इनसे बाहर नहीं आ सकते, वे कठोर लोगों के बनाये हुए होते हैं।

बेया फिर से कनखियों से देखते हुए कहती है :

मुझे कठोर लोग बहुत अच्छे लगते हैं।

एक, मैं सोचता हूँ, और मुझे अपने आप को लगाम लगानी पड़ती है, क्योंकि इस कठोरता से ही उसकी जिन्दगी चल रही है और अपने उस एक कठोर आदमी के कारण कपड़ों की कोठरी में मेरी बनिस्बत उसको वह अच्छी वाली जगह

मिली है। वह तूर प्रिकुलिच की शिकायत करती है; वह हम में से एक होकर रहना चाहती है, लेकिन जीना चाहती है वह तूर की तरह। जब वह तेज़ रफ्तार से बोलती है, तब वह कभी-कभी हमारे और अपने बीच के फर्क को नकारने के नजदीक होती है। लेकिन यह होने के कुछ क्षण पहले वह अपने सुरक्षा-कवच में वापस घुस जाती है। हो सकता है कि उसकी आँखें इस सुरक्षा के कारण अपनी तिरछी नजर में इतनी लम्बी-सी हो जाती हैं। हो सकता है कि उसका मन उसी प्रतिष्ठा पर हो, जब वह मेरे साथ बात करती है। और वह इतनी ज्यादा बात करती है, क्योंकि वह अपने कठोर आदमी से थोड़ी-सी आजादी चाहती हो, जिसके बारे में उस आदमी को कुछ भी मालूम नहीं है। हो सकता है कि वह मुझे अपने मन की आरक्षित जगहों से लुभाकर बाहर निकालती है, और फिर वह उसको सब कुछ बयान कर देती है, जो बात वह हमसे करती है।

बेया, मैं कहता हूँ, मेरे बचपन का वह गीत ऐसा है :

सूरज चढ़ा धुँधलके में,
पीला मक्का,
कोई समय नहीं

क्योंकि मेरे बचपन की सबसे तेज गन्ध है अंकुरित होने वाले मक्के के दानों की बदबू। हम लम्बी छुट्टियों में वेंच चले जाते थे और आठ हफ्ते वहाँ रुकते थे। हम उन लम्बी छुट्टियों से वापस लौटे हैं। अहाते में रेत के ढेर में से मक्के में अंकुर निकल आये हैं। जब मैं उसको रेत से उखाड़ता था, तो सफ़ेद जड़ों के धागे और उसके बगल से उसके साथ टँगा गन्धाता पीला पुराना मक्का।

बेया दोहराती है : पीला मक्का, कोई समय नहीं। फिर वह अपनी उँगली चूसती है और कहती है : अच्छा है कि हम बड़े होते हैं।

बेया त्साकेल मेरे से आधा सिर लम्बी है। उसकी चोटी सिर पर घुमा कर बँधी हुई है, हाथ के बराबर मोटी रेशम की रस्सी सी। हो सकता है कि उसका सिर इतना घमंडी सिर्फ इस वजह से न दिखता हो कि वह कपड़ों की कोठरी में बैठती है, बल्कि इसलिए कि उसे इतने भारी बाल सम्भालने पड़ते हैं। शायद उसके बाल बचपन से ही भारी थे, ताकि उस छुपे हुए गरीब गाँव में वह पहाड़ ऊपर से उसकी खोपड़ी में नहीं झाँके, जब तक कि वह मरती नहीं है।

लेकिन यहाँ इस कैम्प में वह नहीं मरेगी। तूर प्रिकुलिच इसका ध्यान रखेगा।

इरमा फाइफर के लिए एक-बूँद-ज्यादा-सौभाग्य की बात

अक्टूबर खत्म ही हुआ था कि चुभनेवाली हिमवर्षा शुरू हो गयी। हमारे साथ जो अफ़सर और पहरेदार थे उन्होंने हमें हमारी ड्यूटी बतायी और तुरन्त कैम्प वापस लौट गये, अपने दफ्तर के गर्म कमरों में। निर्माण-स्थल पर दिये जाने वाले ऑर्डरों के शोर के डर से मुक्त एक शान्त दिन की शुरुआत हुई।

लेकिन इसी शान्त दिन के बीच इरमा फाइफर चिल्लायी थी। हो सकता है **बचाओ-बचाओ** या **अब मेरे से नहीं होता**, कुछ साफ़ सुनाई नहीं दिया था। हम फावड़ों और लकड़ी के पट्टे लिए गारे वाले गड्ढे की ओर भागे, थोड़ी देरी से ही पहुँचे, ओवरसिअर वहाँ हमसे पहले पहुँच चुका था। हमारे हाथ में जो कुछ भी था, हमें नीचे गिराना पड़ा। रूकी नाज़ात, हाथ पीछे— हाथ में ऊँचा फावड़ा उठाये उसने हमें बिना हिले गारे में सिर्फ झाँकने पर मजबूर किया।

इरमा फाइफर वहाँ पड़ी थी। उसका चेहरा नीचे की तरफ था और गारे से बुलबुले छूट रहे थे। पहले गारे ने उसकी बाँहें निगलीं, फिर वह स्लेटी चादर घुटनों के पीछे तक ऊपर चढ़ गयी। अनन्त काल तक, दो-चार सेकंड, गारा अस्त-व्यस्त चुन्नटें लिये इंतजार करता रहा। फिर उसने एकदम से झपट कर उसे कूल्हों तक घेर लिया। सिर और टोपी के बीच वह घोल काँपा। फिर सिर डूब गया और टोपी ऊपर उभर आयी। फैले हुए कान-ढक्कनों के साथ वह टोपी धीरे-धीरे एक फूले हुए कबूतर जैसी किनारे की तरफ जाने लगी। सिर के पीछे का भाग, गंजा किया हुआ, जहाँ-जहाँ जूँ ने काटा था वहाँ पपड़ीदार, एक आधे खरबूज की तरह ऊपर की तरफ मुँह किये हुए था। जब सिर भी निगला जा चुका था और सिर्फ़ कूबड़ बाहर की तरफ देख रहा था, तो ओवरसिअर बोला : ज़ाल्का, ओचिन ज़ाल्का।

फिर फावड़ा लेकर उसने हमें निर्माण-स्थल के उस छोर पर चूना-औरतों की तरफ भगाया, सब एक ढेर पर, और चिल्लाया : व्निमान्ये ल्यूद्ज़ी। अकॉर्डियन

वादक कोनराड फॉन्न को अनुवाद करना पड़ा : सावधान, लोगों, अगर कोई तोड़फोड़वादी अपनी मौत चाहता है, तो उसको वह मिलेगी। यह भीतर कूद गयी है। मिस्त्रियों ने निर्माण-स्थल के ऊपर से यह देखा है।

हमें उठकर खड़ा होना और कैम्प के अन्दर मार्च करके जाना पड़ा। इस दिन हाज़िरी हुई। चुभनेवाली हिमवर्षा अब भी जारी थी, और हम— बाहर और अन्दर— अपने भयानक डर से स्तब्ध। शिष्टवानयोनोव अपने दफ्तर से भागकर आया और चिल्लाया। उसके मुँह के इर्द-गिर्द थूक का फेन बना हुआ था, जैसे किसी तेज भगाये हुए घोड़े का निकलता है। उसने अपने चमड़े के दस्तानों को हमारे बीच फेंका। वे जहाँ भी गिरते, किसी एक को नीचे झुककर हर बार उनको उठाकर आगे जाकर उसको वापस देना पड़ता। बार-बार लगातार। फिर उसने हमें तूर प्रिकुलिच के हवाले कर दिया। उसने एक मोमजामे वाला ओवरकोट और रबर के बूट पहने थे। उसने गिनती करायी, आगे-पीछे कराया, गिनती करायी, आगे-पीछे कराया— शाम होने तक।

इरमा फाइफर को गारे के गड्ढे से कब निकाला गया और कब उसको जल्दी से दफनाया गया, किसी को नहीं पता। अगली सुबह सूरज उगा, ठंडा और चमकता हुआ। गड्ढे में ताज़ा गारा था, वह हमेशा की तरह था। किसी ने बीते हुए कल का जिक्र नहीं किया। कुछ लोगों ने इरमा फाइफर को जरूर याद किया होगा, उसकी बढ़िया-सी टोपी को, उस अच्छे वाले रूई के सूट को, क्योंकि इरमा फाइफर, लगता है, कपड़े पहने ही जमीन के नीचे चली गयी थी और मृतकों को कपड़ों की जरूरत नहीं होती, जबकि जीवित लोग ठंड से ठिठुर रहे हैं।

इरमा फाइफर शॉर्ट-कट लेना चाह रही थी और पेट पर सीमेंट की बोरी लिये वह देख नहीं पायी थी, कि उसके पैर कहाँ पड़ रहे हैं। बोरी हिमवर्षा के कारण पूरी भीग चुकी थी और सबसे पहले वह नीचे गयी थी। इसीलिए, जब हम गारे के गड्ढे के पास पहुँचे हम किसी बोरी को नहीं देख पाये —यह अकॉर्डियन वादक कोनराड फॉन्न की राय थी। तुम्हारी राय किसी भी चीज के बारे में कुछ भी हो सकती है। उसकी पूरी जानकारी पाना नामुमकिन है।

काले पोपलर

वह थी 31 दिसम्बर और 1 जनवरी के बीच की रात, हमारे दूसरे साल में नये साल का ऐलान करने वाली। आधी रात को लाउड स्पीकर ने हमें हाज़िरी-स्थान पर पहुँचने का हुक्म दिया। कैम्प के रास्ते पर, दोनों तरफ आठ सन्तरी, बन्दूक और कुत्तों के साथ हमें भगाया गया। हमारे पीछे एक ट्रक चल रहा था। बर्फ के ऊँचे ढेरों में, फैक्टरी के पिछवाड़े में, जहाँ उजाड़ जमीन शुरू होती थी, हमें चिनाई की हुई दीवार के सामने कतार में खड़े होना और इन्तजार करना पड़ा। हमने सोचा—यही कत्ल की रात है।

मैं धक्कामुक्की करके आगे की कतार में जाकर खड़ा हुआ, ताकि मैं उन आगे वालों में से एक बन जाऊँ, और मुझे पहले लाशों को उठाकर चढ़ाना न पड़े, क्योंकि रास्ते के किनारे वह ट्रक इन्तजार कर रहा था। शिष्टवानयोनोव और तूर प्रिकुलिच कैबिन के अन्दर घुस चुके थे और मोटर चल रही थी, ताकि उनको ठंड न लगे। सन्तरी कदम ताल कर रहे थे। कुत्ते एक साथ खड़े थे, पाले ने उनकी आँखों को दबा कर बन्द कर दिया था। बीच-बीच में वे अपने पंजे उठाते रहते, खुद को ठंड से बचाने के लिए।

तो हम वहाँ खड़े थे, चेहरे से बूढ़े लगते, भौंहें सफेद पाले की बनी। कई औरतों के होंठ सिर्फ ठंड के कारण नहीं काँप रहे थे, वे प्रार्थना बुदबुदा रही थीं। मैंने अपने आप को कहा, अब सब चीज़ खत्म होने वाली है। मुझसे विदा लेते समय दादी ने कहा था : मुझे पता है, तुम वापस आओगे। वह बात बीच रात में हुई जरूर थी, लेकिन दुनिया के बीच में। अभी वे सिल्वेस्टर मना चुके हैं, मध्यरात्रि को शायद मेरे नाम का एक जाम पी चुके हैं, ताकि मैं जिन्दा रहूँ। आशा है कि नये साल के पहले घंटों में उन्होंने मुझे याद किया होगा और उसके बाद गर्म बिस्तर में घुसे होंगे। दादी के पलंग के साथ वाली मेज के ऊपर उसकी शादीवाली अँगूठी रख दी गयी है, जो वह हर शाम निकालती है, क्योंकि वह चुभती है। और मैं यहाँ खड़ा हूँ और गोली मार दिये जाने का इन्तजार कर रहा हूँ। मैं हम सबको एक विशाल डिब्बे के अन्दर खड़ा देख रहा था। उसके

आसमान की तरफ वाले ढक्कन को रात ने काली पॉलिश किये हुए और बढ़िया तराशे हुए सितारों से सजाया हुआ था। और डिब्बे के तले पर घुटनों तक गहरी रूई बिछायी थी, ताकि हम किसी मुलायम चीज़ पर गिरें। और डिब्बे की दीवारों पर सख़्त ब्रोकेड, रेशम के झालरों की अजीबो-गरीब गुत्थियाँ, और असीमित लेस चढ़ी हुई थी। कैम्प के उस पार वाली दीवार के ऊपर, वाच टावरों के बीच, बर्फ एक शाही कब्र थी। उसके ऊपर एक मीनार की ऊँचाई का कई मंजिला पलंग आसमान को छूता हुआ, एक कई मंजिला ताबूत, जिसमें हम सबकी, चिरनिद्रित, एक के ऊपर एक, अपनी जगह थी– जैसे बैरक में हमारी खटिया के स्टैंड। सबसे ऊपरी मंजिल के ऊपर काली पॉलिश वाला ढक्कन। वाच टावरों में शाही कब्र के सिर और पैर वाले छोरों पर दो काले कपड़े पहने हुए सलामी गारद के सिपाही मृत्युशय्या पर पहरा दे रहे थे। सिरवाले छोर पर, कैम्प के गेट की दिशा में कैम्प के पहरे के लिए लगी बत्ती झाड़फानूस की तरह झिलमिला रही थी। पैर वाले ज़रा से अँधेरे छोर पर बर्फ में ढके शहतूत के पेड़ की फुनगी अनगिनत कागज के फीतों पर लिखे उन सब नामों के साथ एक शानदार गुलदस्ते जैसी खड़ी हुई थी। बर्फ आवाज को दबाती है–मैंने सोचा गोली की आवाज किसी को मुश्किल से सुनाई देगी। हमारे परिवार हवा में गायी लोरी सुनते-सुनते, निष्पाप और सिल्वेस्टर से थके हुए दुनिया के बीच में सो रहे हैं। हो सकता है कि वे नये साल में हमारे चमत्कारी दफन के सपने देख रहे हों।

मैं उस कई मंजिले वाले ताबूत से बिल्कुल नहीं निकलना चाहता था। जब तुम अपने मृत्युभय को काबू में करना चाहते हो, मगर उससे छुटकारा नहीं पा सकते, तो वह तुमको पागल करने पर उतर आता है। वह बर्फीली ठंड भी, जिसमें तुमको हिलना भी मना है, उस भयानकता को मृदु बनाकर पेश करती है। मैं बर्फ बन गया हूँ, इस भ्रम में मैं गोली खाने के लिए तैयार हो गया।

लेकिन फिर दो पूरी तरह ममियों की तरह लिपटे रूसियों ने गाड़ी के डाले में से हमारे पैरों के सामने फावड़े फेंके। तूर प्रिकुलिच और उन ममियों में से एक ने अँधेरे और चमकते हुए बर्फ के प्रकाश के बीच फैक्टरी की दीवार से समान्तर चार रस्सियों को एक साथ गाँठ मारकर रख दिया। कमांडेंट शिष्टवानयोनोव कैबिन में बैठे-बैठे सो गया था। हो सकता है उसने कुछ ज्यादा ही पी रखी थी। अपनी ठोड़ी को छाती पर रख वह सो रहा था जैसे किसी प्रवासी को आखिरी स्टेशन पर रेलगाड़ी के डिब्बे में कोई भूल गया हो। वह उतनी ही देर तक सोता रहा, जितनी देर तक हम खुदाई करते रहे। नहीं, हम तब तक खुदाई कर रहे थे, जब तक वह सोता रहा, क्योंकि तूर प्रिकुलिच उसके आर्डर का इन्तजार

करने पर मजबूर था। जब तक हम उन रस्सियों के बीच गोली मारकर गिराई अपनी लाशों के लिए दो गड्ढे खोद रहे थे, वह सोता रहा। मुझे पता नहीं कितनी देर तक, तब तक, जब तक आसमान स्लेटी नहीं होने लगा। और तब तक फावड़े की ताल मुझसे बार-बार कह रही थी : मुझे पता है, तुम वापस आओगे। खुदाई से मेरे होश वापस ठिकाने आ गये थे और मैं फिर से रूसियों के लिए भूखा रहना, ठंड को सहना और मजदूरी करना— इन चीजों को गोली खाकर मर जाने से ज्यादा बेहतर समझने लगा था। मैं दादी की बात को मान गया : मैं वापस आऊँगा, लेकिन यह कहते हुए मैंने उसको अस्वीकार भी किया : हाँ, लेकिन क्या तुम्हें पता है कि यह कितना मुश्किल है।

फिर शिष्टवानयोनोव कैबिन से बाहर निकला। उसने अपनी ठोड़ी को मसला और अपनी टाँगों को हिलाया, क्योंकि वे शायद अब भी सो रही थीं। उसने उन ममी बन गये सिपाहियों को अपनी ओर आने का इशारा किया। डाले के ढक्कन को खोला और गैंती और सब्बल निकाल कर नीचे फेंके। शिष्टवानयोनोव ने तर्जनी से इशारे किये, वह थोड़ा और नीचे स्वर में बोला, जो कि उसकी आदत नहीं थी। वह फिर कैबिन में चढ़ गया, और वह खाली गाड़ी उसको लेकर वहाँ से चल पड़ी।

तूर को उस फुसफुसाहट को एक आर्डर के दर्जे की आवाज देनी पड़ी और वह चिल्लाया : पेड़ों के लिए गड्ढे बनाओ। हम बर्फ में औजारों को ढूँढ़ते रहे, जैसे कि छिपाए गये तोहफों को। बर्फ से जमीन हड्डी जैसी सख्त बन गयी थी। गैंतियाँ उस पर टप्पा खाकर गिर रही थीं और सब्बल गिरते समय ऐसी आवाज करते, जैसे लोहा लोहे पर गिर रहा हो। हमारे चेहरों पर मूँगफली जैसे ढेलों की बारिश हो रही थी। बर्फ में मेरे पसीने छूट रहे थे और पसीना बहाते-बहाते मैं बर्फ बन रहा था। आग और बर्फ ऐसे दो हिस्सों में मेरा विभाजन हो रहा था। शरीर का ऊपरी हिस्सा पूरा जल चुका था, अपने आपको एक यंत्र की तरह झुका रहा था और कायदे-कानून के डर में तेजस्वी हो रहा था। नीचे का हिस्सा पूरी तरह से जम चुका था, मरी हुई, ठंडी टाँगें आँतों में घुस रही थीं।

दोपहर को हाथ लहू-लुहान हो गये, लेकिन पेड़ों के लिए बनाये जा रहे गड्ढे एक हाथ से ज्यादा गहरे नहीं हुए थे, वे वैसे ही रह गये।

साल की शुरुआत की समाप्ति का जब समय आया तब जाकर ये गड्ढे पूरी तरह से खुद गए और पेड़ों की दो लम्बी कतारें लगा दी गयीं। यह वृक्षवीथिका तेजी से बढ़ने लगी।

ये पेड़ तुमको और कहीं भी देखने को नहीं मिलते, न स्टेपी में, न रूसी

गाँवों में और न ही आस-पास के किसी गाँव में। कैम्प वालों को अन्त तक पता नहीं था कि इन पेड़ों का नाम क्या है। जितने ज्यादा वे बढ़ते, उतना ही ज्यादा उनकी टहनियाँ और उनके तने सफेद होते। भोजवृक्ष की तरह मोम जैसे सफेद और पारदर्शी नहीं, बल्कि बढ़ते-बढ़ते दमदार बनने वाले और प्लास्टर जैसी अपारदर्शी खाल पहनते हुए।

जब मैं कैम्प से घर लौटा, तब उस पहली गर्मी में मैंने इन प्लास्टर जैसे सफेद कैम्प-वृक्षों को एरलेन पार्क में देखा, बुड्ढे और भयानक बड़े। मेरे चाचा एडविन के पास वृक्षों के कोष में लिखा था : यह जल्दी बढ़नेवाला वृक्ष 35 मीटर तक की ऊँचाई तक उठ सकता है। इसका तना, जो 2 मीटर चौड़ा बन सकता है और 200 साल तक जिन्दा रह सकता है, इसकी अटलता का साक्षी है।

मेरे चाचा एडविन को इस बात का एहसास नहीं था कि यह कितना सही, बेहतर होगा अगर कहूँ कि कितना सटीक ब्योरा था, जब उन्होंने मुझे उठ शब्द पढ़कर सुनाया। वे बोले : इस वृक्ष की कोई भी माँग नहीं होती और यह काफी सुन्दर है। लेकिन इसका नाम एक सफेद झूठ है; अपने सफेद ठूँठ को लेकर यह अपने आप को कैसे काला पोपलर कहलवाता है।

मैंने उनका कोई विरोध नहीं किया। मैंने सिर्फ मन ही मन सोचा : जब तुम एक बार काले पॉलिश किये आसमान के नीचे आधी रात तक गोली खाकर मरने का इन्तजार कर चुके हो, तब वह नाम एक झूठ नहीं हो सकता।

रूमाल और चूहे

कैम्प में कई किस्म के तौलिये या कपड़े हुआ करते थे। जीवन एक तौलिये या कपड़े से दूसरे की तरफ जाता था। पैर-लपेट-कपड़े से तौलिया, फिर डबल-रोटी-ढक-कपड़ा, उससे हाज़िरी-साग-तकिया-गिलाफ, फिर फेरी-और-भीख-माँग-कपड़े से रूमाल तक, अगर तुम्हारे पास एक-आध होता तभी।

कैम्प वाले रूसियों को रूमाल की जरूरत नहीं पड़ती। वे एक नथुने को तर्जनी से दबाकर बन्द करते और दूसरी से फूँक कर रेंट को गुँधे हुए आटे की तरह फर्श पर गिराते। फिर वे साफ वाले नथुने को बन्द करते, और रेंट दूसरी से उड़ कर बाहर निकलता। मैंने इसका अभ्यास किया, लेकिन मेरे से रेंट उड़ कर बाहर नहीं निकला। कैम्प में कोई भी नाक पोंछने के लिए रूमाल का इस्तेमाल नहीं करता था। अगर किसी के पास एक-आध होता भी तो वह उसे चीनी और नमक रखने की थैली की तरह इस्तेमाल करता। अगर वह पूरी तरह फट चुका हो, तो फिर टॉयलेट पेपर। एक बार मुझे एक रूसी महिला ने एक रूमाल भेंट किया। बहुत ठंड पड़ी थी। भूख ने मुझे भगाया। काम के बाद मैं दुबारा रूसी गाँव फेरी लगाने गया, साथ में ऐंथ्रेसाइट कोयले का एक टुकड़ा लिए, जो अब कमरे को गर्म करने के लिए इस्तेमाल किया जा रहा था। मैंने एक दरवाजा खटखटाया। एक बूढ़ी रूसी महिला ने खोला, मुझसे कोयला लिया और मुझे अन्दर आने दिया। कमरे की छत काफी नीची, दीवार में खिड़की मेरे घुटने इतनी गहरी। एक स्टूल पर दो कंकाल, स्लेटी-सफेद चितकबरे मुर्गे खड़े थे। एक मुर्गे का तुर्रा उसकी आँख पर गिरा हुआ था, वह सिर को झटके दे रहा था जैसे कोई बगैर हाथ का आदमी, जिसके बाल चेहरे पर गिरे हों।

वह बुढ़िया काफी समय से बात कर रही थी। मैं यहाँ-वहाँ एक-आध शब्द समझ पा रहा था, लेकिन बात समझ में आ रही थी कि वह पड़ोसी से घबराती है, कि वह काफी लम्बे अरसे से दो मुर्गों के साथ अकेली है, लेकिन मुर्गों के साथ बात करना उसको पड़ोसी के साथ बात करने से बेहतर लगता है। कि उसका मेरी उम्र का एक बेटा है, कि उसका नाम बोरिस है और वह मेरी तरह

घर से दूर है, दूसरी दिशा में, साइबेरिया के एक कैम्प में, एक सज़ा-बटालियन में, क्योंकि एक पड़ोसी ने उसकी चुगली की थी। वह बोली शायद तुम दोनों की किस्मत अच्छी हो, तुम्हारी और मेरे बेटे बोरिस की, और दोनों को जल्द ही घर लौटने की इजाजत मिले। उसने कुर्सी की तरफ इशारा किया और मैं मेज के एक कोने पर बैठ गया। उसने मेरे सिर से टोपी उठायी और मेज पर रख दी। उसने एक लकड़ी का चम्मच टोपी के साथ रख दिया। फिर वह चूल्हे के पास गयी और उसने पतीले से आलू का सूप एक टीन के कटोरे में परोसा। वह एक लीटर सूप तो जरूर रहा होगा। मैं चम्मच लिये शुरू हो गया, वह मेरे कंधे के पास खड़ी मुझे देख रही थी। सूप गर्म था, मैं सुड़क रहा था, और कनखियों से उसे देख रहा था। उसने खुशी से अपना सिर हिलाया। मैं धीरे खाना चाहता था, क्योंकि मैं उस सूप का ज्यादा देर तक स्वाद लेना चाहता था। लेकिन मेरी भूख एक कुत्ते जैसी तश्तरी के सामने बैठी खा रही थी। उन दो मुर्गों ने अपनी टाँगे अन्दर खींची थीं, वे पेट के बल बैठे सो गये। उस सूप ने मुझे पैरों की उँगलियों तक गर्म किया। मेरी नाक से पानी टपकने लगा। अबाश्जी– रुको, रूसी महिला बोली और पासवाले कमरे में से एक बर्फ जैसा सफेद रूमाल ले आयी। उसने रूमाल को मेरे हाथ में रखा और मेरी मुट्ठी को बन्द किया, यह इशारा करते हुए कि मैं उसे अपने पास रख लूँ। उसने वह मुझे भेंट किया। और मेरी हिम्मत नहीं हुई कि मैं उसमें नाक साफ करूँ। जो वहाँ घटा, वह फेरी लगाने के धन्धे को और मुझको– और उसको और एक रूमाल को छोड़ काफी आगे निकल चुका था। बात उसके बच्चे की थी। और मुझे अच्छा लगा– और फिर नहीं भी, वह या मैं, या हम दोनों, जरा ज्यादा ही आगे बढ़ चुके थे। वह अपने बेटे के लिए कुछ करना जरूरी समझ रही थी, क्योंकि मैं वहाँ था और वह मेरे जैसा घर से बहुत दूर था। मेरी उलझन यह थी कि मैं उसका बेटा था, कि मैं वह नहीं था। और उसको भी इस बात का एहसास हो रहा था और वह इस बात को मन से हटाना चाह रही थी, क्योंकि वह उसकी चिन्ता को अब नहीं सह सकती थी। मैं भी अब इस बात को सह नहीं पा रहा था, दो मानव बनना, दो निर्वासित जन बनना, यह मेरे लिए बहुत ज्यादा हो रहा था, यह उतना आसान नहीं था, जैसे स्टूल पर साथ-साथ बैठे वह दो मुर्गे। मैं तो खुद के लिए भी दोगुना बोझ बन चुका था।

अपने कोयला-कपड़े को– खुरदुरा और गन्दा– मैंने बाद में बाहर रास्ते पर रूमाल जैसे इस्तेमाल किया। और नाक साफ करने के बाद उसको गले में बाँधा, अब वह मेरा स्कार्फ था। इस स्कार्फ के छोरों से मैंने चलते-चलते आँखें पोछी

थीं, बार-बार और जल्दी-जल्दी, ताकि वह दिखे नहीं। वैसे मुझे किसी ने देखा नहीं था। मैं चाहता था वह मुझे भी नहीं दिखे। मुझे अच्छी तरह पता था कि एक अन्दरूनी कायदा है, जिसके अनुसार तुम्हें तब कभी रोना शुरू नहीं करना है, जब तुम्हारे पास बहुत ज्यादा कारण हैं। मैंने अपने आपको विश्वास दिलाया, कि आँसुओं की वजह ठंड है, और मैंने अपनी बात मान ली।

वह बर्फ जैसा सफेद महीन कैम्ब्रिक का रूमाल पुराना था, ज़ार के जमाने की एक उम्दा चीज़। उसका रेशम के धागों से बुना हुआ लहरिया किनारा था। धागों के बीच की खाली जगह एकदम सही सिली हुई और कोनों पर रेशमी छोटे-छोटे गुलाब। इतनी सुन्दर चीज मैंने काफी अरसे से नहीं देखी थी। घर में आम इस्तेमाल होने वाली वस्तुओं के सौन्दर्य के बारे में कुछ भी कहना बेकार था। कैम्प के अन्दर उसको भुलाना ही अच्छा था। उसने उस रूमाल में मुझे पकड़ लिया। इस सौन्दर्य से मुझे दर्द होने लगा। क्या उस बूढ़ी रूसी महिला का वह बेटा, जो वह और मैं एक हो चुके थे, कभी घर वापस आएगा। मैंने गाना गाना शुरू किया, इन विचारों को थामने के लिए। मैंने हम दोनों के लिए वह पशुवाहक-डिब्बे-का-उदास-नग्मा गाया :

जंगल में है ज़ायडेलब्लास्ट खिली
गड्ढे में अभी तक है बर्फ पड़ी
और तुमने जो मुझे लिखी
वह चिट्ठी मुझे बेचैन कर गयी

आसमान भाग रहा था, बादल अपने ठूँसे हुए तकियों को साथ लेकर। फिर अभी-अभी निकला चन्द्रमा मेरी माँ का चेहरा लिये दिखाई दिया। बादलों ने उसकी ठोड़ी के नीचे एक तकिया लगाया और दूसरा उसके दाहिने गाल के पीछे और बायें गाल से वह तकिया फिर से बाहर निकली। और मैंने उस चन्द्रमा से पूछा : क्या मेरी माँ इतनी कमजोर हो चुकी है। क्या वह बीमार है। क्या हमारा घर अभी तक है। क्या वह अब भी वहाँ रहती है, या वह भी किसी कैम्प में है क्या वह अभी जिन्दा भी है। क्या उसको पता है कि मैं अब भी जिन्दा हूँ, या वह किसी मरे हुए का शोक मनाती है, जब वह मुझे याद करती है।

मेरा कैम्प के अन्दर यह दूसरा जाड़ा था, हमें घर चिट्ठी भेजना मना था, कोई भी जिन्दा होने का चिह्न नहीं। रूसी गाँव में नंगे भोजवृक्ष खड़े थे, उनके नीचे बर्फ की छतें, जैसे कि हवा में बनी बैरक में खड़े टेढ़े-मेढ़े पलंग। इस शुरू-शुरू के झुटपुटे में उन वृक्षों की छाल दिन के वक्त से अलग फीकी और बर्फ से अलग सफेद थी। मैंने हवा को डालियों के बीच में चपलता के साथ

तैरते हुए देखा। चरागाह के तार से बुनी हुई बाड़ के पास चरागाह की पगडंडी पर एक लकड़ी जैसे भूरे रंग का कुत्ता मेरी तरफ आया। उसका सिर तिकोना था, टाँगे लम्बी, ड्रम स्टिक जैसी कमाल की पतली। उसके मुँह से सफेद साँस निकल रही थी, जैसे मानो वह मेरा रूमाल खा रहा हो और खाते-खाते टाँगों से ड्रम बजा रहा हो। लेकिन वह मेरे बगल से निकल गया, जैसे मैं बाड़ की छाया मात्र हूँ। उसने ठीक ही समझा था, मैं कैम्प जाने वाले घर के रास्ते पर झुटपटे में एक आम रूसी वस्तु से बढ़कर और कुछ नहीं था।

कैम्ब्रिक के उस रूमाल को अभी तक किसी ने इस्तेमाल नहीं किया था। मैंने भी कभी नहीं, लेकिन आखिरी दिन तक सूटकेस में एक माँ और एक बेटे का एक तरह का स्मृतिचिह्न समझकर सम्हालकर रखा। और आखिर में घर भी साथ ले गया।

कैम्प में ऐसे रूमाल का कोई काम नहीं था। मैं उन सारे वर्षों में बाजार में उसके बदले में कुछ खाने की चीज हासिल कर सकता था। उसके बदले में चीनी या नमक मिल सकता था, शायद जुआर भी। प्रलोभन तो था ही, भूख भी अच्छी-खासी अन्धी थी। मुझे रोक रखा मेरे विश्वास ने कि यह रूमाल मेरा प्रारब्ध है, जब तुम अपने प्रारब्ध को हाथ से छूटने देते हो, तुम सबकुछ खो बैठते हो। मुझे यकीन था कि मेरी दादी का आखिरी वाक्य : मुझे पता है, तुम वापस आओगे, एक रूमाल का रूप ले चुका था। जब मैं यह कहता हूँ मुझे शर्म नहीं आती कि वह रूमाल एक अकेला मनुष्य था, जो कैम्प में मेरा ख़याल करता था। मुझे पूरा यकीन है, अभी, आज तक भी।

कभी कभी चीजें एक नज़ाकत को अपनाती हैं, इतनी भयंकर कि तुमने उनसे कभी यह उम्मीद नहीं की होती।

सिरवाले छोर पर तकिये के पीछे वह सूटकेस है और तकिये के नीचे डबल-रोटी ढक-कपड़े में मुँह से बचायी हुई, असीम कीमती डबल-रोटी है। और तकिये पर जिस जगह कान रखते हैं, वहाँ एक दिन सुबह चीं-चीं, चूँ-चूँ सुनाई देता है। और तुम सिर उठाते हो और हैरान होते हो, ब्रेड-ढक-कपड़े और तकिये के बीच एक तेज गुलाबी रंग का गोला छटपटा रहा है, तुम्हारे अपने कान जितना बड़ा। छः बिना आँख के चूहे, हरेक एक बालक की उँगली से छोटा, उनकी चमड़ी रेशम की स्टॉकिंग जैसी, जो छटपटा रहे हैं, क्योंकि वे माँस के बने हैं। चूहे, शून्य से पैदा हुए, एक बिना वजह का तोहफा। तो मुझे एकदम से उन पर नाज़ हुआ, जैसे उनको भी मुझ पर नाज हो। नाज, क्योंकि मेरे कान के बच्चे हुए थे, क्योंकि बैरक की 68 पलंगों में से वे मेरे यहाँ पैदा हुए थे और सिर्फ मुझे अपना पिता

बनाना चाहते थे। वे वहाँ अकेले पड़े थे, किसी माँ को मैंने कभी नहीं देखा। मैं उनके लिए परेशान हो रहा था, क्योंकि उनका मुझ में इतना असीम विश्वास था। मैंने तुरंत महसूस किया, मैं उनसे प्यार करने लगा हूँ और मुझे उनसे छुटकारा पाना होगा, और वह भी तुरन्त, इससे पहले की वे डबल-रोटी खायें और इससे पहले कि बाकी लोग जागें और उनको कुछ पता चले।

और मैंने उन चूहों के गोले को डबल-रोटी-ढक-कपड़े से उठाया, उँगलियों को एक घोंसले जैसा बनाकर, ताकि उनको बिल्कुल चोट न आये। मैं बैरक के बाहर खिसका, घोंसले को अहाते के पार ले गया। जल्दी-जल्दी चलने से मेरी टाँगे काँप रही हैं, कि कोई सन्तरी मुझे देख तो नहीं रहा है, कोई पहरेदार कुत्ता मुझे सूँघ तो नहीं रहा है। लेकिन मेरी आँखें उस कपड़े से हटी नहीं, कि चलते-चलते कोई चूहा नीचे गिर तो नहीं रहा है। फिर मैं लैट्रीन में खड़ा रहा और मैंने कपड़े को मोरी के ऊपर झाड़ दिया। चूहे गड्ढे के अन्दर गिर गये। कोई चूँ-चूँ-चीं-चीं नहीं। मैंने सिर्फ एक बार लम्बी साँस ली—चलो, हो गया।

जब मैं नौ साल का था, तब मुझे लाँड्री के कमरे के सबसे पीछे वाले कोने में एक पुरानी दरी पर एक चिपकी हुई आँखों वाला स्लेटी-हरे रंग का अभी-अभी जन्मा बिल्ली का बच्चा मिला था। मैंने उसको उठाया और उसके पेट को सहलाया। वह फुफकारा और उसने मेरी छोटी उँगली को काटा, बिल्कुल छोड़ा नहीं। तो मुझे खून दिखाई दिया। तब मैंने अँगूठे और तर्जनी से दबाया, मुझे लगता है, मैंने पूरी ताकत लगाकर दबाया, और वह भी गले को। मेरा दिल धड़क रहा था जैसे कि एक द्वन्द्वयुद्ध के बाद। उस बिल्ली के बच्चे ने, क्योंकि वह मर चुका था, मुझे उसको मारने के समय ही रंगे हाथ पकड़ा था। जबकि इस में कोई स्वेच्छा नहीं थी, उससे तो मामला और बिगड़ गया। भयानक नज़ाकत अपने आप को अपराध में अलग तरीके से फाँसती है— स्वेच्छित निर्दयता से अलग। ज्यादा गहराई तक। ज्यादा देर तक।

बिल्ली के बच्चे में और चूहों में समान क्या था : कोई चूँ-चूँ-चीं-चीं नहीं।

और बिल्ली के बच्चे में और चूहों में भिन्न क्या था : चूहों के मामले में स्वेच्छा थी और दया। बिल्ली के बच्चे के मामले में कड़वाहट कि तुम प्यार करना चाहते हो और काटे जाते हो। यह एक पहलू हुआ। दूसरा, निर्धारित समय के अन्दर-अन्दर चाल चलने पर मजबूर करने वाला कायदा। एक बार तुमने दबाना शुरू किया तो वापस नहीं जा सकते हो।

दिल-फावड़े के बारे में

फावड़े कई होते हैं लेकिन दिल-फावड़ा मुझे सबसे अच्छा लगता है। सिर्फ़ उसी को मैंने एक नाम दिया है। दिल-फावड़े से तुम सिर्फ़ कोयला– और वह भी ढीला कोयला– चढ़ा या उतार सकते हो।

दिल-फावड़े का फल इतना बड़ा होता है जैसे अगल-बगल रखे दो सिर। वह दिल के आकार का होता है और इतना गहरा कि लगभग पाँच किलो कोयला या भूख-देवदूत का पूरा पार्श्वभाग उसमें आ सकता है। फल के ऊपर एक लम्बी वेल्डिंग की हुई गर्दन। इस बड़े फल की तुलना में दिल-फावड़े का दस्ता छोटा। उसकी मूँठ एक तिरछी लकड़ी।

एक हाथ से तुम गर्दन को पकड़ते हो और दूसरे से दस्ते के ऊपरी छोर पर होने वाली तिरछी लकड़ी को। लेकिन मैं कहना चाहूँगा दस्ते के नीचे वाले छोर पर, क्योंकि जहाँ तक मेरा सवाल है, दिल-फावड़े का महत्त्व ज्यादा है और दस्ते का उतना नहीं, यानी कि वह बाजू में भी हो सकता है या नीचे की तरफ़। मतलब मैं दिल-फावड़े को ऊपर गर्दन पर पकड़ता हूँ और मूँठ को दस्ते के नीचे वाले छोर पर। मैं स्थिर खड़ा हूँ, दिल-फावड़ा मेरे हाथ में झूले की तरह पींग लेता है, जैसे साँस की पींग सीने में।

दिल-फावड़े को चलाने का अभ्यास करना पड़ता है, इतना कि फावड़े का फल एकदम चमकदार बने, इतना कि वेल्डिंग हुआ गर्दन का जोड़ तुम्हारे हाथ पर मानो एक ज़ख्म के निशान जैसा बन जाता है– और वह सम्पूर्ण फावड़ा जैसे एक दूसरा, बाहरी सन्तुलन।

कोयले को दिल-फावड़े से उतारना असल में पकी हुई ईंटें चढ़ाने से अलग होता है। ईंटें चढ़ाने में केवल तुम्हारे हाथों का प्रयोग होता है, संरचना के नियमों की बात होती है। लेकिन कोयला उतारने में वह औज़ार, वह दिल-फावड़ा, संरचना के नियमों को कलाकारी में बदल देता है। कोयले को उतारना एक सर्वोत्तम खेल है, जिसके आगे घुड़सवारी, जिमनैस्टिक्स या वह सुसंस्कृत टेनिस भी फीके पड़

जाते हैं। जैसे फिगर-स्केटिंग। मेरी और फावड़े की जोड़ी बर्फ पर नृत्य करती है, यह कहा जा सकता है जिसको एक बार उसका अपना दिल-फावड़ा मिल चुका हो, वह खुशी-खुशी खुद को उससे नचवाता है।

कोयला उतारने का काम इस तरह शुरू होता है : जैसे ही ट्रक के पीछे का ढक्कन धमाके से नीचे की तरफ गिरता है, तुम अपने आप को बायें ऊपर खड़ा करते हो और फावड़े को अन्दर घुसाते हो, एकदम नीचे, तल तक, जिसके लिए तुम उसी समय अपने पैर से दिल-फावड़े पर मारते हो, जैसे कि कुदाल पर। जैसे ही तुमने डाले के किनारे पर दो फुट जगह बना ली, मतलब अब तुम लकड़ी से बने तल पर खड़े हो, तुम फावड़ा चलाना चालू करते हो। इस झूले जैसी क्रिया में तुम्हारी हर माँसपेशी एक ताल में शामिल होती है। तुम बायें हाथ से तिरछी लकड़ी को पकड़ते हो और दाहिने से लम्बी गर्दन को, इस तरह की तुम्हारी उँगलियाँ वेल्डिंग किये जोड़ पर आ जाती हैं। फिर ऊपर बायें से कोयले को भोंकना और एक ही बार में एक धनुष्याकृति बनाते हुए उसको नीचे की तरफ किनारे तक खींचना और किनारे के ऊपर से बाहर नीचे ढकेलना। मतलब तुम दाहिने पंजे को अब लकड़ी के दस्ते के ऊपर की तरफ सरकने देते हो, लगभग तिरछी मूँठ तक— जबकि शरीर का वजन दाहिनी पिंडली पर आ जाता है और पैरों की उँगलियों के अन्त तक चला जाता है। फिर खाली हुए फावड़े को वापस लाना, बायें और पूरी तरह से भरा हुआ फावड़ा दायें नीचे की तरफ़।

जब ज्यादातर कोयला उतार दिया गया हो और डाले के किनारे तक का फासला बहुत लम्बा हो गया हो तो एक ही धनुष्याकृति में फावड़ा चलाने से बात नहीं बनती है। अब तलवारबाजी के पैंतरे की जरूरत होती है : दाहिना पैर ढंग से आगे की तरफ, बायाँ पैर आधारधुरी बन स्थिर, पीछे की तरफ, पैरों की उँगलियाँ हल्की सी बाहर की तरफ घुमायी हुईं। फिर बायाँ पंजा तिरछी लकड़ी पर, दायाँ इस बार नीचे गर्दन पर नहीं बल्कि— उसको एकदम ढीला रखकर— लगातार दस्ते पर ऊपर-नीचे सरकने देना और वजन को सन्तुलित रखना। अब तुम भोंकते हो, और दायें घुटने का सहारा लेते हो, उसको वापस खींचते हो और कुशलता से मुड़कर बायें पैर पर डालते हो, ताकि दिल-फावड़े में से जरा सा भी कोयला नीचे नहीं गिरे, और दुबारा मुड़ते हो, मतलब दायें पैर से एक कदम पीछे की तरफ, जबकि इसके साथ-साथ सीना और चेहरा भी घूम जाते हैं। फिर तुम एक तीसरे, नये स्थान पर पैर रख, दाहिने, पीछे की तरफ, बायीं टाँग अब शालीनता से खड़ी, पैर को हल्के से ऊँचा उठाये हुए, जैसे कि नृत्य के समय होता है, सिर्फ अँगूठे का बाहरी किनारा जमीन पर टिका हुआ— और अब

एक ही बार में जोर से फावड़ा चलाते हुए कोयले को तुम बादलों में फेंकते हो, ताकि फावड़ा सीधा हवा में खड़ा रहे, मतलब सिर्फ़ बायें हाथ से तिरछी लकड़ी को पकड़े हुए। यह टैंगो जैसा सुन्दर होता है, उसी एक ताल में, न्यूनकोण में बँधी नियमित विविधता। और तलवारबाजी के पैंतरे के बाद, जब कोयले को और दूर तक उड़कर जाना होता है, तब उसकी जगह वॉल्त्स के रूप आसानी से ले लेते हैं। शरीर 45 डिग्री तक झुकता है और फेंकने की सीमा तक कोयला एक पक्षी समूह की तरह उड़ता है और वह भूख-देवदूत साथ में उड़ता है। वह कोयले में होता है, दिल-फावड़े में, संधियों में। उसको पता है, फावड़े से किया काम, जो पूरे बदन को कुतरता है, शरीर को जितनी गर्मी देता है उतनी और कोई भी चीज़ नहीं देती। लेकिन उसको यह भी पता है कि भूख लगभग सारी कलाकारी को खा जाती है।

उतारते समय हम हमेशा दो-दो या तीन-तीन हुआ करते थे। भूख-देवदूत को छोड़कर, क्योंकि कहना मुश्किल था कि क्या हम सबके लिए एक ही भूख-देवदूत है या फिर हरेक का अपना-अपना। हरेक के वह असीम क़रीब आ चुका था। उसको पता था, जहाँ उतारने का काम हो रहा है, वहाँ चढ़ाया भी जा सकता है। गणितीय तरीके से आगे और सोचते तो उत्तर भयानक हो सकता था : अगर हरेक का अपना भूख-देवदूत है, तो हर बार, जब कोई मरता है, तो एक भूख-देवदूत मुक्त हो जाता है। तो बाद में सिर्फ़ परित्यक्त भूख-देवदूत ही रहेंगे, परित्यक्त दिल-फावड़े, परित्यक्त कोयले।

भूख-देवदूत के बारे में

भूख शाश्वत है।

क्योंकि वह है, इसलिए वह आती है, जब वह चाहे, जैसे वह चाहे। कारणभूतता का सिद्धान्त भूख-देवदूत का काम है।

वह जब आता है, तो पूरी ताकत के साथ।

मामला बड़ा साफ है :

1 फावड़े भर लदान = 1 ग्राम डबल-रोटी

मुझे दिल-फावड़े की जरूरत वैसे नहीं थी। लेकिन मेरी भूख उस पर निर्भर है। वैसे मैं चाहता था कि दिल-फावड़ा मेरा औजार बने। लेकिन वह मेरा स्वामी है। औजार मैं हूँ। वह राज करता है, मैं खुद को उसके अधीन कर देता हूँ। लेकिन फिर भी वह मेरा सबसे प्यारा फावड़ा है। मैंने अपने आपको मजबूर किया है कि मैं उसे चाहूँ। मैं फर्माबरदार हूँ, क्योंकि वह मेरे लिए एक बेहतर मालिक साबित होता है, जब मैं समर्पणशील होता हूँ और उसका तिरस्कार नहीं करता। मैं उसका आभारी हूँ, क्योंकि जब मैं डबल-रोटी के लिए फावड़ा उठाता हूँ, तब मेरा ध्यान भूख से हट जाता है। क्योंकि भूख शाश्वत है फावड़ा ख़याल रखता है कि उसका काम मेरे और भूख़ के बीच घुस जाए। फावड़े का काम करते समय फावड़ा चलाना सबसे महत्त्वपूर्ण होता है, वरना यह काम शरीर के बस का नहीं है।

कोयले को फावड़े से हटाया तो जाता है लेकिन वह कभी कम नहीं होता है। शुक्र है हर दिन वह आता है, यासिनोवाटाया से, जैसा कि रेलगाड़ी के डिब्बों पर लिखा होता है। हर दिन दिमाग़ और ज्यादा शिद्दत से फावड़े के काम में जुट जाता। पूरा शरीर, जिसे दिमाग चलाता है, फावड़े का औजार है। बाकी कुछ नहीं।

फावड़े का काम कठिन है। फावड़े को चलाने के लिए मजबूर होना और उसे चलाना न आना यह एक बात हुई। फावड़े को चलाने की इच्छा होना– और न आना–यह एक दुगनी उलझन है। कोयले के सामने या तो डर के मारे झुको या अदब से। मुझे फावड़े के काम से कोई डर नहीं है, बल्कि अपने आपसे है। यानी इससे कि मैं फावड़ा चलाते समय किसी और चीज के बारे में सोचूँ, न कि इसके

बारे में कि मैं फावड़ा चला रहा हूँ। शुरू-शुरू में यह मेरे साथ कभी-कभी हुआ है। यह चीज़ तुम्हारी उस शक्ति को कुतरती है, जो तुम्हें फावड़ा चलाने के लिए चाहिए होती है। दिल-फावड़े को तुरन्त पता चलता है कि मैं कुछ खोया-खोया-सा हूँ। फिर डर एक पतली-सी रस्सी बनकर मेरा गला घोट देता है। दुहरी ताल मेरी कनपटियों पर बजती है, धाड़-धाड़, बेलौस और तीखी। वह तुम्हारी नाड़ी को उसी तरह अपने घेरे में लेती है जैसे एक शिकारी के सींग की फूँक उसके कुत्तों के झुंड को। मैं ब्रेकडाउन के काफ़ी नजदीक हूँ। मीठे तालू में काकल फूल जाता है और भूख-देवदूत अपने आपको मेरे मुँह के अन्दर पूरा घुसाकर– अपने को मेरे तालू से लटकाता है। यह उसका तराजू है। वह मेरी आँखें पहन लेता है और दिल-फावड़े को चक्कर आने लगते हैं। कोयला धुँधला हो जाता है। भूख-देवदूत मेरे गालों को अपनी ठोड़ी पर लगाता है। वह मेरी साँस को झुलाता है। यह साँस का झूलना ऐसे उन्मादित करता है कि पूछो मत। मैं नज़र ऊपर करता हूँ, तो ऊपर शान्त गर्मी का कपास, बुनाई से जुड़े बादल। मेरे दिमाग़ की सुई आसमान पर एक जगह अटकी हुई, बस यही एक जगह उसके लिए सहारा बन जाती है। और वह भोजन के बारे में सपने देखने लगता है। मैं हवा में सफेद मेज़पोशों से ढकी मेजें भी देखना शुरू कर देता हूँ और मेरे पैरों तले रोड़ी चरमराती है। और सूरज मेरे कपाल के बीच में से मेरे ऊपर बरसता है। भूख-देवदूत अपने तराजू को देखकर कहता है : तुम अब भी मेरे लिए मेरी जरूरत भर हल्के नहीं हो, तुम अपने आपको थोड़ा और ढीला क्यों नहीं छोड़ रहे हो।

मैं कहता हूँ : तुम मेरे अपने माँस को लेकर मुझे धोख़ा देते हो। उसने तुमसे हार मान ली है। लेकिन मैं अपना माँस नहीं हूँ। मैं कुछ अलग हूँ और मैं नहीं छोड़ने वाला। मैं कौन हूँ इसके बारे में अब कभी बात नहीं हो सकती, लेकिन मैं तुम्हें नहीं बताऊँगा कि मैं क्या हूँ। मैं क्या हूँ, यह तुम्हारे तराजू को धोखा देगा।

कैम्प के दूसरे जाड़े में यह अक्सर ऐसा ही था। मैं सुबह के समय रात की पाली से थका-माँदा लौटा हूँ। मेरी अब छुट्टी है, मुझे सो जाना चाहिए, और मैं लेटता हूँ और नहीं सो पाता। बैरक में सारे के सारे 68 पलंग खाली हैं, बाकी सब लोग काम पर हैं। मैं बाहर, खाली अहाते वाली दोपहर में खींच लिया जाता हूँ। हवा अपनी पतली बर्फ को फेंक रही है। वह मेरी गर्दन पर तड़तड़ाती है। खुलेआम भूख का ऐलान करते हुए देवदूत मेरे साथ कैंटीन के पीछे कूड़े के ढेर की तरफ चला जाता है। मैं उसके थोड़ा पीछे लड़खड़ाता हूँ, अपने तालू को नीचे से पकड़े लटक रहा हूँ। कदम-कदम मैं अपने पैरों के पीछे-पीछे जाता हूँ– अगर वे उसके नहीं हैं तो। भूख मेरी दिशा है, अगर वह उसकी नहीं है तो। देवदूत

मुझे आगे निकलने देता है। वह शरमा नहीं रहा है, सिर्फ़ मेरे साथ कोई उसको देखे—यह वह नहीं चाहता। फिर मैं पीठ को झुकाता हूँ, अगर वह उसकी नहीं है तो। मेरी लालसा कच्ची है, मेरे हाथ जंगली हैं। वे मेरे हाथ हैं, कूड़े को देवदूत हाथ नहीं लगाता। मैं आलू के छिलकों को मुँह में ढकेलता हूँ और दोनों आँखों को बन्द करता हूँ। इस तरह मैं उनका स्वाद बेहतर ले सकता हूँ, मीठे और काँच की तरह जमे हुए वे आलू के छिलके।

भूख-देवदूत निशान ढूँढता रहता है, जो मिटाये नहीं जा सकते, और उन निशानों को मिटाता है, जिनको टिकने नहीं दिया जा सकता है। आलू के खे़त मेरे दिमाग के अन्दर भागते रहते हैं, वे वेंच पर पशु-चारे के लिए बनाये गये खेत के हिस्सों के बीच-बीच, उनके थोड़े नीचे ही बनायी गयी क्यारी, घर वाले पहाड़ी आलू। सबसे पहले आनेवाले वे गोल, भूरे, नये आलू; वे काँच सरीखे नीले, विकृत, पुराने आलू, वे मुट्ठी के समान मोटे, चमड़े जैसी मोटी खाल वाले पीले-मीठे भुसभुसे आलू, वे पतले, चिकने, अंडाकार, पकाने के बाद भी कड़े रहनेवाले गुलाब-आलू। और कैसे वे गर्मियों में पीले-सफेद, गुलाबी-सलेटी या बैंगनी रंग के गुच्छों में, कड़वे-हरे पत्तों के बीच, तीक्ष्ण डंठलों के साथ खिलते हैं।

और फिर कितनी जल्दी मैंने मुँह को ऊपर किये-किये सब बर्फ से ज़मे आलू के छिलकों को खा डाला। एक छिलके के बाद दूसरे को लगातार मुँह के अन्दर ढकेलता रहा, बगैर बीच में कोई जगह छोड़े— जैसे कि भूख। बिना कोई राहत के, सारे-के-सारे इकट्ठा, एक जगह, एक आलू-छिलकों की माला।

सारे-के-सारे। एक को भी नहीं छोड़ा।

और शाम हो जाती है। और सब काम से घर लौटते हैं। और सब भूख के अन्दर घुस जाते हैं। वह एक पलंग की चौखट है, जब एक भूखा दूसरे भूखे को ताकता है। लेकिन यह भ्रम है, मैं खुद अपने आप में महसूस करता हूँ—भूख हमारे अन्दर घुसती है। हम चौखट हैं उस भूख के लिए। हम सब आँखें बन्द करके खाना खाते हैं। हम सारी रात भूख को खिलाते रहते हैं। फावड़े पर ऊँचा लगाकर हम उसे मोटा बनाते हैं।

मैं एक छोटी नींद खाता हूँ, फिर उठकर अगली छोटी नींद को खाता हूँ। एक सपना दूसरे जैसा है, उसे खाया जा रहा है। सपने में खाने की लत का एक वरदान होता है, और वह एक शाप होता है। मैं खा रहा हूँ शादी के समय बनने वाला सूप और डबल-रोटी, भरवाँ शिमला मिर्च और डबल-रोटी, फ्रूट-केक। फिर मेरी नींद खुलती है, मैं बैरक की पीली बत्ती से आनेवाले मंद प्रकाश के अन्दर झाँकता हूँ, आँख फिर लग जाती है और मैं खा रहा होता हूँ— गाँठ गोभी का सूप और डबल-रोटी, खरगोश का खट्टा माँस और डबल-रोटी, चाँदी के कप

में स्ट्रॉबेरी आइसक्रीम। उसके बाद मेवा डली नूडल्स और क्रोसाँ। उसके बाद क्लाउज़ेनब्युर्गर सलाद और डबल-रोटी, रमकेक। फिर सूअर के सिर से बनी करी, मूली के साथ, और डबल-रोटी। सबसे आखिर में मैं हिरन की टाँग, डबल-रोटी के साथ, और खुबानी का मुरब्बा खा रहा होता, लेकिन बीच में लाउडस्पीकर शोर मचाने लगता है, क्योंकि दिन हो गया है। जितना ज्यादा मैं खाता हूँ नींद उतनी ही पतली रह जाती है, और भूख कभी थकती नहीं है।

हममें से सबसे पहले तीन, जो भूख के कारण मर गये, उनको मैं अच्छी तरह जानता हूँ कि वे कौन हैं और उनके मरने के क्रम को भी। मैं कई लम्बे-लम्बे दिनों तक उन तीनो में से हरेक को याद करता रहा। लेकिन तीन, यह अंक कभी सबसे पहला तीन अंक नहीं होता है। हरेक अंक तर्क पर आधारित होता है। और पक्का किया जाता है। और जब कि तुम खुद हड्डी और चमड़ी हो, और तुम्हारी शारीरिक स्थिति अब अच्छी नहीं रही हो, तो तुम मरे हुए को अपने से बाकायदा दूर ही रखते हो, क्योंकि गणितीय नजरिये से देखा जाए तो मार्च में, यानी कि चौथे साल के अन्दर-अन्दर ही, तीन सौ तीस लोग मरे थे। ऐसे समय में तुम अपनी सीधी-सादी भावनाओं को भी नहीं झेल सकते हो। ऐसे समय तुम ज्यादा-से-ज्यादा उनको थोड़ी देर याद कर लेते हो।

इस बासी मनःस्थिति को तुम झटक देते हो। एक थके हुए शोक के आगमन को तुम दूर भगाते हो, और वह भी उसके आने के कुछ समय पहले ही। मौत बड़ी होती जाती है और सबकी प्यासी हो जाती है। अब उसके साथ कोई लेना-देना नहीं होना चाहिए। उसको दुरदुराना होता है, जैसे किसी पीछे पड़े हुए कुत्ते को।

मैं कभी इतने दृढ़ निश्चय के साथ मौत के खिलाफ़ नहीं था जितना कि कैम्प के इन पाँच बरसों में। मौत के खिलाफ़ तुम्हें कोई खास जिन्दगी की जरूरत नहीं होती, सिर्फ़ ऐसी जिन्दगी की, जो अभी पूरी तरह से खत्म नहीं हुई है।

लेकिन कैम्प में सबसे पहले होने वाली तीन मौतें ये हैं :

बहरी मित्सी कोयले के दो डिब्बों के नीचे कुचल गयी।

काती मायर सीमेंट मीनार में ढेर के नीचे जिन्दा दब गयी।

इरमा फाइफर गारे में डूब गयी।

और मेरे बैरक में पहली मौत है मेकॅनिक पीटर शील की, बिटुमिन कोयले से बनी जहरीली दारू पीकर।

मौत का कारण हर बार अलग, लेकिन उसके साथ हर बार भूख जुड़ी हुई।

गणितीय भाषा में मैंने एक बार नाई ओसवाल्ड एन्येटर के पास आइने में कहा

था : सीधे मामलों के सीधे निष्कर्ष होते हैं, और हरेक का तालू होता है। भूख-देवदूत हरेक को तोलता है और जो ढीले पड़ जाते हैं, उनके साथ वह दिल-फावड़े में से बाहर कूदता है। यह उसका कार्य-कारण तत्व है और उसका लीवर-कानून।

दोनों का तिरस्कार नहीं करना है, लेकिन उनको खाना भी नहीं है, नाई बोला था। यह भी एक कानून है। आइने में मैं चुप हो गया था।

तुम्हारे सिर की चमड़ी पर तो जैसे मवाद के फूल भरे पड़े हैं नाई बोला था, इस पर तो सिर्फ़ ज़ीरो नम्बर की कैंची ही चल सकती है।

कैसे फूल। मैंने पूछा था।

जैसे ही उसने मेरे बाल छीलने शुरू किये, मुझे बड़ा सुकून मिला।

एक बात पक्की है—मैंने सोच लिया—भूख-देवदूत अपने षड्यंत्रकारियों को जानता है। वह उनको लाड़-प्यार करता है, फिर वह उनको नजरअन्दाज करता है।

फिर वे चकनाचूर हो जाते हैं। और वह भी उनके साथ ही। वह उसी माँस का बना है, जिसको वह धोख़ा देता है। यह भी उसका लीवर-कानून है। और अब मैं इसके बारे में क्या कहूँ—सबकुछ, जो घटता है, हमेशा साफ होता है। जिस क्रम से वह घटता है, उसका एक तत्त्व होता है, अगर वह कुछ समय तक घटित होता है। और जब वह पाँच साल घटित होता है, तो वह धुँधला हो जाता है और कोई उसकी तरफ ध्यान नहीं देता। और मुझे लगता है, अगर तुम बाद में इस कथा को कहना चाहते हो, तो ऐसी एक भी बात नहीं होती, जिसको तुम शामिल नहीं कर सकते हो : भूख-देवदूत सही सोचता है, वह कभी गैरहाज़िर नहीं होता, कहीं चला नहीं जाता, लेकिन वापस आता है, उसकी अपनी दिशा है और वह मेरी सीमाओं को पहचानता है, मेरे स्रोत को जानता है और अपने प्रभाव को, आँखें खोल एकतरफा चलता है, हमेशा खुद का होना मान्य करता है, घृणास्पद तरीके से नजदीकी दिखाता है, उसकी नींद पारदर्शी है, वह हाज़िरी-साग़, चीनी और नमक, जूँ और घर की याद— इन सबका विशेषज्ञ है, उसके पेट और उसकी टाँगों में पानी होता है। तुम सिर्फ गिनती कर सकते हो।

जब तुम ढीला नहीं छोड़ते हो, तो तुम्हें लगता है—मामला इतना बुरा नहीं है। तुम्हारे अन्दर से आज भी भूख-देवदूत ही बोलता है। वह जो चाहे बोले, मामला बड़ा साफ है :

1 फावड़ा भर लदान = 1 ग्राम डबल-रोटी

सिवा इसके कि अगर तुम्हें भूख लगी है, तुम भूख के बारे में नहीं बोल सकते हो। भूख़ कोई पलंग की चौख़ट नहीं है, वरना उसका कोई नाप होता। भूख कोई वस्तु नहीं है।

बिटुमिन कोयले की दारू

एक उथल-पुथल रात, जिसमें नींद के बारे में सोचा नहीं जा सकता था, जिसमें खाने की लत का वरदान एक बार भी नहीं आया, क्योंकि जुँओं की यंत्रणा रुकने का नाम नहीं ले रही थी, ऐसी एक रात में पीटर शील ने देखा था कि मैं भी नहीं सो रहा हूँ। मैं उठकर अपने बिस्तर में बैठ गया था और मेरे ठीक सामने वह भी उठकर अपने बिस्तर में बैठा मुझसे पूछ रहा था : देना और लेना— इसका क्या मतलब है।

मैंने कहा : नींद।

फिर मैं दुबारा लेट गया। वह बैठा रहा, और मैंने गुड़गुड़ाहट-सी सुनी। बाजार में बेया त्साकेल ने उसके स्वेटर के बदले कोयले की दारू ली थी। पीटर ने उसको पी डाला और फिर कुछ नहीं पूछा।

अगली सुबह कार्ली हाल्मॅन बोला, उसने एक-दो बार और पूछा कि देने और लेने का क्या मतलब है। तब तुम गहरी नींद में थे।

ज़ेपलीन

जहाँ कोई कोयले की भट्टियों की कतारें, एक्सॉस्ट का धुआँ और भाप छोड़नेवाले पाइप नहीं है, जहाँ सिर्फ शीत-मीनार का सफेद बादल ऊँचाई पर से ऊपर की तरफ देखता है, जब वह दूर स्टेपी की तरफ उड़कर जाता है, जहाँ रेल की आखिरी पटरियाँ खत्म होती हैं और हम कोयले को उसके गड्ढे—यामा—में भरते समय वहाँ से मलबे के ऊपर उगी हुई जंगली घास देखते हैं, मतलब वहाँ, जहाँ फैक्टरी के पीछे की जमीन गंजी और सबसे गन्दी है, उसके जंगल से मिलने के पहले, पगडंडियाँ एक-दूसरे को पार करती हैं। आगे जाकर वे तुमको पहुँचाती हैं एक भयंकर बड़े जंग लगे पाइप पर। वह 7 से 8 मीटर लम्बा और 2 मीटर ऊँचा है। एक छोर को, सिरहाने को, यामा की दिशा में, एक पानी की टंकी की तरह वेल्डिंग करके उसको बन्द किया गया है। दूसरा, पायताना, परती जमीन की तरफ वाला खुला है। इतना प्रचंड पाइप, किसी को पता नहीं कि यह यहाँ कैसे आया। जब से हम कैम्प में आये हैं, तुमको कम-से-कम पता चला है कि यह किस काम आता है। सबने उसका नाम रखा है **ज़ेपलीन**।

यह ज़ेपलीन खुद, आसमान में रुपहला झूलता नहीं है, लेकिन तुम्हारे दिमाग को हिला कर छोड़ता है। यह घंटों के हिसाब पर चलने वाला एक होटल है, जिसको कैम्प का प्रशासन और नचाल्निक सह लेते हैं। इस ज़ेपलीन में हमारे कैम्प की औरतें जर्मन युद्धबन्दियों से मिलती हैं, जो यहीं पास में, परती जमीन पर या बमबारी से चकनाचूर हुई फैक्टरियों में मलबा हटाने का काम करते हैं। कोवाच आन्तोन ने बताया था, वे हमारी औरतों के साथ नकली शादी मनाने आते हैं। जब तुम कोयले में फावड़ा चला रहे होते हो तो कभी कभार अपनी आँखें तो खोलो।

स्तालिनग्राड-गर्मी के दिन थे, इस आखिरी गर्मी में घर के बरामदे पर रेडियो में एक प्रेम की प्यासी, जर्मन राइश की महिला की आवाज़ ने बताया था :

हरेक जर्मन औरत फ्यूरर को एक बच्चा भेंट करेगी।

मेरी फिनी-आंटी ने मेरी माँ से पूछा था : कैसे करें इसे अब हम, अब क्या फ्यूरर हर शाम हममें से एक के पास ट्रांससिल्वेनिया आयेगा, या हम सब एक-एक

करके उसके पास राइश में जायेंगी।

खट्टी सॉस में पका खरगोश बना था, मेरी माँ ने तेजपत्ते पर लगी सॉस को चाट लिया, पत्ता धीरे-से मुँह के अन्दर से बाहर खींचा। जैसे ही वह चाटा जा कर साफ हो गया, उसने पत्ते को अपने सीने पर बटन के काज में लगा दिया। मुझे लगा—ये सब उसका मज़ाक उड़ाने का सिर्फ नाटक कर रही हैं। उनकी आँखों की चमक से पता चल रहा था कि वे कुछ ज्यादा ही यह करना चाहती थीं। मेरे पिताजी ने भी यह चीज़ देखी थी। उन्होंने भौंहें चढ़ायीं और कुछ क्षण वे चबाना भूल गये। और मेरी दादी बोली थीं : मुझे लगा तुम लोग मूछों वाले पुरुषों को पसन्द नहीं करती हो। फ्यूरर को एक तार भेजो, आने के पहले वह दाढ़ी बनाये।

चूँकि यामा काम के बाद खाली-खाली सा हो गया था और सूरज अब भी घास पर तेज रोशनी फेंक रहा था, मैं एक पगडंडी पर चलकर ज़ेपलीन तक पहुँच गया और मैंने उसके अन्दर झाँका। छोर पर पाइप का अन्दरूनी हिस्सा छाँहदार, मध्य में धूमिल और एकदम पीछे घुप्प अंधेरा था। अगले दिन कोयले में फावड़ा चलाते समय मैंने अपनी आँखें खुली रखीं। देर दोपहरी मैंने तीन-चार के जत्थों में जंगली घास से गुजरते हुए आदमी देखे। उन्होंने हमसे अलग फुफाइका जैकेट पहनी हुई थी, धारीदार। ज़ेपलीन से कुछ कदम पहले वे अपनी गर्दन तक ऊँची घास में छुपकर बैठ गये। उसके तुरन्त बाद पाइप के द्वार पर एक डंडी पर लगा फटा हुआ तकिये का गिलाफ़ दिखाई दिया— *व्यस्त* होने का संकेत। थोड़ी देर बाद वह झंडी वहाँ से हट गयी। कुछ ही देर बाद वह वापस आयी और फिर लुप्त हो गयी। जैसे ही आदमियों का पहला जत्था चला गया, अगले तीन-चार आ गये और घास में बैठ गये।

मैंने यह भी देखा कि औरतों की पूरी-की-पूरी बिग्रेडें इन नकली शादियों को छुपा रहीं थीं। अगर तीन-चार औरतें घास के अन्दर गयीं, तो बाकी नचाल्निक को अपनी बातों में लपेट लेतीं। अगर वह, जो चली गयी थीं, उनके बारे में पूछता, तो वे उसे समझातीं कि वे औरतें पेट में दर्द और दस्त के कारण घास में जाने पर मजबूर थीं। कुछ-कुछ के बारे में यह सही भी था, लेकिन कितनों के बारे में—यह उसे भी नहीं पता था। नचाल्निक अपने होंठ चबाता, कुछ देर तक सुनता, लेकिन फिर अपना सिर ज़ेपलीन की दिशा में बार-बार घुमाता। इस क्षण के बाद मैंने देखा कि औरतों को कुछ और ठोस कदम उठाने पड़ गये, वे हमारी गायिका लोनी मिश के कान में फुसफुसाईं और उसने बड़ी बेरहमी से सीटी बजाना शुरू कर दिया, जो फावड़ा चलाने के समय होने वाले शोर से अधिक तेज था :

शाम की शान्ति चारों ओर
सिर्फ़ घाटी में बुलबुल का शोर

और जो चली गयी थीं वे एकदम से वापस आ गई थीं। धक्का-मुक्की

करके वे हमारे बीच घुस गयीं और उन्होंने फावड़ा चलाना शुरू कर दिया, मानो कुछ हुआ ही नहीं हो।

मुझे ज़ेपलीन नाम पसन्द था, इसका हमारी दुर्दशा के रुपहले भुलावे और जल्दी में रचाई गई जोड़ियों के साथ अच्छा तालमेल था। मुझे समझ में आ गया कि इन परदेशी जर्मनों के पास सब कुछ था, जो हमारे आदमियों में नहीं था। फ्यूरर ने उनको दुनिया में एक सैनिक के नाते भेजा था, और वे सही उम्र के थे, हमारे आदमियों की तरह न ही नवयुवक थे और न ही उनकी तरह अकाल वृद्ध । वे भी बेशक करुणाजनक और अपमानित थे, लेकिन वे युद्ध में लड़ चुके थे। हमारी औरतों के लिए वे हीरो थे, शाम को किसी बेगार मजदूर के साथ बैरक के पलंग पर कम्बल के पीछे किये जाने वाले प्यार से अधिक बढ़िया। शाम का प्यार अत्यावश्यक था– और चलता रहा। लेकिन हमारी औरतों को उसमें से अपने उसी उबाऊ काम की, उसी कोयले की और घर लौटने की उसी लालसा की गन्ध आती थी। और उसका परिणाम हमेशा हर रोज लेन-देन होता था।

आदमी को ख़याल करना होता था खाने का, औरत को कपड़े धोने और दिलासा देने का। ज़ेपलीन में प्यार को उस सफेद झंडी को फहराने के और समय से उस तक पहुँचने के सिवा और कोई चिन्ता नहीं थी।

कोवाच आंतोन को यकीन नहीं होता था कि मैं उन औरतों को ज़ेपलीन में अकेला छोड़ता हूँ। कि मेरा दिमाग अब भी वही सुराग लिये हुए था, जो एरलेन पार्क और नेपच्यून ताल में एक नवागत के रूप में नीचे गिर रहे अस्त-व्यस्त कपड़ों से हुई उतेजना को मैंने जाना था, यहाँ-वहाँ भटक रही लालसा को और फिर झट से आनेवाली उस मस्ती को। कि मैं अब और अधिक उन राँदेवू को याद करता था, इसका किसी को यकीन नहीं होता। **अबाबील**, **देवदार**, **कान**, **धागा**, **मैना**, **टोपी**, **खरगोश**, **बिल्ली**, **घोमरा**। फिर **मोती**। कि मैं इन छद्मनामों को दिमाग़ में और गर्दन पर लपेटे इतने सारे मौन को लेकर चल रहा हूँ, इसका यकीन किसी को मेरे बारे में यहाँ नहीं होता।

ज़ेपलीन वाले प्यार की भी अपनी ऋतुएँ होती थीं। दूसरे साल में जाड़े ने ज़ेपलीन की कहानी समाप्त कर दी। उसके बाद भूख। जब भूख-देवदूत पागल की तरह हमारे पीछे पड़ने लगा, जब हड्डियों-के-ढांचे-वाले-समय का आगमन हो गया, जब पुरुष और स्त्री में भेद करना असम्भव हो गया, तभी से यामा पर फिर से कोयला उतारने का काम चलने लगा। सिर्फ़ जंगली घास में पगडंडियाँ ढँक गयीं और बैंगनी रंग की टफ्टेड वॅच की बेल सफेद येरो और लाल हाज़िरी-साग के बीच चढ़ने लगी। नीले गोखरू और कंटक के भी फूल निकले। ज़ेपलीन सो गया और जंग उसका हिस्सा बन गया, जैसे कैम्प कोयले का, स्टेपी घास का और भूख हमारा।

कुक्कू-घड़ी का पीड़ा का झूठा आभास

पीने के पानी की बाल्टी के ऊपर, दरवाजे के एकदम बगल में, दूसरे साल की गर्मी की एक शाम, दीवार पर अचानक एक कुक्कू-घड़ी टँगी दिखाई दी। यह पता लगाना मुश्किल था कि वह कहाँ से आयी थी। ऐसे ही वह बैरक और उस कील की हो गयी, जिस पर वह टँगी थी, और किसी की नहीं। लेकिन वह इकट्ठा हम सब को और हरेक को अलग-अलग परेशान करती रहती। खाली सुनसान दोपहर में उसकी टिक-टिक सब कुछ सुनती थी, कि तुम आये हो, कि जा रहे हो, कि अपने बिस्तर में सो रहे हो या सिर्फ पड़े हुए हो, अपने अन्दर सिमटे या इन्तजार करते हुए, क्योंकि तुम इतने भूखे हो कि सो नहीं पा रहे हो और उठने का तुममें कोई उत्साह नहीं है। लेकिन इन्तजार करने के बाद कुछ भी नहीं आता है, सिवा तालू के काकल में टिक-टिक, जिसको दोगुना करती थी घड़ी की टिक-टिक।

हमें यहाँ एक कुक्कू-घड़ी की क्या जरूरत थी। समय का पता करने के लिए हमें उसकी जरूरत नहीं थी। हमें किसी चीज का पता करना ही जरूरी नहीं था, लाउडस्पीकर से बजनेवाला राष्ट्रगीत हमें सुबह जगाता था। और शाम वह हमें बिस्तर के अन्दर भेजता था। जैसे ही किसी को हमारी जरूरत पड़े, तो वह हमें उठाकर ले जाता था, अहाते से, कैंटीन से, नींद से। फैक्टरी का साइरन भी एक घड़ी थी, शीत-मीनार का सफेद बादल भी और कोयले की भट्टियों की कतारों की घंटियाँ भी।

ऐसे लग रहा था कि ड्रम वादक कोवाच आन्तोन ही उस कुक्कू-घड़ी को उठाकर ले आया था। हालाँकि उसने कसम खाकर बताया था कि उसका उस घड़ी के साथ कुछ लेना-देना नहीं था। वह उसको हर दिन चाबी देता था। जब वह यहाँ टँगी है ही, तो वह चलनी भी चाहिए, उसने कहा था।

वह एकदम सामान्य कुक्कू-घड़ी थी, लेकिन उसका कुक्कू सामान्य नहीं था। वह पौन घंटे पर बाहर आता और आधा घंटा जाहिर करता, सवा पर पूरा घंटा। ठीक साठ मिनट होने पर वह गलत आँकड़ा बताता, समय को दोगुना करके बताता,

या आधा करके। कोवाच आन्तोन का दावा था कि वह कुक्कू दुनिया के किसी दूसरे प्रदेश के समय के मुताबिक सही समय बताता है। कोवाच आन्तोन इस पूरी घड़ी के प्यार में पागल था, उस घड़ी के दो लोहे के वजनों के, जो चीड़ के फल की शक्ल के थे, और उस चुस्त और दक्ष पेंडुलम के। वह तो पूरी रात कुक्कू से उसके पहचान के और इलाकों का समय सुनवाना चाहता था। लेकिन बैरक के बाकी लोग न तो कुक्कू की दुनिया के और इलाकों में उठना चाहते थे, न सोना।

कोवाच आन्तोन फैक्टरी में टर्नर था और कैम्प के ऑर्केस्ट्रा में जब चुन्नटों की तरह सिमटता फैलता पालोमा नाचा जाता था, तब वह ड्रम और अन्य ताल-वाद्य बजाया करता था। अपने वाद्य उसने खुद कारखाने में खराद पर बनाये थे। वह हर काम को बिलकुल सही-सही करने में विश्वास रखता था। उस जगप्रवासी कुक्कू को रूसी दिन और रात के रीति-रिवाजों के मुताबिक चलाना चाहता था। कुक्कू के तन्त्र में आवाज़ निकालने वाले तन्तुओं को खींच-खूँच कर उसमें एक सप्तक नीचे वाला, थोड़ा दबा हुआ, छोटे अन्तरे वाला, रात का गीत, और एक लम्बे अन्तरे का, ऊँचे स्वर में बद्ध, दिन का गीत डालना चाह रहा था। लेकिन इसके पहले कि वह कुक्कू की आदतों के साथ वाकिफ़ हो जाए, किसी ने कुक्कू को घड़ी से खींचकर बाहर कर दिया। कुक्कू के घर का दरवाजा कब्जे से टेढ़ा लटक रहा था। और जैसे ही घड़ी के कलपुर्जे पंछी को गाने के लिए सक्रिय करना चाहते, तो दरवाजा तो आधा खुल जाता, लेकिन उस कुक्कू की जगह एक रबड़ का टुकड़ा, एक केंचुए जैसा, घर के बाहर निकलता। वह रबड़ का टुकड़ा फड़कता, और एक ऐसी करुणाजनक आवाज सुनने को मिलती, जो नींद में खाँसने, डकारने, खर्राटे मारने, पादने, ठंडी साँसें भरने से मिलती थी। इस तरह रबड़ के केंचुए ने हमारी रात की शान्ति की रक्षा की।

कोवाच आन्तोन को इस केंचुए ने उतना ही लुभाया जितना कुक्कू ने। वह सिर्फ हर काम को बिलकुल सही-सही करने में ही विश्वास नहीं रखता था, उसको इस बात का भी दुख था कि कैम्प ऑर्केस्ट्रा में उसका कोई स्विंग-पार्टनर नहीं था, जैसे कि पहले कारांसेबेश में, उसके बिग बैंड में। शाम को जब लाउडस्पीकर वाला राष्ट्रगीत हमें बैरक के अन्दर भगाता, कोवाच आन्तोन रबड़ के उस टुकड़े को एक मोड़े हुए तार से रात के शोर में बदल देता। हर बार वह कुछ देर तक घड़ी के सामने खड़ा रहता, अपनी शक्ल को पानी की बाल्टी में देखता, और सम्मोहित आदमी की तरह पहली खड़्-खड़ का इंतजार करता। जब वह छोटा-सा दरवाज़ा खुलता तो यह थोड़ा सा कुबड़ा बन जाता और उसकी बायीं आँख, जो दाहिनी वाली से थोड़ी छोटी थी, बिल्कुल उसी क्षण चमकने लगती। एक बार

कुक्कूगान खत्म होने के बाद वह– खुद से ज्यादा और मुझ से कम– बोला : अच्छा तो, केंचुए को कुक्कू से पीड़ा का झूठा आभास विरासत में मिला है।

मुझे वह घड़ी अच्छी लगती थी।

वह पागल कुक्कू मुझे अच्छा नहीं लगता, वह केंचुआ नहीं, वह चुस्त-दक्ष पेंडुलम नहीं। लेकिन मुझे वे दोनों वजन, वे चीड़ के फल जैसे वजन अच्छे लगते थे। वे सुस्त भारी लोहे के थे, लेकिन फिर भी मुझे दिखते थे चीड़ के वे जंगल, जो मेरे घर के पास पहाड़ियों में थे। सिर के ऊपर ऊँचाई में काले-हरे गहन सुइयों के ओवरकोट। उनके नीचे कड़ी अनुशासित कतारों में खड़ी, नजर की हद तक फैली हैं, उनके तनों की लकड़ी की टाँगें, जो खड़ी रहती हैं, जब तुम खड़े रहते हो; चलती हैं, जब तुम चलने लगते हो और भागती हैं, जब तुम भागते हो। सिर्फ़ तुम से बिल्कुल अलग, एक सेना की तरह। जब डर के मारे तुम्हारा दिल जीभ के नीचे धड़कने लगता है, तो तुम अपने पैरों तले उस चमकीले सुइयों के कोट को देखते हो, उन बिखरे हुए चीड़ के फलों की चमकती शान्ति को। और तुम झुकते हो और दो को उठाते हो, एक को पैंट की जेब में डालते हो। दूसरे को तुम हाथ में पकड़कर रखते हो, और तुम अब अकेले नहीं हो। वह तुम्हें समझाता है, कि यह सेना एक जंगल के अलावा और कुछ नहीं है और उसके अन्दर खो जाना सिर्फ एक सैर है।

मेरे पिताजी ने बहुत कोशिश की, वे मुझे सीटी बजाना सिखाना चाहते थे और कैसे प्रतिध्वनि के आधार पर उस दिशा को पहचाना जाता है, जब कोई सीटी बजाता है, जो जंगल में अपना रास्ता भूल गया हो। और उसका पता कैसे लगाया जा सकता है, उसकी सीटी का वापस जबाब देकर। सीटी बजाने के फायदे को तो मैं समझ गया, लेकिन नहीं समझा कि मुँह की चोंच बनाकर हवा को कैसे बाहर फूँका जाता है। मैं तो उसको गलती से अन्दर खींच रहा था, जिससे कि सीना चौड़ा हो जाए, बजाय होंठों से कोई धुन के निकलने के। मैं सीटी बजाना कभी सीख नहीं पाया। जितनी बार भी उन्होंने मुझे सीटी बजाकर दिखाया, मैं सिर्फ उसी चीज के बारे में सोचता रहा, जिसे मैं देख रहा था, कि आदमियों के होंठ अन्दर से गुलाबी स्फटिक की तरह चमकते हैं। वे बोले–मुझे आगे चलकर खुद ही पता चल जाएगा कि इसकी जरूरत पड़ती है। सीटी बजाना, उनका मतलब था। लेकिन मैं होंठों की काँच जैसी खाल के बारे में सोचता रहा।

असल में कुक्कू-घड़ी भूख-देवदूत की थी। यहाँ कैम्प में हमारा समय कोई भी मतलब नहीं रखता था, सिर्फ एक सवाल : कुक्कू, मैं अभी कितनी देर और जिन्दा रहूँगा।

सन्तरी-केटी

काथारिना ज़ायडेल, मतलब सन्तरी-केटी, बनात प्रदेश की बुकोवा नामक जगह से थी। या तो उसके गाँव के किसी ने पैसा देकर अपना नाम सूची से निकलवाया था और किसी बदमाश ने इसकी जगह केटी का डाल दिया था या फिर वह बदमाश एक परपीड़क था और वह पहले से ही सूची में थी। वह जन्म से मन्दबुद्धि थी और पाँच साल तक उसको पता नहीं था कि वह कहाँ है। वह छोटी कद-काठी की मोटी औरत थी, आधी लड़की ही, जो ऊँचाई में नहीं, सिर्फ़ चौड़ाई में बड़ी हो गयी थी। लम्बी, भूरे रंग की चोटी, माथे और पीठ पर घुँघराले बालों की कलगी। शुरू-शुरू में औरतें रोजाना उसकी कंघी करतीं और जैसे ही जूँ-पीड़ा आरम्भ हुई, दो दिन में एक बार।

सन्तरी-केटी किसी काम के लायक नहीं थी। वह समझती नहीं थी कि एक उसूल क्या होता है, आज्ञा क्या और सज़ा क्या है। वह चल रही पाली को अस्त-व्यस्त करती थी। उसको किसी काम में व्यस्त रखने के लिये दूसरे जाड़े में सन्तरी-सेवा को खोजा गया। रात को बैरकों में बारी-बारी पहरा देना उसका काम बन गया।

कुछ समय तक वह हमारी बैरक में आती रही। वह छोटी मेज पर बैठ जाती, सीने पर बाँहें मोड़कर, आँखों को भींच कर बल्ब की चुभती हुई पीली बत्ती में देखती रहती। कुर्सी ज्यादा ऊँची थी, उसके पैर जमीन तक नहीं पहुँचते थे। जब ऊब आ जाती थी, तो वह हाथों से मेज के किनारे को पकड़ती और कुर्सी पर अपने आप को आगे-पीछे रगड़ती। वह एक घंटा भी इसको सह नहीं पाती थी और दूसरी बैरक में चली जाती थी।

गर्मी में वह सिर्फ़ हमारी बैरक में ही आती और पूरी रात रुकती, क्योंकि उसको वह कुक्कू-घड़ी पसन्द थी। घड़ी में समय पढ़ना उसको नहीं आता था। वह पीली बत्ती के नीचे बैठ जाती, सीने पर बाँहें मोड़कर, और इन्तजार करती कि कब वह रबड़ का केंचुआ उस छोटे दरवाजे से बाहर निकलता है। जब केंचुआ बोलता तब वह अपना मुँह खोलती, जैसे वह उसकी आवाज़ में आवाज़ मिलाना चाहती हो, लेकिन चुप रहती। जब केंचुआ अगली बार बाहर आता, तब तक यह अपना चेहरा

मेज पर रख सो चुकी होती। सो जाने के पहले वह अपनी चोटी पीठ से हटाकर मेज पर लाती और सोते समय सारी रात उसको अपने हाथ में पकड़ कर रखती। शायद फिर वह उतनी अकेली नहीं होती। शायद उसको 68 पुरुषों के पलँग के जंगल में डर लगता था। शायद वह चोटी उसकी उसी तरह मदद करती थी जैसे जंगल में चीड़ के फल मेरी करते थे। या चोटी को हाथ में पकड़े वह खुद को सिर्फ़ यकीन दिलाना चाहती थी कि अब इसे कोई चुरा नहीं सकता।

उसकी चोटी चोरी हो गयी, लेकिन हम से नहीं। तूर प्रिकुलिच ने उसको सोने के लिए सजा दी और वह सन्तरी-केटी को रोगी-बैरक में ले आया। फौज़ी डॉक्टर साहिबा को उसे गंजा बनाना पड़ा। उस शाम सन्तरी-केटी अपनी काट दी गई चोटी को गले में पहनकर कैंटीन में आयी और उसने उसको मेज पर रखा, जैसे वह एक साँप हो। उसने चोटी का ऊपरी छोर सूप में डुबाया और उसको अपने गंजे सिर के ऊपर रखा, ताकि वह दुबारा उग जाए। उसने चोटी के निचले छोर को भी खिलाया और वह रोने लगी। हाइड्रून गास्ट ने उससे वह चोटी ली और वह बोली, अच्छा होगा अगर वह इसे भूल जाए। भोजन के बाद उसने चोटी को अहाते में जलने वाले चूल्हों में से किसी एक की आग में डाल दिया और सन्तरी-केटी निःशब्द देखती रही, कि वह कैसे जलकर ख़ाक होती है।

सन्तरी-केटी गंजी होकर भी कुक्कू को चाहती थी और उस रबड़ के केंचुए की पहली आवाज के बाद, गंजी होकर भी, सो जाती थी, हाथ की मुट्ठी कसे, जैसे उसमें उसकी चोटी हो। बाल दुबारा उगने के बाद भी वह सो जाती, नींद में हाथ की मुट्ठी बनाये, हालांकि बाल सिर्फ़ एक उँगली भर लम्बे ही थे। महीनों सन्तरी-केटी सोती रही— तब तक, जब तक उसको दुबारा गंजा नहीं बना दिया गया और बाल इतने पतले उगने लगे कि जहाँ-जहाँ जूँ ने काटा था वह जगह ज्यादा और बाल कम दिखने लगे। वह इतनी देर तक सोती रही कि तूर प्रिकुलिच को भी समझ में आ गया कि तुम हर दुर्दशाग्रस्त मनुष्य से कवायद करवा सकते हो, लेकिन मन्दबुद्धि को अपनी आज्ञा का पालन करने पर मजबूर नहीं कर सकते। सन्तरी-सेवा बन्द कर दी गयी।

उसको गंजा बना देने के पहले सन्तरी-केटी एक दिन हाज़िरी के समय कतार के बीच में, बर्फ में, अपनी रूई की टोपी पर बैठ गयी। शिष्टवानयोनोव चिल्लाया : फासी औरत, खड़ी हो जाओ। तूर प्रिकुलिच उसकी चोटी को पकड़ता और उसको खड़ा करता, लेकिन जैसे ही वह उसको छोड़ता, वह फिर से बैठ जाती। उसने उसकी कमर में इतनी लातें मारीं कि वह सिकुड़ कर पड़ी रही, अपनी चोटी मुट्ठी में दबाये और मुट्ठी को मुँह में। चोटी का एक छोर बाहर की तरफ ऐसे लटका हुआ था, जैसे उसने एक भूरे रंग के छोटे पंछी को आधा खा डाला हो।

वह तब तक पड़ी रही, जब तक हम में से किसी ने हाज़िरी के बाद उसको पैरों पर खड़ा नहीं कर दिया, और उसे कैंटीन ले गया।

हम पर तूर प्रिकुलिच की ताकत चलती थी, लेकिन सन्तरी-केटी के साथ वह सिर्फ़ कोरी पाशिवकता का इस्तेमाल करता था। और जब यह भी काम नहीं आयी, तो सिर्फ़ झूठी करुणा का। सन्तरी-केटी ने अपनी शक्तिहीनता और अपने हठ से उसकी ताकत को खोखला बना दिया। अपने आप को फ़जीहत से बचाने के लिए तूर प्रिकुलिच ने खुद को लगाम लगाया। हाज़िरी के समय अब सन्तरी-केटी आगे उसके साथ जमीन पर बैठने लगी। वह घंटों अपनी रूई की टोपी पर बैठी रहती और अचम्भित नजरों से उसको ताकती रहती, जैसे वह कोई हाथ-पैर हिलानेवाली यंत्रचालित गुड़िया हो। हाज़िरी के बाद उसकी टोपी बर्फ में जम जाती थी और उसको खींच कर जमीन से अलग करना पड़ता था।

गर्मी के मौसम में लगातार तीन शाम सन्तरी-केटी ने हाज़िरी को अस्त-व्यस्त किया। कुछ समय तक वह प्रिकुलिच के पास बैठी रही, फिर सरक कर उसके पैरों के नजदीक होकर अपनी टोपी से उसका जूता साफ करने लगी। तूर ने उसके हाथ को पाँव तले दबाया। केटी ने अपने हाथ को छुड़ाया और वह तूर का दूसरा जूता चमकाने लगी। उसने दूसरे से भी उसके हाथ को रौंदा। जैसे ही उसने अपना पैर उठाया, वह झट से खड़ी हो गयी और हाज़िरी कतारों में से हाथों को फड़फड़ाते भागी और एक कबूतर की तरह गुटरगूं करने लगी। सबकी साँसें रुक गयीं और तूर जोर से हँस पड़ा, खोखला, जैसे एक टर्की की कुकड़ूकूँ। तीन बार सन्तरी-केटी उसके जूते चमकाने और कबूतर बनने में कामयाब हुई। उसके बाद उसको हाज़िरी के समय वहाँ आने की मनाही हो गई। हाज़िरी के समय उसको बैरक में फर्श पर पोंछा लगाने का हुक्म मिला। वह कुएँ से बाल्टी में पानी लेती, पोंछे को भिगोती और निचोड़ती, उसको डंडे पर लपेटती, हर बैरक के बाद कुएँ पर गन्दा पानी बदलती। उसके दिमाग़ में इस क्रिया को लेकर कोई भी शक या सवाल नहीं उठा, जो इस काम में बाधा डाले। फर्श पहले कभी इतनी साफ़ नहीं थी। वह बड़ा ध्यानपूर्वक और बिना किसी जल्दबाजी के पोंछा लगाती थी, शायद उसको घर से ही इसकी आदत थी।

इतनी पागल भी वह नहीं थी। हाज़िरी के लिए शब्द था आपेल– उसको वह बोलती थी ऐपल। कोयले की भट्ठियों की कतारों पर जब घंटी बजती थी तो वह कहती थी कि चर्च में मास शुरू हो गया। इस गलतफहमी पर उसने कभी ज्यादा सोच-विचार नहीं किया, क्योंकि उसका दिमाग यहाँ था ही नहीं। उसका बरताव कैम्प की व्यवस्था के अनुसार नहीं, लेकिन परिस्थिति के अनुसार होता था। उसमें एक ऐसी प्राथमिकता थी जिसकी वजह से हम उससे जलते थे। उसका स्वभाव ही

ऐसा था कि भूख़देव-दूत भी उसको जान नहीं पाता था। वह उस पर भी हावी हो जाता था– जैसे कि हम सब पर– लेकिन उसके दिमाग के अन्दर तक नहीं चढ़ पाता था। जो सबसे जरूरी काम होता है, केटी उसको बिना शिकायत किये करती, खुद को संजोग के हवाले करती। बिना फेरी लगाये, वह कैम्प के आगे निकल चुकी थी। कैंटीन के पिछवाड़े में, रसोई के कूड़ेदान के यहाँ वह कभी दिखाई नहीं दी। वह खाती, जो कैम्प के अहाते में और फैक्टरी के परिसर में मिलता था फूल, पत्ते, जंगली घास के बीज और हर किस्म के प्राणी, कीड़े-मकोड़े और इल्ली, घोंघे और मकड़ियाँ और कैम्प के बर्फीले अहाते में बर्फ में जमी पहरेदार कुत्तों की टट्टी। हमें आश्चर्य होता था, कि पहरेदार कुत्तों का इसके साथ यह नाता कैसे, जैसे यह लड़खड़ाता प्राणी अपनी कान-ढक्कनों वाली टोपी पहने उन्हीं में से एक हो।

सन्तरी-केटी का पागलपन हमेशा एक दायरे के अन्दर रहा, जिससे उसको माफ करना मुश्किल नहीं था। वह न तो किसी के पीछे पड़ी रहती न किसी को धिक्कारती। जितने भी साल वह यहाँ रही, वह एक घर के पालतू जानवर की सहजता से कैम्प में रही। उसमें कुछ भी गैर नहीं था। हम सब उसे चाहते थे।

सितम्बर की एक दोपहर का समय। मेरी पाली खत्म हो चुकी थी। सूरज की तेज़ रोशनी अब भी चुभ रही थी। कोयले के गड्ढे—यामा के पिछवाड़े की पगडंडियों में मैं रास्ता भटक गया। तेज़ हाज़िरी-साग के बीच, जो अब खाने लायक नहीं रहा था, गर्मी से जल रही जंगली जई थी। उसके काँटे मछली के काँटों जैसे चमक रहे थे। कठिन छिलकों के अन्दर दाने अब भी दूधिया थे। मैंने खाये। वापसी में मैं जंगली घास में से गुजरना नहीं चाहता था इसलिए गंजी पगडंडी पर चल पड़ा। ज़ेपलीन के पास सन्तरी-केटी बैठी थी। उसके हाथ एक चीटियों के भीटे पर थे और हिल रही काली चीटियों से भरे थे। वह उनको चाट रही थी और खा रही थी। मैंने पूछा : केटी, यह तुम क्या कर रही हो।

मैं अपने लिए दस्ताने बना रही हूँ, जो गुदगुदी करते हैं, वह बोली।

क्या तुम्हें ठंड लग रही है, मैंने पूछा।

वह बोली : आज नहीं, कल। मेरी माँ ने मेरे लिए पोस्ते के रोल बनाये हैं, वे अभी गर्म हैं। उनपर पैर मत रखो। तुम इन्तजार तो कर सकते हो, तुम कोई शिकारी नहीं हो। जब ये रोल खत्म हो जाएँगे, तब सैनिकों की ऐपल में गिनती होगी। फिर वे घर चले जाएँगे।

तब उसके हाथ फिर से हिलने वाले काले धब्बे बन गये थे। चीटियों को चाटने से पहले उसने पूछा : युद्ध कब खत्म होगा। मैं बोला : युद्ध को खत्म हुए दो साल हो गये। चलो, हम कैम्प को चलते हैं।

वह बोली : क्या तुमको दिख नहीं रहा, अभी मेरे पास बिल्कुल समय नहीं है।

डबल-रोटी को लेकर जो कांड हुआ

फेन्या कभी फुफाइका-जैकेट नहीं पहनती थी, बल्कि सफेद एप्रन और उसके ऊपर अपनी क्रोशिया वाली ऊनी जैकेट, हमेशा अलग-अलग। एक थी कत्थई, दूसरी गंदे जामुनी रंग की, जैसे कि बिना छीले लाल शजलम, एक थी पीली रेतीली, मिट्टी के रंग की और एक सफेद-सलेटी, चितकबरी। हरेक की आस्तीनें जरूरत से बहुत ज्यादा चौड़ी और पेट पर तनी हुईं। किसी को कभी पता नहीं चला कि कौन-सी ऊनी जैकेट किस दिन के लिए बनी है और फेन्या उनको, वह भी एप्रन के ऊपर, पहनती ही क्यों है। गर्म तो वे नहीं रख सकती थीं, उनमें छेद ही ज्यादा था और ऊन कम। युद्ध के पहले के समय का ऊन, कई बार बुनकर पहना गया, लेकिन जो क्रोशिया में अब भी काम आ सकता था। शायद एक पूरे खानदान के फेंक दिये गये जैकटों से उतारा ऊन, या फिर इस परिवार के सब मरे हुए लोगों से विरासत में मिले जैकटों से उतारा हुआ। फेन्या के परिवार के बारे में हमें कोई जानकारी नहीं थी, यह भी नहीं कि क्या उसका युद्ध के पहले या बाद में कोई परिवार था भी। फेन्या में हममें से किसी को कोई व्यक्तिगत दिलचस्पी नहीं थी। लेकिन हर एक उसका दास था, क्योंकि वह डबल-रोटी बाँटती थी। वह डबल-रोटी की मालकिन, जिसके इशारों पर हम हर दिन नाचते थे।

हमारी आँखें उसके ऊपर टिकी रहती थीं, मानो वह हमारे लिए डबल-रोटी बनाने जा रही हो। हमारी भूख फेन्या का सब कुछ बड़ी बारीक़ी से निहारती थी। उसकी दो टूथब्रश जैसी भौंहों को, उसके शक्तिशाली ठोड़ी वाले चेहरे को, उसके घोड़े जैसे छोटे होंठों को, जो उसके मसूड़ों को पूरी तरह नहीं ढकते थे, उसके सलेटी नाखूनों को, उनमें पकड़ी उस बड़ी छुरी को, जिससे तुम्हारे हिस्से को एकदम सही काटा जाता था, उसके दो पलड़ों वाले तराजू को। सबसे अधिक उसकी भारी आँखों को, जो उसके कभी-कभार इस्तेमाल में आने वाले अबाकस के लकड़ी के मनकों जैसी बेजान थीं। फेन्या इतनी बदशक्ल थी, यह अपने आप को बताना भी तुम्हें मना था। तुम्हें डर था कि वह देख लेगी कि तुम क्या सोच रहे हो।

जैसे ही उसके तराजू के पलड़े ऊपर-नीचे होना शुरू करते थे, मेरी आँखें उनका पीछा करतीं। उन पलड़ों की तरह मेरी जीभ मुँह में काँपने लगती, मैं अपने दाँतों को भींच कर बन्द कर लेता। मैं मुँह को खुला रखता ताकि फेन्या मेरे दाँतों को हँसता हुआ देखे। तुम मजबूरन हँसते थे और एकदम सही ढंग से– सही और झूठ– एक साथ तुम हँसते थे, शक्तिहीन और लाचार, ताकि तुम अपनी हँसी की वजह से फेन्या की कृपादृष्टि न खो दो। ताकि तुम फेन्या की न्यायप्रियता के साथ पंगा न लो, बल्कि उसको प्रोत्साहन दो, अगर हो सके तो उस न्यायप्रियता को एक-दो ग्राम बढ़ा दो।

इन सब बातों का कोई फायदा नहीं था, फेन्या सबके बावजूद बदमिजाज ही रही और उसका दाहिना पैर कुछ ज्यादा ही छोटा था। वह डबल-रोटी की शेल्फ की तरफ जाते समय ऐसे टेढ़े-मेढ़े चलती थी कि हम बोलते थे–वह लँगड़ी है। वह पैर इतना ज्यादा छोटा था कि वह उसके मुँह के छोरों को भी नीचे की तरफ खींचता, बायाँ तो हमेशा ही, दाहिना बारी-बारी से। और हमेशा इस तरह कि जैसे उसका खराब मूड उस काली ब्रेड से आ रहा हो, न कि उस छोटे पैर से मुँह को लगने वाले झटकों से। उसके चेहरे के दाहिने हिस्से को देखकर ऐसा लगता कि उसको कुछ कष्ट हो रहा है।

और चूँकि वह हम सबको डबल-रोटी देती, इसलिए उसका लँगड़ाना और उसके चेहरे पर दिखने वाला क्लेश हमें हमारे प्रारब्ध के बारे में कुछ कह जाता, जैसे इतिहास की लड़खड़ाती चाल। फेन्या में कुछ कम्युनिस्ट-दैविक बात थी। वह बेशक कैम्प प्रशासन की एक सच्ची काडर-औरत थी, एक डबल-रोटी-अफसर, वरना वह डबल-रोटी-मलिका और भूख-देवदूत की सह-षड्यंत्रकारी ऐसे ऊँचे पदों की हक़दार न बन पाती।

सफेद चूने से पुते अपने कमरे में उस बड़ी छुरी को लिये, काउंटर के पीछे, तराजू और अबाकस के बीच वह बिल्कुल अकेली खड़ी रहती। लगता था कि सारी सूचियाँ उसको याद हैं। उसको पक्का पता था कि किसको 600 ग्राम, किसको 800 ग्राम और किसको 1000 ग्राम राशन मिलना था।

फेन्या की घृणास्पद कुरूपता ने मुझे मार डाला था। समय के साथ-साथ मैं उसमें एक अजीब-सा सौन्दर्य देखने लगा था, जो लगभग उसकी पूजा करने के समान था। घृणा मुझे कठिन बना सकती थी और तराजू के पलड़ों के सामने यह खतरनाक साबित हो सकता था। मैं झुकता, और यह करते समय कई बार मुझे अपने आप से घृणा हो जाती, लेकिन तभी, जब उसकी डबल-रोटी का स्वाद मुझे अच्छा लग चुका होता और मैं दो-चार मिनटों के लिए लगभग खुश

हो चुका होता था।

आज मुझे यकीन है कि फेन्या उन तीनों किस्मों की डबल-रोटी को बाँटती थी, जिनको मैं उस वक्त जानता था। पहली किस्म थी ईसाई धर्म के भगवान द्वारा निर्धारित, माथे-के-पसीने-से-बनने वाली ट्रांससिल्वेनिया की अपनी रोज की खट्टी डबल-रोटी, दूसरी थी भूरे रंग की कई तरह के अनाजों से बनी डबल-रोटी, जो बनती थी हिटलर के जर्मन राइश में उगे सुनहरे अनाज से। और तीसरी थी रूसी तराजू की राशन वाली ख्ल्येब। और मुझे यकीन है कि भूखदेव को डबल-रोटी की इस त्रयी के बारे में जानकारी थी और वह उसका इस्तेमाल करता था। डबल-रोटी फैक्टरी से माल लाने वाली पहली गाड़ी सूरज उगने के पहले-पहले आती थी। जब हम 6 और 7 के बीच कैंटीन पहुँचते तो फेन्या राशनों को पूरी तरह से तोल चुकी होती। हममें से हरेक के सामने वह उसका हिस्सा एक बार फिर तराजू पर रखती, ध्यान से उसको तोलती, एक छोटा-सा टुकड़ा उस पर डालती या एक कोना उसमें से काटकर बाहर करती। फिर छुरी की नोक से पलड़ों की तरफ इशारा करती, घोड़े जैसी अपनी ठोड़ी को नीचे करती और ऐसे देखती कि जैसे वह मुझे चार सौ दिनों से हर सुबह पहली बार मिल रही हो।

डबल-रोटी को लेकर जो कांड हुआ उसके आधा साल पहले ही मुझे लगा था कि भूख के मारे अब हम जान लेने के लिए तैयार हैं, क्योंकि फेन्या की ठंडी पवित्रता रेंगकर डबल-रोटी के अन्दर घुस गयी है।

ब्रेड को एकदम सही तोलने से फेन्या हमें दिखाती थी कि वह न्यायप्रिय है। तुला हुआ राशन लिनन के सफेद कपड़े से ढका शेल्फों में रखा होता था। राशन देते समय हर बार वह डबल-रोटी से कपड़े को हल्का-सा हटाती और फिर ढक देती, बिल्कुल ऐसे, जैसे अनुभवी भिखमंगे फेरी लगाते समय कोयले के टुकड़े के साथ करते हैं। सफेद चूने से पुते उस कमरे के अन्दर फेन्या, सफेद एप्रन पहने, सफेद लिनन के कपड़े के साथ डबल-रोटी-स्वास्थ्य-समारोह के रूप में कैम्प संस्कृति का जश्न मनाती। मतलब विश्व संस्कृति का। मक्खियाँ डबल रोटी के ऊपर बैठने के बजाय लिनन के कपड़े के ऊपर बैठने पर मजबूर थीं। डबल-रोटी के ऊपर वे तब आ जातीं, जब वह हमारे हाथ में होती। अगर वे जल्दी से उड़ नहीं जातीं, तो हम अपनी डबल-रोटी के साथ उनकी भूख को भी खा डालते। मक्खियों की भूख के बारे में मैंने ज्यादा सोच-विचार नहीं किया है, न ही सफेद लिनन के साथ जुड़े स्वास्थ्य विज्ञान के बारे में।

फेन्या की न्यायप्रियता ने, कुरूपता और तराजू की सटीकता की इस जोड़ी ने मुझे अच्छा-खासा दास बना दिया था। फेन्या में जो घृणास्पद चीज थी, वह

एक परिपूर्णता थी। फेन्या अच्छी नहीं थी और बुरी भी नहीं थी; वह कोई व्यक्ति नहीं थी, बल्कि क्रोशिया की जैकेटों में एक कानून थी। मैं फेन्या की तुलना दूसरी औरतों के साथ करने की सोच भी नहीं सकता था, क्योंकि कोई दूसरी इतनी क्लेशपूर्ण ढंग से अनुशासित और परिपूर्ण रूप से घृणास्पद नहीं थी। वह उस राशन वाले बक्से के आकार की डबल-रोटी जैसी थी, जिसको हर एक चाहता है और जो भयानक गीली, चिपचिपी होती है और जो तुमको अपमानित कर तुम्हारा पेट भरने की क्षमता रखती है।

डबल-रोटी का राशन हमें सुबह मिलता था– पूरे दिन के लिए। ज्यादातर लोग 800 ग्राम राशन वाले थे। मैं भी उन्हीं में से एक था। यह आम राशन हुआ करता था। 600 ग्राम कैम्प के परिसर में किये जाने वाले हल्के कामों के लिए था : लैट्रिनों की गन्द सिस्टर्नों में भरना, बर्फ को हटाना, साल में दो बार होने वाली सफाई का काम करना, सड़क के किनारे वाले पत्थरों की सफेदी करना। और 1000 ग्राम बहुत ही कम लोगों को मिलता था। यह सबसे भारी काम के लिए, एक अपवाद हुआ करता था। 600 ग्राम लगता तो है काफ़ी ज्यादा। लेकिन डबल-रोटी इतनी भारी हुआ करती थी कि 800 ग्राम की भी सिर्फ़ एक अँगूठे इतनी ही बड़ी स्लाइस निकलती थी, अगर वह डबल-रोटी के बीच में से काटी हो तो। अगर तुम्हारी किस्मत अच्छी थी और तुम्हें डबल-रोटी का अन्त वाला कोने का सूखी पपड़ी वाला हिस्सा मिलता, तो वह दो अंगूठे इतना मोटा होता था।

दिन का सबसे पहला निर्णय था : क्या मैं इतना अनुशासित हूँ कि सुबह के नाश्ते के समय ही बन्दगोभी के सूप के साथ मैं अपना सारा राशन नहीं खत्म कर दूँ। क्या मैं भूख के बीच एक छोटा-सा टुकड़ा शाम के लिए रख सकता हूँ। दोपहर का भोजन तो होता नहीं था, तुम काम पर होते थे और निर्णय लेने का कोई सवाल नहीं था। शाम को, काम के बाद, अगर नाश्ते के समय मैं दृढ़-संकल्प था तो दूसरे निर्णय का समय होता था : क्या मैं यह संकल्प कर सकता हूँ कि तकिये के नीचे हाथ डालकर सिर्फ़ देखूँ कि मेरी बचायी हुई डबल-रोटी वहाँ है या नहीं। क्या मैं शाम की हाज़िरी हो जाने तक इन्तजार कर सकता हूँ, कि उसको कैंटीन में ले जाकर ही खाऊँ। मतलब और दो घंटे लग सकते थे। अगर हाज़िरी खत्म नहीं हुई तो और ज्यादा।

अगर सुबह के समय मेरा संकल्प टूट गया होता तो शाम को मेरे पास न कोई डबल-रोटी बचती, न संकल्प करने के लिए कोई कारण। फिर मैं आधा चम्मच ही लेता, लम्बी घूंट भरता। मैं सीख गया था बहुत धीरे-धीरे खाना, हर चम्मच के बाद लार को निगलना। भूख-देवदूत कहता था : लार सूप को बढ़ाती

है और जल्दी सो जाने से भूख छोटी हो जाती है।

मैं जल्दी सो जाता था, लेकिन बार-बार मेरी नींद टूटती, क्योंकि काकल फूल जाता और धक-धक करने लगता। चाहे आँखें बन्द करूँ या उनको खुला रखूँ, उछलूँ या पीली बत्ती को घूरूँ, चाहे कोई इस तरह खर्राटे मार रहा हो कि वह डूबकर मरनेवाला है, या कुक्कू-घड़ी वाला रबड़ का केंचुआ खड़-खड़ा रहा हो– रात इतनी लम्बी होती कि नापी न जा सकती और उसमें फेन्या के असीम सफेद लिनन के कपड़े, और उनके नीचे पड़ी खूब सारी दुर्गम, दुर्लभ डबल-रोटी ।

सुबह-सुबह राष्ट्रगीत के बाद भूख मेरे साथ नाश्ते के लिए भागती, फेन्या के यहाँ। उस अतिमानवी पहले निर्णय के लिए कि क्या आज मैं इतना संकल्पशील हूँ, क्या मैं शाम के लिए एक टुकड़ा... इत्यादि, इत्यादि।

कब तक।

हर दिन भूख-देवदूत मेरा दिमाग खाता था और एक दिन उसने मेरा हाथ उठाया। और इस हाथ से मैं कार्ली हाल्मॅन को लगभग जान से मार डालता– बात डबल-रोटी को लेकर हुए कांड की थी।

कार्ली हाल्मॅन को एक पूरे दिन की छुट्टी मिली थी और उसने नाश्ते के समय ही अपनी सारी डबल-रोटी खा डाली थी। सब काम पर गये हुए थे। शाम तक कार्ली हाल्मॅन पूरी बैरक में अकेला था। शाम को आलबेर्ट गियोन की बचाकर रखी हुई डबल-रोटी गायब थी। आलबेर्ट गियोन लगातार पाँच दिन दृढ़-संकल्प बना रहा था। उसने डबल-रोटी के पाँच टुकड़े बचाये थे– एक दिन के राशन जितनी डबल-रोटी। वह पूरा दिन हमारे साथ पाली में था और सब लोगों की तरह, जिनके पास बचाकर रखी डबल-रोटी थी, पूरा दिन शाम के सूप और डबल-रोटी के बारे में सोचता रहा था। पाली से वापस आकर उसने सब लोगों की तरह सबसे पहले तकिये के नीचे देखा था। वहाँ अब कोई डबल-रोटी नहीं थी।

डबल-रोटी वहाँ थी नहीं और कार्ली हाल्मॅन जांघिया बनियान में अपने पलंग पर बैठा था। आलबेर्ट गियोन उसके सामने जाकर खड़ा हो गया और बिना एक शब्द कहे उसने उसके मुँह पर तीन मुक्के मारे। कार्ली हाल्मॅन ने बिना एक शब्द कहे दो दाँत बिस्तर पर थूके। अकॉर्डियन वादक कार्ली की गर्दन पकड़कर उसको पानी की बाल्टी के पास ले गया और उसने उसका सिर पानी के अन्दर दबाकर रखा। उसके मुँह और नाक से बुलबुले छूट रहे थे, फिर साँस लेने की कोशिश की गुड़गुड़, फिर सब कुछ शान्त हो गया। ड्रम वादक ने सिर को पानी से निकाला और उसका गला घोंटने लगा जब तक कि कार्ली का मुँह उसी

घृणास्पद तरीके से काँपने लगा जैसे फेन्या का मुँह। मैंने ड्रम वादक को धक्का मारकर हटाया, लेकिन अपना लकड़ी का जूता उतार लिया। और मेरा वह हाथ इस तरह उठा कि मैंने उस डबल-रोटी-चोर को लगभग जान से मार दिया होता। ऐडवोकेट पाउल गास्ट तब तक अपनी ऊपर वाली बर्थ से देख रहा था। वह मेरी पीठ पर कूदा, उसने मेरे हाथ से जूते को निकाला और उसको दीवार पर पटक दिया। कार्ली हाल्मॅन अपने पेशाब में बाल्टी के पास पड़ा था और डबल-रोटी भरी बलगम की उलटी कर रहा था।

मुझमें जगी खून की प्यास मेरे विवेक को निगल चुकी थी। सिर्फ़ मैं ही नहीं, हम सब झुंड में शिकार करने के लिए तैयार थे। हम कार्ली को उसके खून और पेशाब से भरे जांघिया-बनियान में घसीटकर बाहर रात में ले गये। फरवरी का महीना था। हमने उसको बैरक की दीवार के साथ खड़ा किया वह लड़खड़ाया और नीचे गिर गया। बिना कुछ कहे ड्रम वादक ने और मैंने अपनी-अपनी पैंट खोलीं, फिर आलबेर्ट गियोन ने और बाकी सभी ने भी। और चूँकि हम सब सोने की ही तैयारी कर रहे थे, एक के बाद एक हमने कार्ली हाल्मॅन के चेहरे पर मूता। ऐडवोकेट पाउल गास्ट भी इसमें शामिल हुआ। दो पहरेदार कुत्तों ने भौंकना शुरू किया। उनके पीछे दौड़ता हुआ एक सन्तरी आया। कुत्तों ने खून को सूँघा और वे गुर्राने लगे, सन्तरी ने गाली दी। ऐडवोकेट और सन्तरी कार्ली को उठाकर रोगी-बैरक ले गये। हम उनके पीछे देखते रहे और बर्फ से हाथों पर लगे खून को पोंछने लगे। सब चुपचाप बैरक के अन्दर गये और बिस्तर में घुस गये। मेरी कलाई पर ख़ून का एक धब्बा था, जिसको मैंने बत्ती की तरफ घुमाकर देखा और सोचा कि कार्ली का ख़ून कितना झक्क लाल है, जैसे मुहर की लाख– शुक्र है कि वह धमनी से आया हुआ था, शिरा से नहीं। बैरक में ऐसी ख़ामोशी कि कुक्कू-घड़ी के केंचुए को आवाज देते मैं सुन सकता था, जैसे वह आवाज़ मेरे अपने सिर के अन्दर से आ रही हो। मैं अब कार्ली हाल्मॅन के बारे में नहीं सोच रहा था, ओर न ही फेन्या के असीम सफ़ेद लिनन के कपड़े के बारे में, और तो और उस दुर्गम, दुर्लभ डबल-रोटी के बारे में भी नहीं। मुझे एक गहरी, शान्त नींद ने घेर लिया।

अगली सुबह कार्ली हाल्मॅन का बिस्तर खाली था। हम हमेशा की तरह कैंटीन की तरफ चल पड़े। बर्फ़ भी खाली-खाली सी थी, अब वह लाल नहीं रही थी। ताज़ी बर्फ़ गिरी थी। कार्ली हाल्मॅन दो दिन रोगी-बैरक में पड़ा रहा। उसके बाद वह मवादवाले जख्मों, सूजी हुई आँखों और नीले होंठों को लिए फिर से हमारे बीच कैंटीन में बैठने लगा। डबल-रोटी की यह कहानी अपने आप खत्म हो

गयी। सब हमेशा की तरह बरताव करने लगे। हमने उस चोरी को अपने और कार्ली हाल्मॅन के बीच नहीं आने दिया। और उसने भी उस सज़ा को लेकर हमें दोषी नहीं ठहराया। उसको पता था कि वह जायज थी। डबल-रोटी की अदालत सौदेबाजी नहीं करती, सज़ा देती है। शून्य-रेखा कानून की किसी दफ़ा को नहीं जानती, उसको किसी कानून की जरूरत नहीं होती। वह एक सीमा-रेखा है, क्योंकि भूख-देवदूत भी एक चोर है, जो दिमाग चुराता है। डबल-रोटी के न्याय का न कोई आमुख होता है, न कोई उपसंहार, वह सिर्फ़ वर्तमान होता है। सम्पूर्णतः पारदर्शी या सम्पूर्णतः रहस्यमय। कुछ भी हो, डबल-रोटी के कानून की हिंसा-शक्ति उस हिंसा से अलग काम करती है, जो भूख़ से वाकिफ़ नहीं है। तुम आम नीति-नियमों को लेकर डबल-रोटी की अदालत का सामना नहीं कर सकते।

डबल-रोटी की अदालत फरवरी में जारी थी। अप्रैल में कार्ली हाल्मॅन नाई ओसवाल्ड एन्येटर की दुकान में कुर्सी पर बैठा था। उसके जख़्म भर चुके थे, दाढ़ी बढ़ी हुई थी, कुचली हुई घास की तरह। और मेरा नम्बर उसके बाद था और मैं आईने में उसके पीछे इन्तजार कर रहा था, जैसे तूर प्रिकुलिच अक्सर मेरे पीछे खड़ा रहता था। नाई ने अपने भालू के पंजों जैसे हाथ कार्ली के कन्धों पर रखकर पूछा : हमारे आगे के दो दाँत कब से गायब हो गये। कार्ली हाल्मॅन ने इसका जवाब न मुझे, न नाई को, बल्कि उन बालों से भरे हाथों को दिया : जब डबल-रोटी को लेकर वह कांड हुआ, तब से।

जैसे ही उसकी दाढ़ी बन गयी, मैं कुर्सी पर बैठ गया। बस उसी मर्तबा ओसवाल्ड एन्येटर ने दाढ़ी बनाते समय एक किस्म के सैरिनेड की धुन की सीटी बजायी और फेन में से एक ख़ून का धब्बा बाहर निकला मुहर की लाख जैसा हल्का लाल नहीं बल्कि चटक लाल, जैसे बर्फ में एक रॅस्पबेरी।

लेडी ऑफ दि अपोकालिप्स

जब भूख सबसे ज्यादा तेज़ होती है, हम अपने बचपन और खाने की चीजों के बारे में गप्पें मारते हैं। पुरुषों के मुकाबले औरतें खाने के बारे में ज्यादा विस्तार से बात करती हैं। सबसे ज्यादा विस्तार से बोलती हैं देहातों से आयी औरतें। उनके यहाँ हर पकवान बनाने की विधि के कम-से-कम तीन अंक होते हैं– जैसे किसी नाटक के। मसाले और अन्य सामग्री के बारे में सबकी अलग-अलग राय होती है, जिससे यह नाटक और रोमांचकारी बन जाता है। यह रोमांच तेज़ी से बढ़ता है जब भराई में बेकन, डबल-रोटी और अंडे के साथ सिर्फ आधा नहीं, बल्कि एक पूरा प्याज और चार की जगह लहसुन की छः कलियाँ पड़ती हैं– और वे भी सिर्फ कटी हुई नहीं, बल्कि कद्दूकस की हुई। और जब बन का चूरा डबल-रोटी से, स्याह जीरा काली मिर्च से बढ़िया होता है और मरुआ वैसे ही सबसे बढ़िया होता है– अर्थात टॅरगॉन से बेहतर– जो सिर्फ़ मछली बनाने के काम आता है, बतख़ बनाने के नहीं। यह नाटक तब चरम पर पहुँच जाता है जब भराई को चमड़ी और गोश्त के बीच घुसाना होता है, ताकि चमड़ी की चरबी तलते समय अच्छी तरह से गोश्त के अन्दर चली जाए, या फिर भराई का उस खाली जगह होना अति आवश्यक है, जहाँ पेट होता है ताकि वह तलते समय चमड़ी की चरबी को पी न जाए। कभी-कभी प्रोटेस्टेंट तरीके से भराई की गयी बतख़ सही होती है, तो कभी-कभी कैथोलिक भराई वाली।

और जब देहात की वे औरतें शब्दों के साथ सूप की नूडल बनाती हैं, तो आधा घंटा तो आराम से गुजरता है– जब तक अंडों की संख्या और चम्मच से उनको चलाने या हाथ से गूँधने के बारे में चर्चा समाप्त होती है, जब तक नूडल का आटा काँच जैसा पतला गुँधा हुआ– और फिर भी फटा नहीं हो– और चकले पर सूख गया हो। जब तक वह लपेट और फिर काट दिया गया हो, जब तक नूडल अपने बोर्ड पर से सूप में आ जाती है, जब तक सूप या तो धीरे-धीरे और शान्त, या जल्दी-जल्दी और ख़दख़दाता, पकाया जाता है, जब तक वह परोसा जाता है और मुट्ठी भर– या सिर्फ एक चुटकी भर– ताज़े कटे

हुए अजमोदे के पत्ते उस पर छिड़क दिये जाते हैं, तब तक और पन्द्रह मिनट निकल जाते हैं।

शहर की औरतें इस पर बहस नहीं करती कि नूडल के आटे के लिए कितने अंडे लिये जाने चाहिए, बल्कि कितने बचाये जा सकते हैं। और चूँकि वे हमेशा सभी चीजों को बचाने में लगी रहती हैं, उनकी पाकविधियाँ नाटक की एक पूर्व-भूमिका के साथ भी मुकाबला नहीं कर सकती हैं।

पाकविधियों को सुनाना चुटकुले सुनाने से बढ़कर एक कला है। जो मतलब की बात है वह तो पक्की समझ में आनी चाहिए, भले ही वह मजेदार न हो। यहाँ कैम्प में तो चुटकुले की शुरुआत ही होती है : **आप लें** के शब्दों से; आख़िरी जुमला यह है कि तुम्हारे पास लेने के लिए कुछ चीज है ही नहीं, यह मतलब की बात है। लेकिन उसका जिक्र कोई नहीं करता। पाकविधियाँ भूख-देवदूत के चुटकुले हैं। औरतों के बैरक में जाकर बैठना एक चुनौती-भरा काम है। अन्दर जाते समय ही, बिना कोई तुमसे कुछ पूछे, तुम्हें बताना पड़ता है कि तुम किससे मिलना चाहते हो। सबसे बेहतर तो यही होता है कि तुम खुद पूछते हो : क्या ट्रूडी यहाँ है और बेहतर यही होता है कि यह पूछते-पूछते ही तुम बायें मुड़ते हो, तीसरी कतार में ट्रूडी पॅलिकॅन के बर्थ की तरफ। यह पलंग एक मंजिला लोहे के चौखटे से बना है, जैसे मर्दों की बैरक में भी हैं। कुछ-कुछ पलंग शाम के प्यार के लिए कम्बलों से ढके हुए हैं। मैं कतई कम्बल के पीछे नहीं जाना चाहता हूँ, मुझे सिर्फ चाहिए होती हैं पाकविधियाँ। औरतों का मानना है कि मैं कुछ ज्यादा ही संकोची हूँ, क्योंकि मेरे पास एक समय किताबें हुआ करती थीं। उनका कहना है कि किताबें पढ़ने से आदमी नाजुक बन जाता है।

जो किताबें मैं साथ लाया था उनको मैंने कैम्प में कभी नहीं पढ़ा। अपने पास कागज़ रखना सख़्त मना है। पहली गर्मी आधी बीत जाने तक मैंने अपनी किताबों को बैरक के पीछे ईंटों के नीचे छुपाकर रखा था। और फिर बाद में पन्नों के हिसाब से बेच डाला था। जरथुष्ट्र के पचास पन्नों के बदले, जो कि सिगरेट बनाने के काम आने वाले थे, मुझे मिला था एक माप नमक। सत्तर पन्नों के बदले पूरी एक माप चीनी। कपड़े की बाइंडिंग वाले पूरे फाउस्ट के बदले पीटर शील ने खास मेरे लिए टीन की जूँ निकालने की कंघी बना कर दी। आठ सदियों से इकट्ठा की हुई कविताओं का संग्रह मैंने मक्के के आटे और सूअर की चरबी के रूप में खा डाला और उस पतले से वाईनहेबर को जुआर में बदल डाला। इससे तुम नाजुक नहीं बनते हो, सिर्फ़ सावधान बन जाते हो।

बड़ी सावधानी से मैं काम के बाद उन जवान रूसियों को शावर लेते हुए

देखता हूँ। मुझे खुद को नहीं पता कि इतनी सावधानी क्यों। अगर मुझे पता होता कि क्यों तो वे तो मुझे जान से मार डालते।

मैं फिर से अपने निर्णय पर अटल नहीं रहा। मैंने अपने हिस्से की पूरी डबल-रोटी नाश्ते के समय ही खा डाली। मैं दुबारा औरतों की बैरक में ट्रूडी पॅलिकॅन के पास पलंग के किनारे बैठा हूँ। दोनों त्सिरी आकर सामने कोरीना मार्कू के पलंग पर बैठ जाती हैं। वह दो हफ्तों से कल्ख़ोस पर है। मैं दोनों त्सिरी की पतली उँगलियों के सुनहरे रोम और काले तिल को देखता हूँ और अपने बचपन के बारे में बताने लगता हूँ, ताकि तुरन्त खाने के बारे में बात न करना पड़े।

हम हर गर्मी की लम्बी छुट्टियों में, शहर से बाहर निकल कर गाँव चले जाते थे। हम, यानी कि मेरी माँ, मैं और हमारी नौकरानी लोडो। हमारा मकान वहाँ वेंच पर था और सामने वाला पहाड़ कहलाता था श्न्युअरलाइब्ल। हम यहाँ आठ हफ्ते रुकते थे। इन आठ हफ्तों के दौरान हम हर बार–शेसबुर्ग–उस नज़दीकी शहर की– एक दिन की सैर करते। हमें नीचे घाटी में गाड़ी पकड़नी होती थी। स्टेशन का नाम हंगेरियन में था हेतूर और जर्मन में ज़ीबेनमेनर। गार्ड के कैबिन के ऊपर घंटा बजता था, क्योंकि गाड़ी अब दानेश से चल चुकी होती थी। वह पाँच मिनट में यहाँ पहुँच जाती थी। प्लेटफार्म था नहीं। जैसे ही गाड़ी स्टेशन में आ जाती थी, डिब्बे की सीढ़ी मेरे सीने तक आ जाती थी। मैं चढ़ने के पहले डिब्बे को नीचे से देखता था– काले, बिना टायर के पहिये, चेन, हुक और बफर। फिर हमारी गाड़ी पहले ताल से होते हुए, फिर तोमा के घर और बुड्ढे ज़कारियास के खेत को पार करते हुए चलती थी। ज़कारियास को हमारी तरफ से हर महीने दो पैकेट तम्बाकू के मिलते थे– एक रोड टैक्स के रूप में, क्योंकि जब हम नहाने जाते थे तो हमें उसके जौ के खेत में से जाना पड़ता था। फिर आता था रेलगाड़ी का पुल, उसके नीचे उछलता हुआ पीला पानी। उसके पीछे खड़ी लाल पत्थर की पहाड़ी, जो जगह-जगह टूटी थी और उसके ऊपर विला फ्रांका। फिर समझो हम शेसबुर्ग आ ही गये। हर बार हम तुरन्त ही मार्केट चौक पर उस शानदार कैफे मार्टिनी में जाते थे। वहाँ बैठे लोगों में हम थोड़े अलग ही दिखते, क्योंकि हमारे कपड़े कुछ ज्यादा ही अनौपचारिक हुआ करते थे– माँ पहना करती थी पैंट की तरह बीच से कटी स्कर्ट, और मैं हाफ पैंट और स्लेटी, घुटनों तक आने वाली जुराबें, जो उतनी जल्दी गन्दी नहीं होती हैं। सिर्फ़ लोडो अपने गाँव से लाये कपड़े पहना करती थी, जो खास इतवार को ही पहने जाते हैं– सफेद ब्लाउज़, जो किसान औरतों की खासियत है और सिर पर काला रूमाल, जिसके किनारे पर गुलाब और हरे रेशम की झालर। गुलाब पर लाल रंग

की अलग-अलग छटाएँ। ये गुलाब थे सेब जितने और आम गुलाब से बड़े। इस दिन हम जो चाहे और जितना चाहे, उतना खा सकते थे। हमें मारज़िपान ट्रूफल, चॉकलेट केक और रम और क्रीम वाले सावरीन, क्रीम पेस्ट्री, मेवे वाले केक के रोल, फाउमरोल और इश्लरटार्ट, हेज़लनट चॉप, रमकेक, नेपोलियन पेस्ट्री, नुगाट और दोबोश में से कुछ भी चुनने की इजाजत थी। इसके बाद आईसक्रीम। स्ट्रॉबेरी आईसक्रीम, चांदी के कप में या फिर वनीला आइसक्रीम काँच के कप में या चॉकलेट आईसक्रीम चीनी मिट्टी के कप में– हमेशा फेंटी हुई क्रीम के साथ। और अन्त में, अगर कुछ और जगह बची होती तो, जेली के साथ खट्टी चेरी का केक। मुझे हाथों पर मेज के संगमरमर का ठंडा स्पर्श और घुटनों के पीछे कुर्सी की मुलायम गद्दी महसूस होती। और काले साइडबोर्ड के ऊपर पंखे की हवा में लाल रंग का लम्बा गाउन पहने, पैर की उँगली को एक बहुत पतले से चंद्रमा पर रखकर झूलती हुई लेडी ऑफ दि अपोकालिप्स।

जैसे ही मेरी यह कहानी ख़त्म हुई, पलंग के किनारे पर बैठे हम सबका पेट पींगे लेने लगा। ट्रूडी पॅलिकॅन ने अपना हाथ मेरे पीछे रखे तकिये के नीचे डाला और अपनी बचाई हुई डबल-रोटी को निकाला। सबने अपनी-अपनी टीन की तश्तरियों की तरफ हाथ बढ़ाये और अपने चम्मच जैकेट की जेब में डाले। मैं इन चीजों को पहले से ही लेकर बैठा था। हम इकट्ठे शाम का खाना खाने चल पड़े। जाकर हम सूप की देगची के सामने लगी कतार में खड़े हो गये। फिर हम जाकर उन लम्बी मेजों पर बैठ गये। हरेक अपने तरीके से चम्मच चला रहा था ताकि वह सूप को और लम्बा खींच सके। सब चुप थे। मेज के एक छोर से ट्रूडी पॅलिकॅन ने टीन की खड़खड़ के बीच में से पूछा : लियो, उस कैफे का नाम क्या था।

मैं चीखा : कैफे मार्टिनी।

दो-तीन चम्मच बाद उसने पूछा : और उस औरत का, जो पैरों की उँगलियों के बल खड़ी है। मैं चीखा : लेडी ऑफ दि अपोकालिप्स।

अपनी-डबल-रोटी से गाल-डबल-रोटी तक

डबल-रोटी के फन्दे में हर कोई फसता है।

नाश्ते के समय आत्मसंयम का फन्दा, शाम के भोजन के समय डबल-रोटी की अदला-बदली करने का फन्दा, रात का फन्दा, जब तुम्हारे सिर के नीचे बचायी हुई डबल-रोटी होती है। भूख-देवदूत का सबसे भयानक पाश होता है आत्मसंयम का : भूख लगी हो, डबल-रोटी भी पास हो, लेकिन उसको खाना नहीं है। अपने आप से इतनी कठोरता, जो बर्फ़ से जमी जमीन से भी ज्यादा कठोर हो। भूख-देवदूत हर सुबह कहता है : शाम की सोचो।

शाम को, बन्दगोभी के सूप के पहले, डबल-रोटी की अदला-बदली की जाती है, क्योंकि तुमको अपनी डबल-रोटी दूसरे की डबल-रोटी से छोटी लगती है और बाकी लोगों का भी बिल्कुल यही हाल होता है।

इस अदला-बदली के पहले तुम्हारे दिमाग को एक झटका लगता है और उसके बाद तुरन्त दूसरा– तुम्हें उलझन में डालने वाला। अदला-बदली के बाद, दूसरे के हाथ में मेरी वाली डबल-रोटी उससे बड़ी दिखने लगती है, जितनी वह मेरे हाथ में लगती थी। और जो मुझे मिली है, वह मेरे हाथ में सिकुड़ गयी है। कितनी जल्दी वह पलट कर चला गया, उसकी नजर मुझसे तेज है, उसको फायदा हुआ है। मुझे फिर से अदल-बदल करना पड़ेगा। लेकिन उसका भी बिल्कुल वही हाल होता है। वह सोचता है मुझे फायदा हुआ है और वह खुद दूसरी बार अदल-बदल में लगा हुआ होता है। और मेरे हाथ में आयी डबल-रोटी फिर से सिकुड़ जाती है। मैं किसी तीसरे को ढूँढ़ता हूँ और अदल-बदल करता हूँ। औरों ने खाना शुरू भी कर दिया होता है। अगर भूख और थोड़ी देर तक सही जा सकती है, तो फिर चौथी बार, पाँचवीं बार अदल-बदल। और अगर कोई भी चीज काम नहीं करती है तो वापस वहाँ, जहाँ अदल-बदल का सिलसिला शुरू हुआ था तब जाकर मुझे मेरी अपनी डबल-रोटी वापस मिलती है।

डबल-रोटी की अदला-बदली हमेशा जरूरी होती है। यह बहुत तेज़ रफ्तार

से की जाती है और इसमें जरा-सी भी भूल महँगी पड़ सकती है। डबल-रोटी तुम्हें सीमेंट जैसा ही धोखा देती है। जैसे तुम सीमेंट में रहते हुए सीमेंट—बीमार होते हो, वैसे ही तुम ब्रेड के कारण अदल-बदल-बीमार पड़ सकते हो। जब शाम को एक कोलाहल सुनाई देता है, तो समझो डबल-रोटी की अदला-बदली हो रही है। इस धन्धे में जरूरी होती है तेज, चौकन्नी आँखें और हाथ की सफाई। सुबह डबल-रोटी को तराजू के कांटे मापते हैं, शाम को आँखें। डबल-रोटी की अदला-बदली के लिए तुम सिर्फ़ सही डबल-रोटी को ही नहीं खोजते, तुम अपने लिए एक सही शक्ल भी खोजते हो। तुम उसके चिरे हुए मुँह का सही परीक्षण करते हो। अगर वह पतला और लम्बा है, जैसे एक हँसिये से कटा हुआ, तो यह सबसे बेहतर होता है। फिर तुम उसके गालों के गड्ढों में उगे भूख-रोम का परीक्षण करते हो, कि क्या वे पतले, सफेद रोम अच्छे लम्बे और घने हैं। भूख-मौत के पहले-पहले चेहरे में एक खरगोश दिखाई देने लगता है। तब तुम सोच लेते हो कि डबल-रोटी का इसके पास होना बेकार है। खरगोश जल्दी ही इतना बड़ा हो जाएगा कि कुछ खाने का इसके लिए कोई मतलब नहीं है। इसलिए ऐसे सफेद खरगोश वाले लोगों के साथ अदल-बदल की हुई डबल-रोटी कहलाती है गाल-डबल-रोटी।

सुबह तुम्हारे पास समय नहीं होता है, लेकिन अदल-बदल करने के लिए भी कुछ नहीं होता है। ताजी कटी हुई डबल-रोटी की स्लाइस सब एक जैसी दिखती हैं। शाम तक हर स्लाइस अलग तरीके से सूख जाती है— या तो सीधी और तिरछी या फिर टेढ़ी और फूली हुई। सूखने की इस प्रक्रिया को ध्यान से देखा जाए तो लगता है कि डबल-रोटी तुम्हें धोख़ा दे रही है। सबको यही लगता है, अगर वे अदला-बदली नहीं कर रहे हों, तब भी। और अदला-बदली करते समय तो यह भावना और भी उत्तेजित हो जाती है। एक दृष्टिभ्रम से दूसरा, दूसरे से तीसरा...। उसके बाद भी तुम बेवकूफ के बेवकूफ ही बने रहते हो, लेकिन अब थके हुए। अपनी-डबल-रोटी और गाल-डबल-रोटी की अदला-बदली वैसे ही खत्म होती है, जैसे कि वह शुरू हुई थी— अचानक। कोलाहल खत्म़ हुआ है, नजर सूप की तरफ जा रही है। एक हाथ में तुम डबल-रोटी को पकड़े हो, दूसरे में चम्मच।

झुंड में एकदम अकेला हरेक अपने सूप को लंबा खींचने में लग जाता है। चम्मचों का भी एक झुंड होता है, टीन की तश्तरियों का भी। झुंड में सुड़कना, मेज के नीचे पैरों को इधर-उधर ढकेलना। सूप गर्मी देता है, वह गले में जीवित है। मैं जोर-जोर से आवाज करके सुड़कता हूँ, मुझे सूप को सुनना है। मैं खुद को चम्मच गिनने से मना करता हूँ। बगैर गिनती के वे 16 या 19 से ज्यादा ही

हो जाते हैं। मुझे इन आँकड़ों को भूल जाना है।

एक शाम को अकॉर्डियन वादक कोनराड फॉन्न ने सन्तरी-केटी के साथ अदला-बदली की। केटी ने उसको अपनी—डबल-रोटी दी, लेकिन उसने केटी को लकड़ी का एक चौकोर टुकड़ा हाथ में पकड़ाया। उसने उस टुकड़े को मुँह में डाला और चबाया। वह हैरान हो गयी, क्योंकि निगलने के लिए कुछ था ही नहीं। अकॉर्डियन वादक के सिवा और कोई नहीं हँसा। और कार्ली हाल्मॅन ने सन्तरी-केटी से वह फट्टा लिया और अकॉर्डियन वादक के सूप में उसको डुबा दिया। उसने सन्तरी-केटी को उसकी डबल-रोटी वापस कर दी।

डबल-रोटी के फन्दे में हरेक फँसता है और उससे छूटने की कोशिश करता है। लेकिन अगर कोई सन्तरी-केटी की गाल-डबल-रोटी से अपनी डबल-रोटी बनाता है तो वह एक गुनाह है। डबल-रोटी-अदालत का यह भी एक कानून है। हमने कैम्प में सीखा है कि बिना किसी डर के, मरे हुए के साथ क्या करना होता है। हम उसके कपड़े उतारते हैं— लाश के अकड़ने से पहले; हमें उसके कपड़ों की जरूरत होती है खुद को बर्फीली ठंड से बचाने के लिए। और उसकी बचाई हुई डबल-रोटी को हम खाते हैं। आखिरी साँस के बाद मौत हमारे लिए फायदेमंद साबित होती है। लेकिन सन्तरी-केटी जिन्दा है, तब भी जबकि उसको यह पता नहीं है कि वह कहाँ है। हमें पता है और हम उसके साथ वैसे ही पेश आते हैं, जैसे वह हमारे निजी सामान का एक हिस्सा हो। उसके जरिए हम दूसरों के साथ किये गुनाहों का प्रायश्चित कर सकते हैं। जब तक वह हमारे बीच जिन्दा है, तब तक हमारे लिए यही उसूल क़ायम है कि करने को तो हम सब कुछ कर सकते हैं, लेकिन कुछ-कुछ चीजें ऐसी होती हैं जो हम नहीं कर सकते। शायद यही बात खुद सन्तरी-केटी से ज्यादा मायने रखती है।

कोयले के बारे में

जितनी मिट्टी, उतना ही कोयला—जरूरत से ज्यादा।

बिटुमिन-कोयला आता है पेत्राफ्का से। उसमें काफी सारी स्लेटी रोड़ी मिली हुई होती है। यह भारी, गीला और चिपचिपा होता है। जब यह जलाया जाता है तो इससे खट्टी बू आती है। इसके ढेले ग्रैफाइट जैसे पपड़ीदार होते हैं। इसको जब मालीना में पीसा जाता है और मॉइका में धोया जाता है, तो इसमें से काफ़ी सारी फालतू रोड़ी निकलती है।

सल्फाइड कोयला आता है क्रमातोर्स्क से। अक्सर दिन में बारह बजे के आस-पास। यामा कोयला-गोदाम है— जमीन के अन्दर खोदा हुआ एक भयानक बड़ा गड्ढ़ा और उसके ऊपर एक जाली। एक-एक करके हर डिब्बे को इस जाली पर चढ़ाया जाता है। हर डिब्बा होता है साठ-साठ टन का, पुलमैन मॉडल, जिसके पेट पर नीचे की तरफ पाँच ढक्कन होते हैं। इनको हथौड़ा मारकर खोला जाता है। पाँच बार वह आवाज आती है, जैसे थियेटर में पिक्चर शुरू होने के समय घंटे घड़ियाल की। और अगर हथौड़ा सही जगह पर पड़ा हो, तो डिब्बे के अन्दर चढ़ने की जरूरत नहीं होती है, कोयला अपने आप एक ही झटके में खड़खड़ाता नीचे गिरता है। धूल की वजह से आँखों के सामने अँधेरा हो जाता है। सूरज आसमान में टीन की तश्तरी जैसा स्लेटी बन जाता है। तुम साँस लेने की कोशिश में हवा से ज्यादा धूल को निगलते हो, दाँतों के बीच में एक ही किरकिराहट। पन्द्रह मिनट के अन्दर-अन्दर 60 टन कोयला गिराया जा चुका है। यामा पर सिर्फ़ चन्द मोटे-मोटे पत्थर पड़े हैं। सल्फाइड कोयला हल्का व सूखा होता। यह जल्दी टूटता है। वह अभ्रक की तरह चमकता है, यह पत्थर और धूल से बनता है। यह बिल्कुल खुरदुरा नहीं होता। अपना नाम इसने पाया है गन्धक से, लेकिन इससे वह बू नहीं आती। कोयले में जो गन्धक होती है, उससे तुम्हारी मुलाकात काफी समय बाद होती है। जब तुम फैक्टरी के अहाते में, गड्ढों में जमे पीले मलबे को देखते हो। या रात के समय, उस मैदान पर जहाँ खंगर ईंटें सूख रहीं होतीं, जब मलबे के ढेर पर पीली-पीली आँखें दमकने लगतीं तो लगता

जैसे किसी ने चन्द्रमा की किरचें बिखेर दी हों।

मार्का-क-कोयला आता है रूडनी खान से, जो कि बिल्कुल नजदीक है। यह न तो वसायुक्त होता है, न सूखा, पथरीला नहीं, रेतीला नहीं, और दानेदार भी नहीं। इसकी बनावट में यह सब ऐसे एक-दूसरे के साथ मिले होते हैं कि तुम किसी एक को अलग से नहीं पहचान पाते हो। भद्दा तो यह वैसे होता ही है। यह पक्की बात है कि इसमें ऐंथ्रेसाइट भले ही काफ़ी सारा हो, मगर इस कोयले का कोई खास व्यक्तित्व नहीं है। कहा जाता है कि यह सबसे कीमती कोयला है। ऐंथ्रेसाइट-कोयला मेरा दोस्त कभी नहीं बना– एक चिपकू दोस्त भी नहीं। वह षड्यंत्री था। उसको उतारना बड़ा कठिन था। ऐसे लगता जैसे तुम अपना फावड़ा चिन्दी-लत्तरों के लोंदे या जड़ों के जंगल के अन्दर घुसा रहे हो।

यामा यह जगह एक रेलवे स्टेशन की तरह है– आधी ढकी हुई और उतनी ही खुली और हवादार। हवा, बदन को चीरती हुई; काटता हुआ पाला, छोटे दिन; दिन के बारह बजे ही बिजली की कृत्रिम रोशनी। कोयले की धूल गिरती हुई बर्फ में घुलती-मिलती हुई या फिर टेढ़ी-मेढ़ी चलती हुई तेज हवा और बारिश– सीधे तुम्हारे चेहरे पर। छत के भीतर से गिरने वाली बूँदें और भी मोटी या तुमको भूनने वाली वह गर्मी। सूरज और कोयले के साथ काटे गये वे लम्बे दिन। और जितना इस कोयले को चढ़ाना और उतारना कठिन, उतना ही कठिन इसका नाम। मार्का-क-कोयला– तुम यह सिर्फ हकला सकते हो, फुसफुसा नहीं– जैसे गैस-कोयले का नाम लेते हुए : **ग़ाज़वी**।

गैस-कोयला चुस्त होता है। यह आता है यासिनोवाटाया से। नचाल्निक गैस-कोयले का नाम ग़ाज़वी लगभग फुसफुसाते हुए ही लेता है। तब लगता है जैसे वह बोल रहा है **हाज़ोवे–जख्मी खरगोश**। इसीलिए मुझे वह अच्छा लगता है। हर डिब्बे में होते हैं अखरोट, हेज़लनट, भुट्टे के दाने और मटर। वे पाँच ढक्कन आसानी से खुलते हैं। तुम कह सकते हो कि सिर्फ दस्ताने का एक वार ही काफ़ी होता है। और वह बिल्कुल निशाने पर लगता है। पाँच बार हाज़ोवे कलकलाता है, ढीला, स्लेटी, सिर्फ कोयला ही कोयला, पत्थर के बिना। तुम देखते रहते हो और सोचते हो : इस हाज़ोवे का दिल बड़ा ही कोमल है। हाज़ोवे डाला जा चुका है, जाली इतनी खाली है जैसे उसके भीतर से कुछ गुजरा ही नहीं हो। हम ऊपर जाली पर खड़े हैं। नीचे, यामा के पेट में कोयले की पहाड़ियाँ और घाटियाँ बन चुकी होंगी। हाज़ोवे का भी यही डिपो है।

दिमाग में भी एक डिपो होता है। यामा के ऊपर काँपती हुई गर्मी के मौसम की हवा, जैसे हमारे यहाँ होती है। और आसमान रेशम की तरह, जैसे हमारे यहाँ

होता है। लेकिन हमारे यहाँ किसी को यह नहीं पता है कि मैं अब भी जिन्दा हूँ। घर में इस समय दादाजी बरामदे में ठंडे खीरे का सलाद खा रहे हैं और सोच रहे हैं कि मैं मर चुका हूँ। और दादी मुर्गों को चुक-चुक करके ओसारे के बगल में एक कमरे जितनी बड़ी छाया के अन्दर बुला रही हैं, उनको दाना डाल रही हैं और सोच रही हैं कि मैं मर चुका हूँ। और माँ और पिताजी शायद वेंच पर हैं। खुद सिलाए हुए नाविक पोशाक में माँ ऊँची घास में लेटी है और सोच रही है कि मैं स्वर्गवासी हो चुका हूँ। और मैं उसको हिला-हिला कर कह भी नहीं सकता हूँ : तुम मुझे बहुत प्यार करती हो न, देखो, मैं तो अब भी जिन्दा हूँ। और पिताजी रसोई में मेज पर बैठे कारतूसों में धीरे-धीरे छर्रे भर रहे हैं– नजदीक आनेवाले पतझड़ के समय में खरगोश के शिकार के लिए शीशे की छोटी-छोटी गोलियाँ। हाज़ोवे।

कैसे एक-एक पल घिसटता है।

मैं शिकार पर था।

कोबेलियान कहीं गया हुआ था और मैंने स्टेपी में— दूसरे पतझड़ का समय नजदीक आ चुका था— अपने फावड़े से एक स्टेपी-कुकुर को मार डाला। रेलगाड़ी के इंजन जैसी एक हल्की-सी सीटी मारी थी उसने। जब मुँह माथे तक तिरछा चिरा होता है तो कैसे एक-एक पल घिसटता है, हाज़ोवे।

मैं उसे खाना चाहता था।

यहाँ सिर्फ घास ही घास है। और घास से तुम किसी भी चीज़ को दबा नहीं सकते हो; और फावड़े से किसी भी चीज़ की खाल नहीं उतार सकते हो। मेरे पास न तो औजार थे और न ही हिम्मत। और समय भी नहीं था। कोबेलियान वापस आ गया था और उसने सब कुछ देख लिया था। फिर मैंने उसको उसी हालत में वैसा ही छोड़ दिया, जैसे एक-एक पल खुद को खींचकर लम्बा बनाता है, जब मुँह तक किया घाव माथे को तिरछा चीर देता है। हाज़ोवे

पिताजी, एक बार आप मुझे सिखाना चाहते थे कि जब कोई जंगल में रास्ता भटक जाता है और सीटी मारता है तब सीटी बजाकर कैसे उसका जवाब दिया जाता है।

पीली रेत के बारे में

पीली रेत के पीलेपन की तुम्हें हर छटा मिलती है : पेरोक्साइड-सुनहरी से लेकर लव-बर्ड-तोते के पीले रंग तक की। कभी-कभी इसमें हल्की गुलाबी छटा भी देखने को मिलती है। यह रेत कोमल होती है; जब इसको स्लेटी सीमेंट में घोल दिया जाता है तो तुम्हें दर्द होता है।

एक दिन, जब शाम ढलने को आयी थी, कोबेलियान ने कार्ली हाल्मॅन और मेरे साथ पीली रेत को लेकर फिर से एक प्राइवेट चक्कर लगाया। इस बार वह बोला : हम मेरे घर जा रहे हैं। मैं वैसे कुछ बना नहीं रहा हूँ, लेकिन अब आगे एक छुट्टी का दिन है, आखिर संस्कृति भी कोई चीज़ होती है।

कार्ली हाल्मॅन और मैं समझ गये कि पीली रेत का मतलब संस्कृति है। साल के शुरू-शुरू में और फिर पतझड़ के समय जब कैम्प के अहाते और फैक्टरी की सफाई होती थी, तब पीली रेत को पगडंडियों पर शृंगार के रूप में बिखेरा जाता था। पहली बार युद्ध समाप्ति की खुशी में और पतझड़ के समय अक्टूबर क्रान्ति का जश्न मनाने के लिए। 9 मई को युद्ध विराम के बाद का पहला साल खत्म हुआ। लेकिन हमारे लिए इससे कुछ फर्क़ नहीं पड़ा— हमारे लिए कैम्प जीवन का यह दूसरा साल था। और अक्टूबर आ गया। पीली रेत से बना साल का पहला गहना तो सूखे दिनों में बहने वाली हवा ने कब का उड़ा दिया था और बारिश ने सड़कें धो डाली थी। अब ताजी पीली रेत पतझड़-शृंगार के रूप में, चीनी के दानों जैसी, कैम्प के अहाते में बिखरी पड़ी थी। उस महान अक्टूबर का जश्न मनाने के लिए सौन्दर्य-रेत। लेकिन इसका यह संकेत नहीं था कि अब हम घर जा सकते हैं।

ट्रक में लगाये हमारे चक्कर भी इस सुन्दरता की वजह से नहीं लगते थे। हम जो टनों रेत लाते, उसको निर्माण-स्थलों पर चलने वाला काम खा डालता था। रेत के डिपो का नाम था **कार्येरा**। यह कभी खत्म न होने वाला अतिविशाल गड्ढा था— कम-से-कम 300 मीटर लम्बा और 20 या 30 मीटर गहरा। चारों तरफ सिर्फ रेत ही रेत। रेत की खान में बना रेत का अतिविशाल अखाड़ा। पूरे

इलाके में चलने वाले काम इसका फायदा उठा सकते थे और जितनी ज्यादा रेत यहाँ से उठाई जाती, उतना ही ऊँचा वह अखाड़ा उठता, उतनी ही ज्यादा गहराई तक घुसते जमीन के अन्दर इसके पैर।

अगर तुम ख़ीत्री बनते– यानी चालाक– तो तुम ट्रक को इस तरह रेत के गड्ढे के किनारे तक ले जाते कि तुम्हें रेत को ऊपर की तरफ उठाना न पड़े, बल्कि आराम से या तो उसी ऊँचाई पर या कभी-कभी नीचे की तरफ भी बड़ी आसानी से तुम उसको उतार सको।

कार्येरा एक बड़ी अजीब जगह है, जैसे एक अतिविशाल पैर के अँगूठे का निशान। सिर्फ शुद्ध रेत, बीच-बीच में मिट्टी का एक ढेला भी कहीं नहीं। सीधे, ऊपर से नीचे की तरफ आते हुए स्तर : मोम जैसे सफेद, चमड़ी जैसे फीके, हल्के और गर्द पीले, गाढ़ी हल्दी और व हल्के गुलाबी रंग के, एक के ऊपर एक। ठंडे और नम। फावड़ा चलाते समय रेत की पपड़ियाँ बनती थीं, लेकिन जैसे ही रेत फावड़े से छूटती थी तो वह हवा में झट से सूखती थी। फावड़ा अपने आप चलता रहता था। ट्रक का डाला जल्दी ही भर जाता था। और उतारते समय एक ही धक्के से पूरा डाला खाली हो जाता था। कार्ली हाल्मॅन और मैं रेत के डिपो में कोबेलियान के लौटने का इन्तजार कर रहे थे।

वापस आने पर कोबेलियान ने अपने आप को रेत में गिराया और जब तक हम डाले में रेत भरते रहे, वह वहीं पड़ा रहा। उसने अपनी आँखें भी बन्द कीं– शायद वह सो गया था। जैसे ही गाड़ी भर गयी, हमने फावड़े से उसके जूते पर थाप मारी। वह झट से खड़ा हो गया और एक कठपुतली की तरह लड़खड़ाता ड्राइवर के कैबिन की तरफ गया। और रेत में उसके शरीर की छाप रह गई, जैसे दो कोबेलियान हों– एक बार लेटा हुआ, सिर्फ उसके शरीर का खोखला आकार– और एक बार पैंट के गीले हुए पिछवाड़े को लेकर ट्रक के पास खड़ा कोबेलियान। गाड़ी में चढ़ने के पहले उसने रेत में दो बार थूका। फिर एक हाथ से उसने स्टीयरिंग को पकड़ा और दूसरे से अपनी आँखों को मसला। उसके बाद वह ट्रक में चढ़ा और चल पड़ा।

अब रेत में गिरने की मेरी और कार्ली की बारी थी और हम सुनते रहे वह कैसे हमारे ऊपर हल्की बारिश जैसी गिर रही थी, कैसे वह हमारे शरीर से चिपक रही थी। इसके अलावा हमने कुछ नहीं किया। ऊपर कमान की तरह तना आसमान। इस आसमान और रेत के बीच एक ज़ख्म जैसी खिची हुई घास की शून्य-रेखा। शान्त बहता हुआ समय। कहीं भी देखो एक सूक्ष्म-सी झिलमिलाहट। मन में संवेदना एक अजीब-सी दूरी की, मानो तुम भाग निकले हो इस लेबर

कैम्प से और दुनिया के हर इलाके की रेत से जुड़े हो। लेटे-लेटे बच निकलना इसी को कहते हैं।

मैंने अपनी आँखें गोल-गोल घुमायीं– किसी ने उठाकर मुझे ऐसे आकाश में छोड़ा था, जहाँ कोई खतरा नहीं था और न ही किये की कोई सजा। रेत ने नीचे से मेरी पीठ को सहारा दिया था और आसमान ने मेरे चेहरे को ऊपर से। जल्दी ही आसमान अन्धा हो गया और मेरी आँखों ने उसको नीचे, अपनी ओर खींचा। आँखों के डेले और कपाल के पीछे का अन्तराल आसमान से भर गया– सिर्फ वह गहरा नीलापन। आसमान ने मुझे इस तरह ढँका था कि किसी को भी पता नहीं चला कि मैं कहाँ हूँ। हमेशा आनेवाली घर की याद को भी नहीं। ईश्वर रेत में अपने कालचक्र को नहीं चलाता है। यहाँ न तो समय को गति मिलती है, न ही उसको पीछे किया जा सकता है। जैसे पीली रेत का युद्ध के बाद शान्ति पर कोई असर नहीं पड़ा था। तीसरे साल में नहीं, चौथे में भी नहीं। शान्ति के चौथे साल के बाद भी हम कैम्प के अन्दर ही थे।

कार्ली हाल्मॅन चेहरा नीचे किये रेत में लेटा था। डबल-रोटी की चोरी के सिलसिले में लगे जख्म अब भरकर उसके छोटे बालों में से मोम में लगी खरोंचों की तरह चमक रहे थे। उसके कानों की धमनियाँ लाल रेशम के धागों जैसी लग रही थीं। मुझे याद आयी एरलेन पार्क और नेपच्यून ताल की मेरी आखिरी राँदेवू मुलाकात की, जो मैंने अपने से दुगनी उम्र के एक शादीशुदा रोमानियाई के साथ की थी। जब मैं पहली बार नहीं आया था, तब उसने कितनी देर तक मेरी राह देखी होगी। और आगे जाकर भी कितनी बार, तब तक, जब तक उसकी समझ में नहीं आया होगा कि अब मैं न केवल अगली बार, बल्कि अब फिर कभी नहीं आऊँगा। कोबेलियान को लौटने में कम से कम आधा घंटा तो लगना ही था।

और फिर उसने मेरा हाथ उठाया– मैं कार्ली हाल्मॅन को सहलाना चाह रहा था। शुक्र है कि उसने मुझे उस मोह से बचाया। उसने अपना सिर रेत में से उठाया। उसका मुँह रेत से भरा हुआ था। उसने रेत को चबाया। उसके मुँह में से किरकिर की आवाज आयी और उसने रेत को निगला। मैं दंग रह गया। उसने दोबारा अपने मुँह को रेत से भरा। जब वह चबा रहा था, उसके गालों से रेत के कण नीचे गिर रहे थे। उन्होंने कार्ली के गालों पर, नाक पर और कपाल पर अपनी छाप छोड़ी थी और वह एक छननी जैसी लग रही थी। आँखों से बहनेवाले आँसुओं ने उसके दोनों गालों पर गहरे कत्थई रंग की लकीरें खींच दी थीं।

जब मैं छोटा था, तब मैं आड़ू को दाँतों से काट कर नीचे गिराया करता था,

वह बोला। फिर मैं उनको उठाता और जहाँ रेत लगी थी उस जगह को खाता, फिर नीचे गिराता तब तक, जब तक सिर्फ गुठली बची हो। मेरे पिताजी मुझे डॉक्टर के पास ले गये, क्योंकि मैं आम बच्चों की तरह नहीं था, मुझे रेत अच्छी लगती थी। अब मेरे पास रेत ही रेत है और मैं भूल गया हूँ कि आड़ू दिखने में कैसा लगता है।

मैंने कहा : पीला, उसके नाजुक रोम होते हैं। गुठली के आस-पास लाल रेशम जैसे।

ट्रक आने की आवाज आयी और हम उठकर खड़े हो गये।

कार्ली हाल्मॅन ने फावड़ा चलाना शुरू किया। जैसे ही उसका फावड़ा भर जाता, उसके आँसू बहकर नीचे गिरते। जैसे ही वह रेत को हवा में उड़ने देता, वे बाएँ से उसके मुँह में और दाहिने से उसके कान के अन्दर चले जाते।

रूसियों के भी अपने तरीके होते हैं

कार्ली हाल्मॅन और मैं लांसिया लेकर एक बार फिर स्टेपी पर से गुजर रहे थे। चारों ओर, हर दिशा में स्टेपी-कुकुर भाग रहे थे, सब जगह पहियों के निशान, कटी हुई घास के बड़े-बड़े पूले, गिरे पड़े। उन पर सूखे हुए खून का लाल और कत्थई रंग चढ़ा हुआ। जहाँ देखो वहाँ मक्खियों के झुंड कुचल दिये गये स्टेपी-कुकुरों की खाल पर और उसमें से बाहर आ गयी आँत के ऊपर। उनमें से काफी अभी तक ताजे लग रहे थे, चमकते हुए, नीली और सफेद धारियों में बँधे, जैसे सीपी की मालाओं के ढेर। बाकी या तो लाल-नीले या आधे सड़े हुए या इतने सूखे हुए जैसे सुखाये गये फूल हों। और पहियों के निशाने से उस पार फेंके हुए स्टेपी-कुकुर ऐसे पड़े थे, जैसे पहियों ने उनका कुछ बिगाड़ा न हो, जैसे वे सो रहे हों। कार्ली हाल्मॅन बोला : मरने के बाद ये इस्त्री जैसे दिखते हैं। वैसे वे कभी और कतई इस्त्री जैसे नहीं दिखे थे। कार्ली की सोच ही ऐसी थी। मैं इस शब्द को कब का भूल चुका था।

कुछ-कुछ दिन ऐसे थे, जब इन स्टेपी-कुकुरों को पहियों से बिल्कुल डर नहीं लगता था। शायद उन दिनों बहती हुई हवा और चलती हुई गाड़ी की आवाज में फर्क करना मुश्किल होता था और यही बात उन स्टेपी-कुकुरों की स्वाभाविक समझ को अस्त-व्यस्त करती थी। जैसे ही गाड़ी के पहिये उनके नजदीक आते, वे भागते थे, लेकिन ढंग से, ऐसे नहीं मानो उनके लिए यह जिन्दगी और मौत का सवाल हो। मुझे इस बात का पूरा यकीन था कि कोबेलियान इन स्टेपी-कुकुरों को बचाने के चक्कर में कभी नहीं पड़ने वाला था। और इस बात का भी कि उसने किसी स्टेपी-कुकुर के ऊपर गाड़ी नहीं चढ़ाई थी। अभी तक उसके पहियों के नीचे से किसी स्टेपी-कुकुर की चीख सुनने को नहीं मिली थी। लेकिन इसका एक कारण यह भी हो सकता था कि लांसिया खुद बहुत ज्यादा आवाज करती थी।

लेकिन इसके बावजूद मुझे पता है कि गाड़ी के नीचे आकर एक स्टेपी-कुकुर कैसे चीखता है, क्योंकि हर बार जब मैं गाड़ी में सफर करता हूँ, तब वह चीख मुझे अपने दिमाग में सुनाई देती है, छोटी, दिल के टुकड़े-टुकड़े करने वाली। एक के बाद

एक सिर्फ तीन बलाघात होते हैं उस चीख में : हाज़ोवे। जब तुम फावड़े से उसकी जान लेते हो तब भी ऐसी ही चीख, क्योंकि यहाँ भी मामला उतनी ही जल्दी खत्म होता है। और मुझे यह भी पता है कि धरती उस समय कैसे भय से काँपती है, जैसे तब, जब एक भारी पत्थर पानी में गिरता है। मुझे यह भी पता है कि इसके तुरन्त बाद तुम्हारे होंठ कैसे जलते हैं, क्योंकि वे तुम्हारे दाँत के नीचे आ जाते हैं, जब तुम पूरी ताकत के साथ एक ही वार में उसको खत्म करते हो।

उस दिन से, जब मैं उसको वहीं छोड़ आया था, मैं अपने आप को समझाता आया हूँ कि इन स्टेपी-कुकुरों को खाते नहीं हैं। भले ही तुम्हें जिन्दा स्टेपी-कुकुरों के प्रति थोड़ी सी भी करुणा या मरे हुए स्टेपी-कुकुरों के प्रति घृणा न महसूस होती हो। यदि होती तो भी मैं करुणा और घृणा दोनों का प्रयोग स्टेपी-कुकुरों के साथ नहीं, बल्कि अपने साथ करता। घृणा सिर्फ अपनी करुणा के कारण होने वाली हिचकिचाहट से होती, उस स्टेपी-कुकुर से नहीं।

लेकिन अगर कार्ली और मेरे पास अगली बार समय होगा, अगर हम गाड़ी से उतर सकेंगे, जब तक कोबेलियान अपनी बकरियों के लिए अपनी तीन-चार बोरियों में नई घास ठूँसने में व्यस्त होगा, अगर हमारे पास इतना समय होगा तो। मुझे लगता है कि कार्ली हाल्मॅन इसमें शामिल नहीं होगा, क्योंकि मैं साथ होऊँगा। मुझे फालतू में समय बर्बाद करना पड़ेगा उसको अच्छी तरह समझाने में, जबकि लगभग देर हो चुकी होगी। अगर अगली बार हमारे पास समय होगा तो। एक स्टेपी-कुकुर के मामले में शर्मिन्दा होने की क्या जरूरत– यही मुझे शायद कहना पड़ेगा– और न ही स्टेपी से शर्मिन्दा होने की। मेरा ख़याल है कि उसको अपने आपसे ज्यादा तकलीफ होती होगी, यकीनन जितनी मुझे अपने आप से होती है, उससे ज्यादा। और जितनी मुझे कोबेलियान से होती है, उससे ज्यादा। शायद मुझे उससे पूछना होगा कि वह कोबेलियान को क्यों पैमाना समझ कर चलता है। मुझे विश्वास है कि अगर कोबेलियान हमारी तरह घर से उतना ही दूर होता तो वह भी उन स्टेपी-कुकुरों को खाता – ऐसा ही कुछ मुझे कहना पड़ेगा।

कभी-कभी स्टेपी में रातों-रात गिरे पड़े, कत्थई-लाल रंग के कटी हुई घास के बंडल ही देखने को मिलते। और एक दिन रातो-रात सारे बादल पिघल गये। बचे सिर्फ कंकाल सारस पक्षी ऊपर आसमान में और नीचे जमीन पर मोटी मक्खियाँ। लेकिन घास में एक भी मरा हुआ स्टेपी-कुकुर नहीं पड़ा था।

वे सब कहाँ हैं–मुझे कार्ली से पूछना होगा। देखो तो उन रूसियों को। इतने सारे, सिर झुकाये स्टेपी में से पैदल क्यों जा रहे हैं। कुछ देर तक वे बैठे रहते हैं। तुम्हें क्या लगता है, वे आराम कर रहे हैं, वे थक गये हैं। उनकी खोपड़ी में भी हम

जैसा ही एक घोसला है, हमारी तरह उनका पेट भी खाली है। इन रूसियों के भी अपने तरीके होते हैं। और समय उनके पास ज्यादा होता है। यहाँ स्टेपी में उनको अपने घर जैसा लगता है। कोबेलियान को इससे कोई आपत्ति नहीं है। गाड़ी में ब्रेक के पास हमेशा एक छोटी डंडीवाला फावड़ा क्यों पड़ा रहता है। घास तो वह हाथ से काटता है। मैं कार्ली से कहूँगा कि जब हम दोनों वहाँ नहीं होते तो कोबेलियान सिर्फ अपनी बकरियों के लिए घास के कारण गाड़ी से नहीं उतरता है– और यह कहते हुए मुझे झूठ का सहारा नहीं लेना पड़ेगा, क्योंकि सच क्या है यह मुझे बिल्कुल नहीं पता। और अगर मुझे सच मालूम होता भी तो वह सिर्फ एक सच होता और उसके विरोध में दूसरा एक और सच होता। मुझे कहना होगा कि जब तुम और मैं कोबेलियान के साथ होते हैं तब, और जब हम अकेले होते हैं तब– इन दोनों में फर्क है। मैं भी तुम्हारे बिना कोई और होता हूँ। यह सिर्फ तुम्हारी कल्पना है कि तुम हमेशा वही तुम होते हो। डबल-रोटी की चोरी करते समय तुम कोई और ही तो थे। और मैं भी कोई और था और बाकी सारे भी– लेकिन यह मुझे कभी नहीं कहना चाहिए, क्योंकि यह एक किस्म का आरोप होगा।

खाल को जब जलाते हैं तो बड़ी बदबू आती है। मैं खाल उतारता हूँ, तुम जल्दी से आग जलाना–मैं कहूँगा, अगर– और तभी जब कार्ली हाल्मॅन मेरा साथ देने के लिए तैयार होगा।

कार्ली हाल्मॅन ने और मैंने कोबेलियान के साथ कई बार स्टेपी को पार किया है। इसके एक हफ्ते बाद भी हम इस लांसिया के ऊपर खड़े थे। हवा निस्तेज थी, घास सन्तरी रंग की थी, सूरज स्टेपी को पतझड़ के आखिरी चरण की ओर घुमाकर ले जा रहा था। गाड़ी के नीचे आये हुए स्टेपी-कुकुरों पर रात के पाले की चीनी बुरकी हुई थी। हम एक बूढ़े आदमी के पास से गुजरे। वह धूल के भँवर में खड़ा एक फावड़े से हमें इशारा कर रहा था। फावड़े की डंडी छोटी थी। आदमी के कन्धे पर एक बोरी टँगी थी, जो सिर्फ एक चौथाई भरी थी, लेकिन फिर भी भारी थी। कार्ली बोला : यहाँ कोई घास नहीं काट रहा। अगर अगली बार हमारे पास समय होगा, अगर हम गाड़ी से उतर सके तो कोबेलियान को इससे कोई आपत्ति नहीं होगी, लेकिन तुम तो संवेदनाशील बनना चाहते हो, तुम कभी मेरा साथ नहीं दोगे।

कोई बिना वजह भूख को अन्धी नहीं मानता है। कार्ली हाल्मॅन और मैं एक-दूसरे को इतनी अच्छी तरह नहीं जानते थे। हम कुछ ज्यादा ही एक-दूसरे के साथ हुआ करते थे और कोबेलियान को हमारे बारे में कुछ भी मालूम नहीं था, न ही हमें उसके बारे में। हम सब एक-दूसरे को जानते हुए भी अनजान थे।

चीड़ वृक्षों के बारे में

क्रिसमस के कुछ दिन पहले मैं ट्रक के कैबिन में कोबेलियान के बगल में बैठा था। अँधेरा हो रहा था। हम एक और ब्लैक-ट्रिप लगाने जा रहे थे, अब की बार उसके भाई के यहाँ। हम कोयला उठाकर चले थे।

रेलवे स्टेशन के अवशेष और खड़ंजेदार सड़क इस बात के संकेत थे कि हम अब एक छोटे शहर के अन्दर प्रवेश कर रहे थे। हम एक ऊबड़-खाबड़ और टेढ़ी-मेढ़ी सड़क से अन्दर मुड़े, जो शहर के किनारे-किनारे जा रही थी। आसमान में प्रकाश का एक पट्टा अब भी दिख रहा था। ढले हुए लोहे से बनी बाड़ के पीछे चीड़ के वृक्ष खड़े थे। काले, जैसे रात काली होती है, पतले और नुकीले। सबसे ऊँचे होने के कारण वे साफ दिखाई दे रहे थे। वहाँ से तीन घर आगे जाकर कोबेलियान ने गाड़ी को रोका।

जैसे ही मैंने कोयला उतारना शुरू किया, हाथ से उसने मुझे धीरे से इशारा किया। वह कहना चाह रहा था : आराम से, हमें कोई जल्दी नहीं है। वह एक घर के अन्दर गया, जो शायद सफेद था, लेकिन ट्रक की हेडलाइट में वह पीला दिख रहा था।

मैंने अपना ओवरकोट उतार कर ट्रक के कैबिन की छत पर रखा और फावड़ा चलाने लगा— जितना धीरे हो सके। लेकिन फावड़ा मेरा स्वामी था और जहाँ तक उसको चलाने की रफ्तार का सवाल था, मैं तो उसी की आज्ञा का पालन करने पर मजबूर था। फिर उसे मुझ पर गर्व होता। सालों से फावड़ा चलाना ही ऐसी एक बात थी, जिसमें थोड़ा-बहुत गर्व अब भी बचा हुआ था। जल्दी ही गाड़ी खाली हो गयी, लेकिन कोबेलियान अब भी अपने भाई के यहाँ, उसके घर के अन्दर ही था।

कभी-कभी एक योजना बनाने में समय लगता है। लेकिन जब तुम झट से निर्णय लेते हो और इसके पहले कि तुम उसे अपनाते हो, तुम उस पर तुरन्त अमल करने पर मजबूर हो जाते हो, और यह उत्तेजक हो सकता है। मैंने ओवरकोट को अपने ऊपर ओढ़ भी लिया था। जैसे ही मैंने मन-ही-मन सोचा

कि यहाँ चुराने के लिए कुछ मिल सकता है—मेरे पाँव उतनी ही जल्दी चीड़ के वृक्षों की तरफ चल पड़े। जाली वाले गेट पर ताला नहीं था। या तो यह किसी जमाने में पार्क हुआ करता था या कब्रिस्तान। मैंने उन पेड़ों की सारी निचली टहनियाँ तोड़ लीं और अपना ओवरकोट उतारकर उसके अन्दर लपेट लीं। मैंने फाटक को खुला ही छोड़ दिया और जल्दी से कोबेलियान के भाई के घर की ओर भागा। अब वह अँधेरे में सफेद और सतर्क दिख रहा था। अब हेडलाइट नहीं जल रही थी और कोबेलियान ने डाले का ढक्कन भी बन्द किया था। तो जब मैंने उसको अपने सिर के ऊपर से गाड़ी के अन्दर फेंका। मेरी पोटली से राल की बड़ी स्पष्ट गन्ध— और भय की तेज गन्ध आ रही थी। कोबेलियान कैबिन में अपनी सीट पर बैठा था। उससे वोदका की बू आ रही थी। यह तो मैं आज कह रहा हूँ, लेकिन उस वक्त मेरे लिए वह वोदका की खुशबू थी। मैंने सोचा—वह कोई शराबी नहीं है, वह सिर्फ चरबीदार खाने के साथ वोडका पीता है। अगर वह मेरा भी कुछ ख़याल करता तो...

अगर लौटने में ज्यादा देर हुई तो कैम्प के फाटक पर कुछ भी हो सकता था। तीन पहरेदार कुत्ते भौंकने लगे। सन्तरी ने बन्दूक की नली को मेरे और मेरी पोटली के बीच घुसाकर झट से उसको मुझसे अलग कर जमीन पर पटक दिया। मेरा मखमली कॉलर वाला ओवरकोट खुल गया और सारी टहनियाँ जमीन पर बिखर गयीं। कुत्तों ने टहनियों को सूँघा और उसके बाद वह सिर्फ मेरे ओवरकोट को ही सूँघते रहे। उनमें जो सबसे तगड़ा था, शायद वे उन कुत्तों का लीडर था, वह ओवरकोट को एक लाश की तरह कैम्प के आधे अहाते में से घसीटकर हाज़िरी चौक तक ले गया। मैं उसके पीछे भागा, मैं ओवरकोट को बचाने में सिर्फ इसलिए कामयाब हो पाया, क्योंकि उसने ओवरकोट को छोड़ दिया था।

दो दिन बाद डबल-रोटी वाला अपनी गाड़ी मेरे सामने से ढकेल रहा था। लिनन की सफेद चादर पर एक नयी झाड़ू पड़ी थी, जो एक फावड़े की डंडी और मेरी चीड़ की टहनियों को लेकर बनाया गई थी। तीन दिन बाद क्रिसमस था— एक ऐसा शब्द, जो हरे चीड़ को घर के अन्दर लाता है। मेरे पास सूटकेस में सिर्फ मेरी फिनी-आंटी के फटे, जीर्ण-शीर्ण, हरे ऊनी दस्ताने थे। ऐडवोकेट पाउल गास्ट दो हफ्तों से एक फैक्टरी में मशीनमैन का काम कर रहा था। मैंने उससे तार मँगवाए। वह मेरे लिए ले आया। हाथ भर लम्बे तार के टुकड़ों का एक बंडल, जो एक छोर पर धागे से बँधे हुए थे— जैसे कोई ब्रुश हो। मैंने तार का एक पेड़ बनाया, दस्तानों का ऊन उधेड़ा और उनके हरे धागों को उस तार के पेड़ की टहनियों पर ऐसे बाँधा कि वे चीड़ की सूइयाँ लगे।

यह मेरा 'क्रिसमस ट्री' उस छोटी-सी मेज के ऊपर और कुक्कू-घड़ी के नीचे खड़ा था। ऐडवोकेट पाउल गास्ट ने उस पर डबल-रोटी की बनी कत्थई रंग की दो गोलियाँ लगा दीं। पेड़ को सजाने के लिए इसके पास डबल-रोटी कैसे बची—यह मैंने उस समय नहीं पूछा, क्योंकि मुझे यकीन था कि अगले दिन वह उन गोलियों को खाएगा और इसलिए भी क्योंकि वह उन गोलियों को बनाते समय अपने घर के बारे में बात कर रहा था।

हमारे यहाँ ओबरविशाऊ के हमारे स्कूल में ईसा मसीह के आगमन के त्योहार के दौरान हर सुबह पहली क्लास शुरू होने के पहले फूलों के एक हार पर लगी मोमबत्तियों को जलाया जाता था। उसको टाँगा जाता था, शिक्षकों की डेस्क के ऊपर। एक बार यूँ हुआ— हमारे भूगोल शिक्षक का नाम था लियोनिदा और वे पूरी तरह से गंजे थे। मोमबत्तियाँ जल रहीं थीं और हम गा रहे थे—ओ टानेनबाउम...ओ टानेनबाउम... कितने हरे तुम्हारे प.... और हमने एकदम से गाना बन्द किया, क्योंकि लिओनिदा चिल्ला रहे थे आ ऽ ऽ ऽ ऊ। उनके गंजे सिर पर लाल रंग का मोम पिघलकर गिर गया था। लियोनिदा चिल्ला रहे थे, मोमबत्तियाँ बुझाओ। वे उछल कर कुर्सी के किनारे तक आये और उन्होंने कोट की जेब में से टीन का एक बटन चाकू निकाला, जो एक सिल्वरफिश जैसा बनाया गया था। यहाँ आओ, लिओनिदा चिल्लाये। उन्होंने चाकू को खोला और वे आगे की तरफ झुक गये। और मैंने चाकू लेकर उनके गंजे सिर से खरोंचकर मोम को निकाला। मैंने उनको कोई चोट नहीं दिलायी। जैसे ही मैं वापस जाकर अपनी जगह बेंच पर बैठ गया, वे निशाना बनाकर मेरे पास आये और उन्होंने मुझे एक थप्पड़ मारा। जैसे ही मैंने आँसू पोंछने चाहे, वे चिल्लाए, हाथ पीठ के पीछे।

10 रूबल

बेया त्साकेल ने तूर प्रिकुलिच से मेरे लिए एक प्रोपुस्क यानी बाजार के लिए पास हासिल किया था। ऐसे मौके के बारे में तुम किसी भूखे आदमी को बता नहीं सकते। मैंने भी किसी को कुछ नहीं कहा। मैंने गिलाफ से बने अपने झोले को और हॅर कार्प के चमड़े के पट्टों को उठाया और वही पुराना किस्सा— कैलोरीज की चतुराई से अदला-बदली करना। 11 बजे मैं चल पड़ा— हम चल पड़े, मैं और मेरी भूख।

बारिश की वजह से मौसम में एक धुँधलापन था। कीचड़ में विक्रेता जंग लगे नट-बोल्ट और गियर को लेकर खड़े थे। बूढ़ी औरतें टीन के बर्तन और घरों की पुताई के लिए नीले रंग के ढेरों के सामने खड़ी थीं। रंग के उन ढेरों के आस-पास बने जौहड़ नीले हो गये थे। उनके बगल में ही चीनी और नमक, सूखे आलू-बुखारे, मक्के के आटे, जुआर, जौ, और मटर के ढेर लगे हुए थे। यहाँ तक कि मक्के के केक भी चुकन्दर की लपसी के साथ नागरमोथे के पत्तों पर रखे थे। बगैर दाँत की औरतें टीन के कनस्तर में छाछ लिये। एक टाँग वाला एक बच्चा, बैसाखी लिए एक बाल्टी रॅस्पबेरी के लाल रस के साथ। कुछ चुस्त आवारा लड़के मछली पकड़ने की बंसियों, मुड़ी हुई छुरियों तथा खाने में इस्तेमाल होने वाले काँटों को लेकर इधर-उधर घूम रहे थे। अमरीकी जैम इत्यादि के डब्बों के अन्दर छोटी-छोटी रूपहली मछलियाँ तड़फड़ा रही थीं, जैसे जिन्दा सेफ्टी-पिन हों।

अपने चमड़े के पट्टों को हाथ में लिये मैं इस भीड़ में खुद को आगे की तरफ धकेलता रहा। आगे फौजी वर्दी पहने एक बुड्ढा खड़ा था। उसके सिर पर कई जगहों पर बालों में गड्ढे पड़ गए थे। और उसके सीने पर युद्ध में मिले दर्जनों पदक टँगे थे। उसके सामने दो किताबें पड़ी थी— एक पोपोकाटेपेटल पर और दूसरी, जिसके कवर पर दो मोटे पिस्सू थे। मैंने उन पिस्सुओं वाली किताब के पन्ने पलटे, क्योंकि उसमें काफी सारे चित्र थे। दो पिस्सू एक हिंडोले पर, बगल में मदारी का हाथ। हाथ में एक बहुत छोटा-सा चाबुक। एक पिस्सू रॉकिंग

चेयर के हत्थे पर, एक पिस्सू शादी में इस्तेमाल होने वाली, मूँगफली के छिलके से बनी बग्गी में जुता हुआ; एक लड़के के सीने पर, दो चूचियों के बीचोंबीच दो पिस्सू। और नाभि तक समान्तर जाने वाले, पिस्सुओं की काट से हुए जख्मों की दो मालाएँ।

उस वर्दी पहने आदमी ने मेरे हाथ में से चमड़े के पट्टों को खींचा और पहले अपने सीने से लगाकर देखा, बाद में अपने कन्धों से लगाकर। मैंने उसको इशारा किया कि वे टाँगों के लिए हैं। वह हँसने लगा; पेट में से आने वाली खोखली हँसी, जैसे तूर प्रिकुलिच हाज़िरी के समय कभी-कभी हँसता था, जैसी एक बड़े टर्की की आवाज होती है। उसका ऊपरी होंठ बार-बार एक आधे टूटे दाँत पर अटक जाता था। बाजू में खड़ा एक विक्रेता बीच में आ गया। उसने पट्टों के फीतों को अपनी उँगलियों से मसला। फिर और एक आया, हाथ में छुरियाँ लेकर। उसने छुरियों को अपने कोट की जेब में डाला, पट्टों को दायें और बायें कूल्हों के साथ लगाकर देखा। फिर उनको अपने पीछे लगाकर एक जोकर की तरह उछलने लगा। इसके दौरान वह आधे टूटे दाँत वाला वर्दीधारक मुँह में से ऐसी आवाजें निकालता रहा, जैसे वह पाद मार रहा हो। फिर और एक शख्स आया, जिसके गले में पट्टी बँधी हुई थी और जो एक बैसाखी लेकर चल रहा था। बैसाखी का काँख के नीचे जाने वाला हिस्सा एक टटी-फूटी हँसिया थी, जो चिन्दियों में लिपटी थी। उसने बैसाखी की डंडी को पट्टे में डालकर उछाला और दूर फेंक दिया। मैंने भागकर उसको उठाया। कुछ ही देर बाद मेरा दूसरा पट्टा आकर गिरा। जैसे ही मैं उसको उठाने के लिये झुक गया, मैंने देखा कि पट्टे के अलावा कीचड़ में एक मुड़ा-तुड़ा हुआ नोट पड़ा था।

किसी ने इसको खो दिया था। अच्छा होगा अगर उसे वह अभी नहीं याद आये, मैंने मन ही मन में कहा—शायद वह उसे अब भी ढूँढ़ रहा हो, शायद भीड़ में से किसी ने इस तमाशे के दौरान या फिर अभी, इसी वक्त, जो कि मैं झुका हूँ, इस नोट को देखा हो और वह अभी देख रहा हो कि मैं क्या कर रहा हूँ। भीड़ अब भी मेरा और मेरे पट्टों का मजाक उड़ाने में व्यस्त थी और नोट मेरी मुट्ठी में आ चुका था।

अब मुझे जल्दी से रफूचक्कर होना था और मैं भीड़ के अन्दर घुस गया। मैंने पट्टों को बगल में दबाया और नोट को सीधा किया। वह 10 रूबल का नोट था। 10 रूबल! समझो बढ़िया रकम हाथ लग गई। अब गणित करना बन्द करो और सिर्फ खाने के बारे में सोचो, मैंने अपने आप से कहा। पेट भर जाये, तो बाकी सामान झोले के अन्दर। अब मेरे पास चमड़े के उन पट्टों के

लिए– इस किसी और ग्रह से टपकी चीज के लिए– बिल्कुल समय नहीं था। इनकी वजह से लोगों का ध्यान फालतू में मेरी तरफ जा रहा था। मैंने इनको बगल में से नीचे जमीन पर गिरने दिया और अपने 10 रूबल लेकर एक सिल्वर फिश– पुस्तक में रहने वाले रूपहले कीड़े– के माफिक मैं दूसरी दिशा में नौ दो ग्यारह हो गया।

मेरा दिल धड़क रहा था। डर के मारे पसीने से मैं भीग गया था। मैंने 2 रूबल देकर दो गिलास रॅस्पबेरी का रस खरीदा और एक ही घूँट में पी डाला। फिर मैंने मक्के के दो केक खरीदे, चुकन्दर की लपसी के साथ। नागरमोथे के पत्तों को भी मैंने खा डाला। वे कड़वे थे, लेकिन पेट के स्वास्थ्य के लिए यकीनन एक दवा के समान। फिर मैंने खरीदे चार रूसी पुए– पनीर से भरे। दो गिलाफ के लिए, दो मैंने खाये। उसके बाद मैंने एक जग भर गाढ़ी छाछ पी डाली। फिर मैंने दो टुकड़े सूरजमुखी के बीज के केक खरीदे और दोनों खा डाले। मुझे दुबारा वह एक टाँग वाला लड़का दिखाई दिया और मैंने फिर से एक गिलास लाल रॅस्पबेरी रस पिया। उसके बाद मैंने अपने पैसे गिने– 1 रूबल और 6 कोपेक। ये न तो चीनी के लिए काफी थे, न ही नमक के लिए। सूखे आलू-बुखारे वाली औरत मुझे पैसे गिनते हुए घूर रही थी, उसकी एक आँख भूरी थी और दूसरी पूरी सफेद, उसमें पुतली नहीं थी, जैसे सफेद लोबिया। मैंने उसको अपने हाथ में जो पैसे थे वे दिखाये। उसने मेरे हाथ को दूर ढकेला, और बोली नहीं और उसने हाथ इस तरह हिलाये जैसे वह मक्खियों को भगा रही है। मैं खड़ा रहा और उसको अपने पैसे दिखाता रहा। मैं काँपने लगा। मैंने क्रूस का निशान बनाया और बड़बड़ाने लगा, जैसे मैं प्रार्थना कर रहा हूँ : हे भगवान पितामह, इस भयानक कछुए से मुझे बचाओ। प्रभु, इसको लालच आने दो, और मुझे इस संकट से छुटकारा दो। इस बड़बड़ाने में मैं फेन्या की ठंडी आध्यात्मिकता को याद करता रहा और इस बड़बड़ के अन्त में मैंने एक बड़ा साफ आमीन बोल दिया, ताकि मेरी प्रार्थना कुछ ढंग की साबित हो। उस औरत का दिल डगमगाया था और वह अपनी एक सफेद लोबिया-आँख से मुझे घूर रही थी। फिर उसने मेरे पैसे लिए और एक हरी पुरानी कोसैक टोपी को सूखे आलू बुखारों से भर दिया। उनमें से आधे मैंने गिलाफ के अन्दर डाल दिये और बाकी बचे अपनी रूई की टोपी में, ताकि मैं उन्हें तुरन्त खा लूँ। और जैसे ही मेरी टोपी के आलू बुखारे खत्म हुए, मैंने उन दो गिलाफ में बचे हुए पुओं को भी खा डाला। अब उन बचे हुए आलू बुखारों के अलावा गिलाफ में कुछ भी नहीं था।

अकेशिया के पेड़ों में अब गर्म हवा बह रही थी। कीचड़ सूखने लगा और

उसकी पपड़ी निकलकर जौहड़ों में स्लेटी प्यालियों जैसी दिखने लगी। कैम्प जाने वाली सड़क के साथ चलने वाली पगडंडी पर एक बकरी गोल चक्कर लगा रही थी। उसके गले पर जख़्म था, क्योंकि वह बार-बार उस रस्सी को खींचती थी, जिससे वह एक खम्भे के साथ बँधी थी। वह रस्सी उस खम्भे से इतनी बार लिपट चुकी थी कि बकरी अब घास तक नहीं पहुँच पा रही थी। उसकी नजर बेया त्साकेल की तरह तिरछी थी और वह फेन्या की तरह पीड़ित दिख रही थी। वह मेरे पीछे-पीछे आना चाहती थी। मुझे याद आयी उन नीली, बर्फ से जमी, लम्बाई में कटी हुई बकरियों की, जिनको हमने उस वक्त पशुवाहक डिब्बे में जलाकर खुद को गर्मी दिलाई थी। मैंने अभी तक सिर्फ आधा रास्ता पार किया था। लौटने में बहुत देर हो चुकी थी और फिर कैम्प के गेट पर जो होता है– इस बार तो सूखे आलू बुखारे भी साथ में थे। उनको सन्तरियों से बचाने के लिए मैंने गिलाफ के अन्दर हाथ डाला और उनको भी खा डाला। रूसी गाँव के पीछे, पोपलरों के बीच में फैक्टरी की शीत-मीनार भी साफ दिख रही थी। उसके छोड़े हुए धुएँ के सफेद बादल के ऊपर सूरज चौकोर दिख रहा था। वह रेंग कर मेरे मुँह के अन्दर चला गया। मेरे तालू को जैसे किसी ने मुँह के अन्दर गाड़ दिया था। मैं हाँफने लगा। पेट में चुभन हो रही थी, आँत गड़गड़ा रही थी, वह उथल-पुथल हो रही थी। ऐसा लग रहा था, जैसे पेट में कोई टेढ़ी-मेढ़ी तलवार भोंक कर उसको इधर-उधर घुमा रहा है। मुझे चक्कर आने लगा, शीत-मीनार घूमने लगी। मैंने एक शहतूत के पेड़ का सहारा लिया और उसके नीचे की जमीन घूमने लगी। सड़क पर चलने वाली एक ट्रक फड़फड़ाने लगी। पगडंडी के ऊपर तीन कुत्ते तैरते हुए एक दूसरे के अन्दर जाने लगे। मैंने पेड़ पर उलटी की। मुझे इतना अफसोस हुआ कि वह महँगा खाना सब बेकार हुआ, कि मैं उलटी करता गया, और रोता गया।

फिर वह सब कुछ उस शहतूत के पेड़ के नीचे पड़ा चमक रहा था।

सबकुछ, सबकुछ, सबकुछ।

मैंने अपना सिर पेड़ से टिकाया और उस अच्छी चबाई हुई चमचमाहट को यूँ देखता रहा जैसे आँखों से मैं उन सब चीजों को फिर से खा सकूँगा। अब मैं पहले वाच टावर के नीचे से गुजरा– खाली हवा में, खाली गिलाफ और खाली पेट को लेकर। मैं वही था, पहले जैसा, मेरे पास अब सिर्फ चमड़े के पट्टे नहीं थे। मेरी जिन्दगी के पट्टे। वाच टावर के ऊपर खड़े सन्तरी ने सूरजमुखी के बीज के छिलके नीचे थूके। वे हवा में मक्खियों की तरह मँडराये। मेरे अन्दर का खालीपन पित्त जैसा कड़वा था। मेरा हाल बुरा था। इसके बावजूद, जैसे ही मैं

कैम्प के अहाते के अन्दर चंद कदम चला, तो मेरी सोच कैंटीन की तरफ गयी– क्या कैंटीन में इस वक्त बन्दगोभी का सूप मिल सकता है। कैंटीन बन्द हो चुकी थी और अपने लकड़ी के जूतों की ताल में मैं अपने आप से कहने लगा :

एक बुढ़िया है जो अपने सफेद बाल के साथ जीती है। मेरे पास मेरा फावड़ा है और बैरक में एक जगह, और यकीनन भूख और मरने के बीच भी एक खाली जगह होगी। मुझे सिर्फ उसे ढूँढ़ना है, क्योंकि भोजन मुझसे ज्यादा ताकतवर है। उस लंगड़ाती हुई फेन्या की ठंडी आध्यात्मिकता– सही सोचती है वह। वह न्यायप्रिय है और मुझे मेरे हिस्से का खाना देती है। फिर बाजार क्यों जाना, कैम्प में जो मुझे बन्द करके रखा गया है, वह मेरे हित में है, मजाक तो सिर्फ वहीं उड़ाया जाता है, जहाँ तुम्हारा घर न हो। कैम्प मेरा घर है। सन्तरी ने मुझे पहचान लिया था। उसने मुझे फाटक के अन्दर आने का इशारा किया था। और उसका पहरेदार कुत्ता गर्म फर्श पर पड़ा रहा, वह भी मुझे जानता है। और हाज़िरी चौक भी मुझे जानता है, वहाँ से बैरक तक का रास्ता मैं आँखें बन्द करके भी ढूँढ़ सकता हूँ। मुझे बाहर जाने का पास नहीं चाहिए। मेरे पास कैम्प है, और मैं कैम्प का हूँ। मुझे जरूरत है सिर्फ एक पलंग के चौखटे की, फेन्या की डबल-रोटी की और मेरी टीन की तश्तरी की। बल्कि उस लियो आउबॅर्ग की भी मुझे जरूरत नहीं है।

भूख-देवदूत के बारे में

भूख एक वस्तु है।

देवदूत दिमाग पर सवार है।

भूख-देवदूत सोचता नहीं है। वह सही सोचता है।

वह हमेशा हाजिर होता है।

वह मेरी कमजोरियों को पहचानता है और उसको पता होता है कि किस दिशा में उसको चलना है।

उसको मेरा पूर्व इतिहास पता है और यह भी कि वह कैसे असर करता है। यह सब हमारी पहली भेंट के पहले से ही उसको पता था। उसको मेरे भविष्य के बारे में भी पूरी जानकारी है।

वह पारे जैसा सभी धमनियों के अन्दर तक घुस जाता है। तालू में वह मिठास बन जाता है, तब पेट और पसलियों के पंजर हवा के दबाव के नीचे दब जाते हैं। इस स्थिति को डर का नाम देना एक अतिशयोक्ति होगी।

सबकुछ आसान बन गया है।

भूख-देवदूत अपनी आँखें खुली रखकर भी एक ही तरफ चलता है। गोल चक्करों के तीखे मोड़ पर वह डगमगाता है और साँस की पींगों पर अपना सन्तुलन बनाये रखता है। घर की याद से दिमाग को होनेवाले दर्द को वह पहचानता है, हवा में बनी अन्धी गलियों को भी। हवा-देवदूत अपनी भूख सब को दिखाता हुआ दूसरी तरफ चलता है।

वह खुद के और मेरे कान में फुसफुसाता है : जहाँ माल चढ़ाया जा रहा है, वहाँ उतारा भी जा सकता है। वह उसी माँस का बना है, जिसको वह धोखा देता है। जिसको वह धोखा दे चुका होगा।

वह अपनी-डबल-रोटी और गाल-डबल-रोटी को जानता है और सफेद खरगोश को आगे भेजता है। वह कहता है कि वह वापस आ जाएगा, लेकिन वहीं पड़ा रहता है और जब वह आता है, तब वह तूफान बनकर आता है।

एक बात बड़ी साफ है : 1 फावड़ा भर लदान = 1 ग्राम डबल-रोटी

भूख एक वस्तु है।

वे लातीनी राज़

कैंटीन में खाना खाने के बाद हम वहाँ की लम्बी मेजों और बेंचों को खिसका कर दीवार के साथ लगाते हैं। कभी-कभी शनिवार को रात के पौने बारह बजे तक हमें वहाँ नाचने की अनुमति मिलती है। उसके बाद हम सब चीजों को अपनी जगह पर वापस रख देते हैं। ठीक बारह बजे लाउडस्पीकर में रूसी राष्ट्रगीत बजता है, उस समय सबको अपनी बैरक में होना होता है। शनिवार को सन्तरी लोग अक्सर खुशमिज़ाज होते हैं, क्योंकि उन्होंने चुकन्दर की दारू पी होती है, गोली किसी भी समय चल सकती है। इतवार को सुबह अहाते में पड़ा अगर कोई मिल गया तो कहते थे : भाग रहा था, पकड़ा गया। अगर वह कच्छे में लैट्रिन की तरफ भागता अहाते में आ गया हो, क्योंकि उसकी सड़ी हुए आँत अब बन्दगोभी का सूप हज़म नहीं कर पा रही है, तो यह कोई माफ़ी के लायक बात नहीं हो सकती थी। इसके बावजूद हम कैंटीन-शनिवार को एकाध टैंगो नाच लेते थे। जब तुम नाचते हो, तो तुम कैफे मार्टिनी वाली लेडी ऑफ दि अपोकालिप्स जैसे पैरों की उँगलियों के बल जीते हो – उस दुनिया में लौटकर, जहाँ से तुम आये हो। ऐसी जगह, जहाँ नाच चल रहा है, जो फूलमालाओं और दियों से सजाई गयी है। खास शाम के लिए बने कपड़े, ब्रूच, टाई, कोट की ऊपरी जेब में रूमाल, कफ-लिंक। मेरी माँ नाच रही है। उसके गाल पर घुँघराली जुल्फें, सिर पर बालों का जूड़ा, जो दिख रहा है एक छोटी टोकरी की तरह। चमकती हुई कत्थई रंग की सैंडल। उनकी ऊँची एड़ियाँ। पतले फीते, जैसे नाशपाती के छिलके। उसने साटन की एक हरी पोशाक पहनी है। जहाँ उसका दिल है, बिल्कुल उसी जगह पर उसने एक चार पन्ने लगा हुआ ब्रूच पहना है। चार पत्तों वाली सौभाग्यप्रद तिपतिया घास – फोर-लीफ़-क्लोवर। और मेरे पिताजी ने अपना स्लेटी सूट पहना है। कोट की जेब में सफेद रूमाल और काज में एक सफेद कार्नेशन का फूल।

लेकिन मैं नाचता हूँ एक बेगार मजदूर बनकर। मेरे फुफाइका में जुँएँ हैं। गमबूट में मेरे पैर गन्दी बदबूदार चिन्दियों में लिपटे हैं। हमारे यहाँ के डान्स हॉल की याद से और पेट के खालीपन से मुझे चक्कर आने लगते हैं। मैं उन

दो त्सिरियों में से एक के साथ नाच रहा हूँ, जिसका नाम त्सिरी काउंत्स है और जिसके हाथों पर रेशम जैसे रोम हैं। जिसकी तर्जनी के नीचे जैतून जितना बड़ा एक मस्सा है, उस दूसरी का नाम है त्सिरी वांडश्नायडर। त्सिरी काउंत्स डान्स करते-करते मुझे यकीन दिलाती है कि उसका गाँव कास्टेनहोल्त्स है, जब कि दूसरी का है वुर्मलॉख। और उसकी माँ अग्नेटेल्न में पली और जवान हुई है, और उसके पिताजी वोल्केमडोर्फ में। और उसके माता-पिता, उसका जन्म होने के पहले ही, कास्टेनहोल्त्स चले गये थे, क्योंकि उसके पिताजी ने वहाँ अंगूर के खेत खरीदे थे। एक ऐसा भी गाँव है, जिसका नाम है डार्लिंग, मैं कहता हूँ और एक शहर है, जिसका नाम है महालज्जा, लेकिन ट्रांससिल्वेनिया में नहीं, बनात में। बनात के बारे में मैं कुछ नहीं जानती, त्सिरी बोलती है, वह मेरे लिए परदेस है। मैं भी नहीं, मैं बोलता हूँ और अपने पसीने में डूबे फुफाइका में त्सिरी के इर्द-गिर्द चक्कर लगाता हूँ, जैसे उसका पसीने से भरा फुफाइका मेरे इर्द-गिर्द चक्कर लगाता है। पूरी कैंटीन घूम रही है। जब सब कुछ घूम रहा हो, तो समझने के लिए कुछ बचता नहीं है। मैं कहता हूँ कैम्प के पीछे जो लकड़ी के घर हैं, उनको भी समझना जरूरी नहीं है, वे कहलाते हैं फिनी घर, लेकिन उनमें रहते हैं रूसी उक्रेनी।

एक विश्राम के बाद टैंगो की बारी आती है। मैं दूसरी त्सिरी के साथ नाचता हूँ। लोनी मिश, जो हमारे लिए गा रही है, फनकारों के बिल्कुल नजदीक खड़ी है। जब पालोमा नाच की बारी आती है, तब वह आधा कदम आगे की तरफ बढ़ती है, क्योंकि वह इस गाने को सिर्फ अपने लिए गाना चाहती है। अपनी बाँहों और टाँगों को वह सीधा खड़ा करके रखती है। उसकी आँखें गोल-गोल घूम रही हैं। सिर डोल रहा है। उसका टेंटुआ काँप रहा है। गहरे पानी के प्रवाह सरीखी उसकी आवाज फट रही है :

कितनी जल्दी एक जहाज डूब कर खत्म होता है
आज नहीं तो कल
हर एक की बारी आती है
जागो, साथियों, सुनो
कभी न कभी खेल खत्म होना है
कभी न कभी सागर हमें उठाएगा
और समुन्दर किसी को भी
वापस नहीं भेजेगा

पालोमा के चरण ही कुछ ऐसे होते हैं कि उसे नाचते समय हर एक को चुप

रहना पड़ता है। तुम्हारी बोलती अपने आप बन्द हो जाती है और तुम उसी चीज़ के बारे में सोचते हो, जिसके बारे में तुम्हें सोचना चाहिए, तुम न चाहो, तब भी। उस समय तुम घर की याद के दर्द को एक भारी पेटी की तरह धक्का लगाते हो। त्सिरी के कदम धीरे पड़ने लगते हैं। मैं अपना हाथ उसकी कमर में डालकर उसको वापस लय में लाता हूँ। कुछ समय से उसने अपना सिर मुझसे इस तरह दूर रखा है कि मैं उसका चेहरा न देख पाऊँ। उसकी पीठ काँप रही है। मुझे महसूस हो रहा है कि वह किस तरह रो रही है। उसकी सिसकी साफ़ सुनाई दे रही है। मैं चुप रहता हूँ। मैं क्या कह सकता हूँ, सिवा इसके कि वह न रोये।

अगर तुम्हारे पैरों में उँगलियाँ नहीं हैं तो तुम डान्स नहीं कर सकते। इसीलिए ट्रूडी पॅलिकॅन बेंच के किनारे पर बैठी है और मैं जाकर उसके साथ बैठ जाता हूँ। उसके पैरों की उँगलियाँ पहले जाड़े में ठंड से जम गयी थीं। गर्मी में वे चूने की गाड़ी के नीचे कुचल गयी थीं। पतझड़ के समय वे काट दी गयी थीं, क्योंकि पट्टी के नीचे उनमें कीड़े पड़ गये थे। उस समय से ट्रूडी पॅलिकॅन एड़ियों के बल चलती है, कंधों को आगे की तरफ खींचकर और सिर को पीछे की तरफ झुका कर। इससे उसका कूबड़ गोल बन जाता है और बाँहें सख़्त हो जाती हैं, जैसे फावड़े का दस्ता। क्योंकि वह निर्माण-स्थल पर या फैक्टरी में या गैराज में किसी काम की नहीं थी, इसलिए दूसरे जाड़े में उसे रोगी-बैरक में एक सहायिका का काम दिया गया।

हम बात कर रहे हैं रोगी बैरक की, लेकिन यह एक तरह का प्रतीक्षा कक्ष था। ट्रूडी पॅलिकॅन कहती है : हम कैसे किसी की मदद करेंगे। हमारे पास सिर्फ इश्त्योल मलहम है, ऊपर-ऊपर से लगाने के लिए। डॉक्टरनी साहिबा रूसी है और उसका मानना है कि जर्मन लोग लहरों में मरते हैं। जाड़े के दौरान आने वाली लहर सबसे बड़ी होती है। गर्मी में आनेवाली, जो महामारियों के साथ टकराती है, दूसरे स्थान पर। पतझड़ में तम्बाकू पक जाता है। फिर आ जाती है पतझड़-लहर। तम्बाकू के रस के विष से, जो कि बिटुमिन कोयले की दारू से सस्ता होता है, वे इस तरह बीमार पड़ जाते हैं कि काँच के टुकड़ों से अपनी धमनियाँ काटना भी बेकार हो जाता है, जैसे खुद के हाथ-पैर काट डालना। और उतना ही बेकार मगर उससे ज्यादा कठिन है, ट्रूडी पॅलिकॅन बोलती है, गिरने की हद तक ईंटों की दीवार पर अपना सिर पटकते रहना।

ज्यादातर लोगों को तुमने सिर्फ देखा हुआ होता है, हाज़िरी के समय या कैंटीन में। मैं समझ गया था कि काफी सारे लोग अब नहीं रहे थे। लेकिन अगर वे मेरी आँखों के सामने नहीं लुढ़क गये थे, तो मैं नहीं मानता था कि वे मर चुके

थे। मैंने अपने आप को पूछने से रोका था कि अब वे कहाँ हैं। जब इतना सब कुछ देखने को मिल रहा था, जो तुम से पहले निवृत्त होने वाले तुम्हें दिखा रहे थे, तो बहुत ज्यादा डर लगता था। समय के साथ यह इतना बढ़ता था कि तुम उसकी तुलना एक ऐसी मानसिक स्थिति से कर सकते थे, जिसमें किसी चीज का तुम पर कोई भी असर होना बन्द हो गया हो। वरना, जब तुम एक मृतक को देखने वाले पहले शख्स होते हो, तब कैसे तुम इतनी चुस्ती से पेश आ सकते हो। जल्दी से तुम्हें उसको सबसे पहले नंगा करना होता था, जब तक तुम उसके हाथ-पैर घुमा-फिरा सकते हो और इसके पहले कि कोई और उसके कपड़े उतार ले। तुम्हें उसकी बचाई हुई डबल-रोटी को गिलाफ के अन्दर से निकालना होता है, इसके पहले कि कोई और वहाँ पहुँच जाए। इन सब कामों के जरिये हम अपना शोक प्रकट करते हैं। जब स्ट्रेचर बैरक के अन्दर आ जाती है तो कैम्प प्रशासन को सिर्फ लाश ही लाश मिलनी चाहिए और कोई चीज़ नहीं।

अगर मृतक को तुम व्यक्तिगत रूप से नहीं जानते तो तुम सिर्फ फायदे की तरफ ध्यान देते हो। उसकी चीजों को तुम ठिकाने लगाते हो, यह कोई बुरा काम नहीं है। अगर मृतक जिन्दा होता और तुम उसकी जगह होते तो वह भी तुम्हारे साथ यही करता और तुम्हें कोई फर्क नहीं पड़ता। कैम्प की दुनिया एक व्यावहारिक दुनिया है। इसमें शर्म और भूत-पिशाच का डर तुम्हें महँगे पड़ते हैं। तुम्हें काम करना होता है एक दृढ़ उदासीनता के साथ। तुम कह सकते हो, एक डरपोक समाधान और शान्ति के साथ। इसका दूसरे के दर्द में खुशी मिलने से कोई सम्बन्ध नहीं है। मेरा मानना है, मृतक से तुम्हारा डर जितना कम होता जाएगा, उतना ही ज्यादा तुम जिन्दगी से प्यार करोगे, उतना ही ज्यादा तुम खुशी-खुशी धोखा खाने के लिए तैयार हो जाते हो। तुम खुद को यकीन दिलाते रहते हो कि जो लोग अब गैरहाजिर हैं, वे किसी दूसरे कैम्प में भरती हो गये हैं। तुमको जो पता है, वह कोई मायने नहीं रखता। तुम बिल्कुल उलटा सोचते हो और इस सोच को सच मानते हो। डबल-रोटी की अदालत की तरह मृतक के सामान को ठिकाने लगाने का काम भी सिर्फ वर्तमान को पहचानता है, लेकिन इस काम का हिंसा से कोई नाता नहीं होता। यह काम एक व्यावहारिकता और संयम के साथ किया जाता है।

मेरे पापा के घर के सामने एक नींबू का पेड़ है
मेरे पापा के घर के सामने एक बेंच है
और अगर मैं इन्हें एक बार ढूँढ़ निकालूँ
तो फिर जिन्दगी भर वहाँ से वापस न आऊँ

हमारी गायिका, लोनी, मिश यह गा रही है। उसके माथे पर पसीने की बूँदें दिखाई दे रही हैं। और ज़िथर-लोम्मर ने अपना वाद्य घुटनों पर टिकाकर रखा है और अंगूठे पर उसकी धातु की अँगूठी है। गाने की हर पंक्ति के बाद वह हल्के से उसकी गूँज बजाता है और साथ में उसको गाता है। और कोवाच आन्तोन अपने ड्रम को एक-दो बार आगे की तरफ करता है, क्योंकि वह अपनी डंडियों के बीच से, चुपके से, लोनी का चेहरा देखना चाहता है। सभी जोड़े गाने के साथ नाचते हैं और, जैसे पंछी तेज हवा में फड़फड़ाते जमीन पर उतरते हैं, वैसे उछलते हैं। ट्रूडी पॅलिकॅन कहती है, हमें तो अब वैसे भी चलना नहीं आता, हम सिर्फ नाच सकते हैं। हम पानी में भीगी मोटी रूई जैसे हैं। हमारी हड्डियाँ खड़खड़ काँपती रहती हैं, ड्रम पर पड़ने वाली डंडियों से भी कमजोर। सबूत के तौर पर वह मुझे एक के बाद एक रोगी-बैरक के लातीनी राज़ सुनाती है :

"पोलीआरथ्राइटिस। माइक्रोआरडाइटिस। डरमाटाइटिस। हेपाटाइटिस। एनसेफालाइटिस। पेलाग्रा। डिस्ट्रॉफी– चिरे होंठ के साथ– जिसको बोलते हैं मरे हुए छोटे बन्दर की शकल। डिस्ट्रॉफी, जिसमें हाथ ठंडे और सख़्त बन जाते हैं, जिसको बोलते हैं मुर्गे के नख। डिमेन्शिया। टेटनस। टायफॉइड। एक्ज़िमा। सायाटिका। ट्यूबरक्यूलोसिस। इसके बाद आते हैं : डिसेंट्री, जिसमें टट्टी के साथ खून निकलता है। फुरूंकल– यानी फोड़े, अल्सर, ऐट्रोफी– यानी सुखंडी, खरूज, मसूड़ों का सिकुड़ जाना, फिर दाँतों का गिरना, दाँतों में कीड़े लगना। ट्रूडी पॅलिकॅन बर्फ से जम जाने के बाद कौन सी बीमारियाँ होती हैं–इसका जिक्र नहीं करती और न ही उसका कि बर्फ से जम जाने के बाद चेहरे का क्या हाल होता है– कैसे चमड़ी का रंग ईंटों जैसा हो जाता है, कैसे बीच-बीच में सफेद धब्बे दिखाई पड़ने लगते हैं, जो साल के शुरू-शुरू में, जब मौसम धीरे-धीरे गर्म होने लगता है, कैसा गहरा भूरा रंग अपनाते हैं– जैसी नाचने वालों की शक्लें अब दिखने लगी हैं। और चूँकि मैं कुछ नहीं कहता, कुछ भी नहीं, ट्रूडी पॅलिकॅन मेरे हाथ पर जोर से चिकोटी काटती है और कहती है : लियो, मैं सच कहती हूँ, तुम जाड़े में मत मरना। और ड्रम वादक लोनी की आवाज में आवाज मिलाकर गाता है :

> भाई मेरे, सागर की लहरों पर कैसा यह रोना
> घर की याद को सताने न देना

ट्रूडी पॅलिकॅन गाने के बीच में कहती है कि मृतकों को पूरे जाड़े के दौरान कैम्प के पिछवाड़े में एक ढेर बनाकर रखा जाता है। उनको 2-3 रात तक बर्फ से ढँका जाता है। तब तक वे अच्छी तरह से जम जाते हैं। कब्र-खनिक सब-के-सब

बदमाश हैं। वे लाशों के टुकड़े कर देते हैं, ताकि उनको कब्र नहीं सिर्फ गड्ढे खोदने पड़ें।

मैंने ट्रूडी पॅलिकॅन ने जो कहा था, उसको अच्छी तरह सुन लिया था और अब उन सब लातीनी राज़ों का थोड़ा-थोड़ा असर, जो मुझ पर हो रहा था, उसको महसूस कर रहा था। संगीत मौत को प्रोत्साहन देता है और वह डोलने लगती है।

मैं संगीत से भाग कर अपनी बैरक पहुँचता हूँ। कैम्प के अहाते के रास्ते पर दोनों तरफ़ जो दो वाच टावर हैं उन पर खड़े सन्तरी पतले पुतलों जैसे हैं, मानो चाँद से उतर आये हों। पहरा देने वाले लालटेनों से आनेवाली रोशनी, जैसे बहता हुआ दूध। सन्तरियों के कैबिन से आने वाला शोर उड़ता हुआ अहाते में सुनाई दे रहा था। वहाँ फिर से चुकन्दर की दारू चालू हो गयी थी। और कैम्प की बड़ी सड़क पर बैठा एक पहरेदार कुत्ता। उसकी आँखों में अंगारे– हरे रंग के। उसके आगे पैरों के बीच पड़ी है एक हड्डी। शायद मुर्गे की मैं सोचता हूँ। मुझे उससे जलन होने लगती है। वह इस बात को महसूस करता है और गुर्राता है। मुझे कुछ करना होगा, ताकि वह मुझ पर टूट न पड़े। मैं बोलता हूँ : वान्या।

उसका नाम यह बिल्कुल नहीं है। फिर भी वह मुझे घूरता है, जैसे अगर वह चाहे तो वह भी मुझे मेरे नाम से पुकार सकता है। मुझे उसके यहाँ पहुँचने के पहले यहाँ से खिसकना चाहिए। मैं बड़े-बड़े कदम उठाकर चलने लगता हूँ। बीच में एक-दो बार पीछे मुड़कर देखता हूँ कि वह कहीं मेरे पीछे तो नहीं पड़ गया है। बैरक के दरवाजे पर पहुँचकर मैं देखता हूँ कि वह अब भी उस हड्डी की तरफ नहीं झुका है। वह मुझे अब भी घूर रहा है या फिर मेरी आवाज और वान्या इस नाम के बारे में सोच रहा है। एक पहरेदार कुत्ते की याद्दाश्त भी जाती है और वापस लौटती है। लेकिन भूख मरती नहीं और वापस लौट आती है। और अकेलापन उसके जैसा होता है। शायद रूसी अकेलेपन का नाम वान्या होता है।

जो कपड़े मैंने पहन रखे थे, उन्हीं में मैं बिस्तर में घुस गया। हमेशा की तरह पीली बत्ती लकड़ी की छोटी मेज के ऊपर जल रही थी। हमेशा की तरह, जब मुझे नींद नहीं आती, मैं स्टोव के पाइप को, जहाँ वह मुड़ता है, उस काली जगह को, देखता रहता हूँ, और कुक्कू-घड़ी के लोहे के चीड़ के उन फलों को। फिर मैं खुद को देखता हूँ, तो मैं एक छोटा बच्चा होता हूँ।

मैं अपने घर में, बरामदे के दरवाजे पर खड़ा हूँ। मेरी काली-काली जुल्फें हैं। मेरी पहुँच दरवाजे की कुंडी तक भी नहीं है। मेरे हाथ में मेरा खिलौना मोपी है– मेरा भूरे रंग का कुत्ता। गलियारे में, जिसका फर्श लकड़ी का है, शहर से लौटी अपनी माँ और अपने पिताजी को मैं देखता हूँ। माँ ने अपने लाल पर्स की

चेन को अपने हाथ में लपेटकर रखा है, ताकि सीढ़ी चढ़ते समय वह खड़खड़ न करे। पिताजी के हाथ में उनकी सफेद स्ट्रॉ हैट है। वे कमरे के अन्दर जाते हैं। माँ खड़ी रहती है और प्यार से मेरे माथे पर गिरे बालों को सही करती है। और मेरे निन्नी-भौं-भौं को मुझसे लेकर बरामदे की मेज पर रखती है। उसके लाल पर्स की चेन खड़खड़ करती है और मैं कहता हूँ : मुझे मेरा मोपी दो, वरना मैं अकेला हो जाऊँगा।

वह हँसकर बोलती है : मैं जो हूँ तुम्हारे पास।

मैं कहता हूँ : तुम मर सकती हो, मोपी नहीं।

उन कमजोर शख्सों के हल्के खर्राटों में, जो अब नाचने नहीं आते, मैं अपनी बचपन की आवाज को सुनता हूँ। वह इतनी मखमली होती है कि मैं बहुत डर जाता हूँ। **निन्नी-भौं-भौं**, एक बुरादे से ठुँसे हुए खिलौने के लिए क्या नाम है यह। लेकिन अब कैम्प में **शूं** ऽ ऽ **शूं** ऽ ऽ के सिवा और कुछ नहीं, तुम डर के मारे चुप्पी रखने को और क्या नाम दोगे। रूसी भाषा में ऐसा ही कुछ एक शब्द है, जिसका अर्थ है भोजन। लेकिन अब मैं इस वक्त खाने के बारे में नहीं सोचना चाहता। मैं नींद में डूबने लगता हूँ और एक सपना देखने लगता हूँ।

मैं एक सफेद सूअर पर सवार आकाश में घर की तरफ जा रहा हूँ। ऊपर से पूरा प्रदेश अच्छा दिखाई दे रहा है। खेतों का विभाजन एकदम सही लग रहा है। उनके चारों ओर बाड़ भी लगाई गयी हैं। लेकिन उनमें लावारिस सूटकेस पड़े हुए हैं और उनके बीच में लावारिस भेड़ें चर रही हैं। उनके गलों में चीड़ के फल टँगे हुए हैं, लेकिन वे घंटियों जैसी आवाज कर रहे हैं। मैं कहता हूँ : यह तो एक बहुत बड़ा भेड़ों का बाड़ा है या एक बड़ा रेलवे स्टेशन, जिसमें भेड़ें हैं। यहाँ तो अब कोई भी नहीं रहता है। मैं कहाँ जाऊँ।

भूखदूव-दूत मुझे आसमान से देखता है और कहता है : लौट जाओ न।

फिर तो मैं मर जाऊँगा, मैं कहता हूँ।

जब तुम मर जाओगे, मैं सबकुछ नारंगी रंग का कर दूँगा, फिर दर्द नहीं होगा, वह कहता है।

और मैं लौटता हूँ। और वह अपने वचन का पालन करता है। जब मैं मर रहा होता हूँ, वाच टावरों के ऊपर का पूरा आसमान नारंगी बन चुका होता है। और दर्द नहीं होता है।

उसके बाद मैं जग जाता हूँ और गिलाफ से अपने मुँह के कोने को पोंछता हूँ। रात में खटमलों को यह जगह बड़ी अच्छी लगती है।

खंगर ईंटें

खंगर ईंटें अधजले अंगारे, सीमेंट और चूने के घोल की बनी चुनाई की ईंटें होती हैं। मिलाई जाती थीं वे एक कंक्रीट के ड्रम में और थापी जाती थीं एक हस्तचा. लित लीवर वाली दबाई की मशीन में। ईंट भट्ठा लकड़ी के कोयले वाली भट्ठी के पीछे था, यामा के दूसरी तरफ, मलबे के ढेरों के पास। वहाँ काफी जगह थी हजारों तुरन्त थापी हुई ईंटों को सुखाने के लिए। वे जमीन पर सटी हुई कतारों में एक दूसरे के बगल रखी हुई थीं, जैसे फौजी कब्रिस्तान के पत्थर। जहाँ मैदान उठा हुआ या गड्ढेदार होता, वहाँ कतारें लहरिया थीं। इसके अलावा हर कोई अपनी ईंट जरा सा अलग तरह से रखता था। हर कोई उसे अपने हाथों से एक फट्टी पर उठाता। बहुत सारी गीली ईंटों से फट्टियाँ भी फूली हुई, चिरी हुई और छिद्रित थीं।

उठाना संतुलन का एक लम्बा खेल था, 40 मीटर का रास्ता, दबाई की मशीन से लेकर सुखाने की जगह तक का। क्योंकि हर कोई अलग तरह से सन्तुलन साधता था, कतारें टेढ़ी हो जातीं। और चूँकि रास्ता हर रखी हुई ईंट से बदल जाता; या तो सामने की ओर बढ़ जाता या पीछे की ओर या कतारों के बीच में। क्योंकि एक खराब ईंट को बदलना पड़ता या पिछले दिन वाली कतार में कहीं छूट गई जगह को भरना होता।

एक ताजा थापी हुई ईंट 10 किलो भारी और गीली रेत की तरह भुरभुरी होती थी। तुमको फट्टी को पेट के सामने ठुमकते हुए उठाना होता, जीभ, कन्धों, कुहनियों, कूल्हों, पेट और घुटनों का पंजे के घूमने के साथ तालमेल करना पड़ता। यह 10 किलो अभी ईंट तो थे नहीं, उन्हें यह आभास नहीं होना चाहिए कि तुम उन्हें उठा रहे हो। तुम्हें इन्हें छलना पड़ता, एक-सी लहरों में डुलाना पड़ता– बिना इसके कि वे डगमगाएँ– और सुखाने की जगह एक झटके में फट्टी से नीचे पटक देना होता। जल्दी और बराबर से कि वह एक इकसार, प्रवाहपूर्ण भय समेत, लेकिन बिना किसी कम्पन के, जमीन पर गिरें। तुम्हें उकड़ू होना पड़ता, घुटनों को स्प्रिंग की तरह करना पड़ता, जब तक कि फट्टी ठुड्डी के नीचे न

आ जाए, फिर कुहनियों को पंख की तरह फैलाना होता और ईंट को बे-चूक सरकने देना होता। सिर्फ इसी तरह तुम उसे एक दूसरी ईंट के एकदम नजदीक रख सकते थे, बिना अपनी और बगल वाली ईंट के कोनों को चोट पहुँचाए हुए। ठुमकते समय एक गलत कदम— और ईंट मलबे की तरह ढह जाती।

उठाने से और खासकर नीचे रखने से चेहरा तन जाता। तुम्हें अपनी जीभ सीधी रखनी पड़ती और आँखें स्थिर। अगर कुछ गड़बड़ हो जाती, तो तुम गुस्से से गाली भी नहीं दे पाते। हर खंगर ईंट-पाली के बाद हमारी आँखें और होंठ स्थिर रहने से ईंटों की तरह चौकोर हो जाते। जैसे सब कुछ में, वैसे यहाँ भी बात सीमेंट की ही थी। वह भागने की तलाश में हवा में उड़ता रहता। हमारे ऊपर कंक्रीट के ड्रम पर और मशीन पर ज्यादा सीमेंट चिपका होता, बजाय ईंटों पर। हर ईंट को थापने के लिए तुम पहले फट्‌टी को थापने के साँचे में रखते। फिर फावड़े से मिश्रण को भरते और थापने वाले लीवर को तब तक दबाते, जब तक कि ईंट फट्‌टी सहित थापने के साँचे में ऊपर तक न आ जाती। फिर तुम्हें फट्‌टी को दोनों तरफ से पकड़ कर ले जाना होता, सुखाने की जगह तक ठुमकते और सन्तुलन साधते हुए।

खंगर ईंट दिन-रात थापी जाती। सुबह के समय तो थापने का साँचा अभी थोड़ा ठंडा होता और उस पर ओस होती, पाँव भी अभी हल्के होते, सुखाने की जगह पर अभी सूरज नहीं होता। मलबे के ढेरों पर वह पहले से ही आग बरसा रहा होता। दोपहर में गर्मी असह्‌य होती। पाँव अपनी नपी-तुली चाल खो देते; टखनों में हर नस उफनती, घुटने काँपते, उंगलियाँ सुन्न हो जातीं। तुम अपनी जीभ को ईंट नीचे रखते समय सीधी नहीं रख पाते। बहुत सारी ईंटों की छँटाई होती और पीठ पर बहुत सारी पिटाई। शाम को सर्चलाइट इस नज़ारे पर रोशनी का गोला फेंकती। मिश्रण के ड्रम और मशीन के इर्द-गिर्द पतंगे मंडराते रहते और तेज रोशनी में ऐसा लगता कि मशीनें खाल से ढकी हों। वे सिर्फ रोशनी ही नहीं खोजते, मिश्रण की नम महक उन्हें रात के फूलों की तरह आकर्षित करती। वे बैठ जाते और अपनी थूथनी और धागे जैसे पाँवों से पत्थरों पर थपकी देते, जबकि सुखाने की जगह आधी अंधेरे में होती। वे उस ईंट पर, जिसे तुम ले जा रहे होते, बैठ जाते और तुम्हारा ध्यान संतुलन रखने पर से बँटा देते। तुम्हें उनके सिर के रोएँ, उनके पेट के इर्द-गिर्द सजावटी धारियाँ दिखाई देतीं और सुनाई देता उनके पंखों का फड़फड़ाना, जैसे वह ईंट जिन्दा हो। कभी-कभी दो-तीन एक साथ आ जाते और ऐसे बैठे होते, जैसे वे ईंट के भीतर से निकल आये हों। जैसे फट्‌टी पर का वह नम मिश्रण अधजले अंगारों, सीमेंट और चूने के घोल का न

होकर एक चौकोर थापा हुआ मलबे का ढेर हो, जिसमें से पतंगे निकल रहे हों। वे अपने को मशीन से सूखने की जगह तक ले जाने देते, सर्चलाइट की रोशनी से कई तहों वाली परछाईं में। ये परछाइयाँ टेढ़ी और खतरनाक थीं, ये ईंटों के आकार को विकृत कर देतीं और कतारों के हिसाब को बिगाड़ देतीं। फट्टी पर रखी ईंट को खुद नहीं पता रह पाता, वह कैसी दिखती है। तुम हैरान हो जाते, क्योंकि तुम्हें अपने और उस परछाईं के आकार में धोखा खाने की इजाज़त नहीं होती। उधर मलबे के ढेरों से भी एक छलमय काँपता नजारा दिखाई पड़ता। वे अनगिनत स्थलों पर टिमटिमाते और पीली आँखें बनाते, वैसे निशाचर प्राणियों की तरह, जो खुद अपनी रोशनी पैदा करते हैं और अपनी अनिद्रा को उजागर कर देते हैं या सुलगा देते हैं। मलबे के ढेरों की अंगारे जैसी आँखें तेज गन्धक सी महकतीं।

सुबह के करीब हल्की ठंडक होती, दूधिया काँच से बना आसमान। पाँव हल्के हो जाते, कम से कम दिमाग में, क्योंकि पाली बदलने का समय होने वाला होता और तुम भूल जाना चाहते कि तुम कितने थके हुए हो। सर्चलाइट भी थकी होती, दिन की रोशनी से ढँकी हुई और फीकी। हमारे काल्पनिक फौजी कब्रिस्तान पर नीली हवा बहती, हर कतार पर एक समान, हर पत्थर के ऊपर। एक खामोश इन्साफ़ फैल जाता, वही एक इकलौता जो यहाँ मिलता था।

खंगर ईंट की किस्मत अच्छी थी, हमारे मृतकों को न कतारें मिलती थीं, न पत्थर। पर इसके बारे में सोचने की इजाजत नहीं थी, नहीं तो तुम आगे के दिनों में ठुमक नहीं सकते थे और सन्तुलन नहीं रख पाते। अगर इस बारे में ज़रा-सा भी सोचते तो बहुत सारी ईंटों की छँटाई हो जाती और पीठ पर बहुत सारी पिटाई।

आशावादी और संशयवादी इत्रदानी

हड्डियों के ढांचे वाला समय था, बन्दगोभी के सूप का अनन्तकाल। सुबह जागने पर कापूस्ता, शाम को हाज़िरी के बाद कापूस्ता। **कापूस्ता** रूसी में बन्दगोभी होती है और रूसी बन्दगोभी के सूप का मतलब है कि उसमें अक्सर नाममात्र बन्दगोभी भी नहीं होती। कापूस्ता बिना रूसी भाषा के और बिना सूप के दो चीज़ों से बना एक शब्द है, जिनमें कोई भी समानता नहीं है, सिवा इस शब्द के। **काप** रोमानियाई में सिर होता है, **पुस्ता** हंगेरियन में समतल भूमि। और तुम सोचते हो उसके बारे में जर्मन में और कैम्प रूसी है, बन्दगोभी के सूप जैसा। इस सब बकवास से तुम चालाक बनना चाहते हो। पर तोड़ा-फोड़ा शब्द कापूस्ता भूख-शब्द बनने लायक नहीं है। भूख-शब्द एक नक्शा होता है, बजाय देशों के नाम के, तुम अपने मन में पकवानों के नाम लेते हो। शादी वाला सूप, कीमा, सूअर की पसली का माँस, सूअर के पुट्ठे का माँस, भुना हुआ खरगोश, कोफ्ता, हिरन की रान, खट्टा खरगोश इत्यादि।

हर भूख-शब्द एक भोजन-शब्द है, तुम्हारी आँखों के सामने पकवान की तस्वीर होती है और तालू पर उसका स्वाद। भूख-शब्द और भोजन-शब्द कल्पना को पोषित करते हैं। वे खुद को खाते हैं और यह उन्हें रुचता है। तुम्हारा पेट नहीं भरता, पर कम-से-कम खाते समय तुम मौजूद तो होते हो। हर शाश्वत भूखे की अपनी पसन्द होती है, अनोखे, विपुल, नियमित भूख-शब्द। हर एक को एक अलग शब्द सबसे ज्यादा रुचता है। कापूस्ता जैसे ही हाज़िरी-साग भी भूख-शब्द बनने लायक नहीं था, क्योंकि उसे वाकई खाया जाता था। खाना पड़ता था।

मेरे ख़याल से भूख में अंधापन और देखना एक है, अन्धी भूख खाने को सबसे अच्छे से देखती है। भूख-शब्द दो किस्म के होते हैं— गूँगे और शोर करने वाले— वैसे ही, जैसे भूख ढँकी हुई और नंगी होती है। भूख-शब्दों, यानी भोजन-शब्दों का बातचीत में आधिपत्य रहता है और तुम फिर भी अकेले ही रह जाते हो। हर कोई अपने शब्द खुद खाता है। और दूसरे, जो साथ में खा रहे होते हैं, वे भी अपने ही लिए यह कर रहे होते हैं। दूसरे की भूख में शामिल होने की गुंजाइश तो शून्य के बराबर है, तुम भूख-साथी तो बन नहीं सकते। मूल-भोजन

वाला बन्दगोभी का सूप ही मूल कारण था, शरीर का माँस और दिमाग की समझ खोने का। भूख-देवदूत उन्मत्त इधर-उधर भाग रहा था। वह हर सीमा पार कर चुका था, एक दिन में इतना बढ़ गया था, जितना गर्मी भर में कोई घास और पूरी सर्दी भर में कोई बर्फ न बढ़ पाये। शायद उतना, जितना एक ऊँचा नुकीला पेड़ अपने पूरे जीवन में बढ़ता हो। मुझे लगता है कि भूख-देवदूत न सिर्फ बड़ा हो रहा था, बल्कि उसकी संख्या भी बढ़ रही थी। उसने हर एक के लिए उसकी व्यक्तिगत यंत्रणा का इन्तजाम किया था, जबकि हम सब एक-दूसरे जैसे लगते थे। क्योंकि चमड़ी, हड्डी और टट्टी की इस त्रयी में न तो पुरुष और स्त्री के बीच अन्तर किया जा सकता है और न ही उनके बीच लैंगिक रिश्ते बरकरार रह पाते हैं। हालांकि तुम आगे भी पुल्लिंग या स्त्रीलिंग का भेद करते हो, जैसे कंघा (पु.) या बैरक (स्त्री.) होते हैं। पर इनकी ही तरह भूख से अधमरे लोगों में पुल्लिंग और स्त्रीलिंग का भेद नहीं होता, वे तो वस्तुनिष्ठ निष्पक्ष वस्तुओं जैसे हैं, शायद नपुंसक।

चाहे जहाँ भी मैं होता, अपने पलंग पर, बैरकों के बीच, सुबह या रात की पाली में, कोयले के गड्ढे पर या कोबेलियान के साथ स्टेपी के समतल मैदान पर या शीत-मीनार पर, या पाली के बाद बान्या में खुद को साफ करते वक्त या फेरी लगाते समय, सब कुछ, जो मैं करता, उसे भूख लगी होती। हर सामान लम्बाई, चौड़ाई, ऊँचाई और रंग में मेरी भूख के पैमाने के बराबर होता। ऊपर आसमान की छत और धरती की धूल के बीच हर जगह से एक अलग पकवान की गन्ध आती। कैम्प की सड़क से कैरेमॅल की गन्ध आती, कैम्प के प्रवेश से ताजी बेक हुई डबल-रोटी की, कैम्प से फैक्टरी की सड़क पार करने से गर्म खुबानी की, फैक्टरी की लकड़ी की बाड़ से पागे हुए मेवे की, फैक्टरी के प्रवेश से अंडे की भुर्जी की, कोयले के गड्ढे से भाप में पकाई हुई शिमला मिर्च की, मलबे के ढेर से टमाटर के सूप की, शीत-मीनार से तले हुए बैंगन की, भाप देती पाइप की भूल-भुलैया से वनीला-स्ट्रडेल की। खर-पतवार में पड़े तारकोल के ढेलों में से बीही के मुरब्बे की गन्ध आती और कोयले की भट्टी की कतारों से खरबूजे की। यह माया और यंत्रणा थी। यहाँ तक कि हवा भी भूख को पोषित करती, यह आँखों के सामने बुनकर भोजन पेश करती, जिसमें कुछ भी अमूर्त नहीं होता।

जब से हम हाड़-आदमी और हाड़-औरत एक-दूसरे के लिए लिंगहीन थे, भूख-देवदूत हर एक से जुड़ जाता, वह उस माँस से भी विश्वासघात करता, जो उसने हमसे पहले ही चुरा लिया होता था, और हमारे बिस्तरों में और अधिक जूँ और खटमल घसीट लाता। हड्डियों के ढांचे वाला समय होता, कैम्प के मैदान में काम के बाद वाली साप्ताहिक जुओं को मारने वाली-परेड का समय। सबको बल्कि सब सामान को, जुँओं को मारने के लिए बाहर निकालना पड़ता था– सूटकेस, कपड़े, पलंग और खुद को।

वह तीसरी गर्मी थी, अकेशिया के फूल खिले हुए थे, शाम की हवा से दूध वाली कॉफी की गन्ध आ रही थी। मैंने सबकुछ बाहर रख दिया था। तभी तूर प्रिकुलिच हरे दांत वाले तवारिश शिष्टवानयोनोव के साथ आया। उसने अभी-अभी छीली हुई बेंत की छड़ी ली हुई थी, एक बांसुरी से दोगुनी बड़ी, मार के लिए लचीली और निचले छोर पर खोज-बीन के लिए नुकीली। हमारी दुर्गति से घिन खाता हुआ वह सूटकेस के सामान को अपनी छड़ी भोंककर उठाता और उसे जमीन पर गिरा देता।

मैं, जहाँ तक मुमकिन था, जुओं को मारने वाली-परेड के बीच में खड़ा हो गया, क्योंकि शुरुआत और आखिर में तलाशी निर्मम होती। पर इस बार शिष्टवानयोनोव का मन परेड के बीच में ही एकदम पक्का काम करने का हो गया। उसकी छड़ी ने मेरे ग्रामोफोन वाले सूटकेस को भेद दिया और वह मेरे कपड़ों के नीचे मेरे जरूरी सामान के डिब्बे में पहुँच गयी। तब उसने छड़ी हाथ से हटायी, जरूरी सामान के डिब्बे को खोला और मेरे गुप्त बन्दगोभी के सूप को ढूँढ़ निकाला। तीन हफ्ते से मैंने सूप को उन दोनों खूबसूरत इत्रदानियों में रखा हुआ था, जिन्हें मैं उनके महज खाली होने की वजह से फेंक नहीं पा रहा था। क्योंकि वे खाली थीं, मैंने उनमें बन्दगोभी का सूप भर दिया। एक इत्रदानी धारीदार काँच की थी, गोल पेट और चूड़ीदार ढक्कन वाली, दूसरी चिपटे पेट और चौड़े मुँह वाली, जिसके लिए मैंने लकड़ी की एक डाट भी बनायी थी। ताकि बन्दगोभी का सूप खराब न हो मैंने उसे वैसे ही वायुरुद्ध बन्द कर दिया, जैसे हमारे यहाँ भाप दिये फलों को। मैंने ठेंपी के चारों तरफ स्टीयरिन टपका दिया, ट्रूडी पॅलिकॅन ने मुझे रोगी बैरक से मोमबत्ती उधार दी थी।

श्तो ऐता, शिष्टवानयोनोव ने पूछा।

बन्दगोभी का सूप।

किसलिए।

उसने इत्रदानियों को ऐसा हिलाया कि सूप में झाग उठने लगा।

पामिच, मैंने कहा।

यादगार, यह मैंने कोबेलियान से सीखा था, रूसियों के लिए अच्छा शब्द है, इसलिए मैंने वह कहा था। पर लगता है शिष्टवानयोनोव ने सोचा होगा, मुझे यह यादगार किसके लिए चाहिए। कौन इतना बेवकूफ है कि उसे इत्रदानी में बन्दगोभी के सूप की जरूरत पड़े, उसी बन्दगोभी के सूप को याद करने के लिए, जो यहाँ रोज दो बार मिलता है।

घर के लिए, उसने पूछा।

मैंने सिर हिलाया। यह तो सबसे खराब बात हुई कि मैं बन्दगोभी का सूप इत्रदानियों में अपने साथ घर ले जाना चाहता था। पिटाई से मुझे कोई फर्क

नहीं पड़ता, पर वह तो अभी अपनी परेड के बीच में ही था और वह पिटाई के लिए नहीं रुका। उसने मेरी इत्रदानियाँ जब्त कर लीं और मुझे अपने दफ्तर आने का आदेश दिया।

अगली सुबह तूर प्रिकुलिच मुझे कैंटीन से अफसरों के बैरक में ले गया। वह चौड़ी सड़क पर ऐसे चल रहा था जैसे उसको कोई भगा रहा हो और मैं एक अपराधी की तरह उसके पीछे-पीछे। मैंने उससे पूछा, मुझे क्या कहना चाहिए। उसने बिना मुड़े हुए, इस तरह हाथ हिलाया जैसे वह कह रहा हो, मैं बीच में नहीं पड़ूँगा। शिष्टवानयोनोव गुर्राया। तूर के अनुवाद की कोई जरूरत नहीं थी, मुझे तो यह सब रटा पड़ा था कि मैं फासिस्ट, भेदिया, अन्तरध्वंसक और हानिकारक व्यक्ति हूँ, कि मैं संस्कृतिहीन हूँ और चुराये हुए बन्दगोभी के सूप से कैम्प, सोवियत सत्ता और सोवियत जनता के साथ विश्वासघात कर रहा हूँ।

कैम्प में बन्दगोभी का सूप पतला होता था, पर इत्रदानियों का मुँह छोटा होने के कारण वह सूप रिक्त-सा लगता था। इत्रदानियों में बन्दगोभी के वे एक-आध कतरे शिष्टवानयोनोव की नजर में सुबूत थे। मेरी परिस्थिति कठिन थी। पर तभी तूर ने अपनी कानी उँगली फैलाई और उसको एक उपाय सूझा : दवाई। दवाई इस शब्द को रूसी लोग संशय से देखते थे। तूर को सही वक्त यह ध्यान आ गया, उसने अपने माथे पर तर्जनी घुमाई, जैसे कि वह कोई छेद करना चाहता हो, और तिरस्कारपूर्वक बोला : रूढ़िवाद।

यह बात समझ में आ गयी। मैं अभी कैम्प में सिर्फ तीन साल से तो हूँ, लेकिन मेरा शैक्षणिक परिवर्तन अभी पूरा नहीं हुआ था, मैं अब भी बीमारियों के लिए जड़ी-बूटी और जादुई काढ़ों में विश्वास करता था। तूर ने समझाया कि मैंने चूड़ी वाले ढक्कन वाली इत्रदानी दस्त के लिए और लकड़ी की ठेंपी वाली कब्ज के लिए रखी थी। शिष्टवानयोनोव सोच में पड़ गया। वह सिर्फ तूर की बात को ही नहीं मान रहा था, बल्कि उसको भी, कि माना कैम्प में रूढ़िवाद अच्छा नहीं है, पर जीवन में उतना भी बुरा नहीं है। उसने दोनों इत्रदानियों को फिर एक बार देखा, हिलाया, जब तक कि झाग ऊपर उनके मुँह तक नहीं पहुँच गया, फिर उसने चूड़ीदार ढक्कन वाली को जरा-सा दाएँ धकेला, और लकड़ी की ठेपी वाली को उतनी ही दूर बाएँ, जिससे कि इत्रदानियाँ एकदम अगल-बगल हो गयीं– एक-दूसरे को छूती हुईं। अब उन इत्रदानियों की वजह से शिष्टवानयोनोव का मुँह कोमल हो गया और नजर सौम्य। तूर ने फिर से सही सोचा था और वह बोला :

जाओ, खिसक लो।

हो सकता है शिष्टवानयोनोव ने वे इत्रदानियाँ अप्रत्यक्ष या शायद प्रत्यक्ष कारणों से फेंकी ही नहीं हों।

कारण क्या होते हैं। मुझे आज तक नहीं मालूम मैंने उन इत्रदानियों में बन्दगोभी का सूप क्यों भरा था। क्या इसका सम्बन्ध मेरी दादी के उस वाक्य से था : मुझे पता है, तुम वापस आओगे। क्या मैं वाकई इतना भोला था कि मैंने सोचा था, मैं वापस आऊँगा और घर पर अपने परिवार को अपने बन्दगोभी के सूप की दो शीशियाँ साथ में लाई कैम्प की जिन्दगी के रूप में पेश करूँगा। या, भूख-देवदूत के बावजूद, दिमाग में यह बात बैठी हुई थी कि सफर से कुछ यादगार लानी होती है। मेरी नानी अपनी एकमात्र जहाज यात्रा से, कुस्तुन्तुनिया से मेरे लिए एक आसमानी, अंगूठे जितनी बड़ी तुर्की जूती लायी थीं। पर उन्होंने मेरे वापस आने के बारे में कुछ नहीं कहा था, वे तो दूसरे घर में रहती थीं और विदाई के समय मौजूद भी नहीं थीं। क्या इन इत्रदानियों को घर पर मेरी गवाह बनना था या मेरे पास पहले से ही एक आशावादी और एक संशयवादी इत्रदानी थी। क्या यह मुमकिन है कि चूड़ीदार ढक्कन के तले वापसी भरी हुई थी और वायुरुद्ध बन्द की हुई लकड़ी की डाट के नीचे सदैव यहाँ रहना। क्या यह भी दस्त और कब्ज की तरह विलोम हैं, क्या तूर प्रिकुलिच को मेरे बारे में बहुत ज्यादा जानकारी है। क्या यह मददगार साबित हुआ था कि मैं बेआ त्साकेल से कुछ ज्यादा ही बातें करने लगा था।

क्या वापसी और यहाँ रहना अब भी विलोम थे। शायद मैं दोनों का सफलतापूर्वक सामना करना चाहता था, जरूरत पड़ने पर। शायद मैं अब से यहाँ के जीवन को, बल्कि सारे जीवन को ही, वापस जाने की इच्छा और यह मुमकिन नहीं हो पाने के पराधीन नहीं करना चाहता था। जितना ही मेरा घर जाने का मन होता, उतना ही मैं कोशिश करता कि यह इच्छा इतनी तीव्र न हो कि वह मुझे नष्ट कर दे, अगर मुझे इसकी इजाजत ही न मिले। घर वापस जाने की इच्छा से तुम्हें छुटकारा नहीं मिलता, पर इसके अलावा भी कुछ पास होने के लिए, मैं खुद से कहता, अगर यह लोग हमें यहाँ हमेशा के लिए रख लेंगे तो भी तो वह मेरा ही जीवन है। रूसी लोग भी तो जी रहे हैं। मैं यहाँ बसने से बचने की कोशिश नहीं करूँगा, मुझे तो सिर्फ वैसे ही रहना है, जैसा मैं आधा अपनी वायुरुद्ध बन्द की हुई इत्रदानी जैसा हूँ। मैं अपने शैक्षणिक परिवर्तन के लिए तैयार था। मुझे अभी मालूम नहीं यह कैसे होने वाला था, पर स्टेपी तैयार कर देगी। भूख-देवदूत ने मुझे इस हद तक वश में ले लिया था कि मेरे सिर की चमड़ी फड़फड़ा रही थी, उस समय मेरा सिर जुँओं की वजह से ताजा मुँडा हुआ था।

कोबेलियान ने पिछली गर्मी में फैले हुए आसमान के तले एक बार अपनी कमीज के बटन खोल दिये थे, और जब वह फड़फड़ाने लगी तो उसने कुछ स्टेपी की घास-अन्तरात्मा और अपनी यूराल-संवेदना के बारे में कहा था। मेरे सीने में भी यह होता है, मैंने मन में सोचा था।

दिन की रोशनी के ज़हर के बारे में

सूरज उस सुबह काफी तड़के ही लाल गुब्बारे की तरह उगा, इतना फूला हुआ कि कोयला कारखाने के ऊपर आसमान कुछ अधिक ही समतल था।

जब पाली शुरू हुई, रात थी। हम सर्चलाइट के गोले में पॅक हौद में खड़े थे, दो मीटर गहरा कुंड, लम्बा और चौड़ा दो बैरकों जितना। कुंड एक मीटर मोटा था और उस पर बाबा आदम के जमाने की पथराई हुई तारकोल की पर्त चढ़ी हुई थी। हमें सब्बल और कुदाल से उसकी सफाई करनी पड़ती, कोलतार काट कर निकालना और ठेले पर ढुलाई करना होता। फिर ठेले को फट्टों से बने ढुलमुल पुल से होते हुए कुंड के ऊपर से धकेल कर ले जाना होता, पटरियों तक जाना, फिर एक फट्टे की ऊँचाई पर डिब्बे के अन्दर और वहाँ कोलतार को उलटना होता।

हम काले शीशों को काटते, धारीदार, उभरे और नुकीले ढेले हमारे सिर के इधर-उधर उड़ते। धूल एकदम नहीं दिखाई पड़ती। सिर्फ उसी समय जब मैं खाली ठेला लिये ढुलमुल-पुल से होते हुए काली रात से निकल कर वापस सफेद रोशनी की कुप्पी में लौटता, तब शीशे की धूल से बना ऑरगंज़ा का चोला हवा में चमक रहा होता। जैसे ही सर्चलाइट हवा में झूलती, चोला गायब हो जाता और अगले पल ही उसी जगह पर एक क्रोमियम पॉलिश वाला पिंजरा डोलता।

छः बजे सुबह पाली खत्म हुई और बाहर एक घंटे से दिन का तेज उजाला फैला हुआ था। सूरज सिकुड़ा हुआ था, पर बेरहम; उसका गोला कद्दू की तरह गठीला था। मेरी आँखों में आग खुजला रही थी, सिर की हड्डी का एक-एक जोड़ खटखटा रहा था। कैम्प की ओर वापस जाने वाले रास्ते में सब कुछ चकाचौंध था। गर्दन की नसें टिक-टिक कर रही थीं और फटना चाह रही थीं, आँखों के डेले माथे में उबल रहे थे, दिल सीने में धम-धम कर रहा था, कान चटक रहे थे। गर्दन आटे के गर्म घोल जैसी फूल कर कड़ी हो गई थी। सिर और गर्दन एक हो गये थे। सूजन कन्धों तक फैल कर गई थी, गर्दन और धड़ एक हो

गए थे। रोशनी मुझे भेद रही थी, मुझे तुरन्त बैरक के अँधेरे में जाना पड़ा। पर घुप्प-अँधेरे की जरूरत थी, खिड़की की रोशनी भी घातक थी। मैंने तकिया सिर पर खींच लिया। शाम के करीब सुधार हुआ, पर रात की पाली भी आ गयी। जब अँधेरा छाया, तो मुझे फिर सर्चलाइट के तले पॅक हौद में जाना पड़ा। दूसरी रात की पाली में नचाल्निक एक बाल्टी लेकर आया, जिसमें स्लेटी-गुलाबी लेप के थक्के थे। हमने उसे कुंड में चढ़ने से पहले चेहरे और गर्दन पर लगाया। वह तुरन्त सूख गया और पपड़ी बन कर उतर गया।

सुबह जब सूरज उगा, डामर मेरे सिर में और बुरी तरह उपद्रव मचा रहा था। मैं कैम्प में रोगी बिल्ली की तरह टटोलते हुए इस बार सीधा रोगी बैरक पहुँच गया। ट्रूडी पॅलिकॅन ने मेरे माथे को सहलाया। डॉक्टरनी साहिबा ने अपने हाथों से हवा में और भी मोटा सिर बनाया और बोली सोन्त्से और स्व्येत और बलीत, और ट्रूडी पॅलिकॅन रो रही थी और मुझे कुछ 'प्रकाश-रासायनिक-श्लेष्मा -प्रतिक्रिया' के बारे में समझा रही थी :

यह क्या है।

दिन की रोशनी का ज़हर, वह बोली।

उसने मुझे सोहांजना के पत्ते पर एक धेली-भर खुद से बनाया गेंदे के फूल और सूअर की चर्बी का मलहम लगाने के लिए दिया, जिससे घाव फूटे नहीं। डॉक्टरनी साहिबा ने कहा था कि मैं पॅक हौद के लिए बहुत कमजोर हूँ, वह मुझे तीन दिन के लिए बीमारी की छुट्टी दिलवा देगी और हो सके तो तूर प्रिकुलिच से बात करेगी।

मैं तीन दिन बिस्तर में पड़ा रहा। आधे-सोते, आधे-जगते, बीमारी की लहरें मुझे घर की ओर तैरा ले जातीं, गर्मी की ताजगी में बेंच पर। चीड़ के पेड़ों के पीछे काफी तड़के ही सूरज एक लाल गुब्बारे की तरह उगता है। मैं दरवाजे की झिर्री से देखता हूँ, माँ-पिताजी अभी सो रहे हैं। मैं रसोई में जाता हूँ, रसोई की मेज पर दाढ़ी बनानेवाला शीशा दूध की बाल्टी से टिका है। मेरी फिनी-आंटी, मेवा-कतरनी की तरह पतली-दुबली, बालों को घुँघराला करने वाला यंत्र लिये गैस चूल्हे और शीशे के बीच इधर-उधर आ-जा रही है। अपनी सफेद ऑरगंज़ा की पोशाक पहने बालों को घुँघराला बना रही है। फिर वह उँगलियों से मेरे बालों की कंघी करती है और मेरे बालों को, जहाँ-जहाँ वे अब भी खड़े हैं, थूक से काबू में लाती है। वह मेरा हाथ पकड़ लेती है, हम डेज़ी तोड़ने जाते हैं, नाश्ते की मेज पर रखने के लिए।

ओस से भीगी घास मेरे कंधे तक पहुँच रही है, वह खरखराती और

गुनगुनाती है, मैदान सफेद झालर वाली डेज़ी और नील-घंटियों से भरा पड़ा है। मैं सिर्फ उस घास को तोड़ता हूँ, जिसका नाम है दागू-बूटी, क्योंकि उसकी डंडी से फंदा बनाकर फली को दूर तक दागा जा सकता है। मैं भड़कीली सफेद ऑरगंज़ा की पोशाक की ओर दागता हूँ। पर तभी एकदम से ऑरगंज़ा की पोशाक और उतनी ही सफेद शमीज के बीच मेरी फिनी-आंटी की निचली धड़ के इर्द-गिर्द जोर से सिमटी हुई टिड्डियों की नली बैठ गयी। उसने अपने डेज़ी के गुलदस्ते को गिरने दिया, बाँहें फैला दी और पथरा गयी। मैं उसकी पोशाक के नीचे सरकता हूँ और हाथों के फावड़े से टिड्डियों को हटाता हूँ, जल्दी-जल्दी। वे ठंडी हैं और गीले पेंच की तरह भारी। वे चुभ रही हैं, मेरे रोएँ खड़े हो जाते हैं। मेरे ऊपर घुँघराले बालों वाली फिनी-आंटी न होकर टिड्डियों से बना एक दैत्य दो पतली टाँगों पर खड़ा है।

पहली बार मुझे ऑरगंज़ा की पोशाक के नीचे ही दुविधा में पड़ कर फावड़ा चलाना पड़ा था। अब मैं एक बैरक में लेटा हुआ था और तीन दिन तक अपने ऊपर गेंदे के फूल का मलहम लगा रहा था। बाकी सब लोग आगे भी पॅक कुंड में जा रहे थे। सिर्फ मुझे, क्योंकि मैं बहुत कमजोर था, तूर प्रिकुलिच ने तब से मलबे के तहखाने में भेज दिया।

वहाँ मैं टिक गया।

हर पाली एक कलाकृति

हम दो लोग हैं, आलबेर्ट गियोन और मैं–दो तहखाने वाले लोग कारखाने के बॉयलर के नीचे। बैरक में आलबेर्ट गियोन जल्दी उत्तेजित हो जाता है। अँधेरे तहखाने में वह हमेशा सोच में डूबा रहता है, लेकिन हुक्म चलाता है, वैसे ही जैसे विषाद-रोगी होते हैं। हो सकता है, वह हमेशा से ऐसा न रहा हो और तहखाने में वैसा हो गया है, जैसा कि तहखाना खुद है। हम ज्यादा बात नहीं करते, सिर्फ जो जरूरी होता है।

आलबेर्ट गियोन कहता है : मैं तीन ठेले उलटूँगा, फिर तुम तीन उलटोगे।

मैं कहता हूँ : फिर मैं ढेर को साफ करूँगा।

वह कहता है : हाँ, उसके बाद तुम खोदने जाना।

उलटने और खोदने के बीच पाली इधर से उधर चलती है, जब तक कि आधी खत्म नहीं हो जाती, जब तक कि आलबेर्ट गियोन कहता नहीं है :

हम लोग आधा घंटा फट्टे के नीचे सोएँगे, सातवें वाले के नीचे, वहाँ शान्ति है।

फिर अगली आधी पाली शुरू होती है।

आलबेर्ट गियोन कहता है : मैं तीन ठेले उलटूँगा, और फिर तुम तीन उलटोगे।

मैं कहता हूँ : फिर मैं ढेर को साफ करूँगा।

वह कहता है : हाँ, उसके बाद तुम खोदने जाना।

मैं कहता हूँ : जब नवाँ वाला भर जाएगा, तब मैं खोदने जाऊँगा।

वह कहता है : नहीं, तुम अभी उलटोगे, मैं खोदने जा रहा हूँ, कोठरी भी भरी हुई है।

पाली खत्म होने के बाद या तो वह कहता है या मैं : चलो सफाई करें, हम तहखाने को बाद में आने वालों को साफ-सुथरा सौपेंगे।

तहखाने में एक हफ्ते बाद तूर प्रिकुलिच फिर से नाई की दुकान में आईने में मेरे पीछे खड़ा था। मेरी दाढ़ी आधी बन चुकी थी, उसने अपनी चालू नजर

और साफ उँगलियाँ उठाईं और पूछा :

तुम लोगों के यहाँ तहखाने में कैसा चल रहा है।

बढ़िया, मैंने कहा, हर पाली एक कलाकृति है।

वह नाई के कन्धे के ऊपर से मुस्कराया, पर उसे इसका अन्दाज नहीं था कि यह बात सच थी। उसकी आवाज से बारीक नफरत सुनाई पड़ रही थी, उसके नथुने गुलाबी झलक रहे थे, उसकी कनपटियों में संगमरमर की नसें।

कल तुम्हारा चेहरा कितना गन्दा था, वह बोला, और कैसे तुम्हारी टोपी के हर छेद में से अंतड़ियाँ लटक रही थीं।

कोई बात नहीं, मैंने कहा, कोयले की धूल रोयेंदार और उँगली जितनी मोटी होती है। पर हर पाली के खत्म होने पर तहखाना साफ-सुथरा होता है, क्योंकि हर पाली एक कलाकृति है।

जब एक हंस गाता है

मेरे तहखाने के पहले दिन के बाद, ट्रूडी कैंटीन में बोली : अब तो तुम्हारा तारकोल का झमेला खत्म हुआ, क्या जमीन के नीचे ज्यादा बढ़िया नहीं है।

फिर उसने बताया कि वह कितनी ही बार कैम्प के पहले साल में निर्माण-स्थल पर चूना-गाड़ी को खींचते समय आँखें बन्द कर लेती थी और सपना देखती थी। और कैसे वह अब नग्न मुर्दों को मृत्यु कक्ष से बाहर, पीछे वाले आंगन में जमीन पर लिटा देती है, जैसे ताजी छिली हुई लकड़ी। उसने कहा, कि वह अब भी, जब वह मुर्दों को दरवाजे से बाहर ले जाती है, अक्सर आँखें बन्द कर लेती है और वही सपना देखती है जो वह चूना-गाड़ी के आगे जुते होने पर देखती थी।

कौन-सा, मैंने पूछा।

वह बोली, एक अमीर, खूबसूरत, जवान– उसका खूबसूरत और जवान होना जरूरी नहीं है–अमरीकी, डिब्बा बन्द सूअर के माँस के कारखाने का मालिक मुझसे प्यार करने लगता है– प्यार करने लगना जरूरी नहीं है–वह बोली, पर इतना अमीर, कि वह मुझे आजादी दिला सके और यहाँ से ले जाकर शादी कर ले। यह वाकई सौभाग्य होगा, वह कहती है। और कितना अच्छा हो, अगर उसकी बहन भी हो, तुम्हारे लिए।

उसका खूबसूरत और जवान होना जरूरी नहीं है, प्यार करने लगना जरूरी नहीं है, मैंने दोहराया। और फिर ट्रूडी पॅलिकॅन पागलों की तरह हँसी और उसके मुँह का दाहिना छोर फड़फड़ाने लगा और उसने उसके चेहरे को छोड़ दिया, जैसे वहाँ पर, जहाँ हँसी चमड़ी से जुड़ी थी, धागा टूट गया हो।

इसीलिए मैंने ट्रूडी पॅलिकॅन को अपने बार-बार आने वाले, सफेद सूअर पर सवार घर जाने वाले सपने के बारे में सिर्फ संक्षेप में बताया। सिर्फ एक वाक्य में और बिना सफेद सूअर के :

सोचो, मैंने कहा, मैं अक्सर सपना देखता हूँ, कि मैं एक स्लेटी कुत्ते पर सवार आसमान से होते हुए घर जा रहा हूँ।

उसने पूछा : क्या यह पहरेदार-कुत्तों में से एक है।

नहीं, गाँव का कुत्ता, मैंने कहा।

ट्रूडी ने कहा : तुम्हें सवारी क्यों करनी पड़ती है, उड़ कर जाओगे तो और जल्दी पहुँच जाओगे। मैं तभी सपने देखती हूँ, जब मैं जग रही होती हूँ। जब मैं मुर्दों को पीछे वाले अहाते में लिटाती हूँ, तो मैं यहाँ से उड़ सकना चाहती हूँ, किसी हंस की तरह अमरीका को।

क्या वह भी नेपच्यून ताल के अंडाकार चिन्ह वाले हंस को जानती थी। मैंने उससे पूछा नहीं, पर मैंने कहा : जब एक हंस गाता है, उसकी आवाज और भर्रा जाती है, उसका सूजा हुआ घेंटुआ सुनाई देता है।

मलबे के बारे में

गर्मियों में मैंने स्टेपी के बीचोबीच सफेद मलबे की ऊँची मेड़ देखी और कार्पेथियन पर्वतों के हिमशिखरों के बारे में सोचा। कोबेलियान ने बताया इस मेड़ की तो सड़क बन जाएगी। सफेद मलबा पक कर कड़ा हो गया था, और उसकी बनावट खुरदुरी थी, जैसे चूने के बुलबुले और सीपी की रेत। कुछ बिखरे हुए हिस्सों में सफेद पर गुलाबी रंग चढ़ गया था, अक्सर इतना चटक कि वह छोरों पर स्लेटी हो जाता। मुझे नहीं मालूम, क्यों पक कर स्लेटी हुआ गुलाबी इतना अधिक वशीभूत करने वाला सुन्दर होता है, अब खनिजीय न रहकर इन्सानों की तरह थका-उदास। क्या घर की याद का भी कोई रंग होता है।

एक और सफेद मलबे का ढेर, एक आदमी जितना ऊँचा, यामा के बगल में पहाड़ी-शृंखला की तरह पड़ा था। यह मलबा पक कर कड़ा नहीं हो गया था, उसके छोरों पर घास उगी हुई थी। जब कोयला खोदते समय तेज बारिश होती, हम उसके तले छुपने की जगह ढूँढ़ते। हम इस सफेद मलबे में अपने लिए खोदकर बिल बना लेते। वह झड़ता और हमें अपने में बन्द कर लेता। और सर्दी में उस पर बर्फ भाप देती, और हम अपने को बिलों में गर्म करते और तिनतरफा छुपे होते, बर्फ के कम्बल में, मलबे में और फुफाइका– वेशभूषा में। वहाँ से सुखद सी गन्धक की गन्ध आती, भाप हर चीज में से उमड़ती। हम गर्दन तक उन बिलों में बैठे होते, नाक धरती के ऊपर किये, समय से पहले अंकुरित हुए फूल के कन्द जैसे और मुँह के इर्द-गिर्द पिघलती हुई बर्फ की परत। जब हम मलबे से बाहर रेंगकर निकलते, हमारे कपड़े अंगारों के टुकड़ों से छिद्रित होते, हर तरफ रूई बाहर लटक रही होती।

ढुलाई करने और उतारने से मैं सुर्ख लाल ढले हुए झोंका-भट्टी वाले मलबे को जानता हूँ। उसका सफेद मलबे से कोई सम्बन्ध नहीं है। यह लाल-भूरी धूल से बना है, जो फावड़े की हर चलाई से हवा में प्रकट हो जाता और धीरे-धीरे चुनट्टों की तरह छा जाता है। क्योंकि वह तेज गर्मी की तरह सूखा और पूरी तरह संक्रमण विरोधी है, इसलिए सुर्ख लाल मलबा घर की याद का रोग लगने से रोकता है।

हरा-भूरा मलबा भी होता है, चरागाह पर पक कर कड़ा हुआ, कारखाने के पीछे वाली परती जमीन वाला। वह खर-पतवार के नीचे चाटी हुई नमक की घोलियों की तरह पड़ा था। हमारा एक दूसरे से कुछ कोई सम्बन्ध नहीं था। वह मुझे जाने देता और मेरा ध्यान किसी भी तरह से विचलित नहीं करता।

मेरे एक-अकेला, मेरा हर रोजवाला मलबा, सुबह-और रात की पाली वाला मलबा था कोयले की भट्ठियों से निकला बॉयलर वाला मलबा, गर्म और ठंडे तहखाने वाला मलबा। भट्ठियाँ ऊपरी दुनिया में, एक के पीछे एक, पाँच बहुमंजिले-घरों जैसी ऊँची खड़ी थीं। ये भट्ठियाँ पाँच बॉयलरों को गर्म करतीं, सभी कारखानों के लिए भाप को पैदा करतीं और हमारे लिए तहखाने में गर्म और ठंडे मलबे को। और पैदा करतीं सारा काम, हर पाली का गर्म और ठंडा दौर।

ठंडा मलबा सिर्फ गर्म वालों से बनता है, वह सिर्फ गर्म मलबे की ठंडी धूल है। ठंडे मलबे को हर पाली में सिर्फ एक बार खाली करना पड़ता है, जबकि गर्म मलबे को लगातार। उसे भट्ठी के गतिचक्र की ताल पर असंख्य ठेलों में फावड़े से ढुलाकर, पहाड़ के ऊपर तक ले जाना और जहाँ पटरियाँ खत्म होती हैं वहाँ पहाड़ पर पलटना होता है।

गर्म मलबा हर रोज अलग हो सकता है। उसका बनना इस बात पर निर्भर करता कि कोयले का मिश्रण कैसा हुआ था। तुम मिश्रण की कृपा और उसके छल के बारे में बोल सकते हो। जब कोयले का मिश्रण अच्छा होता है, तब गाड़ी की जाली पर 4 से 5 से.मी. मोटे तपते हुए पट्टे आते हैं। वे अपनी गर्मी फैलाते, भुरभुरे होते और सूखे टुकड़ों में टूट जाते, जो सेंकी हुई डबल-रोटी की तरह आसानी से ढक्कन से गिर जाते। भूख-देवदूत को अचरज होता कि तुम अगर फावड़ा चलाते समय ढीले भी पड़ जाते, तब भी ठेला काफी जल्दी भर जाता। मिश्रण अगर खराब होता, तो मलबा लावे की तरह निकलता, सफेद, तपता और चिपचिपा। वह अपने आप जाली पर से नहीं गिरता, वह भट्टी के ढक्कनों के बीच इकट्ठा हो जाता। कुरेदनी से तुम्हें ढेलों को अलग करना पड़ता, वह गुँधे हुए आटे की तरह खिंच जाता। तुम भट्ठी को खाली नहीं कर पाते, और ठेले को भर नहीं पाते। यह कमरतोड़, बहुत समय लेने वाला काम है।

पर अगर मिश्रण विनाशकारी हो, तब भट्ठी को जमकर दस्त होता। दस्त वाला मलबा ढक्कन खुलने का इन्तजार नहीं करता है, वह तो अधखुले फाटक में से ही बहने लगता है, हगे हुए मक्के के दानों जैसे। वह लाल है और सफेद तपता हुआ, पर अच्छा होगा अगर तुम न ही ध्यान दो। वह खतरनाक होता है, तुम्हारे कपड़े के हर छेद में बह कर जा सकता है क्योंकि तुम उसे रोक नहीं

सकते हो। ठेला लबा-लब भर जाता है और मलबे के नीचे दब जाता है। तुम्हें ढक्कन को कौन जाने किस तरह बन्द करना पड़ता है, पाँवों को, गम-बूट और पाँव के चिथड़ों को अंगारों की बाढ़ से बचाना होता है, अंगारों को पानी की पाइप से बुझाना होता है, ठेले को फावड़े से खाली करना होता है, उसे पहाड़ के ऊपर खींच ले जाना होता है और दुर्घटना क्षेत्र को साफ करना होता है– और यह सब एक ही बार में। इसके अलावा जब ऐसा पाली खत्म होने के करीब होता है, तब तो समझो, कयामत होती है। तुम अनन्त समय गँवा देते हो, और बाकी चार भट्ठियाँ इंतजार नहीं करती हैं, उन्हें भी तो कब का खाली हो जाना चाहिए था। रफ्तार बहुत तेज हो जाती है, आँखें तैरती हैं, हाथ उड़ते हैं, पाँव थरथराते हैं। मुझे आज भी दस्त-मलबे से नफरत है।

पर पाली में एक-बार वाला मलबा, वह ठंडा मलबा, मुझे प्यारा है। उसका बरताव तुम्हारे साथ शालीन, धीर और भरोसेमन्द है। आलबेर्ट गियोन और मुझे एक-दूसरे की जरूरत सिर्फ गर्म मलबे के लिए होती थी। ठंडा मलबा हर कोई अपने अकेले के लिए चाहता था। ठंडा मलबा शान्त और विश्वसनीय होता है, जैसे इसको पराश्रय की जरूरत हो– बैंगनी रेत की धूल, जिसके साथ तुम बिना किसी परेशानी के अकेले रह सकते हो। वह तहखाने की सबसे पीछे वाली भट्ठियों की कतार में था, उसके अपने खुद के ढक्कन थे और खुद का ठेला, टीन के पेट वाला, बिना जाली का।

भूख-देवदूत को मालूम था कि मैं कितना ज्यादा मलबे के साथ अकेला रहना पसन्द करता था कि वह ज़रा भी ठंडा नहीं था, बल्कि गुनगुना और उसमें से हल्की सी लैवेंडर की गन्ध आती थी या रोयें वाले पहाड़ी आड़ुओं और गर्मी की आखिरी वाली खुबानियों की। लेकिन सबसे ज्यादा ठंडे मलबे से छुट्टी की गन्ध आती, क्योंकि अगले पन्द्रह मिनट में पाली खत्म और कोई आफत की सम्भावना नहीं होने वाली थी। उसमें से गन्ध आती तहखाने से बाहर घर के रास्ते की, कैंटीन के सूप और आराम करने की। यहाँ तक कि सामान्य जीवन की भी उसमें से गन्ध आती और मुझे उन्मत्त कर देती। मैं कल्पना करने लगता, मैं रूई का सूट पहने तहखाने से बाहर बैरक में नहीं, बल्कि सज-धज कर बोरसालीनो हैट, ऊँट के बालों का ओवरकोट और शराबी लाल रेशम का स्कार्फ पहने बुखारेस्त या वियना में कॉफी हाउस में जा रहा हूँ और वहाँ एक संगमरमर की मेज पर बैठ रहा हूँ। ठंडा मलबा इतना उदार था, वह तुम्हें खुद से छलावा करने की भेंट देता, जिससे तुम अपने को जीवन में चोरी-छुपे वापस ला सको। जहर के नशे में चूर, तुम अपने को ठंडे मलबे से सुखी कर सकते हो, इतना सुनिश्चित सुखी,

जितना सिर्फ मौत ही होती है।

तूर प्रिकुलिच व्यर्थ में ही नहीं उम्मीद करता कि मैं शिकायत करूँगा। सिर्फ इसीलिए वह हर एक-आध दिन बाद नाई की दुकान में पूछता :

और, कैसा है तुम लोगों के यहाँ तहखाने में।

कैसा चल रहा है तहखाने में।

क्या हो रहा है तहखाने में।

सब ठीक तहखाने में।

या सिर्फ : और तहखाने में।

और क्योंकि मैं उसकी धार को काट देना चाहता था, मैं हमेशा एक ही जवाब देता : हर पाली एक कलाकृति है।

अगर उसे कोयले की गैसों और भूख के मिश्रण की ज़रा सी भी भनक होती, तब वह जरूर पूछने पर मजबूर हो जाता, मैं तहखाने में कहाँ मटरगश्ती करता हूँ। और तब मैं कह सकता था, फ्लाई ऐश के पास। क्योंकि फ्लाई ऐश भी ठंडे मलबे जैसी है, वह हर जगह मटरगश्ती करती है और पूरे तहखाने को बालों से ढँक देती है। फ्लाई ऐश से भी तुम अपने को सुखी कर सकते हो। उसमें जहर नहीं होता और वह फुदकती रहती है। वह चूहे की तरह स्लेटी, मखमली होती है और गन्ध नहीं देती। वह बनी होती है छोटे-छोटे स्लेट के चूरों, सूक्ष्म पपड़ियों से।

वह हमेशा दौड़-भाग करती रहती है और हर चीज पर पाले की मणियों की तरह लटक जाती है। हर सतह पर बाल बिछ जाते हैं। रोशनी में फ्लाई ऐश बल्ब की जाली को सर्कस के पिंजरे में बदल देती है, जिसमें जूँ, खटमल, पिस्सू और दीमक होते हैं। मैंने स्कूल में सीखा था दीमकों के यहाँ सुहाग-कक्ष होते हैं। मैंने यह भी सीखा था, दीमक कैम्पों में रहती हैं। इनके यहाँ एक राजा, एक रानी और सिपाही होते हैं। और सिपाहियों के बड़े सिर होते हैं। बड़े जबड़े वाले सिपाही, सूँड़ वाले सिपाही और ग्रंथि वाले सिपाही होते हैं। और सबको श्रमिक खिलाते हैं। और रानी श्रमिकों से तीस गुना बड़ी होती है। मेरे अनुमान से यही अन्तर भूख-देवदूत और मुझमें या बेया त्साकेल और मुझ में या तूर प्रिकूलिच और मुझ में है।

पानी से मिलकर पानी नहीं बहता, बल्कि फ्लाई ऐश क्योंकि वह पानी पी लेती। वह फूलकर समुद्र झाग के सिलीकेट से बना टी-सेट बन जाती और उससे भी बड़ी होकर कंक्रीट के बच्चे बन जाती, जो स्लेटी सेब खा रहे हैं। पानी से मिलकर फ्लाई ऐश जादू कर सकती है।

बिना रोशनी और पानी के वह मरी हुई इधर-उधर बैठी रहती है। तहखाने की दीवारों पर असली बालदार खाल जैसी, रूई की टोपी पर नकली बालों जैसी, नाक के छेदों में रबड़ की ठेंपी जैसी। आलबेर्ट गियोन का तहखाने जितना काला चेहरा, दिखाई नहीं पड़ता, सिर्फ उसके सफेद कोये हवा में तैरते और उसके दाँत। आलबेर्ट गियोन के बारे में मुझे कभी नहीं पता चला कि वह महज अल्पभाषी या फिर दुखी है। जब मैं उससे पूछता हूँ, वह कहता है : इस बारे में मैं सोच-विचार नहीं करता। हम दो तहखाने के कीड़े हैं, और यह मेरा सच में मानना है।

पाली खत्म होने पर हम कारखाने के फाटक के बगल सामूहिक स्नान घर में नहाने जाते हैं। सिर, गर्दन, हाथों पर तीन बार साबुन लगता है, पर फ्लाई ऐश स्लेटी रहती है और ठंडा मलबा बैंगनी। तहखाने के रंग चमड़ी को कुतर कर अन्दर घुसे हुए थे। मुझे वे परेशान नहीं करते, मुझे तो बल्कि थोड़ा-सा घमंड होता, ये तो उस छलावे के रंग थे जिससे मेरा जीवट बना था।

बेया त्साकेल मुझ पर तरस खाती, वह थोड़ी देर सोचती कि इसे कैसे बिना चोट पहुँचाए बोले, पर जानती थी कि यह अपमान करना ही था, जब वह कहती : तुम किसी मूक फिल्म अदाकार जैसे, तुम वालेन्टीनो जैसे दिखते हो।

उसने कुछ देर पहले ही बाल धोए थे। उसकी रेशमी चोटी एकदम चिकनी गुँथी हुई थी और अभी तक नम थी। उसके गाल अच्छे खाये-पीये हुए थे और स्ट्रॉबेरी की तरह लाल हो गये थे।

एक बार बचपन में, जब माँ और फिनी-आंटी कॉफी पी रही थीं, मैं पूरे बगीचे में दौड़ रहा था। मैंने अपने जीवन में पहली बार एक मोटी पकी हुई स्ट्रॉबेरी देखी और आवाज दी : इधर आओ, यहाँ एक मेढक जल रहा है और चमक रहा है।

एक टुकड़ा दमकते हुए गर्म तहखाने के अंगारे को मैं अपने साथ कैम्प से घर ले आया हूँ, दाहिनी पिंडली पर। समय के साथ उसकी आग कम हो गयी है और वह अंगारा ठंडे पत्थर में बदल गया है। वह चमड़ी में से गोदने की तरह चमचमाता है।

मदिरा जैसा लाल रेशमी स्कार्फ

मेरे तहखाने के साझेदार आलबेर्ट गियोन ने रात की पाली के बाद घर के रास्ते पर कहा था : अब, जब कि गर्मी होने लगी है, जब कुछ भी खाने को नहीं होगा, कम से कम भूख को धूप में गर्म कर लेंगे। मेरे पास कुछ भी खाने को नहीं था और मैं कैम्प के मैदान में चला गया, अपनी भूख को गर्म करने। घास अब भी भूरी थी, नीचे दबी हुई और पाले से जली हुई। मार्च की धूप की पीली झालरें थीं। रूसी-गाँव के ऊपर का आसमान लहरिया पानी से बना था और सूरज खुद को हाँक रहा था। और मुझे भूख-देवदूत कैंटीन के पीछे कचरे की ओर हाँक रहा था। वहाँ, अगर मुझसे पहले कोई नहीं गया हो, हो सकता है आलू के छिलके हों, ज्यादातर लोग तो अभी काम पर थे। जब मैंने कैंटीन के बगल में फेन्या को बेया त्साकेल से बात करते देखा, मैंने हाथ जेब से निकाल लिये और अपनी चाल बदल कर सैर करने वाली कर दी। अब कचरे की ओर मैं नहीं जा सकता था। फेन्या ने इस बार अपना बैगनी क्रोशिया वाला जैकेट पहना हुआ था, और मुझे अपने मदिरा जैसे लाल रेशमी स्कार्फ का ख़याल आया। चमड़े के पट्टों के साथ हुई फजीहत के बाद मैं बाजार नहीं जाना चाहता था। जो बेया त्साकेल की तरह बढ़िया बात कर सकता था, वो बढ़िया मोल-भाव भी कर सकता है और मेरे स्कार्फ के बदले चीनी और नमक ला सकता है। फेन्या किसी तरह से लँगड़ाते हुए कैंटीन में अपनी डबल-रोटी के पास चली गयी। मैं अभी बेया के सामने खड़ा ही हुआ था कि मैंने पूछा : तुम बाजार कब जाओगी। वह बोली : शायद कल।

बेया जब भी चाहती कैम्प से बाहर जा सकती थी, गेट-पास तो उसे तूर से मिल जाता था, वो भी अगर उसको इसकी जरूरत पड़े। वह चौड़ी सड़क वाली बेंच पर इन्तजार करने लगी और मैं स्कार्फ लेने चला गया। वह सूटकेस में एकदम नीचे रखा था, मेरे सफेद क्रैम्ब्रिक के रूमाल के बगल में। मैंने उसे महीनों से नहीं छुआ था। वह त्वचा की तरह मुलायम था। उसने मुझे अभिभूत कर दिया। मैं उसके तरल चारखानों के आगे लज्जित हो गया, क्योंकि मेरा इतना

पतन हो चुका था और वो अब भी प्रेमविह्वल था, अपने चमकते और खुरदुरे पाँसों की डिजाइन सहित। उसने अपने को कैम्प में बदला नहीं था, उसने पाँसों वाली डिजाइन में पहले के निश्चल क्रम को सम्भाला हुआ था। वह अब मेरे लिए कुछ भी नहीं था। इसलिए मैं उसके लिए कुछ भी नहीं था।

जब मैंने उसे बेया को सौंप दिया, उसकी आँखें फिर से उस असमंजस भरे चक्र में फिसलने लगी, जिसमें भैंगेपन का पुट था। उसकी आँखें रहस्यपूर्ण थीं, जो उसमें एकमात्र सुन्दर चीज़ थी। उसने स्कार्फ को गर्दन के चारों ओर डाल लिया और वह अपने को रोक नहीं पायी, वह बाँहों को मोड़कर उसे दोनों हाथों से सहलाने लगी। उसके कन्धे पतले थे, बाँहें पतली छड़ी। पर कूल्हे और नितम्ब विशाल थे, भारी-भरकम हड्डियों से बनी नींव। नाजुक धड़ और ठोस निचले भाग को जोड़कर बेआ त्साकेल के शरीर की बनावट हुई थी।

बेया मदिरा जैसे लाल स्कार्फ को अदला-बदली के लिए ले गयी थी, पर अगले ही दिन तूर प्रिकुलिच ने हाज़िरी के समय वह स्कार्फ अपनी गर्दन में लपेटा हुआ था, और पूरे अगले हफ्ते भी। उसने मेरे मदिरा जैसे लाल रेशमी स्कार्फ का हाज़िरी-चिथड़ा बना दिया था। हर हाज़िरी तब से मेरे स्कार्फ का मजाक भी हो गयी। और वह उस पर फबता भी था। मेरी हड्डियाँ सीसे की तरह भारी थीं, एक साथ साँस लेना और छोड़ना, आँखें ऊपर की ओर घुमाना और बादलों के छोर पर एक खूँटी ढूँढ़ना अब हो नहीं पाता था। तूर प्रिकुलिच की गर्दन में लिपटा मेरा स्कार्फ यह करने ही नहीं देता था।

मैंने अपनी हिम्मत जुटाई और हाज़िरी के बाद तूर प्रिकुलिच से पूछा, उसके पास यह स्कार्फ कहाँ से आया, वह बोला, बिना किसी भी हिचक के : घर से, यह मेरे पास हमेशा से था।

उसने बेया का कोई जिक्र नहीं किया। दो हफ्ते बीत चुके थे। मुझे बेया त्साकेल से एक भी कण चीनी या नमक नहीं मिला था। क्या उन दोनों भरपेट खाये लोगों को अन्दाजा था कि वे मेरी भूख को कितनी बुरी तरह से छल रहे थे। क्या उन्होंने ही नहीं मेरी इतनी दुर्दशा कर दी थी कि मेरा अपना स्कार्फ ही मेरे साथ मेल नहीं खा रहा था। क्या उन्हें मालूम नहीं था कि जब तक कि मुझे उसके लिए कुछ मिला नहीं था, वह मेरी सम्पत्ति थी। एक पूरा महीना बीत गया, धूप भी अब उतनी फीकी नहीं थी। हाज़िरी साग फिर से रूपहला-हरा उगा और जंगली सोया पँखाकार। मैं तहखाने से बाहर आया और गिलाफ में उन्हें नोचकर इकट्ठा करने लगा। झुकते समय रोशनी मुझसे दूर जा उलटी, मुझे आँखों के आगे सिर्फ काला सूरज दिख रहा था। मैंने अपने हाज़िरी-साग को

पकाया, उसका स्वाद कीचड़ जैसा था, मेरे पास अब भी नमक नहीं था। और तूर प्रिकुलिच अब भी मेरा स्कार्फ पहनता था, और मैं अब भी रात की पाली के लिए तहखाने में जाता था और उसके बाद खाली दोपहर में कैंटीन के पीछे कचरे की ओर, जो मेरे बिना नमक के झूठे पालक या बिना नमक के हाज़िरी-साग के सूप से ज्यादा जायकेदार था।

कचरे की ओर जाते हुए मुझे फिर बेया त्साकेल मिल गयी और वह इस बार भी बस उन बॅस्किड की बात करने लगी, जो कार्पेथियन-पर्वतों के जंगलों में मिल जाते हैं। और जब वह अपने छोटे से गाँव लूगी से प्राग आ चुकी थी और तूर मिशनरी से आखिरकार अपना पेशा बदलकर व्यापारी बन चुका था, मैंने उसे टोका और पूछा :

बेया, क्या तुमने तूर को मेरा स्कार्फ भेंट दे दिया है।

वह बोली : उसने उसे ऐसे ही ले लिया। वह ऐसा ही है।

कैसा, मैंने पूछा।

बस ऐसा, वह बोली, वह जरूर तुम्हें उसके लिए कुछ देगा, हो सकता है एक दिन की छुट्टी।

उसकी आँखों में धूप नहीं चौंधिया रही थी, बल्कि डर। पर मेरे से नहीं, बल्कि तूर से।

बेया, एक दिन की छुट्टी से मुझे क्या मिलेगा, मैंने कहा, मुझे चीनी और नमक चाहिए।

रासायनिक पदार्थों के बारे में

रासायनिक पदार्थ भी वैसे ही हैं जैसे मलबा। कौन जाने इस खदान के मलबे, सड़ी हुई लकड़ी, जंग लगे लोहे और ईंट के ढेर से कौन सी भाप छूटती है। बात सिर्फ गन्ध की नहीं थी, जब हम कैम्प में आये थे, हमारी आँखें अचम्भित रह गयी थीं, कोयले का कारखाना पूरा तहस-नहस था। कोई सोच भी नहीं सकता था कि वह सिर्फ युद्ध की वजह से था। वह सड़ना, जंग और फफूँद लगना, चूरा-चूरा होना युद्ध से भी पुराना था, उतना ही पुराना, जितनी इनसान की उदासीनता और रासायनिक पदार्थों का जहर। दिखाई पड़ रहा था कि वे खुद रासायनिक पदार्थ थे, जिन्होंने यहाँ एक जुट होकर कारखाने को बरबादी की ओर धकेल दिया था। जरूर पाइप के लोहे और मशीनों में टूट-फूट और विस्फोट हुए होंगे। एक समय में यह कारखाना अति आधुनिक था, बीसवें और तीसवें दशक की नवीनतम तकनीक, जर्मन उद्योग। लोहे-लंगड़ पर अब भी **फ्योर्सटर** और **मानेस्मान** जैसे नाम पढ़े जा सकते थे।

तुम्हें उस लोहे-लंगड़ में नाम ढूँढ़ने पड़ते थे और दिमाग में सुखद शब्द, जहर से बचने के लिए, क्योंकि यह अंदेशा हो गया था कि ये पदार्थ अपना आक्रमण जारी रखेंगे और अपना षड्यंत्र हम कैदियों के खिलाफ भी रचेंगे और हमारी बेगार के खिलाफ। बेगार के लिए भी रूसियों और रोमानियाइयों ने पहले से ही घर वाली सूची पर एक सुखद शब्द ढूँढ़ लिया था : **पुनर्निर्माण**। इस शब्द से जहर निकाल दिया गया था। अगर **निर्माण** ही होना था, तब इसका नाम **बेगार-निर्माण** होना चाहिए था।

क्योंकि मैं उन रासायनिक पदार्थों से बच नहीं सकता था, उनके चंगुल में था– वे हमारे जूते, कपड़े, हाथ और त्वचा को खा रहे थे– मैंने कारखाने की उन गन्धों को अपने हित में एक नया मतलब देने का निश्चय किया। मैंने खुद को सुगन्ध मार्गों के बारे में विश्वास दिला दिया और मेरी आदत बन गयी, कैम्प के हर रास्ते के लिए एक फुसलावा ईजाद कर लेने की : नैफ्थलीन, बूट पॉलिश, फर्नीचर पॉलिश, गुलदाउदी, गिलसरीन साबुन, कपूर, चीड़ की राल, फिटकरी, नींबू

के फूल। मैं सुखद रूप से आसक्त होने में सफल हो गया, क्योंकि मैं उन पदार्थों को यह इजाजत नहीं देना चाहता था कि वे जहर से भरे मुझको अपने वश में रखें। सुखद रूप से आसक्त होने का मतलब यह नहीं है, कि मैंने उनसे फिर से दोस्ती कर ली हो। सुखद था कि भूख और भोजन-शब्दों की तरह रासायनिक पदार्थों में भी पलायन-शब्द होते थे। कि ये शब्द भी मेरे खुद के लिए वास्तव में जरूरी थे। जरूरी और एक यातना, क्योंकि मैं उनमें विश्वास करने लगा था, जबकि मुझे मालूम था, वे मुझे क्यों चाहिए थे।

कोयले के गड्ढे के रास्ते में नुकीली शीत-मीनार से पानी बाहर नीचे बह रहा था, वह फुहार-मीनार थी। मैंने उसे नाम दिया **पगोडा**। उसके चारों ओर नीचे एक कुंड था, जिसमें से गर्मी में भी सर्दी के ओवरकोट की गन्ध आती थी, नैफ्थलीन की। एक सफेद, गोल गन्ध जैसे घर पर अल्मारी में मॉटेन-कूगेल्न– कीटनाशक गोली– की। यहाँ पगोडा पर नैफ्थलीन की नुकीली काली गन्ध थी। जब मैं पगोडा से गुजर जाता, वह फिर से सफेद गोला हो जाती। मैंने अपने को बचपन में देखा। हम रेलगाड़ी से गर्मी की छुट्टियों में वेंच को जा रहे हैं। रेल की खिड़की से मैं क्लाइनकोपिश के पास जलते हुए तेल के कुएँ को देखता हूँ। उसकी लौ लोमड़ी की तरह लाल है, और मुझे अचरज होता है, कि लौ कितनी छोटी है और फिर भी पूरी घाटी में मक्के के खेतों को सुखा देती है, राख की तरह स्लेटी, जैसे पतझड़ के आखिर में। यह तो गर्मी में ही बूढ़े-खेत थे। अखबार में से मालूम था तेल का कुआँ बुरा शब्द था, क्योंकि उसका मतलब था, कि वह फिर से जल रहा है और कोई उसे बुझा नहीं पा रहा है। माँ कहती है लोग कसाईखाने से पाँच हजार लीटर भैंस का खून लाना चाहते हैं। वे उम्मीद कर रहे हैं कि वह जल्दी थक्का बन जाएगा और ठेपी का काम करेगा। तेल का कुआँ हमारी अल्मारी में रखे सर्दी के ओवरकोट जैसी गन्ध दे रहा है, मैं कहता हूँ। और माँ कहती है : हाँ, हाँ नैफ्थलीन।

खनिज तेल, रूसी इसे **न्येफ्च** कहते हैं। कभी-कभी यह शब्द टैंकर वाले डिब्बों पर पढ़ने को मिलता है। यह पेट्रोल है, और मुझे तुरन्त नैफ्थलीन का ख़याल आता है। कहीं भी सूरज इतना नहीं चुभता है जितना यहाँ, मॉइका के कोने पर, कोयला धुलाई केन्द्र के आठ मंजिले खंडहर पर। सूरज खनिज तेल को डामर में से खींच लेता है, वह मसालेदार, तैलीय, कसैली और नमकीन गन्ध देता है, जैसे एक विशाल डिबिया बूट पॉलिश की हो। गर्म दोपहरी में पिताजी एक घंटे झपकी लेने के लिए दीवान पर लेट जाते और उस समय में माँ उनके जूते पॉलिश करती। मॉइका के आठ मंजिले खंडहर पर हर रोज, चाहे मैं जब

भी आऊँ, घर पर दोपहर है।

58 कोयले की भट्टियों की कतारों पर नम्बर पड़े हैं और वे सीधी खड़ी हैं—जैसे लम्बी कतार में खुले हुए ताबूत। और अन्दर चूर-चूर होती अग्नि-मृत्तिका का अस्तर। मुझे याद आते हैं खाये-अघाये कपड़ों के कीट। फर्श पर तेल की छोटी-छोटी गढ़ैया चमक रही हैं; छोटे-छोटे कण हुई अग्नि-मृत्तिका के पीली पपड़ी जैसे क्रिस्टल बन रहे हैं। उसमें से हॅर कार्प के अहाते की पीली गुलदाउदी की झाड़ जैसी गन्ध आ रही है। पर यहाँ सिर्फ जहर जैसी पीली घास उगती है। दोपहरी गर्म हवा में लेटी हैं, वह ज़रा-सी घास हमारी ही तरह कुपोषित है, वह अपने वजन को किसी तरह घसीट रही है और लहरदार तिनकों को पेल रही है।

आलबेर्ट गियोन की और मेरी रात की पाली है। शाम को मैं तहखाने में जाता हूँ, सभी पाइपों को पार करता हूँ, कुछ काँच की रूई में लिपटे हुए हैं, बाकी नंगे और जंग लगे हुए हैं। कुछ घुटने तक के, बाकी सिर के ऊपर तक। मुझे कम-से-कम एक बार एक पाइप के किनारे-किनारे जाना होगा, दोनों दिशाओं में। कम-से-कम एक बार एक पाइप के बारे में जानना होगा—वो कहाँ से आया है और कहाँ को जा रहा है। तब भी मैं यह नहीं जान पाऊँगा कि वह क्या ले जा रहा, कुछ ले भी जा रहा है या नहीं। मुझे कम-से-कम एक बार पाइप के किनारे-किनारे जाना होगा, जिसमें से सफेद भाप निकल रही है, क्योंकि यह कम-से-कम सफेद भाप ले जा रहा है, नैफ्थलीन भाप। कोई तो ऐसा होगा, जो मुझे कम-से-कम एक बार पूरे कोयले के कारखाने के बारे में समझा दे। एक तरफ तो मैं जानना चाहता हूँ कि यहाँ क्या होता है दूसरी तरफ मैं नहीं जानता कि यह तकनीकी-प्रणालियाँ, जिनके तो अपने खुद के शब्द होते हैं, ये मेरे पलायन-शब्दों को कहीं परेशान तो नहीं करेंगी। और मैं वीथिकाओं और सफ़ा क्षेत्रों में के सभी कंकालों के नाम याद भी रख पाऊँगा कि नहीं। वाल्व में से सफेद भाप फुफकार रही है, जमीन के तले कम्पन हो रहा है। ऊपर एक नम्बर की कोयले की भट्टी की पन्द्रह मिनट वाली घंटी बज रही है और जल्द ही दो नम्बर वाली बजेगी। एक्सॉस्ट अपनी सीढ़ियों से बनी फौलादी पसलियाँ दिखा रहे हैं। और एक्सॉस्ट के पीछे चाँद स्टेपी में घूम रहा है। ऐसी रातों में मुझे अपने शहर की तिकोनी छतें— लोहे का झूठ-पुल— शहर के ऊपरी हिस्से से निचले हिस्से जाने वाला रास्ता, और उसके बगल में साहूकार की दुकान— **खजाने की पेटी** दिखाई पड़ती है और मुसपिल्ली, रसायनशास्त्र-अध्यापक, भी दिखाई पड़ता है।

पाइप के जंगल में वाल्व **नैफ्थलीन के फव्वारे** जैसे हैं, वे टपक रहे हैं। रात में दिखाई पड़ता है कि वाल्व के नल कितने सफेद हैं। बर्फ से अलग, बहता हुआ

सफेद रंग। और मीनारें रात से अलग काली हैं, कँटीला काला रंग। और चाँद की एक जिन्दगी यहाँ है और एक और घर पर की छोटे से शहर की तिकोनी छतों के ऊपरवाली। और यहाँ, वैसे ही, जैसे कि वहाँ, उसका एक अहाता है जिसमें पूरी रात बत्ती जलती है और उसकी प्राचीन सम्पत्ति को प्रकाशमय करती है – एक मखमली आराम कुर्सी और एक सिलाई की मशीन। मखमली आरामकुर्सी से नींबू के फूल की गन्ध आती है, सिलाई की मशीन से फर्नीचर पॉलिश की।

मेरी पूरी प्रशंसा उस पैराबोला मीनार, उस भव्य शीत-मीनार को समर्पित थी, वह अवश्य ही 100 मीटर ऊँची रही होगी और हम उसे माट्रोने– **अम्मा** बुलाते थे। उसकी काली जलसतह कमरपट्टी में से चीड़ के राल की गन्ध आ रही थी। उसका सफेद, हमेशा एक-सा रहने वाला शीत-मीनार का बादल, पानी की भाप से बना था। पानी की भाप में गन्ध नहीं होती, पर वह नाक के अन्दर की त्वचा को सक्रिय कर देती है और सभी मौजूदा गन्धों को तेज कर देती और पलायन-शब्दों की खोज को भी। उस अम्मा की तरह बढ़िया छल करना सिर्फ भूख-देवदूत ही जानता था। उस पैराबोला मीनार के बगल में रासायनिक खाद का पहाड़ खड़ा था, युद्ध-पूर्व रासायनिक खाद। रासायनिक खाद भी, कोबेलियान ने बताया था–कोयले से निकली है। यह सान्त्वनादायक सुनाई पड़ता था। दूर से युद्ध पूर्व रासायनिक खाद वैसे ही चमकती थी, जैसे पन्नी में ग्लिसरीन साबुन। मैंने अपने को गर्मी के समय देखा, 11 साल का, 1938 में, कालेआ विक्टोरियाई में, पहली बार एक आधुनिक सुपर मार्केट में, सड़क जितना लम्बा टॉफी-चॉकलेट वाला भाग। नाक में मीठी साँस, पन्नियाँ उँगलियों पर चर-चर कर रही हैं। मेरे अन्दर से ठंड उबल रही है और मैं गर्मी में डूब-उतर रहा हूँ, बाहर से और अन्दर से। पहली बार मेरा खड़ा हो गया, और तो और सुपरमार्केट का नाम था *सोरा*–बहन। युद्ध पूर्व रासायनिक खाद परतों में एक साथ पकी हुई थी, पारदर्शी पीली, सरसों की तरह हरी और स्लेटी। बहुत करीब से वह फिटकरी की तरह कसैली गन्ध दे रही थी। फिटकरी के धेले पर मुझे विश्वास करना होगा, वह तो खून रोकता है न। कुछ पौधे यहाँ उगे हुए थे, सिर्फ फिटकरी खाये हुए, बैंगनी फूलों वाले, जैसे रोका हुआ खून और उनमें बाद में भूरी रोगन वाली बेरियाँ निकलतीं, जैसे स्टेपी की घास में स्टेपी-कुकुरों का सूखा हुआ खून।

रासायनिक पदार्थों में ही ऐन्थ्रसीन की भी गिनती होती है। वह हर रास्ते पर पड़ा होता था और गमबूटों को खाता था। ऐन्थ्रसीन तैलीय रेत होता है या तेल, जो सूख कर रेत बन गया है। जब उस पर कोई पैर रखता है तो वह तुरन्त फिर से तेल बन जाता है, रोशनाई की तरह नीला, रूपहला-हरा, जैसे कुचले हुए

कुकुरमुत्ते। ऐन्थ्रसीन से कपूर की गन्ध आती।

और कभी-कभी सारे सुगन्ध मार्गों और पलायन-शब्दों के बावजूद भी पॅक हौद में से पत्थर कोयले– तारकोल की गन्ध आती। अपनी दिन की रोशनी के ज़हर वाली बीमारी के बाद से मुझे उससे डर लगता और खुशी होती कि तहखाना है।

पर तहखाने में भी ऐसे पदार्थ होंगे, जिन्हें हम देख, सूंघ और चख नहीं पाते हैं। ये सबसे ज्यादा कपटी हैं, क्योंकि इन पर ध्यान नहीं जाता। मैं इन्हें कोई पलायन-नाम नहीं दे पाता हूँ। वे मेरे से छिपे रहते हैं और स्वास्थ्यवर्धक दूध को आगे भेज देते हैं। महीने में एक बार आलबेर्ट गियोन को और मुझे पाली के बाद स्वास्थ्यवर्धक दूध मिलता है, उन अदृश्य पदार्थों से बचने के लिए, जिससे हम पर उस रूसी यूरी के मुकाबले जहर धीरे असर करे। यह वही रूसी है जो मेरी बीमारी से पहले आलबेर्ट गियोन के साथ तहखाने में था। जिससे हम ज्यादा देर तक डटे रहें, हमें महीने में एक बार कारखाने के चौकीदार की गुमटी पर आधा लीटर स्वास्थ्यवर्धक दूध टीन के बर्तन में दिया जाता है। यह दूसरी दुनिया की एक भेंट है। इसमें से उस चीज का स्वाद आता है जो, अगर हम भूख-देवदूत के पास न होते तो हम बने रह सकते थे। मुझे लगता है कि वह मेरे फेफड़ों की मदद करता है कि हर घूँट ज़हर को नष्ट कर देता है, वैसे ही जैसे कि खालिस बर्फ, जो हर तुलना से परे है।

हर, हर, हर।

और हर दिन मैं उम्मीद करता हूँ कि वह पूरे एक महीने असर करेगा और मेरी रक्षा करेगा। मेरी हिम्मत तो नहीं होती और तब भी मैं कहता हूँ : मैं उम्मीद करता हूँ कि यह ताजा दूध मेरे सफेद रूमाल की अज्ञात बहन है। और मेरी दादी की बहती हुई इच्छा। मुझे पता है, तुम वापस आओगे।

किसने देश को बदल दिया है

लगातार तीन रातों तक एक ही सपना मेरे गले पड़ा रहा। मैं एक सफेद सूअर पर सवार फिर से घर की ओर जा रहा हूँ, पर इस बार ऊपर हवा में से देश का आकार अलग है। छोर पर भी कोई समुद्र नहीं है, और बीच में कोई भी पर्वत श्रेणी नहीं है, कार्पेथियन पर्वत नहीं हैं। एक समतल देश और उसमें कोई भी गाँव नहीं। हर तरफ सिर्फ जंगली जई, अभी से पतझड़-सी पीली।

इस देश को किसने बदल दिया है, मैंने पूछा।

भूख-देवदूत ने मुझे आसमान में से देखा और बोला : अमरीका।

और ट्रांससिल्वेनिया कहाँ है, मैंने पूछा।

वह बोला : अमरीका में।

लोग कहाँ गये, मैंने पूछा।

वह फिर कुछ भी नहीं बोला।

दूसरी रात भी उसने नहीं बताया कि लोग कहाँ गये हैं। तीसरी रात भी नहीं। इस बात ने मुझे अगले पूरे दिन भर ज़रा भी शान्ति नहीं दी। आलबेर्ट गियोन ने पाली के बाद मुझे दूसरे आदमियों की बैरक में ज़िथर-लोम्मर के पास भेज दिया। वह सपनों की गुत्थी सुलझाने के लिए मशहूर था। उसने तेरह मोटे सफेद बीज मेरी रूई की टोपी में डाले, उन्हें सूटकेस के ढक्कन पर उलट दिया और एक-दूसरे के बीच की बारह दूरियों को ध्यान से देखने लगा, फिर हरेक बीज पर के कीड़ों के छेद, गड्ढों और खरोचों को। उसने बताया, तीसरे और नवें के बीच एक सड़क है और सातवां मेरी माँ है। और दो, चार, छः और आठ पहिए हैं, पर छोटे। वह वाहन एक बच्चा-गाड़ी है। एक सफेद बच्चा-गाड़ी। मैंने इस बात का खंडन किया कि अब हमारे यहाँ घर पर बच्चा-गाड़ी हो ही नहीं सकती, क्योंकि मेरे पिता ने, जैसे ही मैंने चलना शुरू किया, उसे बदल कर सौदा लाने वाली गाड़ी बना दिया था। ज़िथर-लोम्मर ने पूछा, क्या वह बदल दी गयी बच्चा-गाड़ी सफेद थी, और मुझे नौ के पास दिखाया कि गाड़ी में यहाँ तक कि एक सिर भी लेटा हुआ है, नीली टोप पहने, शायद एक लड़का है। मैंने अपनी टोपी फिर से पहन ली और पूछा, और क्या दिख रहा है। वह बोला : और कुछ भी नहीं। मेरे कोट में बचाई हुई डबल-रोटी एक टुकड़ा का था। उसने कुछ भी

नहीं माँगा, क्योंकि यह पहली बार था, वह बोला। पर मुझे लगता है, इसलिए, क्योंकि मैं इतना उदास था।

मैं अपनी बैरक में वापस चला गया। मुझे ट्रांससिल्वेनिया और अमरीका और लोग कहाँ गये इसके बारे में कुछ भी नहीं पता चला था। अपने खुद के बारे में भी नहीं। मैंने सोचा—अफसोस है, ये बीज, शायद यहाँ कैम्प में इतना अधिक सपना देखने से बेकार हो गये हैं। इनसे तो बढ़िया सूप बनाया जा सकता था।

मैं हमेशा अपने आप को विश्वास दिलाता हूँ कि मुझमें कम भावनाएँ हैं। जब कोई बात मेरे दिल को लग जाती है तो वह मुझे कम ही प्रभावित करती है। मैं तकरीबन कभी नहीं रोता। मैं गीली आँखों वालों से ज्यादा ताकतवर नहीं हूँ, बल्कि कमजोर। उनमें हिम्मत है। जब इनसान सिर्फ हड्डियों का ढांचा होता है, भावनाएँ साहसी होती हैं। मैं कायर होना ज्यादा पसन्द करता हूँ। फर्क बहुत मामूली है। मैं अपना बल इस्तेमाल करता हूँ ताकि मैं न रो पड़ूँ। अगर कभी मैं किसी भावना को उजागर होने भी देता हूँ तो मैं जख्मी हिस्से को किसी कहानी पर लपेट देता हूँ, जो सूखेपन से घर की याद नहीं आने पर अड़ी रहती है। मिसाल के तौर पर पाँगर की गन्ध पर, यानी घर की याद, पर यह सिर्फ हाब्सबुर्ग राज के पाँगर हैं, नये चमड़े की गन्ध वाले, जिनके बारे में मुझे मेरे दादा ने बताया था, जब वे नाविक के तौर पर पुला के बन्दरगाह पर थे और धरती की परिक्रमा के लिए पालवाले जहाज डोनाऊ पर यात्रा के लिए निकलने वाले थे। उन्होंने पाँगर छीलकर खाये थे। इसके फलस्वरूप मेरी घर की याद नहीं आना मेरे दादा की सुनाई घर की याद है, जिससे मैं यहाँ वाली घर की याद को काबू करता हूँ। यानी, अगर कभी मुझमें कोई भावना होती है, तो वह एक गन्ध होती है। एक शब्द गन्ध पाँगर की या नाविक की। समय के साथ हर शब्द-गन्ध भी सुन्न पड़ जाएगी, जैसे ज़िथर-लोम्मर के बीज। अगर इनसान कभी रोता नहीं है, वह दैत्य बन सकता है। जो मुझे यह बनने से रोकता है— अगर मैं बहुत पहले ही यह नहीं बन चुका हूँ तो—वह ज्यादा से ज्यादा एक वाक्य है :

मुझे पता है, तुम वापस आओगे।

मैंने अपनी घर की याद को बहुत पहले से सूखी आँखें रखना सिखा दिया है। और अब मैं यह भी चाहता हूँ कि मेरी घर की याद लावारिस हो जाए। फिर वह मेरी यहाँ की हालत को नहीं देख पाएगी और उधर घर वालों की हालत के बारे में भी नहीं पूछेगी। फिर मेरे दिमाग में वहाँ घर पर कोई भी लोग नहीं होंगे, सिर्फ चीजें-ही-चीजें। फिर मैं उन्हें जख्मी हिस्से पर इधर-उधर धकेलूँगा, वैसे जैसे पालोमा के लिए पाँवों को। चीजें छोटी हैं या बड़ी, कुछ तो शायद ज्यादा ही भारी हैं, पर उनकी एक सीमा है।

अगर मैं इसमें भी कामयाब हो पाया तो मेरी घर की याद उत्कंठा से प्रभावित नहीं होगी। तब मेरी घर की याद सिर्फ उस जगह की भूखी होगी, जहाँ मैं पहले कभी तृप्त और भरा-पुरा था।

आलू मानव

दो महीने मैंने कैम्प में कैंटीन के खाने के अलावा आलू खाये। दो महीने पकाये हुए आलू, कड़ाई से बाँटे हुए, कभी बतौर नाश्ता, कभी बतौर मुख्य व्यंजन तो कभी मुँह मीठा करने के लिए।

नाश्ता होता नमक डाल कर पकाये, छिले हुए आलू और उन पर जंगली सोया छिड़का हुआ। छिलकों को मैं सहेज कर रख लेता, क्योंकि अगले दिन मुख्य व्यंजन होता उबले हुए आलू के टुकड़े, नूडल्स के साथ। पिछले दिन वाले आलू के छिलके आज वालों के साथ मिलकर मेरे नूडल्स थे और मुँह मीठा करने के लिए तीसरे दिन बिना छिले, गोल-गोल कटे और आग में भुने हुए आलू। फिर उन पर भुने हुए जई के दाने और चीनी छिड़की हुई।

मैंने ट्रूडी पॅलिकॅन से आधा डिब्बा चीनी और आधा डिब्बा नमक उधार लिया था। हम सभी की तरह ट्रूडी पॅलिकॅन भी सोचती थी कि शान्ति की तीसरी सालगिरह के बाद हम जल्दी ही घर जा सकेंगे। खाल के सुन्दर कफ और घंटे के आकार वाले उसके ओवरकोट को बेया त्साकेल बाजार में बदल कर पाँच डिब्बा चीनी और पांच डिब्बा नमक ले आयी थी। लेडीज़ ओवरकोट का व्यापार मेरे रेशमी स्कार्फ की अदला-बदली के मुकाबले ज्यादा बढ़िया हुआ था। उसे तूर प्रिकुलिच अब भी हाज़िरी के समय पहनता था। लेकिन अब लगातार नहीं। गर्मी में तो बिल्कुल नहीं, पर पतझड़ से फिर हर दूसरे-तीसरे दिन। और मैं बेया त्साकेल से हर दूसरे-तीसरे दिन पूछता, मुझे कब उससे या तूर से, उसके बदले में कुछ मिलेगा।

एक बिना रेशमी स्कार्फ वाली शाम की हाज़िरी के बाद तूर प्रिकुलिच ने मुझे, मेरे तहखाने के साथी आलबेर्ट गियोन और ऐडवोकेट पाउल गास्ट को अपने दफ्तर में बुलाया। तूर से चुकन्दर की दारू की बदबू आ रही थी। न सिर्फ उसकी आँखें, बल्कि उसका मुँह भी ऐसा लग रहा था कि उस पर ग्रीस लगी हो। उसने सूची में कुछ खानों को काटा, दूसरों में हमारे नाम भरे और बताया कि आलबेर्ट गियोन को कल तहखाने में नहीं जाना है और मुझे भी तहखाने में नहीं जाना है और ऐडवोकेट को कारखाने में नहीं जाना है। अपने खानों में

पर उसने उसी समय कुछ और भरा था। हम सभी लोग उलझन में पड़ गये। तूर प्रिकुलिच फिर शुरू हुआ और उसने फिर से बताया कि आलबेर्ट गियोन को कल हमेशा की तरह तहखाने में जाना है, पर मेरे साथ नहीं, बल्कि ऐडवोकेट के साथ। जब मैंने पूछा, मेरे साथ क्यों नहीं, उसने पलकों को आधा झपकाया और बोला : क्योंकि तुम कल सुबह ठीक छः बजे कल्ख़ोस जाओगे। बिना सामान के, शाम को तुम वापस आओगे। जब मैंने पूछा, कैसे। वह बोला, और कैसे, पैदल। दाहिने हाथ पर तीन मलबे के ढेर आएँगे उसी रास्ते तुम बने रहना। बाएँ हाथ फिर कल्ख़ोस आएगा।

मुझे विश्वास हो गया था कि यह महज एक दिन के लिए नहीं होगा। कल्ख़ोस पर तो और जल्दी मरते थे, क्योंकि जमीन में खोदे गड्ढों में रहना पड़ता था, पाँच, छः तल्ले नीचे, छत पतली टहनियों और घास की बनी होती। ऊपर से बारिश सीधी नीचे पड़ती, नीचे से जमीन का पानी चढ़ा आता। हर दिन एक लीटर पानी मिलता, पीने और नहाने के लिए। भूख से तो कोई नहीं मरता, पर गर्मी में प्यास से मर जाते। गन्दगी और कीड़े-मकोड़ों से टेटनस वाले मवाद-भरे घाव हो जाते। कैम्प में हर कोई कल्ख़ोस से डरता था। मुझे विश्वास हो गया था कि बजाय मेरे स्कार्फ की रकम-अदायगी करने के, तूर प्रिकुलिच मुझे कल्ख़ोस पर दम तोड़ने देगा, फिर तो वह मेरे इस स्कार्फ का वारिस होगा।

मैं छः बजे अपने तकिये का गिलाफ जैकेट में रखकर निकल पड़ा, शायद कल्ख़ोस पर कुछ चुराने के लिए ही हो। हवा बन्दगोभी और चुकन्दर के खेतों में सीटी बजा रही थी, घास नारंगी डोल रही थी, ओस लहरों में चमक रही थी। इनके बीच प्रज्ज्वलित हाज़िरी-साग खड़ा था। हवा सामने से आ रही थी, पूरा स्टेपी मेरे अन्दर चला आ रहा था और चाहता था कि मैं ढह जाऊँ, क्योंकि मैं दुबला-पतला था और वह लालची। बन्दगोभी के एक खेत और एक सँकरे से अकेशिया के जंगल के पीछे पहला मलबे का ढेर आया, फिर घास का मैदान, उसके पीछे मक्के का खेत। तब दूसरा मलबे का ढेर आया। स्टेपी-कुकुर घास के ऊपर से देख रहे थे, भूरी रोएँदार पीठें, उँगली जितनी लम्बी पूँछ और हल्के रंग के पेट लिये वे पिछली टाँगों पर खड़े थे। उनके सिर हिल रहे थे, उनके अगले पंजे सटे हुए थे, जैसे प्रार्थना करते समय इन्सानों के हाथ। उनके कान भी सिर के बगल में उगे हुए थे, जैसे इन्सानों के। एक आखिरी सेकंड भर उनके सिर हिले, फिर खाली घास जमीन के गड्ढों के ऊपर डोलने लगी, पर हवा की तरह नहीं, एकदम अलग तरह से।

तब जाकर मुझे यह बात समझ में आयी कि स्टेपी-कुकुर महसूस कर रहे हैं कि मैं अकेला और बिना किसी पहरे के स्टेपी में से गुजर रहा हूँ। स्टेपी-कुकुरों का सहज बोध अच्छा होता है, वे भाग जाने के लिए प्रार्थना कर रहे हैं। मैंने

सोचा, पलायन तो अभी सम्भव था, पर कहाँ के लिए। शायद वे मुझे चेतावनी देना चाहते हैं, सम्भवतः मैं बहुत पहले से पलायन पर हूँ। मैंने आस-पास देखा कि कोई मेरा पीछा तो नहीं कर रहा। बहुत दूर पीछे से दो आकृतियाँ आ रही थीं, लग रहा था कि एक आदमी है, बच्चे के साथ। उन्होंने छोटी बेंट वाले फावड़े लिये हुए थे, बन्दूकें नहीं। आसमान स्टेपी के ऊपर नीले जाल की तरह फैला हुआ था और बहुत दूर पर, बिना बीच में कोई भी जगह छोड़े हुए, जमीन से सटा हुआ था।

कैम्प में पहले भी पलायन की तीन कोशिशें हो चुकी थीं। तीनों कारपाटो-यूक्रेनी थे, तूर प्रिकुलिच के देश वाले। वे अच्छी रूसी बोलते थे और तब भी तीनों के तीनों पकड़े गये और पिटाई से बिगड़ी सूरतों के साथ हाज़िरी में पेश किये गये। और फिर कभी नहीं दिखाई पड़े, शायद खास कैम्प में भेज दिये गये थे, या कब्र में।

तभी मैंने बाएँ हाथ फट्टों की एक गुमटी को देखा और एक सन्तरी को, पेटी में पिस्तौल बाँधे एक पतला, जवान बन्दा, मुझसे तकरीबन एक सिर छोटा। वह मेरा इन्तजार कर रहा था, उसने हाथ हिलाया। मैं रुक भी नहीं पाया, उसको जल्दी हो रही थी। हम बन्दगोभी के खेत के किनारे-किनारे चल पड़े। वह सूरजमुखी के बीज चबा रहा था, वह अपने मुँह में एक बार में दो डालता, एक बार काँपता, मुँह के एक कोने से छिल्के थूकता और दूसरे से उसी समय अगले बीजों को पकड़ता और फिर से खाली छिल्के गिरते। हम उतनी ही तेज चल रहे थे, जितनी तेजी से वह बीजों को पकड़ रहा था। मैंने सोचा—शायद यह गूँगा है। वह बोल नहीं रहा था, उसको पसीना नहीं छूट रहा था। उसके मुँह की कलाबाजी अपनी लय से बाहर नहीं हो रही थी। वह चल रहा था, जैसे हवा उसे पहियों पर खींच रही हो। वह खामोश था और खा रहा था, जैसे कोई छीलने की मशीन। फिर उसने मेरी बाँह खींची, हम रुक गये। तकरीबन बीस औरतें खेत में फैली हुई थीं। उनके पास कोई औजार नहीं था, वे आलुओं को हाथ से मिट्टी में से खोद रही थीं। सन्तरी ने मुझे एक पंक्ति में खड़ा करा दिया। सूरज अंगारे के टुकड़े की तरह बीच आसमान में खड़ा था। मैं हाथ एक फावड़े की तरह चलाने लगा, जमीन सख्त थी। चमड़ी फटने लगी, घावों में मिट्टी छरछराने लगी। जब मैं सिर उठाता, टिमटिमाती हुई बिन्दुओं के झुंड मेरी आँखों के सामने उड़ते। दिमाग में खून जम गया था। खेत में यह पिस्तौल वाला जवान बन्दा, सन्तरी के अलावा नचाल्निक, सुपरवाइज़र, फोरमैन, जाँच करने वाला भी था, सब कुछ एक में ही। अगर वह औरतों को बात करते पकड़ता तो वह उनके मुँह पर आलू की झाड़ के कोड़े चलाता या उनके मुँह में सड़े-गले आलू ठूँस देता। वह गूँगा नहीं था। वह क्या चीख रहा था, मैं समझ नहीं पाया। ये कोई कोयला-गालियाँ,

निर्माण-स्थल आदेश या तहखाना-शब्द नहीं थे।

धीरे-धीरे मुझे कुछ और समझ में आया, कि तूर प्रिकुलिच ने उसके साथ यह समझौता किया है, कि वह मुझसे सारे दिन काम करवाएगा और शाम आने पर मुझे गोली मार देगा, क्योंकि मैं भागना चाह रहा था। या मुझे शाम को जमीन में खुदे गड्ढे में डाल देगा, मेरे निजी गड्ढे में, क्योंकि मैं यहाँ इकलौता आदमी हूँ। यह सिर्फ इसी शाम को नहीं, बल्कि आज से लेकर हर शाम को होगा, ताकि मैं फिर कभी वापस कैम्प न आऊँ।

जब शाम हुई तो वह सन्तरी बन्दा, नचाल्निक, सुपरवाइज़र, फोरमैन, जाँच करने वाले के अलावा कैम्प का कमांडर भी था। औरतें गिनती वाली हाज़िरी के लिए कतार में खड़ी हो गयीं। उन्होंने अपने नाम और नम्बर बोले, फुफाइका की जेबों को उलटा किया और हर हाथ के अपने दो आलू दिखाये। 4 मंझोले वाले वे रख सकती थीं। अगर कोई बहुत बड़ा होता तो उसे बदल दिया जाता। मैं कतार में आखिरी था और मैंने अपने तकिये का गिलाफ दिखाया। वह 27 आलुओं से भरा हुआ था, 7 मंझोले और 20 बड़े। मुझे भी 4 मंझोले वाले रखने दिये गये, बाकी को मुझे खाली करना पड़ा। पिस्तौल वाले आदमी ने मुझसे मेरा नाम पूछा। मैंने बताया : लियोपोल्ड आउबॅर्ग। उसने, जैसे कि इसका मेरे नाम से कुछ लेना-देना हो, एक मंझोला वाला आलू लिया और उसे अपने जूते से मेरे कन्धे के ऊपर दागा। मैंने सिर अन्दर की ओर खींच लिया। अगले को वह अपने पाँव से नहीं दागता है, उसे वह मेरे सिर की ओर फेंकता है और उसे उसकी उड़ान में ही पीछे से अपनी पिस्तौल से दागता है और उसके साथ-साथ मेरे भेजे की भी धज्जियाँ उड़ा देता है। जब मैं यह बात सोच रहा था, वह देख रहा था, कि मैं कैसे अपने तकिये के गिलाफ को पैंट की जेब में रख रहा हूँ। फिर उसने मेरी बाँह खींच कर मुझे कतार से बाहर निकाला और जैसे कि वह फिर से गूँगा हो शाम में, स्टेपी में, उस तरफ दिखाने लगा जहाँ से मैं सुबह को आया था। मुझे उसने वहाँ छोड़ दिया और औरतों को उसने मार्च करने का आदेश दिया और दल के पीछे-पीछे दूसरी दिशा में चला गया। मैं खेत के छोर पर खड़ा उसे औरतों के साथ दूर मार्च करते हुए देख रहा था और मुझे विश्वास था, वह जल्दी ही अपने दल को अकेला छोड़ देगा और वापस आ जाएगा। और बिना गवाहों के एक बार धमाका होगा और कहा जाएगा : पलायन के समय मारा गया।

वह दल एक भूरे-सांप की तरह दूरी में मार्च करते-करते छोटा होता जा रहा था। मैं बड़े आलू के ढेर के सामने जड़ पकड़े खड़ा था और मुझे धीरे-धीरे एहसास हुआ कि तूर प्रिकुलिच और सन्तरी के बीच कोई समझौता नहीं है, बल्कि तूर प्रिकुलिच और मेरे बीच में। कि आलू का ढेर वह समझौता है। कि तूर रेशमी स्कार्फ का भुगतान आलू के ढेर से करना चाह रहा है।

मैंने अपने को टोपी के तले तक में हर आकार के आलू से ठूँस लिया। मैंने 273 आलू गिने। भूख-देवदूत मेरी मदद कर रहा था, वह तो नामी चोर था ही। लेकिन मेरी मदद कर चुकने के बाद, वह वापस नामी उत्पीड़क बन गया और उसने मुझे उस लम्बे वापस जाने वाले रास्ते पर अकेला छोड़ दिया।

मैं चल पड़ा। जल्दी ही मुझे हर जगह खुजली होने लगी, सिर की जूँ, गर्दन और पीठ की जूँ, बगल की जूँ, सीने की जूँ, टाँगों के बीच वाली जगह की जूँ। पंजों के बीच गम-बूट के चिथड़ों में तो मुझे खुजली हो ही रही थी। खुजलाने के लिए अपनी बाँहें उठानी पड़तीं, जो मैं अपनी ठूँसी हुई आस्तीनों में नहीं कर पा रहा था। चलते समय मुझे अपने घुटने मोड़ने पड़ते, जो मैं अपनी पैंट के ठूँसे हुए पाँयचे में नहीं कर पा रहा था। मैं पाँव घसीटते हुए पहले मलबे के ढेर के बगल से निकला। दूसरा आने का नाम ही नहीं ले रहा था या वह मेरी नजरों से चूक गया था। आलू मुझ से ज्यादा भारी थे। तीसरे मलबे के ढेर के लिए इसी बीच बहुत ही अँधेरा हो गया था। आसमान के हर हिस्से में तारे पिरोये हुए थे। नाई ओसवाल्ड एन्येटर ने कहा था, आकाश-गंगा दक्षिण से उत्तर की ओर जाती है। जब उसके देश वाला दूसरा, पलायन के असफल प्रयास के बाद, कैम्प के मैदान में पेश किया गया था, उसने कहा था, पश्चिम पहुँचने के लिए आकाश-गंगा को पार करना पड़ता है और दाहिने मुड़ना होता है और फिर एकदम सीधे, यानी हमेशा सप्तर्षि से बायें रहना है। मुझे तो लेकिन दूसरे और तीसरे मलबे के ढेर तक नहीं मिले थे, जिन्हें वापसी में बायें हाथ पर आना चाहिए था। हमेशा-हमेशा की पहरेदारी ज्यादा बढ़िया है बजाय हमेशा-हमेशा के लिए खो जाने के। अकेशिया, मक्के, और मेरे कदमों ने काला लबादा पहना हुआ था। बन्दगोभी के सिर मुझे मानव-सिरों की तरह ध्यान से देख रहे थे, उनकी अलहदा-अलहदा किस्म की टोपियाँ और केश-सज्जा थी। सिर्फ चाँद ने सफेद टोप पहना हुआ था और मेरे चेहरे पर उँगलियाँ फिरा रहा था, किसी नर्स की तरह। मैंने सोचा, हो सकता है मुझे इन आलुओं की अब जरूरत ही न हो, हो सकता है तहखाने ने मुझे बिल्कुल न बच सकने वाला जहर दे दिया हो और मुझे यह बात अभी पता न हो। मुझे पेड़ों में से अटकी हुई चिड़ियों की चीखें सुनाई पड़ीं और दूर से एक शिकायत-भरा बड़बड़ाना। रात की परछाइयाँ बह सकती थीं। मुझे भयभीत नहीं होना चाहिए, मैंने सोचा, नहीं तो मैं डूबकर मर जाऊँगा। प्रार्थना करने से बचने के लिए मैं अपने से बात करने लगा :

स्थाई चीज़ें अपने को बरबाद नहीं होने देतीं, उन्हें कुछ भी नहीं चाहिए होता, सिवा दुनिया के साथ एक इकलौते, एक-समान नाते के। स्टेपी का नाता दुनिया से घात लगाने का है, चाँद का नाता रोशनी देने का, स्टेपी-कुकुरों का नाता पलायन का, घास का नाता झूलने का और दुनिया से मेरा नाता है खाने का।

हवा गुनगुना रही थी। मैंने अपनी माँ की आवाज सुनी। घर पर की आखिरी गर्मी में माँ को मुझे खाने की मेज पर यह नहीं कहना चाहिए था, आलू को काँटे से मत भोंको, वे टूट जाएँगे, काँटा गोश्त के लिए लेते हैं। यह बात तो माँ सोच भी नहीं सकती थी कि स्टेपी उसकी आवाज को पहचानती है, कि आलू कभी रात में स्टेपी में धरती के अन्दर घसीटेंगे और ऊपर तारे सबको भोंकेंगे, कि मैं अपने को एक अल्मारी की तरह खेत और घास के मैदान से खींचकर कैम्प के फाटक तक ले जाऊँगा। इसका तो किसी को भी मेज पर अंदेशा नहीं था कि मैं सिर्फ तीन साल बाद रात में अकेला आलू-मानव हूँ और अपनी कैम्प में वापसी को घर-वापसी बुलाता हूँ।

कैम्प के फाटक पर कुत्ते अपनी तार सप्तक वाली रात की आवाज में भौंक रहे थे, वही जो रोने जैसी लगती है। शायद तूर ने इन सन्तरियों से भी समझौता किया हुआ था, क्योंकि उन्होंने मुझे अन्दर जाने का इशारा कर दिया, मेरी तलाशी नहीं ली गयी। और मैंने उन्हें अपने पीछे हँसते हुए सुना, जूते फर्श पर ताल दे रहे थे। मैं, इतना ठुँसा हुआ होने की वजह से, पलट नहीं पा रहा था, शायद उनमें से एक मेरी अकड़ी हुई चाल की नकल कर रहा हो।

आलबेर्ट गियोन के लिए अगले दिन रात की पाली में मैं तीन मंझोले आलू ले गया। शायद वह उन्हें पूरी तसल्ली से पीछे आग में, खुली हुई लोहे की डलिया में भूनना चाहे। वह यह नहीं चाहता है। वह उन्हें एक-एक करके देखता है और उन्हें अपनी टोपी में रख लेता है। वह पूछता है : लेकिन 273 आलू ही क्यों।

क्योंकि यहाँ 273 डिग्री सेल्सियस परम शून्य ताप है। मैं कहता हूँ, उससे अधिक ठंडा हो ही नहीं सकता।

आज तुम्हारी विज्ञान की चल रही है। वह कहता है, तुमने जरूर गिनने में गलती की है। गिनने में गलती हो ही नहीं सकती, मैं कहता हूँ, यह गिनती 273 अपना खुद का ध्यान रखती है, यह एक मूल सिद्धांत है।

मूल सिद्धान्त, आलबेर्ट गियोन कहता है, तुम्हें कुछ और के बारे में सोचना चाहिए था। उफ, लियो, तुम फरार भी तो हो सकते थे।

ट्रूडी पॅलिकॅन को मैंने बीस आलू दिये और इस तरह चीनी और नमक का भुगतान कर दिया। दो महीने बाद, क्रिसमस से जरा पहले, 273 आलू खत्म हो गये। आखिरी वालों की नीली-हरी, बेया त्साकेल जैसी, रास्ते से डगमगाती आँखें निकल आयीं। मैं विचार करने लगा कि क्या मुझे उसको किसी दिन यह बताना चाहिए कि नहीं।

आसमान नीचे जमीन ऊपर

वेंच पर गर्मी वाले घर में बहुत अन्दर फल के बाग में एक बिना पीठ वाली लकड़ी की बेंच थी। हमने उसका नाम रखा था हॅरमान अंकल। उसका यह नाम इसलिए था, क्योंकि हम किसी को भी नहीं जानते थे, जिसका यह नाम हो। हॅरमान अंकल के दो गोल पाँव थे जमीन में गड़े, पेड़ के तनों के बने। उनके बैठने वाले फट्टे को सिर्फ ऊपरी हिस्सों पर रन्दा मारकर चिकना किया गया था। निचले हिस्से में लकड़ी पर छाल थी। तेज धूप में हॅरमान अंकल से राल की बूँदों का पसीना निकलता। अगर उन्हें कोई नोंच कर अलग कर देता, तो वे अगले दिन फिर से निकल आतीं।

आगे चलकर, ऊपर घास की पहाड़ी पर आंटी लूइया थी। उसकी पीठ थी और चार पाँव और वह हॅरमान अंकल से छोटी और पतली थी और उससे उम्र में बड़ी। हॅरमान अंकल उससे बाद आया था। मैं आंटी लूइया के सामने से पहाड़ी पर नीचे की ओर ढुलकता। आसमान नीचे, जमीन ऊपर और बीच में घास। हमेशा घास मुझे पाँवों पर कस कर पकड़ लेती कि मैं आसमान में गिर न जाऊँ। हमेशा मुझे आंटी लूइया के धड़ के नीचे का स्लेटी हिस्सा दिखाई देता।

एक शाम को माँ आंटी लूइया के ऊपर बैठी हुई थी और मैं उसके पाँव के सामने पीठ के बल घास में लेटा हुआ था। हम लोगों ने ऊपर की ओर देखा, सभी तारे वहाँ थे। और माँ ने अपने ऊन के कोट का कॉलर ठोड़ी के ऊपर खींच लिया, जब तक कि कॉलर के होंठ नहीं हो गये। जब कि वह नहीं, बल्कि कॉलर बोला :

आसमान और जमीन ही दुनिया है। आसमान इतना बड़ा है, क्योंकि वहाँ हर इन्सान के लिए एक ओवरकोट टंगा हुआ है और जमीन इतनी बड़ी है क्योंकि उसके पंजे इतनी दूर-दूर है। वह इतनी दूर है कि सोचना बन्द करना पड़ता है, नहीं तो दूरी पेट में एक खाली सी मतली जैसी महसूस होती है।

मैंने पूछा : दुनिया में सबसे दूर जगह कहाँ है।

वहाँ, जहाँ वह खत्म होती है।

पंजों पर।

हाँ।

वे भी दस हैं।

मेरे खयाल से हाँ।

तुम्हें मालूम है कि कौन-सा ओवरकोट तुम्हारा है।

जब मैं ऊपर आसमान में पहुँचूँगी तभी।

पर वहाँ तो मरे हुए लोग हैं।

हाँ।

वो वहाँ कैसे आये।

वे आत्मा के साथ भटकते हैं।

आत्मा के भी पंजे होते हैं।

नहीं, पंख।

ओवरकोट की आस्तीनें होती हैं।

हाँ।

क्या आस्तीनें उनका पंख होती हैं।

हाँ।

क्या हॅरमान अंकल और आंटी लूइया पति-पत्नी हैं।

अगर लकड़ी शादी करती है, तो हाँ।

फिर माँ खड़ी हो गयी और घर में चली गयी। और मैं आंटी लूइया पर बैठ गया, ठीक उसी जगह, जहाँ वह बैठी थी। वहाँ पर लकड़ी गर्म थी। फल के बाग में काली हवा काँप रही थी।

ऊब के बारे में

आज मेरी सुबह की पाली, दोपहर की पाली और रात की पाली नहीं है। हर आखिरी रात की पाली के बाद हमेशा लम्बा बुधवार आता है। वह मेरा रविवार होता है और बृहस्पतिवार को दो बजे दोपहर में जाकर खत्म होता है। मेरे इर्द-गिर्द बहुत ज्यादा खाली हवा है। मुझे अपने नाखून काटने चाहिए थे, पर पिछली बार मुझे ऐसा लग रहा था, मानो मैं अपनी उँगलियों पर किसी और के ही नाखून काट रहा हूँ। मुझे नहीं मालूम था, किसके।

बैरक की खिड़की से कैंटीन तक की सड़क दिखाई पड़ती है। वहाँ से दोनों त्सिरी आ रही हैं, उन्होंने एक बाल्टी उठाई हुई है, उसमें जरूर कोयला होगा, वह भारी है। वे पहली बेंच के बगल से गुजर गयीं, दूसरी वाली पर वे बैठ गयीं, क्योंकि उसकी पीठ है। मैं खिड़की खोलकर हाथ हिला सकता हूँ या बाहर जा सकता हूँ। मैंने तुरन्त गम बूट के अन्दर पाँव घुसा लिये और फिर मैं बूट पहने ही खटिया पर बैठा रहता हूँ।

कुक्कू-घड़ी में रबर के कीड़े की शामोशौकत की उबाऊ खामखयालियाँ हैं, काला घुटना अँगीठी के पाईप पर। फर्श पर घिसी-पिटी लकड़ी की मेज की परछाईं है। जब सूरज घूमेगा, उसकी परछाईं नयी हो जाएगी। टीन की बाल्टी में पानी के आईने की ऊब है और मेरी फूली हुई टांगों में पानी। अपनी उधड़ी हुई कमीज की सिलाई और उधार ली गयी सुई की ऊब है और सिलाई करने की काँपती ऊब है, जिसके दौरान मेरा दिमाग मेरी आँखों पर सरक जाता है, और तोड़े हुए धागे की ऊब है।

आदमियों की, बिना किसी उत्साह के, चिड़चिड़ाते हुए ताश खेलते वक्त, न जान सकने वाले विषाद की ऊब है। एक बढ़िया पत्ता आया तो जीतने की कोशिश करना जरूरी समझा जाता है, पर ये आदमी अपना खेल खत्म कर देते हैं, किसी के जीतने या हारने से पहले ही। और औरतों के गीत की ऊब है, उनके घर की याद वाले गाने यूकानाशन के वक्त सींग और बॅकेलाइट की बनी ठोस जूँ वाली कंघी की ऊब में समाये हैं और खांचेदार टीन की कंघियां– उनकी

ऊब है— जो बेकार हैं। सिर मुंडने की ऊब है और चीनी मिट्टी के मर्तबान जैसी खोपड़ी की ऊब है, जो मवाद के फूलों, और ताजे और मद्धिम पड़ते जूँ की डंक के बने हारों से अलंकृत है। और सन्तरी-केटी की गूँगी ऊब है। सन्तरी केटी कभी नहीं गाती। मैंने उससे पूछा था, केटी, क्या तुम गा नहीं पाती। उसने कहा : मैंने तो कंघी कर ली है। देखो न, बिना बाल के कंघी खरोंचती है।

कैम्प का मैदान धूप में एक खाली गाँव है, बादलों की नोक आग है। मेरी फिनी-आंटी शाम की धूप में पहाड़ पर फैले चरागाह की ओर दिखाती है। हवा के एक झोंके ने उसके बालों को ऊपर की ओर उठा दिया था, जैसे चिड़िया का घोंसला हो, और उसके सिर के पिछले हिस्से को एक सफेद माँग से बीच में काट दिया था। और वह बोली : बालक येसु केक बना रहा है। मैंने पूछा : अभी से ही। अभी से ही, वह बोली।

गँवाये हुए वार्तालापों की ऊब है, और गँवाये हुए मौकों की तो बात ही छोड़ दो। एक मामूली-सी इच्छा के लिए कितने शब्द इस्तेमाल होते हैं और शायद एक भी काम नहीं करता। अक्सर मैं खुद को वार्तालापों से बचाता हूँ, और अगर मैं इन्हें खोजता हूँ, मुझे उनसे डर लगता है— सबसे ज्यादा बेया त्साकेल के साथ वाले वार्तालापों से। हो सकता है कि मुझे बेया त्साकेल से कुछ भी न चाहिए हो, जब मैं उससे बात करता हूँ, कि मैं उसकी लम्बी-सी आँखों में गोता लगाता हूँ, क्योंकि मैं तूर से दया की भीख माँगना चाहता हूँ। असल में मैं सबसे, जितना मैं चाहता हूँ, उससे कहीं ज्यादा बात करता हूँ, जिससे कि मैं कम अकेला रहूँ। जैसे कि कैम्प में कोई कभी अकेला रह भी सकता है। नहीं रह सकता, तब भी नहीं, जब कैम्प धूप में एक खाली गाँव हो जाता है।

हमेशा ऐसा ही होता है, मैं लेट जाता हूँ, चूँकि अभी जितनी शान्ति बाद में नहीं होगी, क्योंकि बाकी लोग काम से लौटेंगे। रात की पाली वाले एक बार में देर तक नहीं सोते, चार घंटे की कर्तव्यबद्ध-नींद के बाद मैं जग गया हूँ। मैं चाहूँ तो हिसाब लगा सकता हूँ कि अभी कितना वक्त और लगेगा, कैम्प में अगली निरर्थक शान्ति और इस अफवाह के साथ आने वाले वसन्त में, कि हम लोग जल्द ही घर जा सकेंगे। और मैं इस नयी शान्ति में नयी घास पर लेटा हूँ और मैंने पूरी धरती अपनी पीठ पर बाँध ली है। पर हम लोगों को यहाँ से एक दूसरे कैम्प में भेज दिया गया है, आगे पूरब की ओर, एक लकड़हारों वाले कैम्प में। मैं अपनी तहखाने की चीजों को ग्रामोफोन वाले सूटकेस में रखता हूँ, रखता हूँ और रखता हूँ और मेरा यह काम नहीं खत्म होता। बाकी लोग इन्तजार कर रहे हैं। इंजन सीटी देता है, मैं आखिरी पल में पायदान पर कूद जाता हूँ। हम

चीड़ के एक जंगल से दूसरे में जा रहे हैं। चीड़ किनारे की ओर कूद जाते हैं और पटरी के रास्ते से बच जाते हैं, और रेलगाड़ी के पीछे वापस अपनी जगह पर फुदक आते हैं और हम पहुँच गये हैं और उतर रहे हैं। सबसे पहले कमांडर शिष्टवानयोनोव। मैं अभी बैठा ही हूँ और उम्मीद कर रहा हूँ, कि किसी को यह ध्यान नहीं आएगा कि मेरे पास ग्रामोफोन वाले सूटकेस में न आरी है, न कुल्हाड़ी, सिर्फ तहखाने की चीजें और मेरा सफेद रूमाल। कमांडर ने उतरने के बाद तुरन्त कपड़े बदल लिये हैं, उसकी वर्दी पर सींग के बटन लगे हैं और बाँज के पत्तों वाली कन्धे की पट्टियाँ हैं, जबकि हम चीड़ के जंगल में हैं। वह अधीर हो रहा है, दावाइ, चलो-चलो, उसने मुझसे कहा, आरियाँ और कुल्हाड़ियाँ हमारे पास बहुत हैं। मैं उतरता हूँ, और वह मुझे एक भूरे कागज का थैला देता है। फिर से सीमेंट—मैं सोचता हूँ। पर एक कोने पर थैला फटा हुआ है, और सफेद आटा बाहर गिरता है। मैं भेंट के लिए शुक्रिया कहता हूँ, थैले को बायीं बाजू के नीचे रखता हूँ और दाहिने से सैल्यूट मारता हूँ। शिष्टवानयोनोव कहता है : टाँगें ढीली करो, यहाँ पहाड़ों में विस्फोट भी करना पड़ेगा। अब मेरी समझ में आता है, वह सफेद आटा डाइनामाइट है।

बजाय ऐसी बातों के बारे में सोचने के, मैं कुछ पढ़ भी तो सकता हूँ। पर उस भयानक जरथुष्ट्र, मोटे फाउस्ट और महीन छपाई वाले वाईनहेबर को तो मैंने ज़रा सी भूख से राहत के लिए कब का बतौर सिगरेट बनाने के कागज बेच दिया है। अपने पिछले अवकाश वाले बुधवार को मैंने कल्पना की थी कि हम रेलगाड़ी में चढ़ेंगे ही नहीं, कि बैरक बिना पहियों के हमारे साथ आगे पूरब में चलेगा और चलते समय एक अकॉर्डियन की तरह फैल जाएगा, कि एकदम झटके नहीं लग रहे हैं, कि बाहर अकेशिया साथ में दौड़ रहे हैं और अपनी डालों से खिड़की को खरोंच रहे हैं और मैं कोबेलियान के बगल में बैठा हूँ और पूछ रहा हूँ : हम चल कैसे रहे हैं, हमारे तो पहिए है ही नहीं। और कोबेलियान कहता है : जिस कैम्प पर हम चल रहे हैं, उसके नीचे तो बॉल बियरिंग लगी हुई हैं।

मैं थका हुआ हूँ और मेरी कोई इच्छा नहीं है कि मैं किसी चीज के लिए तरसूँ। हर तरह की ऊब है, तेजी से आगे बढ़ने वाली और देर तक पीछे घिसटने वाली। जब मैं उनसे अच्छे से बर्ताव करूँ तो वे मेरा कुछ नहीं बिगाड़ेंगी और हर दिन मेरे कब्जे में होता है। पूरे साल रूसी गाँव के ऊपर पतले चाँद की ऊब है, उसकी गर्दन खीरे के फूल की नकल कर रही है या स्लेटी चाभी वाली तुरही की। एक दो दिन बाद एक आधा चाँद उगता है, जैसे लटकाई हुई गोल्फ कैप। और उसके बाद वाले दिनों में ऊपर आसमान से एक पूरे लबालब भरे हुए चाँद के गोले की ऊब नीचे की ओर देखती है। हर दिन कैम्प की दीवार पर के

कँटीले तार की ऊब है, टावर पर के सन्तरी की ऊब है, तूर प्रिकुलिच के जूतों की चमकती नोक और अपने फटे हुए गम-बूटों की ऊब। सफेद शीत-मीनार के बादल की ऊब है तथा डबल-रोटी की सफेद चादरों की ऊब। और लहरिया टीन की चादरों की ऊब है, डामर के मेघ की और पुरानी तेल की गढ़ैया की।

सूरज की ऊब है, जब लकड़ी सूखती है और जमीन सिर में अक्ल से भी ज्यादा कमजोर हो जाती है, जब पहरे वाले कुत्ते बजाय भौंकने के ऊँघते हैं। इससे पहले कि घास पूरी तरह से प्यास से खत्म हो जाए, आसमान अपने को सिकोड़ लेता है, फिर बारिश के फीतों के निचले हिस्से पर ऊब है, जब तक कि लकड़ी फूल न जाए और जूते कीचड़ में न चिपकें और कपड़े चमड़ी पर। गर्मी अपने पेड़-पत्तों को यंत्रणा देती है, पतझड़ अपने रंगों को, सर्दी हमको।

कोयले की धूल वाली तुरन्त गिरी बर्फ की ऊब है और कोयले की धूल वाली पुरानी बर्फ की भी, आलू के छिलके वाली पुरानी बर्फ की ऊब है और बिना आलू के छिलके की पुरानी बर्फ की भी। सीमेंट की झुर्रियों और डामर के धब्बों वाली बर्फ की ऊब, पहरे वाले कुत्तों के ऊपर आटे-जैसी ऊन और उनकी टीन की तरह भारी या तार सप्तक वाली स्वर की भौंक। उसमें से जम गयी बूँदों के बने शिखरों की, जो अब काँच की मूली जैसे दिख रहे हैं। और तहखाने की सीढ़ियों पर गद्‌देदार मखमल जैसी बर्फ की ऊब। और हिम-धागा भी है और उसका कोयले की भट्टियों की अग्नि-मृत्तिका के ऊपर बालों की जाली जैसा पिघलना। और चिपचिपी इन्सानों की दीवानी बर्फ की ऊब भी है, जो हमारी आँखों को पथरा देती है और गालों को जला देती है।

चौड़े रूसी रेल-मार्गों पर लकड़ी की बाड़ों की बर्फ है, पेंचों की जंग लगी मालाएँ हैं, दो, तीन या पूरी पाँच की पाँच, जो सट कर अगल-बगल हैं, अलग-अलग पदवी वाली कन्धे की पट्टियों की तरह। और रेल के बाँध पर, जब कोई उलट जाता है, लाश और उसकी फावड़े वाली बर्फ की ऊब है। अभी हटाया ही है कि लाश को भूल गये, क्योंकि मोटी बर्फ में पतली लाश का खाका नहीं दिखता। सिर्फ छूट गये फावड़े की ऊब है। फावड़े के पास नहीं रहना चाहिए। जब हवा हल्के से उठती है, एक रूह उड़ती है, पंखों से सजी हुई। जब वह तेज होती है, रूह लहरों पर उठायी जाती है। सिर्फ वही नहीं, हर लाश के साथ शायद एक भूख-देवदूत भी आजाद हो जाता है और अपने लिए एक नया मेज़बान ढूँढ़ता है। पर दो भूख-देवदूतों को तो हममें से कोई भी नहीं पोस पाएगा।

ट्रूडी पॅलिकॅन ने मुझे बताया था, कि वह और रूसी डाक्टरनी साहिबा कोबेलियान के साथ रेल के बाँध पर गये थे और उन्होंने जमी हुई कोरीना मार्कू

को गाड़ी पर लाद दिया था, कि ट्रूडी डाले पर चढ़ गई थी, ताकि कब्र में पहुँचने से पहले वह लाश को नंगा कर सके, कि डाक्टरनी साहिबा ने कहा : यह हम बाद में करेंगे, कि डाक्टरनी साहिबा कोबेलियान के साथ गाड़ी में अन्दर और ट्रूडी पॅलिकॅन लाश के साथ ऊपर बैठी थी। कि कोबेलियान कब्रिस्तान न जाकर, कैम्प को गया, जहाँ बेया त्साकेल रोगी-बैरक में इन्तजार कर रही थी और गाड़ी की घर्र-घर्र सुनकर वह अपने बच्चे को गोद में लिये दरवाजे से बाहर निकल आयी। कि कोबेलियान ने मृत कोरीना मार्कू को अपने कन्धे पर लाद लिया और डाक्टरनी साहिबा के आदेश पर उसे न मृतक कक्ष और न उपचार कक्ष में ले गया, बल्कि डाक्टरनी साहिबा के निजी कक्ष में। कि उसे वहाँ नहीं पता था कि उसे कहाँ पर रखे, क्योंकि डाक्टरनी साहिबा ने कहा : **रुको**। कि मृतका उसके लिए बहुत भारी हो गई और उसने उसे अपने पास से नीचे सरकने दिया और जमीन पर रख दिया, कि उसने जब तक कि डाक्टरनी साहिबा ने सारे डिब्बे एक बाल्टी में इकट्ठे नहीं कर लिये और मेज खाली नहीं हो गयी उसे अपने से टिका लिया। कि कोबेलियान ने बिना एक भी शब्द बोले मृतका को मेज पर लिटा दिया। कि ट्रूडी पॅलिकॅन ने मृतका के जैकेट का बटन खोलना शुरू कर दिया, क्योंकि उसे लगा, बेया त्साकेल कपड़ों का इन्तजार कर रही है। कि डाक्टरनी साहिबा बोली : पहले बाल। कि बेया त्साकेल ने अपने बच्चे को लकड़ी के बाड़े के पीछे बाकी बच्चों के साथ बन्द कर दिया। कि वह बच्चा उतनी देर तक लकड़ी की दीवार पर पाँव मारता रहा और चीखता रहा, जब तक कि और बच्चे भी और तेज साथ में चीखने नहीं लगे, वैसे ही जैसे कुत्ते, जब एक शुरू होता है तो साथ में और तेज भौंकते हैं। कि बेया त्साकेल मृतका के सिर को मेज की छोर की ओर खींचने लगी, जब तक कि उसके बाल नीचे नहीं लटकने लगे। कि कोरीना मार्कू के बाल, जैसे किसी चमत्कार से, अभी तक कभी मुंडे नहीं थे और डाक्टरनी साहिबा अब उन बालों को जीरो-नम्बर की कैंची से मूड़ रही थी। कि बेया त्साकेल उन्हें कायदे से एक लकड़ी की पेटी में रख रही थी। कि ट्रूडी जानना चाहती थी, ये किस काम आएँगे। और डाक्टरनी साहिबा ने कहा : खिड़की के तकियों के लिए। कि ट्रूडी ने पूछा : किसके लिए। और बेया त्साकेल ने कहा : दरजी की दुकान के लिए, हॅर रॉएश हमारे लिए खिड़की का तकिया सिलते हैं, बाल हवा के झोकों को रोकते हैं। कि डाक्टरनी साहिबा ने अपने हाथ साबुन से धोये और कहा : मुझे डर है कि लोगों को, जब वे मर जाते हैं, ऊब होती है। कि बेया त्साकेल ने इसका जवाब बेहद ऊँची अवाज में दिया : सही तो है। कि बेया त्साकेल ने रोगी-रजिस्टर में से दो खाली पन्ने फाड़े

और लकड़ी की पेटी को ढक दिया। कि वह बगल में पेटी दबाये ऐसी दिख रही थी, जैसे उसने रूसी गाँव की दुकान से कुछ जल्दी खराब होने वाला सामान खरीदा हो। कि उसने कपड़ों का इन्तजार नहीं किया, बल्कि वह मृतका के कपड़े उतरने से पहले ही, पेटी सहित गायब हो गई। कि कोबेलियान अपनी गाड़ी के पास चला गया। कि जब तक की मृतका नंगी हुई काफी समय लग गया, क्योंकि ट्रूडी उस ठीक-ठाक फुफाइका सूट को काटना नहीं चाह रही थी। कि खींचा-खाँची में एक बिल्ली वाला ब्रूच, मृतका के जैकेट की जेब से निकल कर बाल्टी के बगल में फर्श पर गिर गया। कि ट्रूडी पॅलिकॅन ब्रूच के लिए झुकी और बाल्टी में एक चमकते हुए डिब्बे की छपाई को जोड़-जोड़ कर पढ़ने लगी। कॉर्नड बीफ – नमक के पानी में गोमाँस। कि उसे अपनी आँखों पर विश्वास नहीं हो रहा था। कि डाक्टरनी साहिबा ने, जब तक वह अक्षर जोड़ रही थी, ब्रूच को उठा लिया। कि बाहर गाड़ी उस पूरे समय घर्र-घर्र कर रही थी और चली नहीं गयी थी। कि डाक्टरनी साहिबा बिल्ली वाले ब्रूच को हाथ में लिये बाहर चली गयी और खाली हाथ वापस आयी और बोली : कोबेलियान स्टीयरिंग व्हील के पीछे बैठा है, बार-बार हे भगवान कह रहा है और फूट-फूट कर रो रहा है।

ऊब डर का धैर्य है। वह अति तो नहीं ही करना चाहती है, सिर्फ कभी-कभी वह जानना चाहती है कि मेरा क्या हाल है और यही उसके लिए ज्यादा मायने भी रखता है।

मैं तकिये से निकाल कर बचायी हुई डबल-रोटी का टुकड़ा खा सकता हूँ, थोड़ी सी चीनी या नमक के साथ या अपने गीले पाँव के चिथड़ों को अंगीठी के बगल वाली कुर्सी के हत्थे पर सुखा सकता हूँ। लकड़ी की मेज की थोड़ी लम्बी परछाईं पड़ रही है, सूरज घूम गया है। साल की शुरुआत में, अगले साल की शुरुआत में हो सके तो मैं अपने लिए कारखाने के वाहक पट्टे में से या गैरज में गाड़ी के एक टायर में से दो रबर के टुकड़ों का इन्तजाम कर लूँगा। फिर मैं उन्हें मोची के पास ले जाऊँगा।

पिछली गर्मी में बेया त्साकेल ने सबसे पहले कैम्प में बालेट्की जूते पहने थे। मैं उसके पास कपड़ों की कोठरी में गया था। मुझे नये लकड़ी के जूते चाहिए थे। मैं जूतों के ढेर में उलट-पुलट कर रहा था तभी बेया त्साकेल बोली : मेरे पास या तो बहुत बड़े जूते हैं या बहुत छोटे, या तो अंगुश्ताने या जहाज, बीच वाले सारे खत्म हो गये हैं। मैं कई सारे जूते पहन-पहन के देखता रहा, जिससे ज्यादा देर वहाँ रह सकूँ। पहले मैंने छोटे वाले लेने का फैसला किया। फिर मैंने पूछा, बीच वाले फिर कब आएँगे। फिर मैंने दो बड़े वाले रख लिये। बेआ त्साकेल

बोली : अभी ही पहन लो और पुराने वाले यहाँ छोड़ दो। देखो, मेरे पास क्या है, बालेट्की जूते।

मैंने पूछा : कहाँ से आए।

उसने कहा : मोची के यहाँ से। देखो, ये नंगे पाँव की तरह लचकदार हैं।

इनका क्या दाम है। मैंने पूछा।

उसने कहा : यह तुम्हें तूर से पूछना होगा।

रबर के टुकड़े तो शायद कोबेलियान मुझे मुफ्त में ही दे देगा। उन टुकड़ों को दो फावड़े के फल जितना बड़ा तो होना ही चाहिए। मोची के लिए मुझे पैसा चाहिए। मुझे कोयला बेचना पड़ेगा, जब तक कि ठंड है। गर्मी में, अगली गर्मी में शायद ऊब पाँव के चिथड़ों को उतार देगी और बालट्की जूते पहन लेगी। फिर वह चलेगी, जैसे नंगे पाँव।

एवजी-भाई

नवम्बर की शुरुआत में तूर प्रिकुलिच मुझे अपने दफ्तर में बुलाता है।

मेरे लिए घर से डाक है।

खुशी के मारे मेरा तालू टिकटिक कर रहा है, मैं मुँह नहीं बन्द कर पा रहा हूँ। तूर आधी खुली अलमारी में एक डिब्बे में कुछ ढूँढ़ रहा है। अल्मारी के बन्द वाले हिस्से पर स्तालिन की तस्वीर चिपकी हुई है, उभरी स्लेटी गाल की हड्डियाँ दो मलबे के ढेर की तरह, नाक लोहे के पुल की तरह विशाल, उसकी मूँछ एक अबाबील की तरह। मेज के बगल में कोयले की अंगीठी बुड़-बुड़ कर रही है, उसके ऊपर एक खुले हुए टीन के पतीले में काली चाय गुनगुना रही है। अंगीठी के बगल में ऐंथ्रेसाइट-कोयले की बाल्टी रखी है। तूर कहता है : थोड़ा-थोड़ा कोयला डालते रहो, जब तक मैं तुम्हारी डाक ढूँढ़ देता हूँ।

मैं बाल्टी में से तीन उपयुक्त कोयले के टुकड़े खोजता हूँ, आग की लौ एक सफेद खरगोश की तरह पीले खरगोश में से कूदती है। फिर पीला सफेद में से, खरगोश एक-दूसरे को चीर देते हैं और दोहरी आवाज में सीटी बजाते हुए कहते हैं, हाज़ोवे। आग मेरे चेहरे में गर्मी झोंक रही है और इन्तजार भय। मैं अँगीठी का छोटा-सा दरवाजा बन्द करता हूँ और तूर अलमारी बन्द करता है। वह मुझे एक रेड-क्रास पोस्टकार्ड पकड़ाता है।

पोस्टकार्ड पर सिलाई की मशीन से सफेद धागे से बराबर की सिलाई की हुई एक फोटो लगायी हुई है। फोटो में एक बच्चा है। तूर मेरा चेहरा देख रहा है, और मैं पोस्टकार्ड को देख रहा हूँ, और कार्ड पर सिला हुआ बच्चा मेरा चेहरा देख रहा है, और अलमारी के दरवाजे पर से स्टालिन हम सबका चेहरा देख रहा है।

फोटो के नीचे लिखा है :

रोबेर्ट, ज. 17 अप्रैल 1947।

यह मेरी माँ की लिखावट है। फोटो वाले बच्चे ने क्रोशिया की टोप पहनी है और ठोड़ी के नीचे एक बो। मैं एक बार फिर से पढ़ता हूँ : रोबेर्ट, ज. 17 अप्रैल 1947। और कुछ नहीं लिखा है। लिखावट मुझे चुभती है। माँ की व्यवहारकुशल सोच, संक्षिप्त रूप में ज. से जगह को बचाना। मेरी नस कार्ड में फड़क रही है, उस हाथ में नहीं, जिसमें मैंने उसे पकड़ा हुआ है। तूर मेरे लिए

मेज पर डाक-सूची और एक पेंसिल रख देता है, मुझे अपना नाम ढूँढ़ना है और दस्तखत करना है। वह अंगीठी की ओर जाता है, हाथ फैलाकर सुनता है कैसे चाय का पानी गुनगुना रहा है और खरगोश आग में सीटी बजा रहे हैं। पहले मेरी आँखों के आगे खाने तैरने लगते हैं, फिर अक्षर। फिर मैं मेज के छोर के सामने घुटने के बल बैठ जाता हूँ, हाथों को मेज पर गिरने देता हूँ और चेहरे को हाथों में, और सुबकता हूँ।

चाय लोगे, तूर पूछता है दारू लोगे। मुझे लगा था, तुम खुश होगे।

हाँ, मैं कहता हूँ, मैं खुश हूँ, क्योंकि हमारे यहाँ घर पर अब भी वही पुरानी वाली सिलाई की मशीन है।

मैं तूर के साथ एक गिलास दारू पीता हूँ और एक और। हड्डियों के ढांचे वाले लोगों के लिए यह बहुत ही ज्यादा है। दारू पेट में जलती है और आँसू चेहरे पर। मैं अनन्त काल से नहीं रोया हूँ, अपनी घर की याद को मैंने आँखे सूखी रखना सिखा दिया है। यहाँ तक कि मैंने अपनी घर की याद को लावारिस बना दिया है। तूर मेरे हाथ में पेंसिल देता है और सही खाने की ओर दिखलाता है। मैं काँपते हुए लिखता हूँ : लियोपोल्ड। मुझे तुम्हारा पूरा नाम चाहिए, तूर कहता है। तुम ही पूरा लिख दो, मैं कहता हूँ, मुझसे नहीं होता।

फिर मैं उस सिले हुए बच्चे को फुफाइका की जेब में रखे बाहर बर्फ में जाता हूँ। बाहर से मैं दफ्तर की खिड़की में हवा के झोंके से बचाने वाली खिड़की की तकिया को देखता हूँ, वही जिसके बारे में ट्रूडी पॅलिकॅन ने मुझे बताया था। वह बराबर से सिली और भरी हुई है। कोरीना मार्कू के बाल इसके लिए काफी नहीं थे, जरूर इसमें और दूसरे भी हैं। बल्बों में से सफेद कुप्पियाँ बह रही हैं, पीछे का वाच टावर आसमान में झूल रहा है। पूरे बर्फ के अहाते में ज़िथर-लोम्मर के सफेद बीज बिखरे हुए हैं। बर्फ कैम्प की दीवार के साथ दूर, और दूर खिसकती जा रही है। कैम्प की सड़क पर, जहाँ मैं चल रहा हूँ, वह मेरी गर्दन पर चढ़ रही है। हवा के पास तेज दराँती है। मेरे पाँव नहीं हैं, मैं गालों पर चल रहा हूँ और जल्द ही वो भी नहीं हैं। मेरे पास सिर्फ वह सिला हुआ बच्चा है, वह मेरा एवजी-भाई है। मेरे माँ-बाप ने इस बच्चे को पैदा किया, क्योंकि उन्हें अब मेरी उम्मीद नहीं है। जैसे माँ ने जन्म ज. से छोटा कर दिया है, वैसे ही वह मृत्यु मृ. से छोटा कर देगी। उसने तो यह कर ही दिया है। क्या माँ को अपनी बराबर की सफेद धागे की टँकाई से शर्म नहीं आ रही, कि मैं पंक्ति के नीचे पढ़ने पर मजबूर हूँ :

मेरी ओर से, तुम जहाँ हो, वहाँ मर सकते हो। घर पर इससे जगह बचेगी।

पंक्ति के नीचे वाली सफेद जगह

मेरी माँ का रेड-क्रॉस पोस्टकार्ड नवम्बर में कैम्प में आया। उसे मेरे पास पहुँचने में सात महीने लग गये। घर से उसे अप्रैल में भेजा गया था। वह बच्चा जिसकी सिली हुई फोटो आई थी तब तीन-चौथाई साल से इस दुनिया में था।

एवजी-भाई वाले कार्ड को मैंने सफेद रूमाल के साथ सूटकेस में एकदम नीचे रख दिया। कार्ड पर सिर्फ एक पंक्ति लिखी हुई थी, और पंक्ति के किसी शब्द में भी मौजूद नहीं था। पंक्ति के नीचे वाली सफेद खाली जगह में भी नहीं।

रूसी गाँव में मैंने खाने के लिए भीख माँगना सीखा था। माँ से अपने बारे में जिक्र करने की भीख मैं नहीं माँगना चाहता था। अपने बचे हुए दो बरसों में मैंने खुद को मजबूर किया कि मैं उस कार्ड का जवाब न दूँ। भूख-देवदूत से भीख माँगना मैंने बीते हुए दो बरसों में सीखा था। बचे हुए दो में मैंने भूख-देवदूत से रूखा घमंड सीखा। वह उतना ही क्रूर था जितना डबल-रोटी के सामने दृढ़निश्चयी रहना। वह मुझे भयानक रूप से तंग करता। हर रोज भूख-देवदूत मुझे दिखाता कि कैसे माँ मेरे जीवन को दूर रख कर अपने एवजी-बच्चे को खिला-पिला रही है। साफ-सुथरी और तृप्त माँ अपनी सफेद बच्चा-गाड़ी लिए मेरे सिर में इधर-उधर चलती। और मैं उसे हर तरफ से देखता रहता, जहाँ मैं तो कहीं मौजूद था भी नहीं, यहाँ तक कि पंक्ति के नीचे वाली सफेद जगह में भी नहीं।

मिनकोव्स्की-तार

यहाँ के हर किसी की अपनी मौजूदगी है। यहाँ का हर कोई अपने गम-बूट या लकड़ी के जूते से फर्श को छूता है, चाहे वह बारह मीटर धरती के नीचे तहखाने में हो या चुप्पी के फट्टे पर। जब आलबेर्ट गियोन और मैं काम नहीं कर रहे होते, हम उधर दो पत्थर और फट्टे की बनी बेंच पर बैठे होते हैं। तार की जाली में बल्ब जल रहा है, खुली हुई लोहे की डलिया में कोयले की आग। हम चुपचाप आराम कर रहे हैं। अकसर मैं खुद से पूछता हूँ, क्या मैं अब भी हिसाब लगा सकता हूँ। अगर हम चौथे साल और तीसरी शान्ति में हैं, तो यहाँ तहखाने में पहली और दूसरी शान्ति भी हुई होगी, वैसे ही जैसे मेरे बगैर शान्ति-पूर्व का समय भी हुआ होगा। और यहाँ तहखाने में और इतनी सारी दिन और रात की पालियाँ, जैसी धरती की परतें हो चुकी होंगी। और आलबेर्ट गियोन के साथ मेरी पालियाँ, मुझे उन्हें गिनना चाहिए था, पर क्या मैं अब भी हिसाब लगा सकता हूँ।

क्या मैं अब भी पढ़ सकता हूँ। क्रिसमस पर मुझे अपने पिताजी से एक किताब मिली थी : *तुम और भौतिकी*। उसमें लिखा था कि हर इन्सान और हर घटना की अपनी खुद की जगह होती है और अपना खुद का समय। यह एक प्रकृति का नियम है और इसीलिए हर एक, और सब कुछ का, दुनिया में अपना खुद का औचित्य है। और सब कुछ का, जिसका अस्तित्व है, अपना खुद का तार है, **मिनकोव्स्की–तार**। जैसे मैं यहाँ बैठा हूँ, मेरे सिर के ऊपर मिनकोव्स्की–तार सीधा ऊपर की ओर खड़ा है और जब मैं हिलता-डुलता हूँ, वह मेरी तरह अपने को मोड़ लेता है और मेरे जैसी ही हरकत करता है। यानी मैं अकेला नहीं हूँ।

तहखाने के हर कोने का भी अपना तार है और कैम्प में हरेक का। और कोई भी तार दूसरे को नहीं छूता। सभी सिरों के ऊपर एक सुव्यवस्थित तारों का जंगल है। हर कोई अपनी अपनी जगह पर अपने तार से साँस लेता है। शीत-मीनार तो बल्कि दोहरी साँस लेती है, क्योंकि शीत-मीनार के बादल का शायद अपना ही तार होगा। अगर इसको कैम्प को समझने के लिए इस्तेमाल किया जाए तो यह किताब ज्यादा काम की नहीं है। भूख-देवदूत का भी अपना मिनकोव्स्की-तार

है। पर किताब में इस बारे में कुछ भी नहीं लिखा था, कि भूख-देवदूत अपना मिन्कोव्स्की-तार हमेशा हमारे पास छोड़ देता है और इसलिए कभी भी दूर नहीं जाता है, जब वह कहता है वह वापस आएगा। शायद भूख-देवदूत उस किताब का आदर करता, मुझे उसे साथ लाना चाहिए था।

मैं तहखाने की बेंच पर लगभग हमेशा चुप रहता हूँ और अपने सिर के अन्दर, जैसे एक दरवाजे की प्रकाशमान झिर्री में से, झाँकता हूँ। उस किताब में यह भी लिखा था कि हर कोई हर वक्त, हर जगह अपनी खुद की फिल्म चलाता रहता है। सबके सिर में रील हर सेकंड 16 तस्वीर बनाती है। **होने की सम्भावना** भी *तुम और भौतिकी* में ऐसा ही शब्द था जैसे कि वह बिल्कुल निश्चित न हो कि मैं यहाँ हूँ, और मुझे यहाँ से दूर जाने की बिल्कुल इच्छा नहीं करनी होगी, अगर मैं यहाँ रहना चाहूँ तो। और ऐसा इसलिए है, क्योंकि मैं एक जगह में शरीर के रूप में, यानी तहखाने में एक कण हूँ, पर अपने मिनकोव्स्की-तार की वजह से उसी समय में एक लहर भी हूँ। और एक लहर के तौर पर मैं कहीं और भी हो सकता हूँ, और कोई जो यहाँ नहीं है, मेरे पास हो सकता है। मैं खुद चुन सकता हूँ, कौन। कोई व्यक्ति नहीं, बेहतर होगा कोई चीज, जो तहखाने में धरती की परतों से मेल खाये। मिसाल के तौर पर **साउरियर**। एक सजी-धजी, सुर्ख लाल, क्रोम प्लेटेड बम्परों वाली बस, जो हैरमानश्टाट् और साल्त्सबुर्ग के बीच चलती थी, उसका नाम था साउरियर। साउरियर से मेरी माँ और मेरी फिनी-आंटी गर्मियों में नमक कुंड वाले ओचना-बाई को जाती थीं, हेरमानश्टाट से दस किलोमीटर दूर। जब वे वापस आती थीं तो वे मुझे अपनी खुली बाँहें चाटने देतीं, ताकि पता चले कि वे कुंड कितने खारे हैं। और वे चरागाह पर घास के तिनकों के बीच नमक की सिल्लियों की सीपी जैसी चमकदार पपड़ियों के बारे में बताया करतीं। सिर में दरवाजे की प्रकाशमान झिर्री में से मैंने **साउरियर** बस को अपने और तहखाने के बीच चला दिया था। उसकी भी अपनी दरवाजे की प्रकाशमान झिर्री है और अपना मिनकोव्स्की-तार। हमारे तार कभी एक दूसरे को नहीं छूते, पर हमारे दरवाजे की झिर्री एक दूसरे से बल्ब के तले मिलती है, वहाँ, जहाँ फ्लाई ऐश अपने मिनकोव्स्की-तार के साथ गोल-गोल घूमती है। और मेरे बगल में बेंच पर आलबेर्ट गियोन अपने मिनकोव्स्की-तार के साथ चुप है। और वह बेंच चुप्पी का फट्टा है, क्योंकि आलबेर्ट गियोन मुझे नहीं बता पा रहा है कि वह अभी किस फिल्म में है, वैसे ही, जैसे मैं उसे नहीं बता पा रहा हूँ कि मेरे पास यहाँ तहखाने में एक सुर्ख लाल, क्रोम पॉलिश के बम्परों वाली बस है। हर पाली एक कलाकृति है। पर उसका मिनकोव्स्की-तार सिर्फ एक स्टील की रस्सी है, जिस

पर ठेले घूम रहे हैं। और हर ठेला अपने तार सहित सिर्फ एक खेप मलबा है, बारह मीटर धरती के नीचे।

कभी-कभी मुझे लगता है मैं सौ साल पहले मर गया हूँ और मेरे तलवे पारदर्शी हैं। जब मैं अपने सिर में दरवाजे की प्रकाशमान झिर्री से झाँकता हूँ, तब मुझमें असल में सिर्फ एक जिद्दी, भीरु उम्मीद होती है कि कभी और कहीं तो कोई मेरे बारे में सोच रहा है। तब भी, जब वह जान नहीं पा रहा, मैं अभी कहाँ हूँ। हो सकता है कि मैं एक टूटे दाँत वाला बूढ़ा आदमी हूँ, जो ऊपर बाएँ में ऐसी एक शादी की फोटो में है, जो कि है ही नहीं, और उसी समय मैं एक पतला-सा बच्चा हूँ, एक ऐसे स्कूल के अहाते में, जो कि है ही नहीं। और उसी तरह मैं एक ऐसे एवजी-भाई का प्रतिद्वन्द्वी और भाई हूँ, जो मेरा प्रतिद्वन्द्वी है, क्योंकि हम एक ही समय में हैं। पर अलग-अलग समय में भी, क्योंकि हमने एक-दूसरे को कभी, यानी किसी भी समय, नहीं देखा है।

और इसी समय, मुझे यह मालूम है कि जिसको भूख-देवदूत मेरी मौत समझकर देख रहा है, वह तो मेरे साथ अभी तक हुई नहीं है।

काले कुत्ते

मैं तहखाने से निकलकर सुबह आँखों को चौंधियाती बर्फ पर आता हूँ। वाच टावरों पर काले मलबे की बनी चार मूर्तियाँ खड़ी हुई हैं। ये मूर्तियाँ सैनिक नहीं, बल्कि चार काले कुत्ते हैं। पर पहली और तीसरी मूर्तियाँ सिर हिला रही हैं, दूसरी और चौथी स्थिर हैं। फिर पहला कुत्ता अपनी टाँगें हिलाता है और चौथा अपनी बन्दूक, जबकि दूसरे और तीसरे स्थिर रहते हैं।

कैंटीन की छत पर बर्फ की सफेद चादर है। यह फेन्या ने डबल-रोटी को ढकने वाली चादर को छत पर क्यों डाल दिया है। शीत-मीनार का बादल एक सफेद बच्चा-गाड़ी है, वह रूसी गाँव में सफेद भोजवृक्षों के पास जा रही है। जब मेरे कैम्ब्रिक के सफेद रूमाल को मेरे सूटकेस में पड़े-पड़े तीन सर्दियाँ हो गयीं, मैंने एक दिन भीख माँगते समय उस रूसी बुढ़िया के दरवाजे को खटखटाया। मेरी उम्र के एक आदमी ने दरवाजा खोला। मैंने पूछा, क्या आपका नाम बोरिस है। उसने कहा न्येत। क्या यहाँ एक बूढ़ी औरत रहती है। मैंने पूछा। उसने कहा, न्येत।

कैंटीन में अब जल्दी ही डबल-रोटी मिलेगी। एक बार, जब मैं अकेला डबल-रोटी की खिड़की पर खड़ा होऊँगा, मैं हिम्मत करके फेन्या से पूछूँगा; मैं घर कब जाऊँगा। मैं लगभग काले मलबे की मूर्ति बन ही गया हूँ। फेन्या कहेगी : तुम्हारे तहखाने में पटरियाँ हैं ही और एक पहाड़। ठेले तो लगातार घर की ओर जाते ही हैं, चले जाओ साथ। पहले तो तुम बड़े शौक से रेलगाड़ी से पहाड़ों को जाते थे। तब तो मैं घर पर ही था, मैं कहूँगा। हाँ तो देखो न, फेन्या कहेगी, फिर से वैसा ही हो जाएगा।

पर अभी मैं कैंटीन के दरवाजे को पार करके खिड़की के आगे कतार में खड़ा हो जाता हूँ। डबल-रोटी छत की सफेद बर्फ से ढकी हुई है। मैं चाहूँ तो कतार में आखिरी हो सकता हूँ, ताकि मैं जब मुझे मेरी डबल-रोटी मिले, फेन्या के साथ अकेला खिड़की पर होऊँ। पर मेरी हिम्मत नहीं होती, क्योंकि फेन्या की अपनी ठंडी पवित्रता में हर रोज की तरह चेहरे में तीन नाकें हैं, दो उनमें से तराजू के काँटे हैं।

चम्मच इधर चम्मच उधर

फिर से क्रिसमस से पहले का वक्त था। मैं हैरान था, बैरक में छोटी मेज के ऊपर मेरा तार का पेड़ खड़ा था, हरे चीड़ के ऊन वाला। ऐडवोकेट पाउल गास्ट ने उसे अपने सूटकेस में सहेजा हुआ था और इस साल तीन डबल-रोटी की गोलियों से सजा दिया था। क्योंकि हम तीसरे साल में हैं, वह बोला। उसे लगता था कि कोई नहीं जानता, कि वह डबल-रोटी की गोलियाँ दान दे सकता है, क्योंकि वह अपनी बीवी की डबल-रोटी चुराता है।

उसकी बीवी हाइड्रून गास्ट महिलाओं की बैरक में रहती थी, पति-पत्नी साथ नहीं रह सकते थे। हाइड्रून गास्ट का चेहरा मरे हुए बन्दर के चेहरे जैसा हो चुका था, एक कान से दूसरे कान तक चिरा हुआ मुँह, गाल के गड्ढों में सफेद खरगोश और निकली हुई आँखें। वह गर्मी के दिनों से गैरज में थी और उसे गाड़ियों की बैटरियाँ भरनी पड़ती। उसका चेहरा गन्धक के तेजाब की वजह से उसके फुफाइका से भी ज्यादा छेददार था।

कैंटीन में हर रोज़ यह नजर आता कि भूख-देवदूत दाम्पत्य का क्या बना देता है। ऐडवोकेट अपनी बीवी को ऐसे खोजता, जैसे कोई पहरेदार। जब वह पहले से ही दूसरों के बीच एक मेज पर बैठी होती, वह उसकी बाँह खींचता और उसके सूप को अपने बगल में रख लेता। जब वह जरा-सा नजर फिराती, वह चम्मच उसके बरतन में डुबो देता। अगर वह समझ जाती, वह कहता : चम्मच इधर, चम्मच उधर।

डबल-रोटी की गोलियों वाला पेड़ अब भी बैरक में मेज पर खड़ा था, और हाइड्रून गास्ट जनवरी महीने की शुरुआत में ही मर गयी। डबल-रोटी की गोलियाँ अब भी पेड़ पर लटकी हुई थीं, और पाउल गास्ट ने भी अपनी बीवी का ऊँचे कॉलर और खरगोश की खाल के बने घिसे हुए जेब के पल्लों वाला ओवरकोट पहना हुआ था और अब वह पहले से अधिक नियमित रूप से दाढ़ी बनवाता।

और आधी जनवरी से हमारी गायिका इलोना मिश वह ओवरकोट पहनने लगी। और ऐडवोकेट को उसके कम्बल के पीछे जाने की इजाजत मिल गयी।

इन्हीं दिनों नाई ने पूछा : तुम लोगों के घर पर बच्चे हैं।

ऐडवोकेट बोला : मेरे हैं।

और कितने, नाई ने पूछा।

तीन, ऐडवोकेट बोला।

शेविंग क्रीम के झाग के बीच से उसकी आँखें दरवाजे पर जमी हुई उसे घूर रही थीं। वहाँ एक खूंटी पर मेरी कान के पल्लों वाली रूई की टोपी टँगी हुई थी, जैसे एक मरी हुई बत्तख। ऐडवोकेट ने इतनी लम्बी आह भरी कि झाग का एक थक्का नाई के हाथ के पिछले हिस्से से फर्श पर उड़ गया। और वहाँ, जहाँ वह गिरा, कुर्सी के पाये के बीच, ऐडवोकेट के गम-बूट, लगभग पंजे के बल खड़े हुए थे। वे तलवे के नीचे से टखने तक बँधे हुए थे, चमकते हुए, एकदम नये ताँबे के तार से।

एक बार मेरा भूख-देवदूत ऐडवोकेट था

यह बात मेरे पति को कभी भी नहीं बताना, हाइड्रून गास्ट ने कहा। यह उस दिन की बात है, जब वह ट्रुडी पॅलिकॅन और मेरे बीच बैठ सकी, क्योंकि ऐडवोकेट पाउल गास्ट खाने के लिए नहीं आया, उसके दांत में मवाद पड़ गयी थी। उस दिन हाइड्रून गास्ट बातचीत भी कर सकी।

उसने बताया कि कार की वर्कशॉप और बमबारी किये हुए कारखाने के हॉल के बीच की छत में एक छेद है, पेड़ की फुनगी जितना बड़ा। ऊपर कारखाने के हॉल से मलबा हटाया जा रहा है। कभी-कभी नीचे वर्कशॉप में फर्श पर एक आलू पड़ा होता है, जो एक आदमी ऊपर से हाइड्रून गास्ट के लिए फेंकता है। हमेशा वही आदमी। हाइड्रून गास्ट उसकी ओर ऊपर देखती है, और वह नीचे देखता है। बातचीत वह कर नहीं सकते, उस पर भी ऊपर उतनी ही पहरेदारी है, जितनी नीचे वर्कशॉप में इस पर। वह आदमी धारीदार फुफाइका पहनता है, वह एक जर्मन युद्धबन्दी है। पिछली बार एक बहुत छोटा सा आलू औजारों की पेटियों के बीच पड़ा था। हो सकता है कि हाइड्रून गास्ट को वह तुरन्त न मिला हो और एक-आध दिन से वहाँ पड़ा हुआ हो। या तो उस आदमी को हमेशा के मुकाबले ज्यादा जल्दी नीचे फेंकना पड़ा हो, या चूँकि वह आलू इतना छोटा था, वह हमेशा के मुकाबले दूर तक ढुलक गया हो। हो सकता है उसने जान-बूझकर ही उसे कहीं और फेंकना चाहा हो। पहले तो हाइड्रून गास्ट निश्चय ही नहीं कर पा रही थी कि वह वाकई ऊपर वाले आदमी का फेंका हुआ है या कहीं नचाल्निक ने तो नहीं रख दिया है, उसे जाल में फंसाने के लिए। उसने जूते की नोक से आलू को सीढ़ी के नीचे आधा धकेल दिया कि कोई उसे तभी देख सके, जब उसे मालूम हो कि वह वहाँ पड़ा हुआ है। वह इन्तजार करना चाहती थी कि कहीं नचाल्निक घात लगाये न बैठा हो। छुट्टी होने से जरा पहले उसने आलू को लिया और उठाते समय पाया कि उसके चारों तरफ एक धागा बँधा हुआ था। हमेशा की तरह हाइड्रून गास्ट उस दिन भी, जितनी बार हो सका, छेद से ऊपर देख रही थी, लेकिन वह आदमी फिर नहीं दिखा। शाम को जब वह

अपनी बैरक में आयी, उसने धागे को दाँतों से कसकर तोड़ दिया। आलू बीच से कटा हुआ था। आलू के दोनों टुकड़ों के बीच एक चिथड़ा था। उस पर **ऐल्फ्रीडे रोर्मनी** लिखा हुआ था, **एरस्ट्रास**, **एन्स्बू** और एक नीचे **र्मनी**, बाकी अक्षर आलू के स्टार्च ने खा लिये थे। जब ऐडवोकेट कैंटीन के खाने के बाद अपने बैरक में चला गया था, हाइड्रून गास्ट ने चिथड़े को मैदान में देर से रात में जली छोटी-सी आग में फेंक दिया और दोनों आलू के टुकड़ों को भून लिया। मुझे मालूम है, वह बोली, मैंने एक खबर को खा लिया था, यह इकसठ दिन पहले की बात है। घर तो वह जा नहीं सकता था, और वह किसी भी हालत में मरा नहीं है, वह तो अभी स्वस्थ था। वह धरती पर से गायब हो गया, वह बोली, जैसे यह आलू मेरे मुँह में। उसकी कमी मुझे खलती है।

उसकी आंखों में एक पतली बर्फ की चमड़ी काँपी। उसके सफेद बालों वाले गाल के गड्ढे हड्डियों से चिपक गये। उसके भूख-देवदूत के लिए यह कोई रहस्य नहीं होगा कि उसके पास अब कुछ मिलना नहीं था। मुझे घबराहट हो रही थी, जैसे कि उसका भूख-देवदूत उसको उतनी ही जल्दी छोड़ देगा, जितना ज्यादा वह मुझ पर भरोसा करेगी। जैसे कि वह मेरे यहाँ बस जाएगा।

सिर्फ भूख-देवदूत ही पाउल गास्ट को अपनी बीवी का खाना चुराने से मना कर सकता था पर भूख-देवदूत तो खुद ही चोर है। सारे भूख-देवदूत एक दूसरे को जानते हैं, मैंने सोचा, जैसे हम एक दूसरे को जानते हैं। सबके हमारे वाले पेशे हैं। पाउल गास्ट का भूख-देवदूत ऐडवोकेट है, जैसे वह खुद। और हाइड्रून गास्ट वाला सिर्फ पाउल गास्ट वाले का मातहत। मेरा वाला भी सिर्फ मातहत है, कौन जाने किसका।

मैंने कहा : हाइड्रून, सूप पी लो।

नहीं पी पा रही हूँ, वह बोली।

मैंने सूप की ओर हाथ बढ़ाया। ट्रूडी पॅलिकॅन भी टेढ़ी नजरों से उधर देख रही थी, सामने से आलबेर्ट गियोन भी। मैं चम्मच भर-भर के खाने लगा, कितने चम्मच, यह मैंने नहीं गिना। मैंने एक बार भी चुस्की नहीं ली, क्योंकि इसमें देर लगती है। मैं अपने में ही मशगूल खा रहा था, बिना हाइड्रून और ट्रूडी पॅलिकॅन और आलबेर्ट गियोन के। मैं आस-पास का सब कुछ भूल गया, पूरी कैंटीन को। मैंने सूप को अपने दिल में खींच लिया। इस तश्तरी के सामने मेरा भूख-देवदूत कोई मातहत नहीं था, बल्कि ऐडवोकेट।

खाली तश्तरी मैंने हाइड्रून गास्ट की ओर खिसका दी, उसके बाएँ हाथ की ओर, जब तक कि वह उसकी छोटी उँगली से टकरा नहीं गयी। उसने अपने

साफ चम्मच को चाट लिया और अपने कोट पर पोछ कर सुखा दिया, मानो मैंने नहीं, उसने खाया हो। या तो उसे मालूम ही नहीं था कि वह खा रही है या देख रही है या वह ऐसा जताना चाहती थी, जैसे उसने खा लिया हो। ऐसे या वैसे उसका भूख-देवदूत उसके चिरे हुए मुँह में फैलकर लेटा हुआ था, बाहर से दयालु नीला और अन्दर से गाढ़ा नीला। यह बात खारिज नहीं की जा सकती कि वह एकदम सीधा भी खड़ा हो सकता था। और यह निश्चित था कि वह बन्दगोभी के सूप के चिंदियों वाले पानी में उसके बचे हुए दिन गिन रहा था। पर ऐसा भी हो सकता है कि वह हाइड्रून गास्ट को भूल गया हो और अपने तराजू को मेरे गले के पिछले हिस्से पर रख कर तोल रहा हो। कि वह खाते समय हिसाब लगाता हो, कि मुझसे वह कितना, कितने समय में ले सकता है।

मेरी एक योजना है

जब भूख-देवदूत मुझे तौलेगा, मैं उसके तराजू को धोखा दे दूँगा।

मैं अपनी बचायी डबल-रोटी जितना ही हल्का हो जाऊँगा। और चबाने में उतना ही मुश्किल।

तुम देख लेना, मैने खुद से कहा, यह एक छोटी सी योजना है, जो लम्बी चलेगी।

टीन का चुम्बन

रात के खाने के बाद मैं तहखाने में अपनी पाली के लिए गया। आसमान में अब भी हल्की-सी रोशनी थी। रूसी गाँव से चिड़ियों का एक झुंड स्लेटी हार की तरह कैम्प की ओर उड़ रहा था। मुझे नहीं मालूम कि वे चिड़ियाँ ऊपर रोशनी में चूँ-चूँ कर रही थीं या मेरे मुँह में तालू पर। मुझे यह भी नहीं मालूम कि वे चोंच से चूँ-चूँ कर रही थीं या पाँवों को एक-दूसरे से रगड़ रही थीं, या उनके डैनों पर बिना कुरकुरी की बूढ़ी हड्डियाँ थीं।

अचानक ही उस हार का एक टुकड़ा टूट कर अलग हो गया और मूँछों में बँट गया। उनमें से तीन पीछे के वाच टावर वाले सैनिक की टोपी के नीचे माथे के अन्दर उड़ गयीं। वे देर तक वहीं रहीं। जब मैं कारखाने के फाटक पर फिर से पीछे की ओर मुड़ा, तब जाकर वे टोपी के नीचे से उसके सिर के पिछले हिस्से से बाहर निकलीं। उसकी बन्दूक काँप रही थी, पहरे वाला सैनिक अकड़ा हुआ था। मैंने सोचा—वह लकड़ी का बना हुआ है और बन्दूक माँस की।

टावर के पहरे वाले सैनिक से मैं अदला-बदली नहीं करना चाहता था, उस चिड़ियों के झुंड से भी नहीं। मैं वही मलबे का मजदूर भी नहीं होना चाहता था, जो हर शाम 64 सीढ़ियाँ उतर कर तहखाने में जाता है। पर मैं अदला-बदली चाहता था। मैं, मेरे ख़याल से बन्दूक बनना चाहता था।

रात की पाली में मैं हमेशा की तरह एक के बाद एक ठेले उलट रहा था और आलबेर्ट गियोन खोदने जा रहा था। फिर हमने अदला-बदली कर ली। गर्म मलबा हमको धुन्ध में लपेट रहा था। अंगारे के टुकड़े चीड़ की राल की गन्ध दे रहे थे और मेरी पसीने से भीगी गर्दन शहद के काढ़े की। आलबेर्ट की आँख के डेले दो छिले हुए उबले अंडों की तरह दायें-बायें नाच रहे थे और उसके दाँत जूँ की कंघी की तरह। और उसका काला चेहरा तहखाने में उसके पास नहीं था।

ब्रेक में चुप्पी के फट्टे पर छोटी-सी कोयले की आग ने हमारे जूतों को घुटनों तक प्रकाशमान कर दिया। आलबेर्ट गियोन ने अपने कोट के बटन खोल दिये और पूछा : हाइड्रून गास्ट को उस जर्मन की कमी ज्यादा खल रही है या

आलुओं की। उसने तो धागे को काफी बार दाँतों से काटकर तोड़ा था, कौन जाने दूसरी कतरनों पर क्या लिखा हुआ था। ऐडवोकेट सही करता है, जब वह उसका खाना चुराता है। पुराना दाम्पत्य जीवन भूख जगाता है, बेवफाई तृप्त करती है। आलबेर्ट गियोन ने मुझे हल्के से घुटने पर छुआ। मैंने सोचा—यह जताने के लिए कि ब्रेक खत्म हुआ, पर वह बोला : कल मुझे सूप मिलेगा, तुम्हारे मिनकोव्स्की-तार को इस बारे में क्या कहना है। मेरा मिनकोव्स्की-तार चुप था। हम लोग गूँगे-से कुछ देर बैठे रहे। मेरा काला हाथ बेंच पर नहीं दिख रहा था। उसका भी नहीं।

अगले दिन पाउल गास्ट मवाद पड़े दाँत के बावजूद फिर से कैंटीन में अपनी बीवी के बगल में बैठा हुआ था। वह फिर से खा सकता था और हाइड्रून गास्ट फिर से चुप रह सकती थी। मेरे मिनकोव्स्की-तार का इसके बारे में कहना था कि मैं निराश हूँ, जैसे अकसर ही होता हूँ। और यह कि आलबेर्ट गियोन इतनी बदमिजाजी से पेश आ रहा था, जितना पहले कभी नहीं। वह ऐडवोकेट के मुँह का स्वाद बिगाड़ देना चाहता था और लड़ाई का मौका ढूँढ़ रहा था। उसने उसे उसके बर्दाश्त से बाहर वाले तेज खर्राटे का उलाहना दिया। फिर मैं बदमिजाज़ बन गया और आलबेर्ट गियोन को इस बात का विश्वास दिलाने लगा कि वह ऐडवोकेट से ज्यादा तेज खर्राटे भरता है। आलबेर्ट गियोन आपे से बाहर हो गया था कि मैंने उसकी लड़ाई को बिगाड़ दिया। उसने मुझ पर हाथ उठा दिया और उसका हड़ीला चेहरा घोड़े के सिर जैसा लगने लगा। जब हम लड़ रहे थे, ऐडवोकेट ने अपना चम्मच कब का अपनी बीवी की तश्तरी में डुबा दिया था। उसका चम्मच जल्दी, और जल्दी, और उसकी बीवी का चम्मच कम, और कम डुबकी लगा था। वह चुस्की ले रहा था और उसकी बीवी ने खाँसना शुरू कर दिया, जिससे कि वह मुँह से कुछ तो करे। और खांसते समय उसने अपना मुँह बन्द रखा हुआ था और अपनी छोटी उँगली किसी मेम की तरह फैलायी हुई थी, जो कि गन्धक के तेजाब से सड़ी और ग्रीस से उतनी ही गन्दी थी जितनी कैंटीन में सारी उँगलियाँ। साफ हाथ सिर्फ नाई ओसवाल्ड एन्येटर के थे, पर वे उतने ही काले थे, जितने हमारे हाथ गन्दगी से थे, क्योंकि उन पर इतने बाल थे, जैसे कि उन्हें स्टेपी-कुकुरों से उधार लिया गया हो। ट्रूडी पॅलिकॅन के भी हाथ साफ थे, जब से वह नर्स बन गयी थी। साफ तो जरूर, पर बीमारों को इशत्योल लगा-लगाकर पीले-भूरे रंगे हुए।

जब मैं हाइड्रून गास्ट की फैली हुई उँगली और हम लोगों के हाथ की हालत के बारे में सोच-विचार कर रहा था, कार्ली हाल्मॅन आया। वह मेरे साथ डबल-रोटी

की अदला-बदली करना चाहता था। डबल-रोटी की अदला-बदली के लिए अभी मेरे सिर में जगह नहीं थी। मैंने इनकार कर दिया और अपनी निजी डबल-रोटी के पास ही रहा। उसने तब आलबेर्ट गियोन से अदला-बदली कर ली। तब मुझे खेद हुआ– वह डबल-रोटी का टुकड़ा, जिसको आलबेर्ट गियोन अब काट रहा था, मेरे वाले से करीब एक तिहाई बड़ा था।

हर तरफ सभी मेजों पर टीन खड़खड़ा रही थी। हर चम्मच सूप टीन का एक चुम्बन है, मैंने सोचा–और खुद की भूख सबके लिए एक पराई ताकत। लेकिन उस पल मैं यह चाहे जितनी अच्छी तरह जान गया, उतनी जल्दी ही मैं इसे फिर से भूल गया।

कहानी का दौर

नंगा सच यही है कि ऐडवोकेट पाउल गास्ट तब तक अपनी बीवी हाइड्रून गास्ट के खाने के बर्तन में से सूप चुराता रहा, जब तक कि वह फिर उठ नहीं पाई और मर गयी, क्योंकि वह कुछ और नहीं कर सकती थी, वैसे ही, जैसे वह उसका सूप चुराता था, क्योंकि उसकी भूख कुछ और नहीं कर सकती थी, वैसे ही, जैसे वह उसका ऊँचे कॉलर और खरगोश की खाल का बना, घिसे हुए जेब के पल्लों वाला, ओवरकोट पहने हुए था, और इस बारे में कुछ भी नहीं कर सकता था कि वह मर गयी थी, वैसे ही, जैसे वह इस बारे में कुछ भी नहीं कर सकती थी कि वह फिर उठ नहीं पाई, वैसे ही, जैसे कि फिर हमारी गायिका लोनी मिश वह ओवरकोट पहनने लगी, और इस बारे में कुछ भी नहीं कर सकती थी कि ऐडवोकेट की बीवी की मौत से एक ओवरकोट खाली हो गया था, वैसे ही, जैसे ऐडवोकेट इस बारे में कुछ भी नहीं कर सकता था कि वह भी खाली हो गया था अपनी बीवी की मौत से, वैसे ही, जैसे वह इस बारे में कुछ भी नहीं कर सकता था कि वह उसकी कमी लोनी मिश से पूरी करना चाहता था, वैसे ही, जैसे लोनी मिश भी इस बारे में कुछ भी नहीं कर सकती थी कि वह कम्बल के पीछे एक आदमी चाहती थी या एक ओवरकोट, या दोनों एक-दूसरे से अलग नहीं थे, वैसे ही, जैसे सर्दी इस बारे में कुछ भी नहीं कर सकती थी कि वह बर्फीली ठंडी थी और ओवरकोट इस बारे में कुछ भी नहीं कर सकता था कि वह बढ़िया गर्माता था, वैसे ही जैसे दिन इस बारे में कुछ भी नहीं कर सकते थे कि वे कारण और परिणाम की एक जंजीर थे, वैसे ही, जैसे कारण और परिणाम इस बारे में कुछ भी नहीं कर सकते थे कि वे नंगे सच थे, जबकि बात तो एक ओवर कोट की थी।

ऐसे ही सब कुछ चलता रहा : क्योंकि हर कोई इस बारे में कुछ नहीं कर सकता था कि कोई भी इस बारे में कुछ नहीं कर सकता था।

सफेद खरगोश

पिताजी, सफेद खरगोश हमें ज़िन्दगी से बाहर भगा रहा है। वह अधिक, और अधिक, चेहरों में, गाल के गड्ढों में, बढ़ रहा है।

अभी पूरी तरह से नहीं बढ़ा हुआ, वह मेरे माँस को अन्दर से देख रहा है, क्योंकि वह उसका भी है। हाज़ोवे।

उसकी आँखे कोयला हैं, उसका थूथन एक टीन का बर्तन, उसकी टाँगें कुरेदने वाले सीखचे, उसका पेट तहखाने का एक ठेला, उसका रास्ता पहाड़ की खड़ी चढ़ाई वाली एक पटरी।

अभी तो वह खाल उतरा हुआ, गुलाबी, मेरे अन्दर बैठा हुआ है और अपने उस चाकू सहित इन्तजार कर रहा है, वही, जो फेन्या की डबल-रोटी का चाकू भी है।

घर की याद मानो मुझे इसकी जरूरत हो

घर लौटने के बाद के मेरे सात साल बिना घर की याद के सात साल थे। जब मैंने बड़े चौक वाली किताब की दुकान की खिड़की में हेमिंग्वे की लिखी *फिएस्टा* देखी, मैंने तो उसे *हाईमवे* की लिखी *फिएस्टा* पढ़ा। इसीलिए मैंने वह किताब खरीद ली और *हाईमवे*– घर की याद की ओर, हाईमवेग– घर के रास्ते की ओर, चल दिया।

ऐसे शब्द हैं, जो मेरे साथ जो भी वे चाहें, कर लेते हैं। वे मुझ से एकदम अलग हैं और जैसे हैं, उससे अलग सोचते हैं। वे मेरे दिमाग में आते हैं, जिससे कि मैं सोचूँ, ऐसी पहली चीजें हैं, जो अभी से दूसरी चाहती हैं, जबकि मैं तो यह एकदम नहीं चाहता हूँ : घर की याद। जैसे कि मुझे इसकी जरूरत हो।

ऐसे शब्द हैं, जिनका लक्ष्य मैं हूँ, जैसे कि वे सिर्फ कैम्प में वापसी के लिए बने हों, सिवा स्वयं **वापसी** शब्द के। यह शब्द अनुपयोगी रहता है, जब मेरी वापसी हो जाती है। अनुपयोगी तो **याद** शब्द भी है। और **क्षति** शब्द भी वापसी के लिए इस्तेमाल नहीं हो सकता। और **अनुभव** शब्द। जब इतने सारे अनुपयोगी शब्दों से पाला पड़ता है, मुझे अपने आप को, जितना मैं हूँ, उससे ज्यादा मूर्ख दिखलाना होता है। लेकिन ये शब्द मेरे साथ हर मुलाकात के बाद पहले से ज्यादा कठोर हो जाते हैं।

सिर में, भौंहों में, गर्दन में, काँख में, टाँगों के बीच में जूँ होती हैं। तुम्हारी खटिया में खटमल होते हैं। तुम्हें भूख लगी होती है, पर तुम यह नहीं कहते हो : तुम्हें जूँ, खटमल और भूख सताती है। तुम कहते हो : मुझे घर की याद सताती है। मानो तुम्हें इसकी जरूरत हो।

कुछ लोग अपने घर की याद को कहते और गाते और मौन रहते और चलते और बैठते और सोते हैं, इतनी देर तक और व्यर्थ में। कुछ लोग कहते हैं– घर की याद समय के साथ अपने अर्थ खो देती है, पहले सुलगती है और फिर घुल जाती है, क्योंकि अब इसे किसी प्रत्यक्ष घर से कोई सरोकार नहीं है। मेरी गिनती उन लोगों में होती है, जो यह कहते हैं।

मुझे मालूम है, कि जूँ के विषय में ही तीन तरह की घर की याद होती है : सिर की जूँ, नमदे की जूँ और कपड़ों की जूँ। सिर की जूँ सिर की चमड़ी पर कानों के पीछे, भौंहों में, गर्दन पर, बालों की जड़ में रेंगती और खुजलाती है। जब गर्दन में खुजली होती है तो यह कमीज के कॉलर में कपड़ों की जूँ भी हो सकती है।

कपड़ों की जूँ रेंगती नहीं है। वह कपड़ों की सीवन में बैठी रहती है। वह कपड़ों की जूँ कहलाती है, पर अपने को धागे से नहीं पोसती। नमदे की जूँ झाँट में रेंगती और खुजलाती है। झाँट, यह शब्द कभी बोला नहीं जाता था। सिर्फ यह कहते थे : मुझे नीचे वहाँ खुजली हो रही है।

जुँओं की लम्बाई-छोटाई अलग-अलग है, पर सभी सफेद हैं और छोटे-छोटे केकड़ों जैसी दिखती हैं। जब उन्हें अँगूठों के नाखून के बीच मसलते हैं, उन से सूखी-सी चट-चट आवाज आती है। तुम्हारे एक नाखून पर जूँ का दिया पनीला धब्बा है और दूसरे पर एक चिपचिपा, खून का धब्बा। जूँओं के अंडे बेरंग-से एक कतार में लगे हुए हैं जैसे काँच की जपमाला या फली में पारदर्शी मटर। सिर्फ जब वे टाइफस या टाइफायड के कीटाणु फैला रही हों, तब जुँएँ खतरनाक होती हैं। नहीं तो उनके साथ रहा जा सकता है। तुम्हें आदत पड़ जाती है कि हर जगह खुजली हो रही है। तुम कह सकते हो कि जुँएँ नाई की दुकान में कंघी के रास्ते एक सिर से दूसरे सिर में आती हैं। इसकी उन्हें जरूरत होती नहीं थी, वे बैरक में एक बिस्तर से दूसरे में रेंग कर आ जातीं। हम अपनी खटिया के पाये को जूँओं का रास्ता रोकने के लिए पानी भरे टीन में खड़ा कर देते। पर वे उतनी ही भूखी थीं जितने हम और वे दूसरा रास्ता खोज लेतीं। हाज़िरी के समय, खाने की खिड़की के सामने कतार में खड़े होने के समय, कैंटीन की लम्बी मेजों पर, काम पर लादते और उतारते समय, ब्रेक में सुट्टा मारने के लिए उकड़ूँ बैठने के समय, और तो और टैंगों नाच के समय हम आपस में जुँएँ बाँट लेते।

हम लोगों को जीरो-नम्बर की मशीन से मूंड़ा जाता, आदमियों को ओसवाल्ड एन्येटर के हाथों नाई की दुकान में। औरतों को रोगी-बैरक के बगल में फट्टियों के बने बाड़े में रूसी डॉक्टरनी साहिबा के हाथों। पहली बार मुँड़ने पर औरतें अपनी चोटी अपनी खुद की चिन्हानी के तौर पर साथ ले जा सकती थीं और उसे सूटकेस में रख सकती थीं।

मुझे नहीं मालूम कि आदमी लोग क्यों एक-दूसरे की जूँ नहीं बीनते हैं। औरतें हर रोज अपने सिर एक साथ जोड़ लेतीं, बातें करतीं और गातीं और एक-दूसरे की जुँएँ बीनतीं।

ज़िथर-लोम्मर को पहली ही सर्दी में मालूम था कि स्वेटर से जुँएँ कैसे साफ

की जाती हैं। शाम के झुटपुटे में शून्य डिग्री सेल्सियस से नीचे के तापमान में, जमीन में एक 30 सेंटीमीटर गहरा गड्ढ़ा खोदते हैं, स्वेटर को गड्ढे में डालते हैं, एक उँगली भर लम्बा छोर बाहर रहने देते हैं और गड्ढे को हल्के से पाट देते हैं। रात में सारी जुँएँ स्वेटर से बाहर रेंग कर निकल आती हैं। सुबह के झुटपुटे में वे सफेद लौंदे की तरह छोर पर बैठी रहती हैं। फिर उन सब को एक बार में ही जूते से कुचला जा सकता है।

जब मार्च का महीना हुआ और जमीन अब मीटर भर की गहराई में नहीं जमी हुई थी, हमने बैरकों के बीच गड्ढे खोद लिये। स्वेटरों के छोर हर शाम जमीन में से ऐसे निकले होते, जैसे एक बुना हुआ बगीचा। सुबह के झुटपुटे में उसमें सफेद झाग खिले होते, जैसे फूलगोभी हो। हम जुँओं को कुचल देते और स्वेटर को जमीन में से निकाल लेते। वे हमें फिर से गर्माते, और ज़िथर-लोम्मर कहता : कपड़ों को दफना दो, तब भी नहीं मरते।

मेरे घर लौटने के सात बाद के साल बिना जुँओं वाले सात साल थे। पर लेकिन साठ साल से जब मेरी तश्तरी में फूलगोभी होती, तब मैं सुबह के झुटपुटे वाली, स्वेटर के छोर की जुँएँ खा रहा होता। फेंटी हुई क्रीम भी आज तक फेंटी हुई क्रीम नहीं लगती है।

यूकानाशन के लिए दूसरे साल से नहाने के अलावा हर शनिवार **एतूबा** हुआ करता था– एक गर्म हवा की कोठरी 100 डिग्री सेल्सियस से ऊपर का तापमान। हम अपने कपड़े लोहे की खूँटियों पर टाँग देते, वे पहियों पर ऐसे घूमते जैसे किसी बूचड़खाने के शीतागार में छोटी-छोटी ट्रालियाँ। स्नान घर में जितना समय और पानी हमारे पास होता उससे ज्यादा देर कपड़े भुनते– तकरीबन डेढ़ घंटा। नहाने के बाद हम नंगे बाहर वाले कमरे में खड़े रहते और इन्तजार करते। मुड़े-तुड़े, खजहे, नंगे, हम लोग छाँट कर अलग कर दिए मवेशियों जैसे दिखाई देते। शर्माता कोई भी नहीं था। किस चीज की शर्म करें, जब शरीर है ही नहीं। पर उसी की वजह से तो हम कैम्प में थे, शारीरिक काम के लिए। जितना शरीर कम होता, उतनी ही वह सजा दिलवाता। यह ढाँचा रूसियों की सम्पत्ति था। दूसरों के सामने मुझे शर्म नहीं आती थी, सिर्फ अपने से, जैसे मैं अपने आपको पहले पहचानता था– चिकनी चमड़ी वाला नेपच्यून ताल में, जहाँ लैवेंडर की भाप और झट से मिलने वाले सुख मुझे उलझन में डालते। जहाँ मैं कभी दो टाँगों वाले छाँट कर अलग किये हुए मवेशियों के बारे में नहीं सोचता था।

जब कपड़े एतूबा से बाहर निकलते, उनमें से गर्म और खारी दुर्गन्ध आती। कपड़ा झुलसा हुआ और भुरभुरा हो जाता। पर दो-तीन एतूबा-दौर में एतूबा में

चोरी से ले गये चुकन्दर भी फलों का मुरब्बा बन जाते। मेरे पास एतूबा में कभी चुकन्दर नहीं था। मेरे पास था दिल-फावड़ा, कोयला, सीमेंट, रेत, खंगर-ईंट और तहखाने का मलबा। आलू के बीच मैंने एक भयावह दिन बिताया था, पर मैं एक भी दिन खेत में चुकन्दर के बीच नहीं था। सिर्फ वे आदमी, जो कल्ख़ोस में चुकन्दर लादते और उतारते थे, उनके पास एतूबा में फलों का मुरब्बा होता। घर से मुझे मालूम था, फलों का मुरब्बा कैसा होता है : काँच की तरह हरा, रैस्पबेरी की तरह लाल, नींबू की तरह पीला। हीरे-जवाहरात की तरह वे केक में और दाँतों के छेदों में फँसे होते, जब तुम उनको खाते थे। चुकन्दर का मुरब्बा जमीन जैसा भूरा, छीलने पर वह कांच की मुट्ठी जैसा दिखता। जब मैं दूसरों को खाते हुए देखता, घर की याद केक खाती और पेट खुद को सिकोड़ लेता।

चौथा साल शुरू करने वाली रात में मैंने भी औरतों के बैरक में फलों का मुरब्बा खाया– एक केक। बजाय बेक करने के ट्रूडी पॅलिकॅन ने उसका निर्माण किया था। बजाय फलों के मुरब्बे के– चुकन्दर का मुरब्बा, बजाय मेवे के– सूरजमुखी के बीज, बजाय मैदे के– मक्के की भूसी, बजाय केक की तश्तरियों में– रोगी बैरक के मृतक-कक्ष की निकली हुई चिकनी टाइलों पर, और साथ में सबके लिए बाजार से लाया हुआ सिगरेट– **लकी स्ट्राइक**। मैंने दो कश लिये और मुझे नशा हो गया। मेरे कंधों पर से सिर झूलने लगा और दूसरे चेहरों में जाकर मिल गया, खटिया गोल-गोल घूमने लगी। हम अपने पशुवाहक-डिब्बे-का-उदास नगमा गा रहे थे और डोल रहे थे :

जंगल में है ज़ायडेलब्लास्ट खिली
गड्ढे में अब तक है बर्फ़ पड़ी
और जो तुमने मुझे लिखी
वह चिट्ठी, मुझे बेचैन कर गयी

सन्तरी-केटी चिकनी टाइल पर रखा अपना केक का टुकड़ा लिये पीली बत्ती के नीचे वाली मेज पर बैठी थी। वह हमें उदासीन-सी देख रही थी। पर जब गाना खत्म हुआ, वह अपनी कुर्सी पर हिलने-डुलने लगी और उसने **ऊ ऽ ऽ ह** किया।

यह गहरी **ऊ ऽ ऽ ह** जो उसने निकाली, वही दबी आवाज हमारे निर्वासन-इंजन ने चार साल पहले बर्फीली रात में आखिरी पड़ाव पर निकाली थी। मैं स्तम्भित हो गया, कुछ लोग रोने लगे। ट्रूडी पॅलिकॅन भी अपने को रोक नहीं पा रही थी और सन्तरी-केटी रोना देख रही थी और अपना केक खा रही थी। नजर आ रहा था कि उसे वह स्वादिष्ट लग रहा था।

ऐसे शब्द हैं, जो मेरे साथ, जो भी वे चाहें, कर लेते हैं। मुझे अब नहीं मालूम, कि रूसी शब्द **वोश** का मतलब खटमल होता है या जूँ। जब मैं **वोश** कहता हूँ तो मेरा मतलब खटमल भी होता है और जूँ भी। यह शब्द शायद उनमें भेद नहीं कर सकता, लेकिन मैं यकीनन कर सकता हूँ।

खटमल दीवारों पर ऊपर चढ़ जाते हैं और फिर अँधेरे में छत से बिस्तर पर गिर जाते हैं। मुझे नहीं मालूम कि वे उजाले में गिरते नहीं हैं या सिर्फ दिखाई नहीं पड़ते। खटमलों से बचाव के लिए भी बैरकों में सारी रात पीली बत्ती जलती रहती है।

हमारी खाटें लोहे की हैं। जंग लगे खुरदुरे वेल्डिंग किये फ्रेम के जोड़। इनके अन्दर खटमल अपनी संख्या बढ़ाते रहते हैं, और हमारे भूसे के गद्दे के नीचे बिना रन्दा मारे हुए फट्टों में भी। और जब खटमल बहुतायत में हो जाते हैं, हमें ज्यादातर शनिवार-इतवार को अपने बिस्तर अहाते में ले जाने पड़ते हैं। कारखाने वाले आदमियों ने अपने लिए तार के ब्रुश बनाये हैं। खाटें और फट्टे ब्रुश के चलने से मसले हुए खटमलों के खून से भूरे-लाल हो जाते। इस खटमल-नाश आदेश के प्रति हम बड़े महत्त्वाकांक्षी हैं। हम अपने बिस्तरों की सफाई और रात में चैन चाहते हैं। हमें खटमलों का खून देखना अच्छा लगता है, क्योंकि यह हमारा ही तो होता है। जितना ज्यादा खून हो, उतना ही ज्यादा ब्रुश चलाने में मजा आता है। हमारे अन्दर की सारी घृणा बाहर निकल आती है। हम ब्रुश चलाकर खटमलों को मार देते हैं और ऐसे गर्वान्वित होते हैं जैसे वे रूसी हों।

और फिर हम पर अचानक, जैसे सिर पर किसी वार की तरह, थकावट टूट पड़ती है। ऐसा गर्व, जो थका हुआ हो, दुखी कर देता है। उसने अपने को अगली बार तक के लिए, ब्रुश मार-मारकर छोटा कर लिया है। इसकी व्यर्थता को जानते हुए हम खटमलनाशन किये हुए बिस्तरों को फिर से बैरक में वापस ले जाते हैं। कीड़े-मकौड़ो सी दयनीय विनम्रता से हम कहते हैं : कम से कम अब रात तो आ सकती है।

और 60 साल बाद मैं सपना देख रहा हूँ : मैं दूसरी, तीसरी, कभी-कभी तो सातवीं बार निर्वासित कर दिया गया हूँ। मैंने अपना ग्रामोफोन-सूटकेस कुएँ के पास रख दिया है और हाज़िरी के मैदान पर इधर-उधर भटक रहा हूँ। यहाँ कोई ब्रिगेड, कोई नचाल्निक नहीं है। मेरे पास कोई काम नहीं है। मुझे दुनिया भूल गयी है और नया कैम्प प्रशासन भी। मैं अपने कैम्प के पुराने जानकार होने का हवाला देता हूँ। मैं समझाता हूँ, आखिर मेरे पास दिल-फावड़ा है, मेरी रात और दिन की पाली हमेशा एक कलाकृति थी। मैं कोई ऐसे ही नहीं आ गया

हूँ, मैं कुछ कर भी सकता हूँ। मुझे तहखाने और मलबे की अच्छी जानकारी है। मेरी पिंडली पर पहले निर्वासन के समय से गुबरैले जितना बड़ा एक अंगारे का टुकड़ा नीला-काला बढ़ा हुआ है। मैं पिंडली पर उस जगह को किसी वीर-चक्र की तरह दिखाता हूँ। मुझे नहीं मालूम कि मैं कहाँ सोऊँ, यहाँ सब कुछ नया है। बैरक कहाँ है, मैं पूछता हूँ। बेया त्साकेल कहाँ है, तूर प्रिकूलिच कहाँ है। लंगड़ाती हुई फेन्या हर सपने में एक अलग क्रोशिया का जैकेट पहनती है और उसके ऊपर हमेशा वही सफेद डबल-रोटी की चादर वाली कमर-पेटी लटकी होती है। वह कहती है—कोई कैम्प-प्रशासन नहीं है। मुझे उपेक्षित होने का एहसास होता है। कोई भी मुझे यहाँ नहीं रखना चाहता है और मैं किसी भी हालत में यहाँ से नहीं जा सकता हूँ।

यह सपना किस कैम्प में पहुँच गया है। क्या उसे इससे कोई सरोकार भी है कि दिल-फावड़ा और मलबे वाला तहखाना वाकई हुआ करते थे, कि मेरे लिए कैद के वे पाँच साल काफी हैं। क्या सपना मुझे हमेशा-हमेशा के लिए निर्वासित करना चाहता है और फिर मुझे सातवें कैम्प में काम भी नहीं करने देना चाहता। यह तो वाकई बुरा लगता है। मैं सपने के विरोध में कुछ भी नहीं कह सकता, चाहे वह मुझे कितनी ही बार निर्वासित करे और मैं उस समय चाहे जिस कैम्प में होऊँ।

अगर मैं इस जीवन में फिर से निर्वासित किया गया तो मुझे मालूम होगा : ऐसी पहली चीज़े हैं, जो अभी से दूसरी चाहती हैं, तब भी, जब तुम उन्हें एकदम नहीं चाहते। कौन सी चीज मुझे इस लगाव की तरफ़ ले जाती है। क्यों मैं रात में अपनी दुर्दशा पर अपना अधिकार चाहता हूँ। क्यों मैं मुक्त नहीं हो पा रहा हूँ। क्यों मैं कैम्प को अपनी सम्पत्ति बनने पर मजबूर करता हूँ। घर की याद। मानो मुझे इसकी जरूरत हो।

अक्ल की बात

एक दोपहर, कौन जाने कब से सन्तरी-केटी बैरक की लकड़ी की मेज पर बैठी थी। सम्भवतः कुक्कू-घड़ी की वजह से। जब मैं अन्दर आया, उसने पूछा : क्या तुम यहाँ रहते हो।

मैंने कहा : हाँ।

मैं भी, उसने कहा, पर चर्च के पीछे। हम लोग साल की शुरुआत में नये घर में आ गये थे। फिर मेरा छोटा भाई मर गया। वह बूढ़ा था।

मैंने कहा : पर वह तो तुमसे छोटा था न।

उसने कहा, वह बीमार था, यह तुम्हें बूढ़ा कर देता है। फिर मैंने उसके हिरन की खाल वाले जूते पहन लिये और पुराने वाले घर को चली गयी। वहाँ अहाते में एक आदमी था। फिर उस आदमी ने मुझसे पूछा—तुम यहाँ कैसे आयी। मैंने उसे अपने हिरन वाले जूते दिखा दिये। फिर वह बोला, अगली बार दिमाग लेकर आना।

फिर तुमने क्या किया, मैंने पूछा।

फिर मैं चर्च में चली गयी, उसने कहा।

मैंने पूछा, तुम्हारे छोटे भाई का क्या नाम था।

उसने कहा : लात्सी, जैसे तुम्हारा।

मेरा नाम तो लियो है न, मैंने कहा।

शायद अपने यहाँ घर पर, पर यहाँ तुम्हारा नाम लात्सी है, उसने कहा।

कैसी अकल की बात की है इसने, मैंने सोचा, इस नाम में एक लाउस—जूँ— है। लात्सी शब्द आता है लादीसलाउस से।

सन्तरी-केटी खड़ी हो गयी, कुबड़ी बन गयी और एक बार फिर से दरवाजे के सामने से कुक्कू-घड़ी को देखने लगी। पर वैसे ही, जैसे उसने मुझे कुछ गलत काम करते पकड़ा हो, अपनी दायीं आँख की कनखी से मुझे देख रही थी।

उसने तर्जनी उठायी और कहा :

मैं कहे दे रही हूँ, अब से तुम चर्च में मेरी ओर हाथ से इशारे मत करना।

भूसे जैसा हल्का पागलपन

गर्मियों में हमें बाहर हाज़िरी चौक में नाचने की इजाजत थी। अबाबीलें अपनी भूख के पीछे उड़ रही थीं, रात होने को थी, पेड़ गाढ़े दाँतेदार बन चुके थे, बादलों में लालिमा थी। बाद में देखा, कैंटीन के ऊपर उँगली जितना पतला चाँद टँगा हुआ था। कोवाच आन्तोन के ड्रम की आवाज हवा से गुजर रही थी, नर्तकों के जोड़े हाज़िरी चौक में झाड़ियों की तरह झूम रहे थे। कोयले की भट्टियों का घंटा लहरों में बज रहा था। उसके तुरन्त बाद उधर कारखाने वाले मैदान से अंगारे की रोशनी आयी और आसमान में प्रकाशमान हो गयी। और जब तक वह रोशनी खत्म नहीं हो गयी, गाती हुई लोनी का काँपता हुआ टेटुआ दिखाई पड़ रहा था और दिखाई दे रहीं थीं अकॉर्डियन वादक कोनराड फॉन्न की भारी आँखें, हमेशा तिरछी घूमी हुई, उधर, जहाँ कुछ भी नहीं था।

जिस तरह कोनराड फॉन्न अकॉर्डियन की धौंकनी को खींच रहा और बन्द कर रहा था, उसमें कुछ पाशविक-सा था। उसकी पलकें कामुकता के लिए तो काफी भारी थीं, पर उसकी आँखों की शून्यता बहुत ही ठंडी थी। उसका अन्तरमन संगीत को ग्रहण नहीं कर पा रहा था। वह गानों को अपने से दूर हंका रहा था, वे हमारे अन्दर घुसे आ रहे थे। उसका अकॉर्डियन दबा हुआ और घिसट-घिसटकर बज रहा था। जब से ज़िथर-लोम्मर को, जैसा बताया जाता था, ओडेसा में, घर की तरफ जहाज से भेज दिया गया था। अकॉर्डियन से गर्म, खनकती हुई आवाज नदारद होने की वजह से वह उतना ही बेसुरा हो गया था, जितना कि वादक, और शंका में पड़ा हुआ था कि क्या यही नाचना है, जब निर्वासित लोग जोड़ों में झाड़ियों की तरह हाज़िरी चौक में झूमते हैं।

सन्तरी-केटी बेंच पर बैठी लय में टाँगों को हिला रही थी। जब कोई आदमी उसके साथ नाचना चाहता, वह घुप्प अँधरे में भाग जाती। कभी-कभार वह औरतों में से किसी के साथ नाचती और उस समय गर्दन ऊँची करके ऊपर आसमान में देखती। कदम बदलते समय वह लय में रहती, जरूर उसने पहले अकसर नाचा होगा। जब वह बेंच पर बैठी होती और देखती कि जोड़े

एक-दूसरे के ज्यादा ही करीब आ रहे हैं, वह उन पर बजरी फेंकती। यह कोई खेल नहीं था, उसका चेहरा गम्भीर रहता। आलबेर्ट गियोन कहता, ज्यादातर लोग हाज़िरी चौक को भूल जाते हैं और यहाँ तक बोलते हैं, हम गोलाकार मंच पर नाच रहे हैं। वह अब त्सिरी वाडश्नयाडर के साथ कभी भी नहीं नाचता था। वह कहता, वह चिपकू है और हर हालत में खुद को उसके हवाले करना चाहती है। पर अँधेरे में वह नहीं रिझा रहा, बल्कि यह तो संगीत है, जो यहाँ रिझा रहा है। सर्दियों के पालोमा में भावनाएँ अकॉर्डियन की धौंकनी की तरह चुन्नटदार रहतीं, कैंटीन में बन्द। गर्मी का नाच अवसन्नता के भार के ऊपर खुशी का हल्का पागलपन बिखेर देता, भूसे जैसा। बैरक की खिड़कियाँ हल्की टिमटिमातीं, लोग एक-दूसरे को देखने की बजाय महसूस ज्यादा कर पाते। ट्रूडी पॅलिकॅन का कहना था कि गोलाकार मंच पर घर की याद बूँद-बूँद टपक कर सिर से पेट में आती है। जोड़ों के नमूने हर घंटे अलग हैं, ये घर की याद के जोड़े हैं।

मेरे विचार से, कृपा और कपट का यह मेल, जो इस जुड़ाव के समय उजागर होता, वह तकरीबन शायद उतना ही अलग और शायद उतना ही घटिया था, जितना कि कोयले का मिश्रण। पर मिश्रण तो उसी का कर सकते हैं, जो तुम्हारे पास मौजूद हो। कर सकना नहीं, करने को मजबूर। वैसे ही, जैसे मैं मजबूर था अपने को हर मिश्रण से दूर रखने पर और सावधान रहने पर, कि किसी को अंदेशा न हो, क्यों।

शायद अकॉर्डियन-वादक को यह अंदेशा था, उसमें रूखेपन का पुट था। इससे मुझे चोट पहुँचती, जबकि मुझे वह घिनौना लगता था। मैं हर बार उसके चेहरे में झाँकने पर मजबूर हो जाता, बार-बार और उतनी देर तक, जब तक कि अंगारों की रोशनी कारखाने से आसमान के ऊपर को जाती। हर पन्द्रह मिनट पर मैं अकॉर्डियन के ऊपर उसकी गर्दन और कुत्ते जैसा सिर और सफेद और पथरीली, बगल की तरफ घूरती हुई डरावनी आँखें देखता। फिर आसमान काली रात हो जाता। और मैं पन्द्रह मिनट इन्तजार करता, जब तक कुत्ते का सिर रोशनी में फिर से बदसूरत न बन जाता। हर बार हाज़िरी चौक वाले गर्मियों के पालोमा में ऐसा ही होता। सिर्फ सितम्बर के आखिर में, करीब-करीब आखिरी बाहर वाले रात के नाच में, कुछ अलग था।

मैं, जैसा कि अकसर होता, दोनों घुटनों को ठोड़ी के नीचे खींचे हुए, पाँव लकड़ी की बेंच पर रखे बैठा था। ऐडवोकेट ने नाच को विश्राम दिया और मेरे पाँव के छोर के पास बैठ गया और कुछ नहीं बोला। हो सकता है वह अब भी

कभी-कभार अपनी मृत बीवी, हाइड्रून गास्ट के बारे में सोचता हो। क्योंकि उसी पल जब उसने पीठ टिकाई, रूसी गाँव में एक तारा गिरा। वह बोला :

लियो, तुम्हें जल्दी से अपने लिए कुछ माँगना होगा।

रूसी गाँव ने तारे को निगल लिया, बाकी सारे खुरदुरे नमक की तरह टिमटिमा रहे थे।

मुझे तो कुछ भी नहीं सूझा, वह बोला, और तुम्हें।

मैंने कहा : कि हम जीते रहें।

वह भूसे जैसे हल्के पागलपन वाला झूठ था। मैंने अपने लिए माँगा था कि मेरा एवजी-भाई अब न जिये। मैं अपनी माँ को दुख पहुँचाना चाहता था, उस भाई को तो मैं जानता भी नहीं था।

कैम्प-सौभाग्य के बारे में

सौभाग्य कुछ आकस्मिक-सा होता है।

मैं मुख-सौभाग्य और मस्तिष्क-सौभाग्य को जानता हूँ।

मुख-सौभाग्य खाते समय आता है और मुख से छोटा होता है, यहाँ तक कि मुख शब्द से भी। जब तुम उसे बोलते हो तो उसके पास समय नहीं होता, मस्तिष्क में चढ़ने के लिए। मुख-सौभाग्य तो चाहता ही नहीं है कि तुम उसके बारे में बोलो। जब मैं मुख-सौभाग्य की बात करूँ तो मुझे हर वाक्य के पहले **अकस्मात** कहना होगा। और हर वाक्य के बाद : **तुम यह किसी को नहीं बताओगे, क्योंकि सभी भूखे हैं।**

मैं यह सिर्फ एक बार बोलूँगा : **अकस्मात** तुम डाली को नीचे की ओर खींचते हो, अकेशिया के फूल तोड़ते हो और खाते हो। तुम यह किसी को नहीं बताओगे, क्योंकि सभी भूखे हैं। तुम रास्ते के छोर से अमलबेल तोड़ते हो और खाते हो। तुम पाइप के बीच में से जंगली अजवायन तोड़ते हो और खाते हो। तुम तहखाने के दरवाजे के बगल से बबूना तोड़ते हो और खाते हो। तुम बाड़ पर से जंगली लहसुन तोड़ते हो और खाते हो। तुम डाल को नीचे की ओर खींचते हो, काले शहतूत तोड़ते हो और खाते हो। तुम परती जमीन से जंगली जई तोड़ते हो और खाते हो। तुम को कैंटीन के पीछे एक भी आलू का छिलका तो नहीं मिलता, पर एक बन्दगोभी का डंठल, और तुम खाते हो।

सर्दी में तुम कुछ भी नहीं तोड़ते। तुम पाली से निकल कर घर के रास्ते होते हुए बैरक में जाते हो और नहीं जानते, किस जगह बर्फ का सबसे बढ़िया स्वाद होगा। क्या तुरन्त तहखाने की सीढ़ी से एक हाथ-भर ले लोगे या बर्फ से ढँके कोयले के ढेर पहुँच कर या फिर कैम्प के फाटक पर पहुँचने के बाद ही। बिना कुछ फैसला किये, बाड़ के खम्भे पर की सफेद टोपी में से तुम एक हाथ-भर ले लेते हो और नब्ज और मुँह और गले और नीचे दिल तक खुद को तरोताजा कर लेते हो। सहसा तुम कोई थकान नहीं महसूस करते हो। तुम यह किसी को नहीं बताओगे, क्योंकि सभी थके हुए हैं।

अगर कोई दुर्घटना नहीं होती तो एक दिन दूसरे की तरह है। तुम्हारी इच्छा होती है कि एक दिन दूसरे की तरह हो। पाँचवाँ नवें के बाद आता है, नाई ओसवाल्ड एन्येटर कहता है– उसके कायदे-कानून से सौभाग्य का होना जरा सा बाल्मुक – बदमाशी है। मुझे सौभाग्य की जरूरत है, क्योंकि मेरी दादी ने कहा था : मुझे पता है, तुम जरूर वापस आओगे। यह भी मैं किसी को नहीं बताऊँगा, क्योंकि सभी वापस आना चाहते हैं। सौभाग्य पाने के लिए तुम्हें एक लक्ष्य चाहिए। मुझे एक लक्ष्य ढूँढ़ना होगा, चाहे वह बाड़ के खम्भे की बर्फ ही क्यों न हो।

मुख-सौभाग्य से बेहतर मस्तिष्क-सौभाग्य की बारे में बातचीत की जा सकती है।

मुख-सौभाग्य अकेले रहना चाहता है, वह गूँगा है और अन्दर जड़ पकड़े हुए है। पर मस्तिष्क-सौभाग्य मिलनसार है और दूसरे लोगों से मिलने की इच्छा जताता है। यह एक रास्ता खोकर भटकने वाला सौभाग्य है और सबसे बाद में लँगड़ाते हुए आने वाला भी। यह ज्यादा दिनों तक रहता है, उतने जितने के लिए तुम तैयार भी नहीं हो। मस्तिष्क-सौभाग्य टुकड़ों में बँटा हुआ है और उसे छाँटना कठिन है, वह जैसे चाहता है, घुल-मिल जाता है और झट से बदल जाता है :

उजले से
अन्धकारमय
धुँधले
अन्धे
ईर्ष्यालु
छुपे
अस्थिर
संकोची
प्रचंड
दुराग्रही
क्षीण
ढले हुए
छोड़े हुए
अम्बार लगे
पिरोये हुए
छले हुए
जर्जर

चूर-चूर
अस्त-व्यस्त
घात लगाये
कँटीले
बेचैन
फिर-आने-वाले
धृष्ट
चुराये हुए
फेंके हुए
बचे-खुचे
विफल होने से बाल-बाल बचे सौभाग्य में।

मस्तिष्क-सौभाग्य नम आँखों, ऐंठी हुई गर्दन या काँपती-उँगलियों वाला हो सकता है। पर हर एक माथे में वैसे ही शोर-शराबा मचाता है जैसे टीन के कनस्तर में मेढ़क।

सबसे अन्तिम सौभाग्य होता है एक-बूँद-ज्यादा-सौभाग्य। वह मरते समय आता है। मुझे आज भी याद है, जब इरमा फाइफर गारे वाले गड्ढे में मर गयी थी, ट्रडी पॅलिकॅन ने मुँह ओ की तरह गोल करके चटाक की आवाज निकाली थी और एक शब्द में बोली थी :

एक-बूँद-ज्यादा-सौभाग्य।

मैं उसे सही मानता हूँ, क्योंकि तुम्हें मृतक को हटाते समय उसकी राहत दिखाई देती है, कि सिर में उलझे हुए घोंसले, साँस में चकराने वाली पींगें, सीने में लय में मस्त पम्प, पेट में खाली प्रतीक्षालय आखिरकार शान्ति दे रहे हैं। विशुद्ध मस्तिष्क-सौभाग्य कभी नहीं मिला, क्योंकि सभी के मुँहों में भूख थी। मेरे लिए खाना कैम्प से निकले 60 सालों बाद भी एक बड़ी उत्तेजना है। मैं अपने रोम-रोम से खाता हूँ। जब मैं दूसरे लोगों के साथ खाता हूँ, मैं कष्टदायी हो जाता हूँ। मैं अपने को सर्वज्ञ समझ कर खाता हूँ। दूसरे लोग मुख-सौभाग्य को नहीं जानते हैं, वे मिलनसार और सभ्य बन कर खाते हैं। मेरे दिमाग में खासकर खाते समय एक-बूँद-ज्यादा-सौभाग्य की बात चलती रहती है, कि वह हर एक के पास, वैसे, जैसे हम बैठे हुए हैं, कभी न कभी आएगी, और तब हमें अपने सिर के घोंसले, साँस की पींगें, सीने के पम्प और पेट के प्रतीक्षालय को छोड़ देना होगा। मैं इतने चाव से खाता हूँ, कि मैं मरना नहीं चाहता, क्योंकि फिर मैं खा नहीं पाऊँगा। मुझे 60 वर्षों से मालूम है कि मेरी घर-वापसी कैम्प-सौभाग्य को काबू नहीं कर

पाएगी। वह आज भी अपनी भूख के साथ हर दूसरी भावना को बीच से काट कर अलग कर देती है। मेरे अन्दर बीचोंबीच की जगह खालीपन है।

मेरी घर-वापसी के बाद से हर भावना की हर दिन अपनी भूख होती है और वह उसके जवाब की अपेक्षा करती है, जो मैं नहीं देता। मुझसे अब कोई लिपट नहीं सकता। मैं भूख से सबक सीखा हुआ हूँ और दीनता की वजह से पहुँच से बाहर हूँ, न कि अभिमान की वजह से।

इन्सान जीता है। इन्सान सिर्फ एक बार जीता है।

हड्डियों के ढांचे वाले समय के दौरान मेरे दिमाग में कुछ भी नहीं बचा था, सिवा लगातार बजते उसी रिकॉर्ड के, जो रात-दिन दोहराता रहता : सर्दी चीरती है, भूख छलती है, थकान भार बनती है, घर की याद खाती है, खटमल और जुँएँ काटती हैं। मैं उन चीजों से अदला-बदली का मोल-भाव करना चाहता था, जो न जीते हुए भी अमर हैं। मैं अपने शरीर और ऊपर हवा में क्षितिज-रेखा और नीचे जमीन पर धूसर-सड़कों के बीच बचावी-अदला-बदली का समझौता करना चाहता था। मैं उनसे उनकी अटलता उधार लेना चाहता था और बिना अपने शरीर के जीवित रहना चाहता था, और जब सबसे भारी कठिनाइयाँ गुजर जाएँ, वापस अपने शरीर में घुस कर रूई का सूट पहने प्रकट होना चाहता था। इसका मरने से कोई सम्बन्ध नहीं था, यह तो उसका विपरीत था।

शून्यांक अकथ्य है। हम दोनों, शून्यांक और मैं, इस बात से सहमत हैं, कि खुद उसके बारे में बात नहीं की जा सकती, ज्यादा से ज्यादा उसके इर्द-गिर्द। शून्य का फैला हुआ मुँह खा सकता है, बोल नहीं सकता। शून्य तुम्हें अपने घोंटू स्नेह में लपेट लेता है। बचावी-अदला-बदली कोई तुलना नहीं सहती। वह अनिवार्य और स्पष्ट है जैसे : 1 फावड़ा भर लदान = 1 ग्राम डबल-रोटी।

हड्डियों के ढांचे वाले समय में मैं वाकई बचावी-अदला-बदली में सफल रहा होऊँगा। कभी-कभी तो मैं क्षितिज रेखा और धूसर सड़कों की अटलता हासिल करने में कामयाब रहा हूँगा। रूई के सूट में सिर्फ हड्डियों के ढांचे को लिए मैं ज़िन्दा नहीं रह पाता।

शरीर का पोषण आज तक मेरे लिए एक रहस्य है। शरीर के अन्दर भी चीजें उसी तरह ढायी और बनायी जाती हैं जैसे किसी निर्माण-स्थल पर। तुम अपने को और दूसरों को रोज देखते हो, पर यह किसी दिन भी नहीं बूझ पाते, तुम्हारे अन्दर कितना ढह रहा है या कितना खड़ा हो रहा है। यह एक पहेली ही रहती है, कैसे कैलरी सब कुछ ले लेती और देती हैं। कैसे वे सारे संकेत मिटा देती हैं, जब वे लेती हैं, और उन्हें वापस डाल देती हैं, जब वे देती हैं। तुम्हें पता

नहीं चलता, कि कब से तुम्हारी दशा सुधरने लगी थी, सिर्फ यह कि तुम फिर से तन्दुरुस्त हो गये हो।

कैम्प के आखिरी साल में हमारे हाथ में काम के लिए पैसा हुआ करता था। हम बाजार में खरीदारी कर सकते थे। हम सूखा हुआ आलू बुखारा, मछली, मीठी या नमकीन चीज़ के साथ रूसी चीले, बेकन और चरबी, चुकन्दर की लपसी के साथ मक्के का केक, तेल वाला सूरजमुखी का हलवा खाते। कुछ ही हफ्तों में हम फिर से एकदम सही से पोषित हो गये थे। फूले हुए मोटे, रूसी कहते **बाम्स्ती**। हम में से फिर आदमी और औरत बन गये, जैसे कि यह दूसरी तरुणाई हो।

नयी साज-सज्जा औरतों में शुरू हुई, जबकि आदमी अब भी अपनी रूई की वेश-भूषा में दिन में घिसटते हुए निकलते। वे अपने लिए अब भी काफी सुन्दर थे और केवल औरतों के लिए श्रृंगार के सामान का इन्तजाम करते। भूख-देवदूत को भी कपड़ों का, कैम्प के नये फैशन का बोध हो गया। आदमी लोग पँखुड़ियों-सी सफेद, बाँह जितनी मोटी, एक मीटर लम्बी सूती रस्सी के टुकड़े कारखाने से लाते। औरतें रस्सी की बट खोल देतीं, डोरियों को साथ जोड़ देतीं और अपने लिए लोहे की सलाई से क्रोशिया करके चोली, कच्छी, ब्लाउज और शमीज बना लेतीं। गाँठों को क्रोशिया करते समय अन्दर कर दिया जाता, तैयार कपड़ों में एक भी गाँठ नहीं दिखाई पड़ती। औरतें यहाँ तक कि बालों के फीते और ब्रूच भी क्रोशिया से बना लेतीं। ट्रूडी पॅलिकॅन एक क्रोशिया किया हुआ कुमुदिनी वाला ब्रूच मोका-कॉफी के कप की तरह सीने पर लटकाये हुए पहनती थी, एक त्सिरी तार पर लटकाया हुआ नीलघंटी का अंगुश्ताने वाला ब्रूच पहनती थी, लोनी मिश लाल ईंट के चूरे से रंगा डहलिया वाला। इस सूत की बदली के पहले चरण में मैं भी अपने लिए अब भी काफी सुन्दर था। पर जल्दी ही मुझे भी अपने को नये ढंग से सज्जित करने की चाह होने लगी। लम्बी दस्तकारी करके मैंने अपने लिए मखमली पट्टी वाले फटे ओवरकोट में से एक शिम्मी-टोपी सिली। उसका खाका मेरे दिमाग में था, सारे परिष्कार सहित एक कठिन रूपरेखा। पूरी गोलाई में कपड़े से ढँकी टायर के रबड़ की बनी पटरी, इतनी बड़ी कि चाहे तो टोपी को कान के ऊपर तिरछा खींचा जा सके। बाहर को निकले हिस्से में छत ढाँकने का नमदा, अंडाकार ऊपरी भाग, सीमेंट की बोरी के कागज से मजबूत किया हुआ, और पूरी टोपी में अन्दर इस्तेमाल की जा सकने वाले फटी हुई बनियान के टुकड़ों का अस्तर। अस्तर मेरे लिए अहम था, यह वही पुराना दम्भ था कि वहाँ भी सुन्दर दिखने की कामना, जहाँ दूसरों की नजरें न जायें। यह एक गोल्फ कैप थी, एक उम्मीद की टोपी, बेहतर दिनों के लिए एक टोपी।

औरतों के क्रोशिया वाले फैशन का साथ देने के लिए रूसी गाँव की दुकान में नहाने का साबुन, पाउडर और लाली मिलती थी। सबका एक ही ब्रांड था **क्रास्नी माक**, लाल पोस्ते का फूल। मेकअप के ये सामान गुलाबी रंग के थे और इनकी एक तेज मीठी गन्ध थी। भूख-देवदूत को ताज्जुब होता।

सबसे पहली फैशन की लहर थी बाहर पहनने वाले बालेट्की जूतों की। मैं मोची के पास आधे टायर का रबड़ ले गया, दूसरों ने कारखाने में से वाहक पट्टे के टुकड़ों का इन्तजाम कर लिया। मोची ने हल्के गर्मी के जूते बनाये, बहुत ही पतले, लचीले तलवों वाले, जो हर पाँव पर एकदम फिट बैठते, फरमे पर बनाये हुए, बड़े नफ़ीस। आदमी और औरतें, दोनों ही उन्हें पहनते। भूख-देवदूत फुर्तीला हो गया। पालोमा आपे से बाहर हो गयी, सभी नृत्यमंच की ओर दौड़ जाते और नाचते, जब तक कि मध्यरात्रि से थोड़ा-सा पहले राष्ट्रगीत न बजने लगता।

क्योंकि औरतें न सिर्फ खुद को और दूसरी औरतों को भाना चाहती थीं, बल्कि आदमियों को भी, इसलिए आदमियों को परिश्रम करना पड़ता, जिससे औरतें उन्हें कम्बल के पीछे क्रोशिया किये हुए अन्तरवस्त्र तक पहुँचने दें। इस तरह बालेट्की से ऊपर के भाग का भी आदमियों का फैशन आया। नया फैशन और नये प्रेम, उन्मुक्त अदला-बदली, गर्भावस्था, शहर के अस्पताल में हमल गिराना। रोगी-बैरक में लकड़ी के बाड़े के पीछे बच्चों की तादाद भी बढ़ने लगी।

मैं हॅर रॉएश के पास गया जो बनात के गुट्टेनब्रुन्न के रहने वाले थे। मेरी उनसे सिर्फ हाज़िरी के समय की जान-पहचान थी। दिनभर वे बमबारी से तहस-नहस हुए एक कारखाने में मलबा हटाते। शाम को वे तम्बाकू के बदले में फटे हुए फुफाइका की मरम्मत करते। वे पेशे से दर्जी थे, और जब से भूख-देवदूत बौराया फिरने लगा था, ऐसे एक विशेषज्ञ, जिनकी हमेशा पूछ होती। हॅर रॉएश ने एक पतला चिथड़ों का फीता खोला, जिस पर सेंटीमीटर के निशान लगे हुए थे, मुझे गर्दन से लेकर टखनों तक नापा गया। फिर हॅर रॉएश ने कहा, पैंट के लिए डेढ़ मीटर कपड़ा, कोट के लिए 3.2 मीटर। और 3 बड़े बटन और 6 छोटे। उन्होने कहा, कोट के अस्तर का इन्तजाम वे खुद कर लेंगे। मुझे कोट के लिए एक बकलस वाली बेल्ट भी चाहिए थी। उन्होंने मुझे दो लोहे के छल्लों से बने सरकाने वाले बकलस का सुझाव दिया और पीठ पर एक चुन्नट – बॉक्स प्लीट का, जो दो बार खुले। उन्होंने कहा, यह अमरीका में आजकल फैशन में है।

मैंने कोवाच आन्तोन को दो लोहे के छल्ले बनाने को कहा और अपना सारा पैसा लेकर रूसी गाँव में दुकान में गया। पैंट का कपड़ा सूफियाना नीला था, हल्की हरी गाँठों वाला। कोट का कपड़ा बालू जैसे मटमैला और सीमेंट की

बोरी जैसा भूरा चारखानेदार, हर चारखाना उभरा हुआ। मैंने उसी समय एक सिली-सिलाई टाई भी खरीद ली, काई-सी हरी तिरछी बर्फियों वाली और 3 मीटर धारीदार कपड़ा हरे-पीले रंग का, कमीज के लिए। फिर पैंट और कोट के लिए बटन के अलावा कमीज के लिए भी 12 एकदम छोटे। यह सब घटित हुआ अप्रैल 1949 में।

तीन हफ्ते बाद मेरे पास कमीज और बॉक्स प्लीट और लोहे के बकलस वाला सूट था। वह मदिरा-सरीखे लाल रंग का, खुरदुरे और चमकते चारखानेदार रेशमी स्कार्फ अब फिर से मुझसे मेल खाता। तूर प्रिकुलिच तो उसे कब से नहीं पहन रहा था, हो सकता है उसने उसे फेंक दिया हो। भूख-देवदूत अब दिमाग में नहीं था, पर कन्धे पर अब भी बैठा हुआ था। और उसकी याद्दाश्त अच्छी थी। लेकिन उसकी उसे अब जरूरत थी ही नहीं, कैम्प का फैशन भी एक तरह की भूख जो थी, आँख की भूख। भूख-देवदूत कहता : अपना पूरा पैसा मत उड़ा दो, कौन जाने, अभी और क्या आये। सब कुछ, जो अभी आएगा, पहले ही आ चुका है, मैंने मन में कहा। मुझे कैम्प की चौड़ी सड़क के लिए बाहर जाने वाले कपड़े चाहिए थे और नृत्य मंच के लिए और तो और खर-पतवार, जंग और मलबे से होते हुए तहखाने के रास्ते के लिए भी। मैं पाली की शुरुआत नीचे तहखाने में कपड़े बदल कर करता। भूख-देवदूत चेतावनी देता : घमंडी का सिर नीचा। पर मैं उससे कहता : इन्सान जीता है। इन्सान सिर्फ एक बार जीता है। हाज़िरी-साग भी यहाँ से कहीं नहीं जाएगा। उसने लाल जेवर पहने हुए हैं और अपने हर पत्ते के लिए वह एक अलग अँगूठे वाला दस्ताना सीता है।

मेरी ग्रामोफोन-पेटी को इस बीच अपनी एक नयी चाबी मिल गयी थी, पर धीरे-धीरे वह पेटी अब छोटी पड़ने लगी थी। मैंने बढ़ई से अपने नये कपड़ों के लिए एक मजबूत लकड़ी का सूटकेस बनवा लिया और पाउल गास्ट को लुहारी-कारखाने में एक बढ़िया चूड़ीवाला सूटकेस का ताला बनाने के लिए कहा।

जब मैंने अपने नये कपड़े पहली बार नृत्य मंच पर प्रस्तुत किये, मैंने मन में कहा : सब कुछ, जो अभी आएगा, पहले ही आ चुका है। सब कुछ को हमेशा ऐसा ही रहना चाहिए, जैसा वह अभी है।

एक बार मैं किसी ढंग की जगह जाऊँगा

हाज़िरी-साग शान्ति की चौथी सालगिरह में भी सनसनाता हरा उगा था। हमने उसे तोड़ा नहीं, हमें अब प्रचंड भूख नहीं लगती थी। हम आश्वस्त थे कि हमें अब चार साल भूखा रखने के बाद घर जाने के लिए नहीं, बल्कि यहाँ रहने और काम करने के लिए खिलाया-पिलाया जा रहा था। रूसी लोग हर साल आने वाले समय की राह देखते, हमें उससे डर लगता। हम लोगों के रास्ते में पुराना वक्त खुद खड़ा था, और उनके लिए एक नया वक्त उस विशाल देश में बह रहा था।

एक अफवाह थी कि इन बरसों के दौरान तूर प्रिकुलिच और बेया त्साकेल ने कपड़े की कोठरी में कपड़ों की जमाखोरी की थी, उन्हें बाजार में बेचा था और शिष्टवानयोनाव के साथ पैसे का बँटवारा किया था। इसी वजह से कई लोग ठंड से मर गये, जिनका यहाँ तक कि कैम्प के कानून के मुताबिक भी अन्तरवस्त्रों, फुफाइका और जूतों पर हक बनता था। हम उन्हें अब गिनते नहीं थे। पर जब मैं शान्ति गिनता था, मुझे पता चल जाता, कि ट्रडी पॅलिकॅन के यहाँ रोगी-बैरक की सूची में 334 मृतक शान्ति की चिरनिद्रा में थे– पहली, दूसरी, तीसरी और चौथी। हफ्ते-हफ्ते भर मैं इस बात के बारे में नहीं सोचता, फिर वह किसी झुनझुने की तरह दिमाग में प्रकट हो जाती और मेरे साथ पूरे दिन भर रहती।

कितनी बार मैंने मन में कहा है, कोयले की भट्टियों की घंटियाँ टुन-टुनटनाते हुए एक साल से दूसरे में प्रवेश करती हैं। मैं एक बार बजाय कैम्प की चौड़ी सड़क वाली बेंच के, एक पार्क की बेंच से मुलाकात करना चाहता हूँ, जिस पर एक आजाद इन्सान बैठा हो, एक ऐसा व्यक्ति, जो कभी कैम्प में नहीं था। एक शाम नृत्य मंच पर **क्रॅपसोले** यह शब्द-गश्त लगा रहा था। हमारी गायिका लोनी मिश ने पूछा, क्रॅप का क्या मतलब है और कार्ली हाल्मॅन ने ऐडवोकेट पाउल गास्ट की तरफ टेढ़ी नजरों से देखा और कहा, क्रॅप शब्द क्रॅपियरेन–मरने–से आता है। स्टेपी के स्वर्ग में हम सब फिर क्रॅपसोले से बने तलों वाले जूते पहनेंगे। लोनी मिश ढील नहीं देना चाह रही थी। क्रॅपसोले के बाद अब **फावोरीटेन** की चर्चा होने लगी। ये शायद आज कल अमरीका में काफी चलन में थे। लोनी मिश ने फिर से पूछा, फावोरीटेन क्या है। और अकॉर्डियन वादक

कोनराड फॉन्न का मानना था, फावोरीटेन यह कानों के गिर्द चिड़िया की दुम वाली केश सज्जा का नाम है।

हर दो हफ्ते पर रूसी गाँव के सिनेमा हॉल में हम कैम्प के लोगों के लिए फिल्म और समाचार-फिल्म चलती थी। रूसी, पर अमरीकी भी, और तो और बर्लिन से छीनी हुई ऊफा कम्पनी की फिल्में भी। अमरीका की एक समाचार-फिल्म में हम लोगों ने गगनचुम्बी इमारतों के बीच में छोटी-छोटी कागज की चिंदियों को बर्फ की तरह इधर-उधर उड़ते देखा और क्रॅपसोले पहने और ठोड़ी तक बढ़ाये हुए गलगुच्छे वाले गाना गाते हुए आदमी देखे। और फिल्म के बाद नाई ओसवाल्ड एन्येटर ने कहा, इन गलगुच्छों का नाम है फावोरीटेन। उसने कहा, अब हमारा पूरी तरह से रूसीकरण हो चुका है और इसके साथ ही हम अमरीकी तर्ज़ में आधुनिक बन रहे हैं।

मुझे भी नहीं मालूम था, फावोरीटेन क्या है। मैं कभी-कभार ही सिनेमा जाता था। अपने पाली वाले काम की वजह से मैं उस समय हमेशा तहखाने में रहता या तहखाने से निकलकर बहुत थका हुआ रहता। पर इस गर्मी में मेरे पास बालेट्की जूते थे, कोबेलियान ने मुझे गाड़ी का आधा टायर भेंट में दे दिया था। और अपने ग्रामोफोन-सूटकेस में अब मैं ताला लगा सकता था, पाउल गास्ट ने मेरे लिए तीन दाँतों वाली बारीक चाबी बना दी थी, जैसे चूहे के दाँत हों। बढ़ई ने मेरे लिए चेन वाले ताले सहित एक नया लकड़ी का सूटकेस बनाया था। मैं नये कपड़ों से लैस था। क्रॅपसोले यहाँ तहखाने के लिए एकदम बेकार थे, और फावोरीटेन तो अपने आप उग जाते थे, पर शायद तूर प्रिकुलिच के लिए ज्यादा ठीक रहते। मुझे तो वे एकदम बेतुके लगते थे।

पर शायद अब वक्त आ गया है, मैंने मन में कहा, बेया त्साकेल या तूर प्रिकुलिच से एक बार कहीं और बराबरी के तौर पर मुलाकात हो, जैसे किसी रेलवे स्टेशन पर, जहाँ लोहे के कंगूरे हों और लटकते हुए पिटुनिया के फूल हों, जैसे किसी आरोग्य-स्थल में। मान लो, मैं रेलगाड़ी में चढ़ता हूँ और तूर प्रिकुलिच उसी डिब्बे में बैठा है। मैं हल्के से हॅलो करूँगा और जरा सा हटकर तिरछा, उसके सामने बैठ जाऊँगा, बस इतना ही। मैं ऐसे जताऊँगा, जैसे सिर्फ इतना ही हो, क्योंकि मैं उसकी शादी की अँगूठी देख रहा होऊँगा और पूछूँगा नहीं कि क्या उसने बेया त्साकेल से शादी की है या नहीं। मैं अपनी सैंडविच निकालूँगा और उसे फोल्डिंग मेज पर रख दूँगा। सफेद डबल-रोटी, मक्खन की मोटी परत लगी हुई, और ऊपर गुलाबी हैम। वह मुझे रुचेगी नहीं, लेकिन मैं यह किसी को जानने नहीं दूँगा कि वह मुझे रुच नहीं रही है। या मैं ज़िथर-लोम्मर से मिलूँगा। वह गायिका लोनी मिश के साथ आएगा। मैं देखूँगा कि उसका टेटुआ और बढ़ गया है। वे दोनों मुझे अथेनेउम में एक संगीत-समारोह के लिए ले जाना चाहते

हैं। मैं उनसे बनावटी आवाज में माफी माँगूँगा और उन्हें जाने दूँगा, क्योंकि मैं अथेनेउम में टिकट फाड़ने और बैठने की जगह दिखाने वाला होऊँगा और दोनों का स्वागत करूँगा और तर्जनी बाहर की ओर निकालकर कहूँगा : जरा अपने टिकट को इधर दिखाओ, यहाँ सम और विषम संख्या चलती है, तुम लोगों के पास 113 और 114 है, यानी तुम लोग अलग-अलग बैठोगे। जब मैं हँसूँगा, तब जाकर वे मुझे पहचानेंगे। शायद मैं एकदम हँसूँ ही नहीं।

मैंने यह भी सोचा, तूर प्रिकुलिच से मेरी मुलाकात दूसरी बार अमरीका में एक बड़े शहर में होगी। उसने उँगली पर कोई शादी की अंगूठी नहीं पहनी होगी, पर दोनों में से किसी एक त्सिरी को बाँहों में लिए सीढ़ी से ऊपर आ रहा होगा। त्सिरी मुझे नहीं पहचानेगी, पर वह मेरे चाचा एडविन की तरह आँख दबाएगा, जब वे कहते थे—लगता है यहाँ मैंने फिर से खतरा मोल ले लिया है। मैं आगे बढ़ जाऊँगा, सिर्फ इतना ही। शायद मैं तब भी कुछ हद तक जवान होऊँगा, जब मैं कैम्प से निकलकर फिर से बाहर होऊँगा, जैसे कहा जाता है, सबसे अच्छे साल में होऊँगा, जैसे उस गाने में, जिसे लोनी मिश काँपते हुए टेटुए से तीन चरणों में गाती है, **सिर्फ तीस साल की मैं थी**। शायद मेरी तूर प्रिकुलिच से तीसरी, चौथी बार मुलाकात होगी और वह भी जल्दी-जल्दी, तीसरे, चौथे, छठे, यहाँ तक कि आठवें भविष्य में। एक बार मैं ऊपर होटल की दूसरी मंजिल पर से खिड़की में से सड़क की ओर देखूँगा और बारिश हो रही होगी। और नीचे एक आदमी अभी अपनी छतरी खोल रहा होगा। उसको देर लगेगी और वह भीग जाएगा, क्योंकि छतरी अटक रही होगी। मैं देखूँगा कि उसके हाथ तूर के हाथ हैं, पर यह उसे नहीं मालूम होगा। अगर उसे यह मालूम होता, मैं मन में कहता हूँ, तो वह छतरी खोलने में इतना समय न लगाता या दस्ताने पहन लेता या इस सड़क पर बिलकुल ही नहीं आता। अगर वह तूर प्रिकुलिच न होता, सिर्फ उसके हाथ होते, तो मैं उसे खिड़की से पुकारता : उधर, सड़क के उस पार चले जाओ, उधर, सायबान के नीचे तुम भीगोगे नहीं। जब वह सिर उठाएगा, वह शायद कहेगा : आप मुझे तुम क्यों कह रहे हैं और मैं कहूँगा : मैंने आपका चेहरा नहीं देखा था, मैं तो सिर्फ आपके हाथों को तुम कह रहा हूँ।

मैंने मन में सोचा, एक बार मैं एकदम ढंग की जगह पर जाऊँगा, जहाँ का रहन-सहन उस छोटे शहर से, जहाँ मैं पैदा हुआ, अलग है। वह ढंग की जगह काले सागर पर एक सैरगाह होगी। सफेद झाग वाला पानी इस तरह डोलेगा, जैसे मैंने पहले कभी नहीं देखा है। सैरगाह पर निऑन लाइट चमक रही होगी और सैक्सोफोन बज रहे होंगे। मेरी बेया त्साकेल से मुलाकात हो जाएगी और मैं उसे पहचान जाऊँगा, उसकी आँखें अब भी अटकते हुए चक्कर लगा रही

होंगी और उसकी नजर फिसलती होगी। मैं बे-चेहरा होऊँगा, क्योंकि वह मुझे नहीं पहचान रही है। उसने अब भी वे भारी बाल उठाये हुए हैं, पर गुँथे हुए नहीं, बल्कि कनपटियों पर फरफराते हुए, आटे जैसे सफेद, एक सागर-पाखी के डैनों की तरह। उसके गाल की हड्डियाँ अब भी ऊँची होंगी, जिनके इर्द-गिर्द दो ठोस परछाइयाँ होंगी, जैसे भरी दोपहर में दो घरों के कोनों के इर्द-गिर्द। कैम्प के पीछे वाली बस्ती वाला समकोण। मुझे समकोण और कैम्प के पीछे वाली बस्ती याद आएँगे।

पिछले पतझड़ में कैम्प के पीछे एक नयी रूसी बस्ती बनायी जा रही थी। यह एक से बने मकानों की कतार थी, जो फिनलैण्ड से आये लकड़ी के तैयार हिस्सों से बने थे, फिनी-घर। कार्ली हाल्मॅन ने मुझे बताया था कि ये तैयार हिस्से एकदम सटीक कटे हुए थे और उनको सही-सही जोड़कर तैयार करने के नक्शे साथ में थे। सामान उतारते समय सब कुछ गड्ड-मड्ड हो गया, जिससे किसी को मालूम नहीं हो रहा था कि क्या कहाँ लगेगा। पूरा निर्माण बेकार हो गया, कभी बहुत कम, तो कभी बहुत ज्यादा तैयार हिस्से होते, तो कभी गलत होते। इतने वर्षों में ओवरसियर ही अकेला था जिसके लिए बेगार-मजदूर सभ्य देशों के लोग थे, जहाँ समकोण 90 डिग्री का होता है। उसे निर्वासितों में सोचने-समझने वाले इन्सान दिखते थे, इसीलिए मैंने यह बात मन में बैठा ली। एक बार सिगरेट पीने के अवकाश में उसने निर्माण-स्थल पर समाजवाद के भले उद्‌देश्यों और उसकी असमर्थता पर भाषण दिया। उसके व्याख्यान का यह निष्कर्ष था : रूसियों को मालूम है कि एक समकोण क्या होता है, पर वे उसे बना नहीं पाते।

मैंने मन में सोचा कि मैं एक बार, कौन जाने किस वाली शान्ति और किस वाले भविष्य में पर्वत चोटियों वाले देश में पहुँचूँगा। जिसमें मैं सपने में, सफेद सूअर पर सवार, हवा के बीच से जाता हूँ और जिसके बारे में लोग कहते हैं, वह मेरी जन्मभूमि है।

घर जाने का एक दूसरा चित्र, जो यहाँ कैम्प में चल रहा था, दिखाता था कि हमारे सबसे अच्छे साल गुजर चुके होंगे, जब हम कभी घर पहुँचेंगे। हमारा वही हाल होगा जैसा प्रथम विश्व युद्ध के बाद युद्धबंदियों का– एक ऐसा घर का रास्ता आएगा, जिसको पार करते-करते दशक गुजर जाएँगे। शिष्टवानयोनोव हमें आखिरी, सबसे छोटी हाज़िरी पर आने का हुक्म देगा और घोषणा करेगा :

अब इसके साथ ही मैं कैम्प खत्म करता हूँ। दफा हो जाओ।

और हर कोई अपने बलबूते पर पूरब की ओर आगे और आगे बढ़ता जाएगा, उलटी दिशा में, क्योंकि पश्चिम में सब कुछ बन्द है। यूरैल के ऊपर से, पूरा साइबेरिया पार करके, अलास्का, अमरीका फिर जिब्राल्टर होकर भूमध्य-सागर। पचीस साल बाद हम पूरब से पश्चिम होते हुए घर पहुँचेंगे, अगर उस समय भी वह हमारा घर

रहा तो, अगर उस समय तक वह रूस की सम्पत्ति न हो गया तो। या इस चित्र का दूसरा रूप : कि हम कभी यहाँ से दूर नहीं जाएँगे, क्योंकि हमें यहाँ इतने दिन तक रखा जाएगा, जब तक कैम्प बिना वाच टॉवर वाला गाँव बन जाएगा और माना कि हम अब भी रूसी या यूक्रेनी नहीं होंगे, पर आदत से बने निवासी। या हमें यहाँ इतने दिन रहना पड़ेगा कि हम यहाँ से दूर जाना ही नहीं चाहेंगे, क्योंकि हमें यकीन हो जाएगा कि अब घर पर कोई हमारा इन्तजार नहीं कर रहा है, क्योंकि अब वहाँ काफी समय से कोई और लोग रह रहे हैं, क्योंकि सबको निष्कासित कर दिया गया है, कौन जाने कहाँ को, और उनके पास खुद ही कोई घर नहीं है। एक और दूसरा रूप कहता है कि हम आखिर में यहीं रहना चाहेंगे, क्योंकि उस घर का हमसे कोई सरोकार नहीं होगा और हमारा उस घर से।

जब सदियों से घर वाली दुनिया के बारे में कुछ नहीं सुनाई पड़ता है तो आदमी अपने से पूछता है, कि क्या वाकई घर जाने की इच्छा करनी चाहिए और वहाँ पहुँचने के बाद किस चीज की। कैम्प में तो आदमी से इच्छा करना भी छीन लिया गया था। कुछ निर्णय लेने की मजबूरी और चाहत भी नहीं थी। घर तो जाना चाहते थे, पर उसे पीछे याद के पास छोड़ दिया था, आगे वाली लालसा की हिम्मत नहीं होती थी। तुमको लगता था कि याद ही लालसा है। अन्तर आये तो कहाँ से, जब सिर में हमेशा सब कुछ वही घूमता रहता है और दुनिया हमसे इस तरह खो गयी है कि उसकी कमी हमें खलती ही नहीं है।

घर पर मेरा क्या होगा। मैं मन में कहता, मैं पर्वत चोटियों के बीच वादी में घर लौटे हुए आदमी के तौर पर चहल-कदमी करूँगा, मेरे आगे **छुक-छुक-छुक** होगी, मानो कोई रेलगाड़ी हो। मैं खुद को जाल में गिरा दूँगा, सबसे भयानक घनिष्टता में मैं गिर जाऊँगा। मैं कहूँगा यह मेरा परिवार है, और मेरा इससे मतलब होगा, कैम्प के लोग। मेरी माँ कहेगी कि मुझे लाइब्रेरियन बनना चाहिए, क्योंकि तब तुम्हें कभी बाहर ठंड में नहीं रहना होना। और वह कहेगी, किताब पढ़ना तो तुम हमेशा से चाहते थे। मेरे दादाजी कहेंगे, कि मुझे घुमन्तू सेल्समैन बनना चाहिए। वो कहेंगे, क्योंकि घूमना तो तुम हमेशा से चाहते थे। मेरी माँ शायद यह कहेगी, और मेरे दादाजी शायद यह कहेंगे, पर हम यहाँ एक नयी चौथी शान्ति में थे और मुझे एवजी-भाई के बावजूद भी यह नहीं मालूम था कि वे अभी जिन्दा हैं भी कि नहीं। यहाँ कैम्प में घुमन्तू सेल्समैन जैसे पेशे मस्तिष्क-सौभाग्य के लिए अच्छे थे, बातचीत करने के लिए कुछ था तो।

एक बार तहखाने में चुप्पी के फट्टे पर मैं आलबेर्ट गियोन से इस बारे में बात कर रहा था, यहाँ तक कि मैंने उसे उसकी चुप्पी से बाहर निकाल लिया था। शायद मैं बाद में घुमन्तू सेल्समैन बन जाऊँ, मैंने कहा, सूटकेस में हर किस्म का कबाड़ लिए, रेशमी रुमाल और पेंसिलें, रंगीन चॉक, मलहम और

धब्बे हटाने का घोल। एक बार मेरे दादाजी मेरी दादी के लिए एक हवाई-सीप लाये थे, ग्रामोफोन के भोंपू जितनी बड़ी और अन्दर से नीली सीपी। शायद मैं ओवरसियर बन जाऊँ, ब्लू प्रिंट-ओवरसियर मैंने तहखाने में चुप्पी के फट्टे पर कहा, ओज़ालिड-ब्लूप्रिंट-ओवरसियर। फिर मेरा अपना दफ्तर होगा। मैं धनी लोगों के लिए घर बनाऊँगा, एक बिलकुल इस लोहे की टोकरी की तरह गोल होगा। उसका नक्शा मैं पहले मोमी कागज पर बनाऊँगा। बीच में एक घुमावदार सीढ़ी होगी, तहखाने से लेकर गुम्बद तक। सारे कमरे एक गोले का चौथा, छठा या आठवाँ भाग होंगे, जैसे केक के टुकड़े। मोमी कागज फ्रेम में ओज़ालिड कागज के ऊपर रख दिया जाएगा और फ्रेम को फिर पाँच से दस मिनट के लिए सूरज में उद्भासन के लिए। फिर अमोनिया लगे कागज को एक नली में नौसादर की भाप से लपेटा जाएगा, थोड़ी देर बाद नक्शा बढ़िया बाहर निकल आएगा। ब्लू प्रिंट तैयार, गुलाबी, बैंगनी, दालचीनी की तरह भूरा।

आलबेर्ट गियोन ने यह सुनकर कहा : ब्लूप्रिंट, क्या तुम्हारे पास भाप काफी नहीं हो चुकी है। मुझे लगता है, तुम बहुत थक चुके हो। हम लोग यहाँ तहखाने में क्यों हैं। हमारे पास कोई पेशा नहीं है। यहाँ के पेशे हैं नाई, मोची और दर्जी। ये अच्छे पेशे हैं, कैम्प में तो वैसे भी सबसे बढ़िया वाले। पर या तो घर से ही तुम्हारे ये पेशे हों, नहीं तो तुम कभी किसी भी हालत में यह नहीं बन सकते। ये किस्मत के पेशे हैं। अगर मालूम होता कि कभी कैम्प में आना पड़ेगा तो जरूर नाई, मोची या दर्जी बन गये होते। पर किसी भी हालत में घुमन्तू सेल्समैन या ओवरसियर या ब्लूप्रिंट-ओवरसियर नहीं।

आलबेर्ट गियोन सही कह रहा था। क्या गारा ढोना कोई पेशा है। जब कोई बरसों से गारा या खंगर ईंटें ढोता या कोयला खोदता है, या मिट्टी से आलू को हाथों से खोद निकालता है या तहखाना साफ करता है, तो यह तो पता होता है कि इसे कैसे करना है, पर वह कोई पेश नहीं होता है। बोझिल-काम, पर पेशा नहीं। हमसे सिर्फ काम माँगा जाता था, पेशा कभी नहीं। हम हमेशा मजदूर ही रहे, और मजदूरी कोई पेशा नहीं है।

हमें अब प्रचंड भूख नहीं लगती थी, और हाज़िरी-साग अब भी रूपहला-हरा उगा करता था, जल्दी ही कठुवा जाता और लपलपाता लाल हो जाता। सिर्फ इसलिए कि हम भूख को जानते थे, हम उसे नहीं तोड़ते थे और अपने लिए बाजार से खूब चिकनाई वाला खाना खरीदते और पागलों की तरह दबाकर खाते। अब पुरानी वाली घर की याद को नये, जल्दबाजी वाले माँस से खूब फुला कर और जबरदस्ती खिला-पिला कर मोटा कर दिया गया था। और मुझे खुद को नये माँस के साथ भी उसी पुरानी बात से फुसलाना पड़ता : एक बार मैं भी किसी ढंग की जगह पर जाऊँगा। मैं भी।

खामोशी की तरह ठोस

जब हड्डियों के ढांचे वाला समय और बचावी-अदला-बदली मेरे पीछे छूट गये—जब बालेट्की, पैसा, खाना, चमड़ी पर नया माँस और नये सूटकेस में नये कपड़े मेरे सामने थे, असह्य रिहाई आ गयी। कैम्प के पूरे पाँच बरसों के लिए आज मैं पाँच बातें कह सकता हूँ :

1 फावड़ा भर लदान = 1 ग्राम डबल-रोटी।

शून्यांक अकथनीय है।

बचाव-अदला-बदली उस पार से आयी अतिथि है।

कैम्प के भीतर—हम एकवचन है।

दायरा गहराई में जाता है।

पर सभी पाँच बातों के लिए एक, और वही बात, लागू होती है :

वे अपने बीच की खामोशी की तरह ठोस हैं, लेकिन गवाहों के सामने की खामोशी की तरह नहीं।

वह पत्थर दिल

मैं 1950 की जनवरी की शुरुआत में कैम्प से घर आया। अब मैं वापस अपने ड्रॉइंगरूम में बैठा हुआ था, एक गहरे चौकोन में, सफेद पलस्तर वाली छत के नीचे, जैसे बर्फ के नीचे। पिताजी कार्पेथियन पर्वतों के चित्र बना रहे थे, हर एक-दो दिन पर एक नया जलरंग चित्र, जिसमें स्लेटी दाँत वाले पहाड़ और बर्फ से लिपे चीड़ के पेड़, तकरीबन हर चित्र में एक से क्रम में। पर्वतों की तलहटी में चीड़ की कतारें, ढलान पर चीड़ के झुरमुट, चोटी पर चीड़ के जोड़े और अकेले-चीड़, उनके बीच में यहाँ-वहाँ एक भोजवृक्ष, जैसे हिरनों के सफेद सींग। जाहिर है कि सबसे कठिन है बादलों को चित्रित करना, वे सभी चित्रों में सोफे की स्लेटी गद्दियों जैसे दिखते हैं। हर जलरंग चित्र में कार्पेथियन पर्वत उनींदे थे।

दादाजी मर चुके थे। दादी उनकी मखमल वाली आराम कुर्सी में बैठी वर्ग पहेली बुझाती रहतीं, यहाँ-वहाँ वे कोई शब्द पूछतीं : पूर्वी देश का सोफा, त्स से शुरू होने वाला जूते का हिस्सा, घोड़े की एक किस्म, तिरपाल की बनी छत।

माँ एक के बाद एक भेड़ के ऊन वाले मोजों के जोड़े बुनती जाती, अपने एवजी-बच्चे रोबेर्ट के लिए। पहला जोड़ा हरा था, दूसरा सफेद। फिर भूरा, लाल सफेद चित्तीदार, नीला, स्लेटी। सफेद जोड़ों के साथ ही गड़बड़ शुरू हो गयी थी– माँ जूँ के थक्के बुन रही थी। तब से मुझे सभी मोजों में बैरकों के बीच हमारे बुने हुए बगीचे दिखते और दिखते भोर में स्वेटर के पल्ले। मैं दीवान पर पड़ा हुआ था, ऊन का गोला एक टीन के कटोरे में माँ की कुर्सी के बगल में पड़ा हुआ था, वह मुझसे ज्यादा सजीव था। धागा चढ़ रहा था, अपने में फन्दा पड़ने और गिरने दे रहा था। दो मुट्ठी जैसे मोटे गोलों से एक मोजा तैयार होता था। ऊन की पूरी लम्बाई मापी नहीं जा सकती थी। सब मोजों में जोड़कर वह शायद दीवान से लेकर रेलवे स्टेशन तक की दूरी के बराबर थी। मैं रेलवे-स्टेशन वाले इलाके से अपने आप को बचा कर रखता। मेरे पाँव अब गर्म थे, सिर्फ पाले के धब्बे टखनों पर खुजलाते, वहाँ, जहाँ चिथड़े हमेशा सबसे पहले खाल पर जम जाते थे। सर्दी के दिन चार बजते-बजते ही स्लेटी हो जाते थे। दादी ने बत्ती जला दी। लैम्प शेड हल्के नीले रंग की कुप्पी था, गाढ़े नीले रंग के फुँदनों की

छोर वाला। छत को कम रोशनी मिल रही थी, पलस्तर स्लेटी ही रह गया, और पिघलने लगा। अगली सुबह वह फिर से सफेद था। मैं कल्पना करता कि वह रात में, जब हम दूसरे कमरों में सो रहे होते, नया जम जाता, जैसे ज़ेपलिन के पीछे परती छोड़ी हुई जमीन पर बर्फ की कशीदाकारी। अलमारी के बगल में घड़ी टिक-टिक करती। पेंडुलम उड़ता और हमारे समय पर फर्नीचर के बीच फावड़ा चलाता, अलमारी से खिड़की तक, मेज से दीवान तक, अँगीठी से मखमली आराम कुर्सी तक, दिन से शाम तक। दीवार पर वह टिक-टिक मेरी साँस की पींग थी, मेरे सीने में वह मेरा दिल-फावड़ा थी। मुझे उसकी कमी बहुत खलती।

जनवरी के अन्त में मेरे चाचा एडविन मुझे पेटी के कारखाने के फोरमैन से मिलवाने के लिए तड़के लेने आये। बाहर स्कूल वाली गली में, एक घर आगे हॅर कार्प की खिड़की में एक चेहरा था। वह गर्दन के नीचे से तुषार-पुष्पों के नमूनों से कटा हुआ था। माथे के चारों ओर बर्फ के बालों की बनी चोटी पड़ी थी और नाक के बगल में एक हरी फिसलती हुई आँख– मैंने बेया त्साकेल को सफेद फूलों वाले ड्रेसिंग-गाउन में देखा, भारी स्लेटी चोटी सहित। खिड़की में हर रोज की तरह हॅर कार्प की बिल्ली बैठी हुई थी, पर मुझे बेया पर दया आ रही थी कि वह इतनी जल्दी बूढ़ी हो गयी थी। मुझे मालूम था कि वह बिल्ली सिर्फ एक बिल्ली ही हो सकती है, तार-भेजने का खम्भा कोई सन्तरी नहीं, बर्फ पर सफेद जलन कोई कैम्प की चौड़ी सड़क नहीं, बल्कि स्कूल वाली गली कि सब कुछ यहाँ घर पर कुछ अलग नहीं हो सकता, क्योंकि वह अपने पास ही ठहर गया है। सब कुछ, सिवा मेरे। घर-से-अघाये लोगों के बीच मैं आजादी से चकराया हुआ था। मेरा मन अस्थिर था, भयानक तरह से गिरने और अधिकतम भय के लिए प्रशिक्षित, मेरा दिमाग वशीकरण पर आश्रित था। मैंने बेया त्साकेल को खिड़की में मेरा इन्तजार करते हुए देखा, जरूर उसने भी मुझे गुजरते हुए देखा होगा। मुझे हॅलो करना चाहिए था, कम-से-कम सिर हिलाना या हाथ हिलाना चाहिए था। मुझे इस बात का बहुत देर से ख़याल आया, हम दो घर आगे निकल चुके थे। जब हम स्कूल वाली गली के छोर पर कोने से मुड़े तो मेरे चाचा ने मेरे हाथ में हाथ डाल लिये। निश्चय ही उन्हें यह महसूस हो गया होगा, कि मैं उनसे सटा हुआ कहीं और ही हूँ। हो सकता है उन्होंने मेरे हाथ में हाथ न डाला हो, बल्कि अपने पुराने ओवरकोट में, जिसे मैंने पहना हुआ था। उनके फेफड़े सीटी बजा रहे थे। मुझे लगा कि वे लम्बे मौन के बाद जो उन्होंने कहा, उसे वे बोलना ही नहीं चाहते थे; कि उनके फेफड़ों के डैनों ने उनको इसके लिए मजबूर किया था; कि इसीलिए उन्होंने दोहरी आवाज में कहा : उम्मीद है कि वे तुम्हें कारखाने में रख लेंगे। मुझे लगता है, तुम लोगों के यहाँ चिड़चिड़ेपन की बीमारी है। उनका मतलब था—उस पत्थर दिल से था।

उस जगह, जहाँ फर की टोपी उनके बायें कान से सट रही थी, उनके कान के छोर की खाल उसी तरह समतल फैली हुई थी, जैसे मेरे कानों की। अब मैं विवश था उनके दायें कान को देखने के लिए। मैं हिला और जगह बदल कर उनकी दायीं तरफ आ गया। बायें कान से भी ज्यादा दायाँ वाला भी मेरा कान था। वह चिकना कान का छोर और नीचे से शुरू हो रहा था, वह और लम्बा और चौड़ा था, जैसे इस्त्री किया हुआ हो।

पेटी वाले कारखाने में मुझे रख लिया गया। मैं हर रोज अपने अंदर के पत्थर दिल से बाहर निकलता और छुट्टी होने पर वापस। हर बार जब मैं घर आता, दादी मुझसे पूछतीं :

तुम आ गये।

और मैं कहता : मैं आ गया।

जब मैं घर छोड़ता, वे हर बार पूछतीं :

तुम जा रहे हो।

और मैं कहता : मैं जा रहा हूँ।

पूछते समय वे हमेशा मेरी तरफ एक कदम आतीं और अविश्वास से अपने माथे को छूतीं। उनके हाथ पारदर्शी थे, सिर्फ खाल नसें और हड्डियाँ, दो रेशमी पंखे। मैं दादी के गले लग जाना चाहता था, जब वे यह पूछतीं। मेरे अंदर का पत्थर दिल मुझे रोक देता।

छोटा रोबेर्ट रोज के सवाल सुनता। जब उसका मन करता, वह दादी की नकल करता, मेरी तरफ एक कदम आता, अपने माथे को छूता और एक वाक्य में पूछता :

तुम आ गए, तुम जा रहे हो।

हर बार, जब वह माथे को छूता, मुझे उसकी कलाई पर चर्बी की पर्तें दिखतीं। हर बार मेरा मन एवजी-भाई का गला दबाने को करता, जब वह यह पूछता। मेरे अन्दर का पत्थर दिल मुझे रोक लेता।

एक दिन जब मैं काम से वापस आया, मैंने सफेद लेस के कपड़े के छोर को सिलाई-मशीन के ढक्कन से बाहर झाँकते देखा। एक और दिन रसोई के दरवाजे के हैंडिल से एक छतरी लटकी हुई थी, और मेज पर एक टूटी हुई तश्तरी पड़ी थी, दो बराबर के टुकड़े, जैसे बीच से काट कर अलग किये हों। और माँ ने अँगूठे पर एक रूमाल बाँधा हुआ था। एक दिन पिताजी की गेलिस रेडियो के ऊपर रखी हुई थी और दादी का चश्मा मेरे जूते में। एक और दिन रोबेर्ट का कपड़े का कुत्ता मोपी मेरे जूते के फीते से चाय की केतली के हैंडिल से बंधा हुआ था। और मेरी टोपी में एक डबल-रोटी का कोना पड़ा था। हो सकता है वे लोग उस पत्थर दिल को अलग कर देते हों, जब मैं घर से बाहर होता हूँ।

हो सकता है वे फिर से जाग उठते हों। यहाँ घर में वैसे ही चल रहा था जैसे कैम्प में भूख-देवदूत के साथ। यह कभी साफ नहीं हुआ कि हम सभी के पास मिलाकर एक पत्थर दिल है या सबके पास अपना-अपना।

शायद वे हँसते हों, जब मैं वहाँ न होता हूँ। शायद वे मुझ पर तरस खाते हों या मुझे डाँटते-फटकारते हों। शायद वे छोटे रोबेर्ट को चूमते हों। शायद वे कहते हों कि उन्हें मेरे साथ सब्र से काम लेना होगा, क्योंकि वे मुझे प्यार करते हैं या यह सिर्फ मन ही मन सोचते हों और अपने काम में लग जाते हों। शायद मुझे हँसना चाहिए था, जब मैं घर वापस आता। हो सकता है मुझे उन पर तरस खाना या उनको डाँटना-फटकारना चाहिए था। हो सकता है मुझे छोटे रोबेर्ट को चूमना चाहिए था। हो सकता है मुझे कहना चाहिए था कि मुझे उनके साथ सब्र से काम लेना होगा, क्योंकि मैं उन्हें प्यार करता हूँ। सिर्फ, मुझे यह कैसे कहना चाहिए था, जब कि मैं यह बात मन में सोच भी नहीं पाता था।

घर वापसी के पहले महीने में मैं पूरी रात कमरे में बत्ती जलने देता, क्योंकि मुझे बिना पीली बत्ती के डर लगता था। मुझे लगता है, रात में तभी सपना आता है, जब इन्सान दिन-भर का थका होता है। जब मैंने पेटी-कारखाने में काम शुरू किया, तब जाकर पहली बार फिर से मुझे नींद में सपना आया :

दादी और मैं साथ-साथ मखमली आराम कुर्सी पर बैठे हैं, रोबेर्ट बगल में एक कुर्सी पर। मैं रोबेर्ट जितना छोटा हूँ और रोबेर्ट मेरे जितना बड़ा। रोबेर्ट अपनी कुर्सी पर खड़ा हो जाता है, घड़ी के ऊपर से छत के पलस्तर की पपड़ी का एक टुकड़ा ले लेता है। वह उसे मेरी और दादी की गर्दन के इर्द-गिर्द रख देता है, जैसे सफेद स्कार्फ। पिताजी अपना लाइका-कैमरा लिये हमारे सामने कालीन पर घुटने के बल बैठे हैं, और माँ कह रही हैं : एक-दूसरे को देखकर मुस्कुराओ, यह दादी के मरने से पहले की आखिरी फोटो होगी। मेरे पाँव मुश्किल से कुर्सी के छोर तक पहुँच रहे हैं। इस मुद्रा में पिताजी मेरे जूते की फोटो सिर्फ नीचे से खींच पा रहे हैं, जूते का तलवा सामने की ओर है, दरवाजे की ओर। इतने छोटे पाँवों के आगे पिताजी के पास और कोई उपाय भी नहीं है, जबकि वे यह नहीं चाहते हैं। मैं अपने कन्धे से पलस्तर के टुकड़े को हटाता हूँ। दादी मुझे बाँहों में भर लेती हैं और पलस्तर को वापस मेरी गर्दन से सटा देती हैं। वे उसे अपने पारदर्शी हाथों से कस कर पकड़ी हुई हैं। माँ पिताजी को एक ऊन की सलाई से निर्देश दे रही है, जब तक वे उलटी गिनती नहीं गिनने लगते—तीन, दो, एक आने पर वे बटन दबा देते हैं। उसके बाद माँ सलाई को अपने जूड़े में तिरछा खोंस लेती है और हमारे कन्धों से पलस्तर ले लेती है और रोबेर्ट उसके सहित अपनी कुर्सी पर चढ़ जाता है और उसे वापस ऊपर दीवार पर लगा देता है।

क्या विएना में तुम्हारा कोई बच्चा है

मैं कई महीनों से अपने पाँवों सहित घर पर था, वहाँ, जहाँ किसी को नहीं मालूम था कि मैंने क्या-क्या देखा है। और इस बारे में कोई पूछता भी नहीं था। बताया तो तभी जा सकता है, जब खुद को फिर से उसी के हवाले किया जाए, जिसके बारे में बताया जा रहा है। मैं खुश था कि कोई कुछ पूछता नहीं था, और मन-ही-मन मुझे इससे चोट पहुँचती। दादाजी ने जरूर मुझसे कुछ पूछा होता। उन्हें गुजरे हुए दो साल हो गए थे। मेरी तीसरी शान्ति के बाद वाली गर्मी में उनके गुर्दों ने काम करना बन्द किया और वे मर गये थे और मृतकों के पास थे, जहाँ मैं नहीं था।

एक शाम हमारे पड़ोसी हॅर कार्प उस स्पिरिट लेवेल को लौटाने हमारे यहाँ आये, जो उन्होंने हमसे लिया था। जब उन्होंने मुझे देखा, वे हकलाने लगे। मैंने उन्हें उनकी उनके पीले चमड़े के पट्टों के लिए धन्यवाद कहा और झूठ कहा कि उन्होंने मुझे कैम्प में गर्म रखा। कि वे मेरे लिए सौभाग्यप्रद थे, और यह भी मैंने उसमें जोड़ा कि मुझे उनकी वजह से बाजार में एक बार दस रूबल मिले थे। उत्तेजना से हॅर कार्प की पुतलियाँ चेरी के बीज की तरह उनकी आँखों से फिसल रही थीं। उन्होंने बाँहें बाँध लीं। अँगूठों से दोनों बाँहें सहलाने लगे, हिलने-डुलने लगे और बोले : तुम्हारे दादाजी हमेशा तुम्हारा इन्तजार करते थे। उनकी मौत के दिन पहाड़ बादलों में चले गये, कई अनजाने बादल, अनजाने सूटकेस जैसे, हर ओर से शहर में आ गए। बादलों को मालूम था कि तुम्हारे दादाजी खूब दूर-दूर तक घूमे-फिरे हैं। एक बादल जरूर तुम्हारे पास से था, चाहे तुम्हें मालूम हो या न हो। पाँच बजे दफन खत्म हुआ और उसके तुरन्त बाद आधे घंटे तक खामोश बारिश होती रही। मुझे मालूम है, उस दिन बुधवार था, मुझे बाजार से अभी गोंद भी खरीदना था। घर के रास्ते पर मैंने तुम लोगों के घर के फाटक पर एक नंगा चूहा देखा। वह झुर्रीदार था, काँप रहा था और तुम लोगों के लकड़ी के फाटक पर दुबका हुआ था। मुझे अचरज हुआ कि क्या उसकी पूँछ नहीं है या वह उसके ऊपर बैठा हुआ है। जब मैं उसके सामने खड़ा था, मैंने एक मस्सेदार थल-मेढक देखा। वह मुझे देख रहा था और अपने गालों पर दो

सफेद बुलबुलों में हवा भर कर उनसे भयानक बाजीगरी कर रहा था। पहले पल में तो मैंने उसे छतरी से दूर खिसकाना चाहा, लेकिन फिर मेरी हिम्मत नहीं हुई। नहीं ही करना ठीक होगा, मैंने मन में सोचा, यह थल-मेढक है, वह अपने सफेद बुलबुलों को हाथ की तरह हिला रहा है, इसका लियो की मौत से कुछ सम्बन्ध है। यही समझा जाता था, कि तुम गुजर गये हो। तुम्हारे दादाजी शुरू के वक्त में तुम्हारी राह देखते थे। आखिरी वक्त में फिर थोड़ा कम। सबको तो यह विश्वास हो गया था कि तुम मर गये हो। तुमने जो चिट्ठी नहीं लिखी थी, इसीलिए तुम अभी जिन्दा हो।

इसका एक दूसरे से कोई सम्बन्ध नहीं है, मैंने कहा।

मेरी साँस काँप रही थी, क्योंकि हॅर कार्प अपनी मूँछ के निकले हुए बाल को चबा रहे थे और मुझे यह समझ में आ गया था कि उन्हें इस बात पर विश्वास नहीं है। माँ बरामदे की खिड़की से अहाते में तिरछी नजरों से देख रही थी, जहाँ कुछ भी देखने को नहीं था सिवा थोड़े से आसमान और सायबान के डामर की पपड़ी के। कार्प साहब, जरा ध्यान दीजिए, आप कह क्या रहे हैं दादी बोलीं, आपने यह बात मुझे उस वक्त अलग ढंग से बताई थी, उस वक्त सफेद बुलबुलों का सम्बन्ध मेरे मृत पति से था। यह मेरे मृत पति की ओर से नमस्कार है, आपने उस वक्त कहा था। हॅर कार्प कुछ अपने से ही बुदबुदाए : जैसे मैं अभी कह रहा हूँ, वही सच है। मैं तो आपके पास, जब आपके पति मर गये थे, मरे हुए लियो को भी तो नहीं ला सकता था न। छोटा रोबेर्ट स्पिरिट लेवल को फर्श पर खींच रहा था और **छुक-छुक-छुक** कर रहा था। उसने मोपी को अपनी रेलगाड़ी की छत पर बिठा दिया, माँ की पोशाक को खींचा और कहा : रेलगाड़ी में आ जाओ, हम वेंच को जा रहे हैं। स्पिरिट लेवल में फिसलती हुई हरी आँख धीरे-धीरे चल रही थी। रेलगाड़ी की छत पर ऊपर मोपी बैठा हुआ था, पर रेलगाड़ी के अन्दर बेया त्साकेल बैठी थी और स्पिरिट लेवेल की खिड़की से हॅर कार्प के पंजों को देख रही थी। हॅर कार्प ने कुछ नया नहीं कहा था, सिर्फ कुछ अनुचित-सा बता दिया था। मुझे मालूम है कि घबराहट हैरत से ज्यादा बड़ी थी, घर में जब मैं वापस आया—एक बिना खुशी की राहत थी। मैंने उनके मातम के समय को छल लिया था, क्योंकि मैं जिन्दा था।

जब से मैं वापस घर में था, सब कुछ की आँखें थीं। सब देख रहे थे कि मेरी लावारिस घर की याद दूर नहीं चली गयी थी। सबसे बड़ी खिड़की के सामने सिलाई की मशीन अपने लकड़ी के ढक्कन के नीचे उस कमबख़्त शटल और सफेद धागे को लिये खड़ी थी। ग्रामोफोन फिर से मेरे घिसे हुए सूटकेस में फिट हो गया था और कोने वाली मेज पर रखा हुआ था, हमेशा की तरह। वही हरे और नीले पर्दे टंगे हुए थे, वही फूलों की छाप कालीनों में अपने से लिपटी हुई

थी, उलझी हुई झालरों ने उन्हें अब भी घेरा हुआ था, खोलते और बन्द करते समय अलमारियाँ और दरवाजे हमेशा की तरह चरचराते थे, लकड़ी का फर्श उसी जगह पर चर-चर कर रहा था, बरामदे की सीढ़ी की रेलिंग पर उसी जगह पर दरार थी, हर सीढ़ी घिसी हुई थी, जंगले के ऊपर वही गमला अपनी लोहे की डोलची में डोल रहा था। मुझे किसी से भी कुछ लेना-देना नहीं था। मैं अपने में बन्द था और अपने से बाहर निकल कर फेंका हुआ, मेरा उनसे कोई सम्बन्ध नहीं था और मैं खुद से अपनी कमी महसूस कर रहा था।

कैम्प में आने से पहले, हम सत्रह साल साथ थे, एक-दूसरे के साथ बड़ी चीजें, जैसे दरवाजे, अलमारियाँ, मेज, कालीनें बाँटते हुए। और छोटी चीजें, जैसे तश्तरियाँ और प्यालियाँ, नमकदानी, साबुन, चाभियाँ और खिड़की की रोशनी और बत्ती। अब मैं बदला हुआ था। हमें एक-दूसरे के बारे में यह मालूम था कि हम कैसे नहीं रहे और कभी नहीं होंगे। अनजाना होना अवश्य ही बोझ है, पर असम्भव सामीप्य में अनजाने से सकुचाना अत्यधिक भार है। मेरा सिर सूटकेस में था, मैं रूसी साँसें ले रहा था। मैं दूर नहीं जाना चाहता था और मेरे अन्दर से दूरी की गन्ध आ रही थी। मैं पूरा दिन घर में नहीं बिता पाता था। मुझे खामोशी को छोड़ने के लिए किसी काम की जरूरत थी। मैं अब 22 साल का था, पर कुछ भी नहीं सीखा था। क्या पेटी में कीलें जड़ना भी कोई पेशा है, मैं फिर से मजदूर था।

अगस्त में देर दोपहरी मैं पेटी-कारखाने से लौटा, और बरामदे की मेज पर मेरे लिए एक चिट्ठी रखी थी। वह नाई ओसवाल्ड एन्येटर की थी। मेरे पिताजी मुझे पढ़ते समय देख रहे थे, वैसे ही, जैसे कोई किसी का खाते समय मुँह देखता है। मैंने पढ़ा :

प्रिय लियो! आशा करता हूँ कि तुम अपने देश में हो। हमारे यहाँ घर पर कोई भी नहीं था। मैं आस्ट्रिया चला गया हूँ। अब मैं विएना-मारगारेटेन में रहता हूँ, हमारे देश के बहुत सारे लोग यहाँ हैं। शायद तुम कभी विएना आओ, तब मैं फिर से तुम्हारी दाढ़ी बना सकूँगा। मुझे अपने एक देशवासी के यहाँ नाई की नौकरी मिल गयी है। तूर प्रिकुलिच ने यह बात फैला दी है, कि वह कैम्प में नाई था और मैं कापो। माना कि बेया त्साकेल उससे अलग हो गयी है पर वह भी अभी यही कहती है। अपने बच्चे का नाम उसने लेया रखा है। क्या इसका लियोपोल्ड से कुछ सम्बन्ध है। दो हफ्ते पहले राज मिस्त्रियों को तूर प्रिकुलिच एक डोनाऊ के एक पुल के नीचे मिला। उसके मुँह में उसकी टाई ठुँसी हुई थी, और उसका माथा बीच में कुल्हाड़ी से चिरा हुआ था। कुल्हाड़ी उसके पेट पर पड़ी थी, कातिलों का कोई अता-पता नहीं था। अफसोस कि मैं कातिल नहीं था। वह इसी के लायक था।

जब मैं चिट्ठी मोड़ रहा था, मेरे पिताजी ने पूछा :

क्या विएना में तुम्हारा कोई बच्चा है।

मैंने कहा : आपने तो चिट्ठी पढ़ी है, पर ऐसा तो नहीं लिखा है।

उन्होंने कहा : कौन जाने, तुम लोगों ने कैम्प में क्या-क्या किया है।

कौन जाने, मैंने कहा।

माँ ने मेरे एवजी-भाई का हाथ पकड़ा हुआ था। और रोबेर्ट ने बुरादा भरे कपड़े के कुत्ते, मोपी को बाँह में लिया हुआ था। फिर माँ रोबेर्ट के साथ रसोई में चली गयी। जब वह वापस आयी, वह एक हाथ से रोबेर्ट को और दूसरे से एक तश्तरी सूप पकड़े हुए थी। और रोबेर्ट ने मोपी को सीने से चिपकाया हुआ था और हाथ में सूप के लिए चम्मच पकड़ा हुआ था। यानी मेरे लिए। जब से मैं पेटी के कारखाने में था, शाम को छुट्टी के बाद मैं शहर में मटरगश्ती करता रहता। क्योंकि जल्दी ही अँधेरा हो जाता, सर्दी की दोपहर मुझे बचाती। दुकानों के शोकेस पीली रोशनी में बस स्टॉप जैसे खड़े रहते। नये कपड़ों में सजे-धजे दो तीन प्लास्टर के पुतले मेरा अन्दर इन्तजार कर रहे होते। वे एक दूसरे से सट कर खड़े होते, पाँव के छोरों के सामने मूल्य-पर्ची लगाये, जैसे कि उन्हें ध्यान देना हो कि वे कहाँ कदम रखें। जैसे कि उनके पाँवों के सामने की मूल्य-पर्चियाँ, पुलिस का लगाया हुआ निशान हों, जैसे कि मेरे आने से जरा पहले एक मृतक को उठा ले जाया गया हो। छोटे सामान वाले शोकेस खिड़की की ऊँचाई में रखे हुए थे। वे चीनी मिट्टी और टीन के बर्तनों से भरे हुए थे। मैं वहाँ से गुजरते वक्त उन्हें अपने कन्धों पर दराजों की तरह उठाये रहता। एक दुखभरी बत्ती में ऐसी चीजें इन्तजार कर रही थीं, जो उन लोगों से, जो उन्हें खरीदते हैं, ज्यादा दिन चलने वाली थीं; शायद इतने दिन, जितने कि पर्वत। बड़े चौक से मैं रिहायशी इलाके में आ गया। खिड़कियों पर बत्तियों से रोशन पर्दे लटके थे। नाना प्रकार के लेस के गुलाबों और धागों की भूल-भुलैया बनी हुई थी, जिनकी काली प्रतिदीप्ति एक पेड़ की टहनियों जैसी थी। और कमरों में लोगों का इस पर ध्यान नहीं जाता था, कि उनके पर्दे जिन्दा हैं और क्योंकि हवा चल रही है, वह सफेद धागों को लगातार अलग-अलग मिश्रण में काली लकड़ी से जोड़ मिला रही है। सिर्फ सड़कों के छोर पर आसमान खाली था, मैंने शुक्र तारे को पिघलते देखा और अपने चेहरे को उसके बगल में लटका दिया। और फिर समय काफी बीत गया था, और मैं आश्वस्त हो सकता था—जब मैं घर पहुँचूँगा, सबने खाना खा लिया होगा।

मैं छुरी-काँटे से खाना खाना भूल चुका था। सिर्फ मेरे हाथ ही नहीं काँपते थे, बल्कि गले में निगलना भी। मुझे मालूम था कैसे भूखे रहते हैं और खाने को देर तक चबाते हैं या उसे, जब वह आखिर में मिलता है, कैसे झट से ठूँस लेते हैं। कितनी देर तक खाने को चबाते और कब उसे निगलते हैं, ताकि तमीज से

खाया जाए—अब मुझे नहीं मालूम था। पिताजी मेरे सामने बैठे थे और मेज का पटरा, मुझे आधी दुनिया जितना बड़ा लग रहा था। वे मुझे आधी मुँदी आँखों से देख रहे थे और अपनी दया को छिपा रहे थे। पलक झपकाते समय फिर उनका पूरा क्षोभ उनके होंठ के भीतरी हिस्से की गुलाबी स्फटिक जैसी चमड़ी की तरह चमक उठता। दादी ही बिना ज्यादा झमेले के मेरा ख़याल रखने में सबसे ज्यादा सफल रहीं। हो सकता है वे गाढ़े सूप इसीलिए बनाती थीं, जिससे कि मैं अपने आप को छुरी और काँटे से न सताऊँ।

उस अगस्त के दिन, जब चिट्ठी आयी थी, हरी बीन्स और सूअर की पसली के माँस का सूप बना था। चिट्ठी के बाद मेरी भूख मर गयी। मैंने अपने लिए एक मोटा टुकड़ा डबल-रोटी का काट लिया, पहले मेज पर के चूरों को खाया और फिर चम्मच चलाना शुरू किया। मेरा एवजी-भाई घुटनों के बल फर्श पर बैठा था, उसने अपने कपड़े के कुत्ते के सिर के ऊपर चाय-छननी को टोपी की तरह उलट दिया था और उसे घुड़सवारों की तरह बरामदे की अलमारी के दराज के किनारे पर बैठा दिया था। सब कुछ जो रोबेर्ट करता, मुझे भयानक लगता। वह हिस्सों को जोड़-जोड़ कर बनाया हुआ बच्चा था— आँखें माँ की, बूढ़ी और गोल और शाम की तरह नीली। आँखें ऐसी ही रहेंगी, मैंने मन में कहा। उसका ऊपर का होंठ दादी का— जैसे नाक के नीचे नुकीला कॉलर। ऊपर का होंठ ऐसा ही रहेगा। उसके उभरे हुए उँगली के नाखून दादाजी के, वे ऐसे ही रहेंगे। उसके कान मेरे और चाचा एडविन के— अन्दर मुड़े हुए, ऊपर एकदम सपाट। छः एक से कान, तीन अलग-अलग चमड़ियों से बने, क्योंकि कान ऐसे ही रहेंगे। उसकी नाक ऐसी नहीं रहेगी, मैंने मन में कहा, नाकें बदलती हैं, जब वे बड़ी होती हैं। बाद में शायद वह पिताजी की हों, बाँसे पर उभरी हुई हड्डी के छोर वाली। अगर नहीं तो रोबेर्ट के पास उनका कुछ भी नहीं होगा। तब पिताजी उस एवजी-बच्चे में कुछ भी नहीं जोड़ पाएँगे।

रोबेर्ट मेरे पास मेज पर आया, उसने चाय-छननी वाले मोपी को बाँयें हाथ में पकड़ा हुआ था और दाहिने वाले से उसने मुझे घुटने पर पकड़ा, जैसे कि मेरा घुटना कोई कुर्सी का कोना हो। घर लौटने पर गले मिलने के बाद से, आठ महीने से, मुझे इस घर में फिर किसी ने भी नहीं छुआ था। उनके लिए मैं अगम्य था, रोबेर्ट के लिए घर में एक नया सामान। वह मुझे फर्नीचर की तरह छूता, अपने को सहारा देने के लिए या मेरी गोद में कुछ रखने के लिए। इस बार उसने मेरे कोट की जेब में मोपी को ठूँस दिया, जैसे मैं उसका दराज होऊँ। और मैं स्थिर रहा, जैसे कि मैं वही हूँ। मैं उसे दूर धकेलना चाहता था, पर उस पत्थर दिल ने मुझे रोक दिया। पिताजी ने मेरी जेब से कपड़े के कुत्ते और चाय-छननी को निकाल दिया और बोले :

अपने खजाने ले लो।

वे रोबेर्ट के साथ सीढ़ियाँ उतर कर अहाते में चले गये। माँ मेरी ओर मुँह करके मेज पर बैठ गयी और डबल-रोटी की छुरी पर बैठी मक्खी को ध्यान से देखने लगी। मैं अपने बीन्स के सूप को चला रहा था और अपने को ओसवाल्ड एन्येटर के यहाँ नाई की दुकान में आइने के सामने बैठे देख रहा था। तूर प्रिकुलिच दरवाजे से अन्दर आया। मैंने उसे बोलते हुए सुना :

छोटे खजाने वो होते हैं, जिन पर लिखा होता है, मैं यहाँ हूँ।

थोड़े बड़े खजाने वो होते हैं, जिन पर लिखा होता है, क्या तुम्हें अब भी याद है।

सबसे सुन्दर खजाने लेकिन वो होते हैं, जिन पर लिखा होगा—मैं यहाँ था।

मैं यहाँ था— **डा वार इश**— उसके मुँह से वैसा ही सुनाई पड़ रहा था जैसे तवारिश। चार दिनों से मेरी हजामत नहीं बनी थी। बरामदे की खिड़की के आइने में ओसवाल्ड एन्येटर का काले बालों वाला हाथ उस्तरा लिये सफेद झाग में चल रहा था। और उस्तरे के पीछे चमड़ी की एक पट्टी रबर बैंड की तरह मुँह से कान तक जा रही थी। या उसी समय से ही वह लम्बा चिरा हुआ मुँह था, जो हमें भूख से मिला था। पिताजी भी उतने ही अनजाने से खजानों के बारे में बात करते थे जितना तूर प्रिकुलिच, क्योंकि दोनों का ही मुँह कभी भूख से चिरा नहीं था। और डबल-रोटी की छुरी वाली मक्खी बरामदे को उतने ही अच्छे से जानती थी जितना कि मैं नाई की दुकान को। वह डबल-रोटी की छुरी पर से उड़कर अलमारी पर चली गयी, अलमारी से मेरे डबल-रोटी के टुकड़े पर, फिर तश्तरी के छोर पर और वहाँ से वापस डबल-रोटी की छुरी पर। हर बार वह ऊपर की ओर उठती, गुनगुनाते हुए चक्कर लगाती और खामोश नीचे आ जाती। नमकदानी के महीन छेद वाले पीतल के ढक्कन पर वह कभी नहीं बैठती। अब मुझे एकदम से मालूम चल गया, कि मैं अपनी घर वापसी के बाद से कभी भी उस नमकदानी को इस्तेमाल क्यों नहीं कर रहा था। उसके ढक्कन में तूर प्रिकुलिच की पीतल की आँखें दमक रही थीं। मैं सूप सुड़क-सुड़क कर पी रहा था, और माँ ध्यान से सुन रही थी, जैसे कि मैं विएना वाली चिट्ठी फिर से पढ़ूँगा। डबल-रोटी की छुरी पर मक्खी का पेट, कभी ओस की बूँद की तरह, तो कभी, जब वह घूमती, डामर की बूँद की तरह चमक रहा था। ओस और डामर और कैसे पल खिंचते हैं, जब मुँह के ऊपर माथा टेढ़ा फटा हुआ हो। हाज़ोवे— पर एक पूरी टाई तूर के छोटे से मुँह में कैसे समाएगी।

छड़ी

काम के बाद मैं दूसरी तरफ से घर की ओर गया, रिहाइशी इलाके के अगले छोर से बड़े चौक होते हुए। मैं होली ट्रिनिटी चर्च में देखना चाहता था कि वह सफेद कोना और ओवरकोट के कॉलर की जगह भेड़ लिये सन्त अब भी हैं कि नहीं।

बड़े चौक पर एक मोटा लड़का खड़ा था, सफेद घुटनों वाली जुराबें, चारखाने की निक्कर और झालर वाली कमीज पहने, जैसे वह किसी जलसे से भाग आया हो। वह सफेद डहलिया के एक गुच्छे को नोच रहा था और कबूतरों को खिला रहा था। आठ कबूतरों को लग रहा था, पत्थर पर डबल-रोटी पड़ी है, वे सफेद डहलिया पर चोंच मारते और उसे पड़ा रहने देते। कुछ ही क्षणों में वे सब कुछ भूल जाते, सिर झटकते और फिर चोंच मारना शुरू कर देते, फिर से उन्हीं फूलों पर। कितनी देर उनकी भूख को यह लगता रहता, डहलिया से डबल-रोटी बन जाएगी। और उस लड़के को क्या लग रहा था। क्या वह मक्कार था या कबूतरों की भूख जैसा बेवकूफ। भूख के धोखे के बारे में मैं सोचना नहीं चाहता था। अगर लड़के ने डबल-रोटी बिखेरी होती, बजाये नोची हुई डहलिया के, तो मैं कतई खड़ा नहीं रह जाता। चर्च की घड़ी में छः बजने में दस मिनट थे। मैं जल्दी से चौक के पार गया, कहीं चर्च छः बजे बन्द न हो जाए।

तभी ट्रूडी पॅलिकॅन मेरे सामने आयी, कैम्प के बाद से पहली बार। जब हमने एक-दूसरे को देखा तब तक बड़ी देर हो चुकी थी। वह छड़ी पकड़े चल रही थी, क्योंकि वह मुझसे बच नहीं सकती थी, उसने छड़ी पत्थर पर रख दी और अपने जूते के ऊपर झुक गयी। पर वह तो खुला था ही नहीं।

हम दोनों ही आधे साल से ज्यादा से फिर उसी शहर में रह रहे थे। एक-दूसरे का लिहाज करके हम एक-दूसरे को पहचान नहीं रहे थे। उसमें कुछ समझने के लिए नहीं है। मैंने जल्दी से सिर घुमा लिया। पर मैं उसे बाँहों में भर लेना चाहता था और कहना चाहता था : मैं उससे सहमत हूँ। कितना मैं उसे कहना चाहता था : मुझे अफसोस है, तुम्हें झुकना पड़ा, मुझे छड़ी की जरूरत नहीं है,

अगली बार मैं हम दोनों के लिए झुक जाऊँगा, अगर तुम मुझे इजाजत दोगी। उसकी छड़ी पॉलिश की हुई थी और उसके पंजे पर नीचे जंग लगी हुई थी और ऊपर मूठ पर एक सफेद गोला था।

बजाय चर्च के मैं एकदम से बायें उस पतली गली में चला गया, जहाँ से मैं आया था। धूप मेरी पीठ में चुभ रही थी, गर्मी मेरे बाल के नीचे घुसकर तहलका मचा रही थी। जैसे मेरा सिर मुंड़ा हुआ हो। हवा ने धूल में से एक कालीन खींच लिया, पेड़ों की फुनगियों में एक गीत था। फिर फुटपाथ पर एक धूल की कुप्पी खड़ी हो गयी और मुझमें से लड़खड़ाते हुए निकलने लगी, जब तक कि वह छिन्न-भिन्न नहीं हो गयी। जब उसने अपने आप को गिरने दिया, पत्थर पर काली बिंदिया पड़ीं। हवा गरज रही थी और बूँदा-बाँदी होने लगी। आँधी आ गयी थी। काँच के झालर तेजी से चलने लगे और एकदम से पानी की रस्सी के कोड़े बरसने लगे। मैं एक स्टेशनरी की दुकान में घुस गया।

घुसते समय मैंने अपनी आस्तीन से चेहरे का पानी पोछ लिया। दुकानदारिन एक पर्दे वाले छोटे से दरवाजे से बाहर निकली। उसने घिसे हुए नमदे के जूते पहने हुए थे फुँदनों वाले, जैसे उसके हर पाँव पर एक ब्रुश उगा हुआ हो, पाँव के ऊपरी, बीच वाले हिस्से में से। वह मेज के पीछे खड़ी हो गयी। मैं शोकेस के सामने खड़ा रहा और कुछ देर तक एक आँख से उसे और दूसरी से बाहर देखता रहा। अब उसका दाँया गाल खूब सूजा हुआ था। उसके हाथ मेज पर रखे हुए थे, उसकी मुहर वाली अँगूठी, इन हड्डी वाले हाथों के लिए कुछ ज्यादा ही भारी, एक पुरुषों की अंगूठी थी। उसका दायाँ गाल समतल हो गया, बल्कि धँस गया और बायाँ फूल गया। मैं सुन रहा था कि उसके दाँतों में कुछ खड़खड़ा रहा है, वह एक टॉफी चूस रही थी। एक के बाद एक उसने आँखें बन्द कर लीं, और उसकी आँख के पपोटे कागज के थे। वह बोली : मेरी चाय का पानी खौल रहा है। वह उस छोटे-से दरवाजे से गायब हो गयी और उसी पल एक बिल्ली पर्दे के नीचे से सरक कर बाहर निकल आई। वह मेरी तरफ आयी और मेरी पैंट से सट गयी, जैसे कि वह मुझे जानती हो। मैंने उसे बाँह में उठा लिया। उसका कोई वजन नहीं था। यह बिल्ली है ही नहीं, मैंने खुद से कहा, सिर्फ स्लेटी धारीवाली ऊब का रोम-रूप, एक पतली गली में भय का धैर्य। उसने मेरे गीले कोट को सूँघा। उसकी नाक एड़ियों की तरह चीमड़ और मुड़ी हुई थी। जब उसने अपने आगे के पंजे मेरे कन्धे पर रख कर मेरे कान में झाँका, वह साँस ही नहीं ले रही थी। मैंने उसके सिर को अपने से दूर धकेला और वह फर्श पर कूद गयी। कूदते समय कोई आवाज नहीं हुई, वह फर्श पर एक रूमाल की तरह आयी।

वह अन्दर से खोखली थी। दुकानदारिन भी छोटे दरवाजे से खाली हाथ आयी। चाय कहाँ थी, इतनी जल्दी तो इसने उसे पी नहीं लिया होगा। और तो और अब फिर से उसका दायाँ गाल फूला हुआ था।

उसकी मुहर वाली अँगूठी ने मेज को खरोंचा।

मैंने एक नोट-बुक माँगी।

गणित की या रूलदार। उसने पूछा।

मैंने कहा : रूलदार।

आपके पास रेजगारी नहीं है क्या, मैं छुट्टे नहीं दे पाऊँगी, वह बोली और साथ-साथ चुस्की लेती रही। और दोनों गाल धँस गये। टॉफी मेज पर सरक गयी। उस पर पारदर्शी नमूने थे, उसने उसे झट से मुँह में ठूँस लिया। वह तो टॉफी थी ही नहीं, वह नमूना कटी हुई काँच की बूँद थी, किसी झाड़फानूस की।

रूलदार नोटबुक

अगले दिन रविवार था। मैंने रूलदार नोटबुक में लिखना शुरू कर दिया। पहला अध्याय था : **प्रस्तावना**। वह शुरू हुआ इस वाक्य से : तुम मुझे समझ पाओगी क्या, प्रश्नचिह्न।

तुम से मेरा मतलब नोटबुट से था। सात पन्नों तक बात चल रही थी एक आदमी के बारे में जिसका नाम था तू. प्रि.। और एक के बारे में जिसका नाम था आ. गि.। और एक का. हा. के बारे में और एक ओ.ए.। एक औरत के बारे में जिसका नाम था बे. त्सा.। ट्रूडी पैलिकन को मैंने एक छद्म नाम दे दिया **हंस**। कारखाने को कोकोखिम जावोद और कोयले वाले रेलवे स्टेशन जासिनोवाताया का नाम मैंने पूरा-पूरा लिख दिया। और कोबेलियान और सन्तरी-केटी भी। मैंने उसके छोटे भाई लात्सी का भी जिक्र किया और उसकी अक्ल की बात का भी। यह अध्याय एक लम्बे वाक्य के साथ खत्म हुआ :

तड़के नहाने के बाद एक बूँद मेरे बालों से निकल गयी और एक बूँद समय की तरह नाक पर से होते हुए मुँह में चली गयी, सबसे अच्छा होगा कि मैं विषम चतुर्भुज के आकार वाली दाढ़ी बढ़ा लूँ, कि कोई मुझे शहर में पहचान ही न पाये।

आने वाले हफ्तों में मैंने **प्रस्तावना** को बढ़ा दिया, तीन नोट बुक जितना।

मैंने इस बात का ज़िक्र नहीं किया कि ट्रूडी पॅलिकॅन और मैं घर लौटने वाली खेप में बिना पहले से बात किये, अलग-अलग पशुवाहक-डिब्बों में सवार थे। अपने पुराने ग्रामोफोन वाले सूटकेस को मैंने छोड़ दिया। अपने नये लकड़ी के सूटकेस को, अपने नये कपड़ों को मैंने बहुत बारीकी से बयान किया : बालेट्रकी जूते, शिम्मी-टोपी, कमीज, टाई और सूट। घर लौटते वक्त, सीगेतुल मोर्मावीएई के शरणार्थी-शिविर – उस पहले रोमानियाई रेलवे स्टेशन पर पहुँचने के वक्त अपने फूट-फूट के रोने के बारे में मैं मौन रहा। और रेलवे स्टेशन की पटरियों के अन्त पर एक माल के स्टोर में एक हफ्ते तक तन्हाई में रखे जाने के बारे में भी। मैं अन्दर से ढह गया था, आजादी की ओर भेजे जाने के भय से और

उस मँडराने वाले गर्त से, जो घर जाने के रास्ते को छोटा करता जा रहा था। मैं अपने नये माँस में और नये कपड़ों में हल्के सूजे हाथ लिये ग्रामोफोन-सूटकेस और नये लकड़ी के सूटकेस के बीच बैठा हुआ था, मानो किसी घोंसले में। पशुवाहक डिब्बा सीलबन्द नहीं था। अब दरवाजा झटके से खुल गया, रेलगाड़ी सीगेतुल मर्मातीएई के स्टेशन पर पहुँच गयी। प्लेटफार्म पर हल्की बर्फ पड़ी थी, मैं चीनी और नमक के ऊपर से गुजरा। गढ़ैये स्लेटी जमे हुए थे, बर्फ पर खरोच लगी हुई थी, जैसे माँ के भेजे पोस्ट कार्ड पर सिले हुए भाई के चेहरे पर।

जब रोमानियाई पुलिस ने हमें घर के सफर के लिए पारपत्र पकड़ाये, मैं हाथ में कैम्प से विदाई के कागज को पकड़े सुबक रहा था। घर तक का सफर, बाइया मारे और क्लाउसेनबुर्ग में दो बार रेल बदलने के साथ, अधिक से अधिक दस घंटे का था। हमारी गायिका लोनी मिश ऐडवोकेट पाउल गास्ट से सट गयी, उसने अपनी नजर मेरी ओर की और ऐसे करने लगी जैसे फुसफुसा रही हो। पर मैं हर शब्द समझ गया, वह कह रही थी :

देखो, यह कैसे रो रहा है, इसके अंदर से कुछ उफन कर गिर रहा है।

इस वाक्य के बारे में मैं अक्सर सोचता था। फिर मैंने उसे एक खाली पन्ने पर लिख दिया। अगले दिन काट दिया। उसके अगले दिन फिर उसके नीचे लिख दिया। फिर काट दिया, फिर लिख दिया। जब पन्ना भर गया, मैंने उसे फाड़ दिया। यही स्मृति है।

बजाय दादी के वाक्य का, मुझे पता है, तुम जरूर वापस आओगे, या सफेद कैम्ब्रिक के रूमाल का या स्वास्थ्यप्रद दूध का जिक्र करने के, मैंने विजयी भाव से अपनी-डबल-रोटी और गाल-डबल-रोटी का वर्णन किया। फिर **क्षितिज–रेखा** और धूसर-सड़कों के साथ **बचावी-अदला-बदली** में अपने धैर्य का विवरण दिया। भूख-देवदूत के बारे में मैं बढ़-चढ़ कर तारीफ के पुल बाँधने लगा, जैसे कि उसने मुझे सिर्फ बचाया ही हो, सताया न हो। इसीलिए मैंने **प्रस्तावना** को काट दिया और उसके ऊपर **उपसंहार** लिख दिया। वह एक बड़ी आन्तरिक फजीहत थी, कि मैं अब अपने पाँवों पर आजाद खड़ा, अटल अकेला और अपने खुद के लिए एक झूठा गवाह हूँ।

अपनी तीनों रूलदार नोटबुकों को मैंने अपने नये लकड़ी के सूटकेस में छिपा दिया। वह मेरे पलंग के नीचे रखा था और जब से मैं घर आया था, वह मेरे अन्तरवस्त्रों की अलमारी था।

मैं अब भी पियानो हूँ

एक पूरे साल मैं पेटी में कील ठोकने वाला बना रहा। मैं एक बार में बारह कीलों को होंठों के बीच दबाये और बारह को उँगलियों के बीच दबाये ठोंक लेता था। मैं उतनी ही जल्दी कील ठोंक लेता था जितनी जल्दी साँस लेता था। फोरमैन कहता : तुम माहिर हो, क्योंकि तुम्हारे हाथ इतने सपाट हैं।

पर ये मेरे हाथ नहीं थे, बल्कि रूसी मापदंड की सपाट साँस, 1 फावड़ा भर लदान = 1 ग्राम डबल-रोटी, 1 कील ठोकाई = 1 ग्राम डबल-रोटी में बदल गयी। मेरे दिमाग में बहरी मित्सी, पीटर शील, इरमा फाइफर, हाइड्रून गास्ट, कोरीना मार्कू होते, जो नंगे जमीन के अन्दर लेटे हुए थे। फोरमैन के लिए वे मक्खन की पेटियाँ और बैगन की पेटियाँ होतीं। मेरे लिए छोटे-छोटे ताजी कटी देवदार की लकड़ी के ताबूत। कामयाबी के लिए मेरी उँगलियों के बीच से कीलों को उड़ना पड़ता। मैं एक घंटे में 800 कीलें ठोक लेता, यह और कोई भी नहीं कर पाता था। हर कील का कड़ा माथा होता और हर बार कील ठोंकना भूख-देवदूत की निगरानी में होता।

दूसरे साल मैंने शाम के कॉलेज में कंक्रीट बनाने के कोर्स में दाखिला ले लिया। दिन भर मैं उच्चा नदी के एक निर्माण-स्थल पर कंक्रीट-विशेषज्ञ था। वहाँ मैंने पहली बार ब्लाटिंग पेपर पर एक गोल घर का नक्शा बनाया था। यहाँ तक कि खिड़कियाँ भी गोल थीं, हर कोने वाली चीज़ पशुवाहक डिब्बे जैसी लगती थी। हर लकीर पर मैं ओवरसियर के बेटे टीटी के बारे में सोचता।

गर्मी के आखिर में एक बार टीटी मेरे साथ एरलेन पार्क में आया। पार्क के फाटक पर एक बूढ़ी किसान-महिला खड़ी थी, एक टोकरी जंगली स्ट्रॉबेरी लिये, आग की तरह लाल और जीभ की नोक जैसी छोटी। और सब के हरे कॉलरों पर महीन तार जैसी डंडी। यहाँ-वहाँ तीन अंगुल वाले कंटीले पत्ते भी लगे हुए थे। उसने मुझे एक चखने के लिये दिया। मैंने टीटी और अपने लिये दो बड़े ठोंगे खरीद लिये। हम नक्काशीदार बारहदरी के चारों ओर सैर करने लगे। फिर मैं उसे फुसलाकर नाले के किनारे-किनारे झाड़ियों से होकर पीछे छोटी घास वाली पहाड़ी

पर ले गया। जब हमने स्ट्रॉबेरी खा ली, टीटी ने अपने ठोंगे को मोड़-तोड़ दिया और वह उसे फेंकना चाह रहा था। मैं बोला : मुझे दे दो। उसने मेरी ओर हाथ बढ़ाया। मैंने उसे पकड़ लिया और फिर छोड़ा नहीं। ठंडी नजरों से उसने कहा : अरे। यह बात हँसने और बतियाने से अब टाली जा सकने वाली नहीं थी।

पतझड़ इस बार छोटा था और उसने जल्दी ही अपने पत्तों को रंग दिया। मैं एरलेन पार्क से दूर ही रहता।

दूसरी सर्दी में बर्फ नवम्बर में ही पड़ी हुई थी। वह छोटा शहर रूई के सूट में लिपटा हुआ था। सभी आदमियों की बीवियाँ थीं। सभी बीवियों के बच्चे थे। सभी बच्चों के पास स्लेज थी। सभी मोटे और घर-अघाये थे। चुस्त, गाढ़े रंग के ओवरकोटों में वे सफेदी के बीच से जा रहे थे। मेरा ओवरकोट हल्के रंग का और मैला और बहुत ज्यादा बड़ा था। वह भी घर-अघाया था– वही मेरे चाचा एडविन वाला घिसा ओवरकोट। राहगीरों के मुँह से साँस की चिंदियाँ पींगे ले रही थीं और चुपचाप बता रही थीं : सभी घर-अघाये लोग यहाँ जिन्दगी बिता रहे हैं, पर सभी के हाथ से वह निकल जाती है। सभी उसे देखते रहते हैं, सबकी आँखें चमचमाती हैं, जैसे गोमेद, पन्ने या ऍम्बर के ब्रूच। एक दिन पहले या जल्दी या देर से, एक-बूँद-ज्यादा-सौभाग्य उनके भी इन्तजार में बैठा हुआ है।

मुझे उन हड़ीली सर्दियों की याद सताती। मेरे साथ भूख-देवदूत इधर-उधर डोलता रहता, और वह सोचता नहीं है। वह मुझे टेढ़ी सड़क पर ले गया। दूसरे छोर से एक आदमी आ रहा था। उसने कोई ओवरकोट नहीं बल्कि एक चारखाने वाला, झालर लगा कम्बल लपेटा हुआ था। उसके पास बीवी नहीं एक हाथ-गाड़ी थी। हाथ-गाड़ी में कोई बच्चा नहीं बैठा था बल्कि एक काला कुत्ता, सफेद सिर वाला। कुत्ते का सिर हल्के से लय में हिल रहा था। जब चारखाने वाला कम्बल पास आया, तो मैंने उस आदमी के दाहिने सीने पर दिल-फावड़े का खाका देखा। जब हाथ-गाड़ी मेरे बगल से निकली, तो दिल-फावड़ा इस्त्री से जलकर बना हुआ धब्बा था और कुत्ता एक टीन का कनस्तर, जिसके मुँह में तामचीनी की कुप्पी थी। जब मैं उस आदमी को पीछे से देखने लगा—वह कुप्पी वाला कनस्तर फिर से कुत्ता था। और मैं नेपच्यून ताल पहुँच गया था।

ऊपर साइन बोर्ड पर हंस के तीन काँच के पाँव थे, जमी हुई बर्फ़ के बने। हवा हंस को डुला रही थी, काँच का एक पाँव टूट गया। फर्श पर बिखरी हुई जमी बर्फ़ मोटा दानेदार नमक था, जिसे कैम्प में कूटना पड़ता था। मैंने उसे जूते की एड़ी से कुचला। जब वह छिड़कने लायक महीन हो गया, मैंने खुले हुए लोहे के फाटक को पार किया और प्रवेश द्वार के सामने खड़ा हो गया। बिना

सोच-विचार किये, मैं दरवाजे को पार करके हॉल में चला गया। गाढ़े रंग का पत्थर का फर्श स्थिर पानी की तरह चमक रहा था। मैंने अपने हल्के रंग वाले ओवरकोट को अपने नीचे टिकट काउंटर वाले केबिन की तरफ तैरते देखा। मैंने एक टिकट माँगा।

टिकट काउंटर वाली औरत ने पूछा : एक या दो।

उम्मीद है कि उसके मुँह से सिर्फ दृष्टिभ्रम बोल रहा था, कोई सन्देह नहीं। उम्मीद है कि उसने सिर्फ दोहरा ओवरकोट देखा और यह नहीं कि मैं अपनी पुरानी जिन्दगी की ओर चल रहा था। टिकट काउंटर वाली औरत नयी थी, पर हॉल ने मुझे पहचान लिया, साफ-सुथरे फर्श ने, बीच के खम्भे ने, लिली की डिजाइन वाली दीवार की टाइलों ने। उस ठंडे अलंकार की अपनी याद्दाश्त है—वह सजावट यह नहीं भूली थी—मैं कौन हूँ। मेरा पर्स मेरे कोट में था। इसलिए मैंने ओवरकोट की जेब में हाथ डाला और बोला :

मैं अपना पर्स घर छोड़ आया हूँ, मेरे पास पैसे नहीं हैं।

टिकट काउंटर वाली बोली : कोई बात नहीं। अब तो टिकट कट गया है, अगली बार दे देना। मैं तुम्हारा नाम लिख लेती हूँ।

मैं बोला : नहीं किसी भी हालत में नहीं।

उसने केबिन में से बाँह बाहर निकाली और मेरे ओवरकोट को पकड़ना चाहा। मैं पीछे हटा, मैंने गालों को फुलाया, सिर को अन्दर की ओर खींचा और एड़ियाँ घसीटते हुए आगे बीच वाले खम्भे से मुश्किल से बचते हुए दरवाजे की तरफ बढ़ा।

उसने मुझे आवाज दी : मुझे विश्वास है, मैं तुम्हारा नाम लिख लेती हूँ। तब जाकर मैंने उसके कान के पीछे हरी पेन्सिल देखी। मैंने पीठ से दरवाजे के हैंडिल को धकेला और दरवाजा खोल दिया। मुझे खींचना पड़ा, धातु की कमानी अटकती थी। मैं झिर्री में से खिसक गया, दरवाजा मेरे पीछे चरचराया। मैं जल्दी से लोहे के फाटक को पार करके सड़क पर आ गया।

अँधेरा हो चुका था। साइन बोर्ड वाला हंस सफेद सो रहा था और हवा काली सो रही थी। सड़क के कोने पर लैम्पपोस्ट के नीचे स्लेटी पंखों की बर्फ गिर रही थी। जबकि मैं जरा भी हिल-डुल नहीं रहा था, मुझे सिर में अपने कदम सुनाई दे रहे थे। और फिर मैंने चलना शुरू कर दिया और फिर वे मुझे नहीं सुनाई दिये। मेरे मुँह से क्लोरीन और लैवेंडर के तेल की गन्ध आ रही थी। मैं एतूबा के बारे में सोच रहा था और एक लैम्पपोस्ट से दूसरे लैम्पपोस्ट तक, जब तक मैं घर नहीं पहुँच गया, चक्कर खाकर उड़ती हुई बर्फ से बातचीत कर रहा

था। यह वो वाली नहीं थी, जिसमें से मैं गुजर रहा था, यह तो क्षुधातुर बहुत दूर वाली थी, जो मुझे फेरी लगाने के समय से जानती थी।

इस शाम को भी दादी एक कदम बढ़कर मेरी ओर आयीं और उन्होंने अपने हाथों को मेरे माथे पर रखा, मगर यह पूछा : तुम इतनी देर से आये हो, तुम्हें कोई लड़की मिली है क्या।

अगले दिन मैंने कंक्रीट बनाने के कोर्स के लिए शाम के कॉलेज में दाखिला ले लिया। वहाँ कॉलेज के अहाते में ऐमा से मेरी जान-पहचान हुई। वह खाते-बही का कोर्स कर रही थी। उसकी आँखें हल्के रंग की थीं। तूर प्रिकुलिच की जैसी पीतल सी पीली नहीं, बल्कि बीही की छाल जैसी। और उसके पास, जैसे शहर में सभी के पास, एक गाढ़े रंग का घर-अघाया ओवरकोट था। चार महीने बाद मैंने ऐमा से शादी कर ली। चूँकि उस समय ऐमा के पिता मरणासन्न थे हमने शादी का उत्सव नहीं मनाया। मैं ऐमा के माँ-बाप के यहाँ रहने लगा। मेरा सब कुछ अपना मैं साथ लेकर चला गया, मेरी तीन रूलदार नोट-बुकें और कपड़े, सब कुछ मेरे कैम्प वाले लकड़ी के सूटकेस में आ गये। चार दिन बाद ऐमा के पिता मर गये। उसकी माँ ड्रॉइंगरूम में चली गयी और उसने हमारे लिए डबल बेड वाला सोने का कमरा छोड़ दिया।

आधे साल तक हम ऐमा की माँ के यहाँ रहे। उसके बाद हम हॅरमानश्टाट् छोड़कर राजधानी आ गये, बुखारेस्त। हमारे घर का नम्बर था 68, जितनी की बैरक के पलंगों की संख्या थी। फ्लैट चौथी मंजिल पर था, सिर्फ एक कमरा और एक कोना खाना बनाने के लिए, बाथरूम गलियारे में था। पर घर के पास– बीस मिनट का पैदल रास्ता– एक पार्क था। जब महानगरी में गर्मी आयी, मैं शार्ट-कट से जाता, जहाँ धूल उड़ती थी। वहाँ से पैदल जाने का रास्ता सिर्फ पन्द्रह मिनट था। जब मैं जीने पर लिफ्ट का इन्तजार कर रहा होता, शाफ्ट के तार वाले पिंजरे में दो हल्के रंग की गुंथी हुई रस्सियाँ ऊपर और नीचे की ओर जातीं, जैसे बेया त्साकेल की चोटियाँ आ रही हों।

एक शाम मैं ऐमा के साथ गोल्डेनेर क्रूग रेस्तराँ में, दूसरी मेज पर आर्केस्ट्रा के बगल में बैठा था। वेटर ने गिलास में वाइन डालते समय कान बन्द किया हुआ था और वह बोला : ये लीजिए, आप भी सुनिए, मैंने मैनेजर को हर वक्त कहा है यह पियानो बेसुरा है। और उसने क्या किया, उसने पियानो-वादक को बाहर निकाल दिया।

ऐमा ने मुझे गौर से देखा। उसकी आँखों में पीली दाँतेदार घिर्रियाँ घूम रही थीं। उनमें जंग लगी हुई थी, उसकी पलकें झपकते समय उनसे सटी हुई थीं।

फिर उसकी नाक फड़की, उन दाँतेदार पहियों की छुट्टी हुई और ऐमा साफ नजरों से बोली :

देख रहे हो न, हमेशा वादक पकड़ा जाता है, पियानो कभी नहीं। वह इस वाक्य के साथ, जब तक वेटर चला नहीं गया था, रुकी क्यों थी। मैं उम्मीद करता हूँ, उसे मालूम नहीं है, वह क्या कह रही है। उन दिनों पार्क में मेरा छद्म-नाम **वादक** था। भय किसी माफी को नहीं जानता। मैंने पास वाला पार्क बदल दिया। और अपना छद्म-नाम भी। नये वाले पार्क के लिए, घर से दूर और रेलवे स्टेशन के नजदीक, मैंने अपना नाम **पियानो** रख लिया।

एक बारिश के दिन ऐमा एक स्ट्रॉ का हैट लिये घर आई। वह बस से उतरी। बस-स्टाप के पास होटल **डिप्लोमैट** के आगे एक आदमी सायबान के नीचे खड़ा था। जब ऐमा वहाँ से गुजरी, उसने पूछा, क्या वह थोड़ी दूर उसकी छतरी के नीचे, कोने वाले दूसरे बस-स्टॉप तक चल सकता है। उसने स्ट्रॉ हैट पहना हुआ था। वह ऐमा से एक बालिश्त बड़ा था और साथ में स्ट्रॉ हैट भी। ऐमा को छतरी ऊपर की ओर उठानी पड़ी। बजाय छतरी को पकड़ने के उस आदमी ने उसे आधा बारिश की ओर धकेल दिया और हाथ को जेब में डाल लिया। वह बोला, जब पानी बुलबुले छोड़ता है, कई दिनों तक बारिश होती है। जब उसकी बीवी सो गई थी, तब भी ऐसे ही बारिश हुई थी। उसने दफन दो दिन आगे बढ़ा दिया था, पर बारिश फिर भी नहीं रुकी थी। फूल मालाओं को उसने रात-भर के लिए बाहर रख दिया था, जिससे वे पानी पी लें, फूलों को इससे फायदा नहीं हुआ, उन्होंने ज्यादा ही पी लिया और वे सड़ गये। फिर उसकी आवाज लसलसी हो गयी और कुछ बड़-बड़ करने लगी, जो कि इस वाक्य में खत्म हुआ : मेरी बीवी ने एक ताबूत से शादी कर ली है।

जब ऐमा ने कहा, शादी करना तो मरने से कुछ अलग ही है, वह बोला, दोनों से ही भयभीत होना चाहिए। जब ऐमा ने पूछा, भयभीत क्यों। उसने उसका पर्स माँगा। वह बोला, नहीं तो मुझे बस में चुराना पड़ेगा, किसी दुर्बल, युद्ध के पहले की मेमसाहब से। और उसके पास सिवा अपने मृत पति की एक तस्वीर के कुछ नहीं होगा। जब वह वहाँ से फरार हो गया, उसकी हैट गढ़ैया में उड़ गयी। ऐमा ने उस आदमी को अपना पर्स दे दिया था। वह बोला था : चीखो मत, नहीं तो यह चल जाएगी। उसके हाथ में एक छुरी थी।

जब ऐमा की कहानी खत्म हुई, उसने यह वाक्य जोड़ दिया : भय किसी माफी को नहीं जानता। मैंने सिर हिला दिया।

ऐमा और मैं अक्सर ऐसी चीजों पर सहमत होते, मैं और कुछ नहीं बोलूँगा,

क्योंकि, जब मैं बात करता हूँ, तो बस अपने को मौन में अलग तरह से बाँध लेता हूँ, सभी पार्कों के और सभी ऐमा के साथ विचारों की सहमतियों के रहस्यों में। हमारा दाम्पत्य जीवन ग्यारह साल चला। और ऐमा मेरे साथ आगे भी रहती, यह मुझे मालूम है। पर यह नहीं कि क्यों।

इन दिनों पार्क में **कोयल** और **नाइट टेबल** गिरफ्तार हो चुके थे। मुझे मालूम था कि पुलिस के यहाँ तकरीबन सभी बोलते हैं और मेरा कोई भी बहाना काम नहीं आएगा, अगर वे दोनों **पियानो** का जिक्र करेंगे। मैंने आस्ट्रिया-यात्रा की अर्जी डाल दी। अपनी फिनी-आंटी का निमंत्रण मैंने खुद ही लिख लिया, जिससे काम थोड़ी जल्दी हो जाएगा। अगली बार तुम चली जाना, मैंने ऐमा से कहा। वह राजी हो गयी, क्योंकि पति-पत्नी कभी एक साथ पश्चिमी देशों का सफर नहीं कर सकते थे। मेरी फिनी-आंटी ने मेरे कैम्प के दिनों में आस्ट्रिया में शादी कर ली थी। उसकी मुलाकात साउरियर-बस से नमक-कुंड वाले ओचना बाई के सफर के समय अलॉय से हुई, जो ग्रात्स में केक बनाता था। मैंने ऐमा को बालों को घुंघराला करने वाले यंत्र, घुँघराले बालों और ऑरगंज़ा की पोशाक के नीचे की टिड्डियों के बारे में बताया था और ऐमा को विश्वास करा दिया कि मैं आंटी से फिर से मिलना और उसके केक बनाने वाले अलॉय से जान-पहचान करना चाहता हूँ।

आज तक मेरा सबसे बड़ा अपराध है कि मैंने एक छोटे से सफर का छद्म वेश धारण किया, एक हल्के से सूटकेस को लेकर रेलगाड़ी में चढ़ गया और ग्रात्स के लिए रवाना हो गया। वहाँ से मैंने हथेली जितना बड़ा एक कार्ड लिखा :

प्रिय ऐमा,

भय किसी माफी को नहीं जानता।

मैं वापस नहीं आऊँगा।

ऐमा मेरी दादी के इस वाक्य को नहीं जानती थी। हमने कभी कैम्प के बारे में बात नहीं की थी। मैंने उस वाक्य का सहारा लिया और उसमें कार्ड पर **नहीं** जोड़ दिया, इस उम्मीद में कि शायद उसका विपरीत भी कुछ फायदेमन्द साबित होगा।

इस बात को तीस साल से ज्यादा हो गये।

ऐमा ने फिर से शादी कर ली।

मैंने अपने को फिर किसी बन्धन में नहीं पड़ने दिया। सिर्फ वही पुरानी राँदेवू वाली जानवरों जैसी उन्मुक्त अदला-बदली।

वासना का दवाब और सौभाग्य का मनमानापन, ये तो काफी पहले के

समय की बातें हैं, जबकि अब भी मेरा दिमाग कदम-कदम पर बहक जाता है। कभी सड़क पर एक खास तरीके की चाल, कभी दुकान में दो हाथ। ट्राम में एक खास तरीके से सीट ढूँढ़ना। रेल के डिब्बे में यह सवाल : क्या यहाँ जगह खाली है, वह खिंची हुई हिचकिचाहट, और उसके फौरन बाद मेरा अंतर्ज्ञान निश्चय में बदल जाता है, जब खास तरीके से सामान रखा जाता है। रेस्तराँ में, आवाज से परे वेटर का खास तरीके से कहना : जी हाँ साहब। सबसे ज्यादा आज तक मुझे कॉफी हाउस बहकाता है। मैं एक मेज पर बैठ जाता हूँ और सब मौजूदा लोगों पर नजर घुमाता हूँ। एक-दो आदमियों का वह खास तरह का प्याले से चुस्की लेना है। और प्याला अलग करने पर उनके निचले होंठ की अन्दर की त्वचा गुलाबी-स्फटिक की तरह दमकती है। एक-दो आदमियों की, बाकी सब की नहीं।

एक-दो मौजूदा लोगों की वजह से मेरे सिर में उत्तेजना के नमूने बने हुए हैं। जबकि मुझे मालूम है कि वे शोकेस में रखी हुई मूर्तियों की तरह अकड़े हुए हैं, वे जवान होने का दिखावा करते हैं। जबकि उन्हें मालूम है कि मैं उनसे मेल नहीं खाऊँगा, क्योंकि मुझे बुढ़ापे ने लूट लिया है। कभी मुझे भूख ने लूटा था और मैं अपने रेशमी स्कार्फ से मेल नहीं खाता था। तब मुझ पर उम्मीद से परे नया माँस चढ़ा। पर बुढ़ापे की लूट से बचने के लिए अभी तक कोई नया माँस नहीं ढूँढ़ पाया हूँ। मैं पहले सोचता था—मैं रात को व्यर्थ में अपने को छठे, सातवें, यहाँ तक कि आठवें कैम्प में निर्वासित नहीं होने दूँगा। मुझे पाँच चुराये हुए बरसों के बदले में शायद देर से बुढ़ापा आएगा। ऐसा नहीं हुआ, माँस की सेवा-निवृत्ति का अलहदा हिसाब होता है। वह अन्दर से खोखला और बाहर चेहरे पर आँख की भूख की तरह चमकता है। और वह कहती है :

तुम अब भी **पियानो** हो।

हाँ, मैं कहता हूँ, वह पियानो, जो अब नहीं बजता।

खजानों के बारे में

छोटे खजाने वे होते हैं, जिन पर लिखा होता है : मैं यहाँ हूँ।

थोड़े बड़े खजाने वे होते हैं, जिन पर लिखा होता है : क्या तुम्हें अब भी याद है।

पर सबसे सुन्दर खजाने वे होते हैं जिन पर लिखा होगा : मैं यहाँ था।

तूर प्रिकुलिच का कहना था खजानों पर, **मैं यहाँ था**, लिखा होना चाहिए। ठोड़ी के नीचे मेरा टेंटुवा ऊपर-नीचे हो रहा था, जैसे कि मैंने अपनी कुहनी निगल ली हो। नाई बोला : अभी तो हम यही हैं। पाँचवाँ नवें के बाद आता है।

उन दिनों मैं नाई की दुकान में सोचता था, अगर यहाँ नहीं मरे, बाद वाली बात और देर से आएगी। कैम्प से दूर, आजाद, हो सकता है कि वापस घर में। तब तुम कह सकते हो : मैं यहाँ था। पर पाँचवाँ नवें के बाद आता है, जरा सा बाल्मुक मिल गयी यानी सौभाग्य तो और बताना भी पड़ेगा की कहाँ से और कैसे। और क्यों तूर प्रिकुलिच जैसा बाद में घर पर स्वेच्छा से कहेगा, कि उसे सौभाग्य की कतई जरूरत नहीं थी।

हो सकता है कि किसी ने उन दिनों कैम्प में ही, कैम्प के बाद तूर प्रिकुलिच को मारने का इरादा बना लिया हो। ऐसा कोई, जिसके साथ भूख-देवदूत मंडराता हो, जबकि तूर प्रिकुलिच पेटेंट-चमड़े की थैलियों जैसे जूते कैम्प की चौड़ी सड़क पर पहने होता। हड्डियों के ढांचे वाले समय में हो सकता है किसी ने हाज़िरी के समय या सुधार-कक्ष में अनगिनत बार मन ही मन अभ्यास किया हो कि कैसे तूर प्रिकुलिच का माथा बीच में से चीर कर अलग किया जा सकता है। या हो सकता है यह कोई उन दिनों, गर्दन तक जमी हुई बर्फ में किसी रेलवे लाइन पर खड़ा हो, या गर्दन तक कोयले में, या रेत में, या सीमेंट टॉवर में या अपनी खटिया पर उनींदा लेटा हुआ हो—बैरक की पीली बत्ती में, जब उसने बदला लेने की शपथ ली हो। हो सकता है उसने हत्या का इरादा उसी दिन कर लिया हो, जब नाई की दुकान में तूर चालू नजरों से खजानों के बारे में बोल रहा था। या उस पल, जब उसने आईने में मुझसे पूछा : तो कैसा है तुम लोगों

के यहाँ, तहखाने में। हो सकता है उसी पल, जब मैंने कहा : बढ़िया, हर पाली एक कलाकृति है। शायद मुँह में टाई और पेट पर कुल्हाड़ी वाली हत्या भी एक विलम्बित कलाकृति है।

इस बीच मुझे मालूम हो गया है कि मेरे खजानों पर लिखा है **मैं यहाँ रहूँगा**। कि कैम्प ने मुझे घर जाने दिया, एक फासला बनाने के लिए, जो उसे चाहिए होता है, दिमाग में अपने को बढ़ाने के लिए। मेरे घर लौटने के बाद से अब मेरे खजानों पर **मैं यहाँ हूँ** नहीं लिखा हुआ है, और न ही **मैं यहाँ था**। मेरे खजानों पर लिखा है : **मैं यहाँ से निकल नहीं सकता**। कैम्प ज्यादा और भी ज्यादा कनपटी के बायें क्षेत्रफल से कनपटी के दायें क्षेत्रफल की ओर फैलता जा रहा है। तो मुझे अपनी पूरी खोपड़ी के बारे में वैसे ही बोलना पड़ता है, जैसे किसी मैदान के बारे में, कैम्प के मैदान के बारे में। अपने को बचाया नहीं जा सकता, न खामोश रहने से, न ही सुनाने से। अति होती है पहले में और दूसरे में भी, पर **मैं यहाँ था** दोनों में ही नहीं होता। और कोई सही माप भी नहीं होती।

पर खजाने होते हैं। तूर प्रिकुलिच इसके बारे में सही था। मेरा घर वापस आना सौभाग्य है जो विकृत है और एहसानमन्द भी, एक जिन्दा रहने की फिरकी, जो हर छोटी सी बात की वजह से घूमने लगती है। मैं उसके चंगुल में हूँ, वैसे ही जैसे बाकी खजानों के, जिनको न मैं बरदाश्त कर पाता हूँ, न ही छोड़ पाता हूँ। मैं उन खजानों को 60 साल से ऊपर से इस्तेमाल कर रहा हूँ। वे कमजोर हैं और तंग करने वाले, आरामदेह और घिनौने, भुलक्कड़ और क्षमाहीन, छीजे और नए। वे आरतूर प्रिकुलिच का दिया दहेज हैं और मैं उनमें अन्तर नहीं कर पाता हूँ। जब मैं उन्हें गिनता हूँ, तो मैं लड़खड़ा जाता हूँ।

मेरी अभिमानी हीनता।

मेरी भुनभुनाहट वाली बुजदिल-इच्छाएँ।

मेरी झुंझलाई हुई जल्दबाजी, मैं शून्य से उछल तुरन्त पूर्णता पर पहुँच जाता हूँ।

मेरी हेकड़ीबाज फरमाबरदारी, जिससे मैं हर एक को सही मानता हूँ, जिससे कि मैं बाद में उनको उलाहना दे सकूँ।

मेरा लड़खड़ाता अवसरवाद।

मेरी भद्र कृपणता।

मेरी क्लान्त उत्कंठा, उन लोगों के प्रति जिन्हें मालूम होता है, वे जीवन में क्या चाहते हैं। एक जमे हुए ऊन की सी भावना, ठंडी और उलझी हुई।

मेरा बढ़ता हुआ चाटना-पोंछना, कि मैं बाहर से दबा हुआ और अन्दर से

खोखला हूँ – जब से मुझे भूखा नहीं रहना पड़ता।

मेरे अगल-बगल की पारदर्शिता, कि मैं अन्दर जाते समय टूट-फूट जाता हूँ।

मेरी भद्दी दोपहरें, समय मेरे साथ धीरे-धीरे फर्नीचर के बीच फिसलता है।

मेरा बुनियादी मझदार में छोड़ भागना। मुझे बहुत सान्निध्य की जरूरत है, पर मैं अपने को खुद से दूर नहीं करता हूँ। मैं रेशमी मुस्कराहट लिए पीछे हट जाने में निपुण हूँ। भूख-देवदूत के बाद से मैं किसी को अपना मालिक बन जाने की इजाज़त नहीं देता।

मेरे खजानों में सबसे भारी खजाना मेरी काम करने की बाध्यता है। यह बेगार का उलट है और है बचाव के लिए अदला-बदली। मेरे अन्दर वह जबर्दस्ती करने वाला बैठा हुआ है, भूख-देवदूत का रिश्तेदार। उसे मालूम है, कैसे बाकी सारे खजानों को प्रशिक्षित करते हैं। वह मेरे माथे में चढ़ कर, मुझे बाध्यता के सम्मोहन में धकेलता है, क्योंकि मुक्त होने से मुझे डर लगता है।

मेरे कमरे से ग्रात्स के किले वाली पहाड़ी का घंटाघर दिखाई पड़ता है। मेरी खिड़की पर एक बड़ा-सा पिन-बोर्ड रखा है। मेरी स्टडी-टेबल पर मेरा आखिरी मकान का नक्शा पड़ा हुआ है, एक बदरंग मेज पोश जैसा। उस पर धूल पड़ी है, जैसे बाहर सड़कों की गर्मी पर। जब मैं उसे देखता हूँ, वह मुझे पहचान नहीं पाता। मेरे घर के सामने से इस साल की शुरुआत से हर रोज एक आदमी सैर के लिए निकलता है, एक छोटे बालों वाले सफेद कुत्ते और एक बहुत ही पतली काली छड़ी लिए जिसकी मूठ हल्की सी मुड़ी हुई है, एक बड़ी वनीला की डंडी जैसे। अगर मैं चाहता तो उस आदमी को अभिवादन करके बता सकता था : उसका कुत्ता एक सफेद सूअर जैसा दिखता है, जिस पर सवार होकर पहले घर की याद आसमान में से गुजरती थी। असल में मैं एक बार उस कुत्ते से बात करना चाहता हूँ। अच्छा होता अगर वह कुत्ता एक बार अकेले या इस वनीला की डंडी के साथ निकले, बिना उस आदमी के। हो सकता है एक दिन ऐसा हो जाए। मैं तो वैसे भी इसी घर में रहूँगा, और सड़क भी वहीं रहेगी, जहाँ वह है और गर्मी तो अभी काफी लम्बी है। मेरे पास वक्त है और मैं इन्तजार कर रहा हूँ।

मुझे सबसे ज्यादा अपनी सनमाइका वाली मेज पर बैठना पसन्द है, एक मीटर लम्बी और एक मीटर चौड़ी, चौकोर। जब घंटाघर में साढ़े तीन बजते हैं, धूप कमरे में आती है। फर्श पर मेरी मेज की परछाईं एक ग्रामोफोन का केस है। वह मेरे लिए ज़ायडलबास्ट या लहरिया नाच वाले पालोमा का गाना बजाता है।

मैं सोफे से कुशन उठा लेता हूँ और मैं अपनी भद्दी दोपहर में नाचता हूँ।

नाच के और भी साथी हैं।

मैं चाय की केतली के साथ पहले भी नाच चुका हूँ।

चीनीदानी के साथ।

बिस्कुट के पैकेट के साथ।

टेलिफोन के साथ।

अलार्म घड़ी के साथ।

ऐश ट्रे के साथ।

घर की चाभी के साथ।

मेरा सबसे छोटा साथी ओवरकोट का एक टूटा हुआ बटन है।

सच में ताज्जुब होता है।

एक बार उस सफेद सनमाइका की मेज के नीचे एक धूल भरी किशमिश पड़ी थी तो मैं उसके साथ नाचा। फिर मैंने उसे खा लिया। फिर मेरे अन्दर एक तरह की दूरी थी।

अंत में

1944 की गर्मियों तक लाल सेना रोमानिया के काफी अन्दर तक बढ़ आयी थी, तब फासीवादी तानाशाह आन्तोनेस्कू को गिरफ्तार करके मार दिया गया। रोमानिया ने आत्मसमर्पण कर दिया और अचानक अब तक के अपने मित्र देश नात्सी-जर्मनी के खिलाफ युद्ध की घोषणा कर दी। जनवरी 1945 में सोवियत जनरल विनोग्रादोव ने स्तालिन के नाम पर रोमानियाई सरकार के आगे युद्ध में ध्वस्त हुए सोवियत संघ के पुनर्निर्माण के लिए रोमानिया में रहने वाले सभी जर्मनों की माँग रखी। सभी 17 से 45 वर्ष के बीच के आदमी और औरतें बेगार के लिए सोवियत श्रम शिविरों में निर्वासित कर दिये गये।

मेरी माँ भी पाँच साल श्रम शिविर में थी।

चूँकि यह रोमानिया के फासीवादी इतिहास की याद दिलाता था, इसलिए निर्वासन का विषय वर्जित था। सिर्फ परिवार के साथ और करीबी लोगों के साथ, जो खुद भी निर्वासित किये गये थे, शिविर के वक्त की बात की जाती। और तब भी सिर्फ इशारों में। ये चुपचाप वाली बातें मेरे बचपन के साथ-साथ चली हैं। उनके विषय को तो मैं नहीं समझ पाती थी, लेकिन भय को महसूस करती थी।

2001 में मैंने अपने गाँव के निर्वासितों के साथ की गयी बातचीत को लिखना शुरू कर दिया। मुझे पता था कि कवि ओस्कार पास्टिओर को निर्वासित किया गया था और मैंने उन्हें बताया कि मैं इस बारे में लिखना चाहती हूँ। वे अपनी स्मृतियों से मेरी मदद करना चाहते थे। हम अकसर मिलते, वे बताते और मैं वह लिख डालती। पर जल्दी ही यह इच्छा जगी कि यह किताब मिलकर लिखी जाए।

जब ओस्कार पास्टिओर 2006 में अचानक मर गये, मेरे पास हस्तलिखित नोट्स की चार नोट-बुकें थीं, और साथ में एक-दो अध्यायों की रूपरेखा। उनकी

मौत के बाद मुझे एहसास हुआ कि मैं बिलकुल सुन्न हो गयी हूँ। नोट्स के साथ में उनकी व्यक्तिगत निकटता उस वियोग को और भी बड़ा बना रही थी।

एक साल के संघर्ष के बाद मैं निश्चय कर पायी, कि 'हम' को विदा देकर अकेले एक उपन्यास लिखना है। लेकिन ओस्कार पास्टियोर ने शिविर-जीवन के जो ब्यौरे बताये थे, उनके बिना यह मुमकिन न हो पाता।

हेर्टा म्युलर

मार्च, 2009

❑❑